Souvenirs d'autrefois

Catalogage avant publication de Bibliothèque et Archives nationales
du Québec et Bibliothèque et Archives Canada

Laberge, Rosette
Souvenirs d'autrefois
Sommaire : t. 2. 1918
ISBN 978-2-89585-666-5 (vol. 2)
I. Titre.
PS8623.A24S682 2015   C843'.6   C2015-941491-1
PS9623.A24S682 2015

Les Éditeurs réunis bénéficient du soutien financier de la SODEC
et du Programme de crédit d'impôt du gouvernement du Québec.

Nous remercions le Conseil des Arts du Canada
de l'aide accordée à notre programme de publication.

Financé par le gouvernement du Canada
Funded by the Government of Canada |

Édition :
LES ÉDITEURS RÉUNIS
www.leslediteursreunis.com

Distribution au Canada :
PROLOGUE
www.prologue.ca

Distribution en Europe :
DNM
www.librairieduquebec.fr

Suivez *Les Éditeurs réunis et Rosette Laberge sur Facebook.*

Pour communiquer avec l'auteure : rosette.laberge13@gmail.com

Visitez le site Internet de l'auteure : www.rosettelaberge.com

Imprimé au Canada

Dépôt légal : 2016
Bibliothèque et Archives nationales du Québec
Bibliothèque nationale du Canada
Bibliothèque nationale de France

ROSETTE LABERGE

Souvenirs d'autrefois

Tome 2
1918

LES ÉDITEURS RÉUNIS

À André J.,
que j'aime comme un frère.

Chapitre 1

Gertrude soupire en entendant de petits coups secs frappés sur la porte d'en avant. Elle retire rageusement son tablier, le jette sur le dossier d'une chaise au passage et se dépêche d'aller répondre même si elle se doute bien de ce qui l'attend. Elle enlève le crochet et met la main sur la poignée, mais ne la tourne pas tout de suite. *Et si je ne répondais pas. Et si je faisais semblant de ne pas être là. Et si…* Mais sa réflexion est très vite interrompue par une nouvelle attaque sur sa porte, ce qui la fait sursauter. Pas question qu'elle risque un troisième assaut. Elle a mis un temps fou pour endormir son bébé et elle vient tout juste de border Jean pour qu'il fasse sa sieste. Depuis qu'ils sont réveillés que ses fils pleurent à tour de rôle. Elle ne le criera pas sur tous les toits, mais elle tient comme à la prunelle de ses yeux à chaque minute de paix dont elle peut profiter depuis qu'elle en a deux sur les bras. Alors que Jean était un modèle de sagesse, voilà qu'il passe ses journées à pleurnicher depuis la naissance de son frère, tellement qu'il y a des jours où Gertrude a peur de perdre patience. Elle prend une grande respiration et ouvre doucement.

— Veux-tu bien me dire pourquoi tu as mis autant de temps ? lance Lucille en la poussant sur le côté pour entrer. Au cas où tu ne l'aurais pas remarqué, on est en plein cœur de l'hiver et j'ai beau avoir mon manteau de fourrure, je suis gelée jusqu'aux os rien qu'à venir ici. Pour te dire à quel point il fait froid, même les briques chaudes que ton frère avait pris soin de mettre dans le fond de la carriole ne sont pas parvenues à me réchauffer les pieds. J'ai l'impression d'avoir des milliers d'aiguilles sur les orteils.

Chaque fois que Gertrude se retrouve ainsi en face de sa mère, elle se mettrait à hurler comme une folle si elle ne se retenait pas. Depuis qu'elle est déménagée, il ne se passe pas une seule semaine sans que Lucille débarque avec armes et bagages à la moindre occasion. Elle s'est prise aux cheveux avec Anita parce que cette dernière a osé remettre un peu d'ordre dans les armoires ou qu'elle lui a tenu tête pour une peccadille. Joseph a refusé de lui acheter une nouvelle glacière, une horloge grand-père ou une coutellerie en argent. Marie-Paule ne descend plus lorsqu'elle frappe à grands coups de balai sur le plafond parce qu'elle a envie d'un thé et qu'elle est seule à la maison. À vrai dire, Lucille somme Adrien d'atteler le cheval à la première contrariété et elle se pointe chez Gertrude en espérant que les choses vont revenir comme avant.

— Rends-toi utile, au moins, et va porter mon sac dans ma chambre. Et fais-moi un thé, ordonne Lucille en s'asseyant sur le banc pour enlever ses bottes, allez grouille !

Il n'en faut pas plus pour que Gertrude prenne les choses en main. Elle met les mains sur ses hanches et s'écrie :

— Il me semblait pourtant que Camil avait été clair. C'est inutile de vous déchausser parce que vous ne resterez pas ici. Vous avez une maison et vous allez y retourner immédiatement !

— Tu ne comprends pas, c'est avec toi que je veux vivre, pas avec cette grosse fille qui se fait un malin plaisir à me tenir tête. C'est toi ma meilleure et tu le sais.

À part la mettre de mauvaise humeur, les paroles de Lucille coulent sur le dos de Gertrude comme sur celui d'un canard. Pire, il vient un temps où elles lui donnent envie de rire. Gertrude est naïve, mais pas au point de croire ce qu'elle entend. Sa mère n'aime que les gens qui la servent sans rouspéter. Depuis que Gertrude a cessé d'être son esclave, aussi bien dire que Lucille n'a pas beaucoup de monde à aimer. D'ailleurs, Gertrude a du mal à saisir pourquoi elle s'entête autant pour essayer de remettre la main sur elle parce que même pauvre et désespérée, jamais Gertrude n'acceptera de retourner au service de son ancien bourreau. Plutôt mourir que de se jeter dans la gueule du loup.

— Combien de fois vais-je devoir vous le répéter : vous n'êtes pas la bienvenue chez nous à moins que ce soit pour me visiter. Et à ce que je sache, je ne vous ai pas invitée depuis belle lurette.

— Ça prend juste une fille sans cœur comme toi pour retourner sa vieille mère dans le froid sans au moins lui servir une tasse de thé pour la réchauffer. Avoir su ce qui me pendait au bout du nez, jamais je n'en aurais fait autant pour toi.

Lucille jette un regard meurtrier à sa fille et lui lance au visage en ne la quittant pas des yeux :

— À bien y penser, que ça te plaise ou non, je reste. Tu n'as pas le droit de refuser de prêter assistance à une vieille femme. Et j'espère que tu iras te confesser d'être aussi méchante avec moi, parce que sinon c'est en enfer que tu iras brûler.

Gertrude secoue la tête de gauche à droite en levant les yeux au ciel. La partie n'est jamais gagnée d'avance lorsque Lucille se présente chez elle, et il y a des jours où elle doit sortir l'artillerie lourde pour s'en débarrasser. Gertrude entrouvre la porte pour vérifier si Adrien est encore là. Malgré les nombreuses tentatives qu'elle a faites pour lui faire comprendre qu'il devait absolument cesser de débarquer leur mère à sa porte, son cher frère brille encore une fois par son absence. Si Gertrude l'avait devant elle à cet instant, nul doute qu'elle l'abîmerait de bêtises.

— C'est ce qu'on va voir, ajoute Gertrude en soutenant le regard de sa mère. Ou vous partez de vous-même, ou j'envoie chercher Camil au magasin général.

Sans se préoccuper le moins du monde de ce qu'elle vient de lui dire, Lucille se met en frais de retirer ses couvre-chaussures. En voyant ça, Gertrude ne fait ni une ni deux et elle enfile son manteau à toute vitesse.

— Vous l'aurez voulu, la mère, s'écrie-t-elle avant de sortir dans le froid.

Aussitôt dehors, Gertrude remonte le col de son manteau aussi haut qu'elle peut. Sa mère avait raison sur un point, il fait trop froid pour mettre un chien dehors, et encore moins une vieille femme. Dès sa poussée de sensiblerie passée, Gertrude descend les marches en vitesse et court jusque chez sa voisine pour lui demander d'aller avertir Camil qu'elle a besoin de lui. Qu'à cela ne tienne, Lucille n'aura qu'à aller se réchauffer ailleurs.

— Ma pauvre Gertrude, compatit la femme en la voyant, je te plains de tout mon cœur. J'y vais tout de suite.

Lorsque Gertrude revient chez elle et qu'elle voit sa mère en train de bercer son bébé, elle voit rouge.

— Il y en a au moins un qui est content de me voir, laisse tomber Lucille du bout des lèvres. Il a l'air d'un ange cet enfant, tellement que je me disais qu'il n'avait aucune ressemblance avec ses parents.

Furieuse, Gertrude s'approche de sa mère et lui jette au visage :

— J'ai mis un temps fou pour l'endormir et tout ce que vous avez trouvé à faire, c'est d'aller le réveiller. Je ne sais pas ce qui me retient de…

Gertrude prend sur elle, lui arrache son fils des bras et va le remettre dans son berceau en priant pour qu'il se rendorme. Aussitôt de retour dans la cuisine, elle va se planter devant sa mère et lui dit du bout des lèvres :

— Sortez d'ici au plus sacrant.

— Ne monte pas sur tes grands chevaux, moi tout ce que je voulais, c'était te rendre service. Le pauvre enfant pleurait à fendre l'âme. Puisque c'est comme ça que tu l'entends, la prochaine fois je ferai comme si je ne l'entendais pas et je le laisserai s'époumoner.

— Sortez de ma maison! hurle Gertrude en s'approchant un peu plus de sa mère. Sortez de ma maison!

Lucille fixe sa fille sans sourciller. Depuis le temps qu'elle débarque ici sans s'annoncer, c'est la première fois que Gertrude s'emporte ainsi. Lucille prendrait ses jambes à son cou et se sauve-rait à toute vitesse si elle n'en avait pas vu d'autres. Mais au lieu de ça, elle lui fait un petit sourire en coin et reprend la parole :

— Je suis désolée de te dire ça, ma pauvre fille, mais le mariage ne te réussit pas du tout. Toi qui étais si bonne, voilà que tu es en train de te transformer en monstre. C'est de ma faute, je l'avoue. J'aurais dû t'empêcher de marier ton Camil, ce n'était pas un homme pour toi.

— Laissez mon mari en dehors de tout ça et allez-vous-en avant que…

Mais Gertrude n'a pas le temps de finir sa phrase que la porte s'ouvre sur Adrien.

— Venez la mère, je vais vous ramener chez vous.

— Mais je ne veux pas retourner avec cette grosse fille, elle mange dans la main de Joseph.

Adrien s'approche de sa mère et la prend doucement par le bras.

— Enlève tes sales pattes de sur moi. Je n'irai nulle part avec toi.

Adrien soupire un bon coup. Décidément, sa mère ne s'amé-liore pas avec l'âge, même qu'il pourrait affirmer qu'elle est pire qu'avant. Et il plaint Gertrude de tout son cœur d'avoir à subir ses assauts. Comme chaque fois, il a tout essayé pour dissuader Lucille de débarquer ici, mais elle n'écoute personne. Pire encore, elle le traite de tous les noms s'il essaie de lui faire entendre raison.

— Libre à vous, si vous préférez marcher jusqu'à la maison, ajoute Adrien. Moi, je voulais juste vous rendre service. Avec le temps qu'il fait, vous ne vous rendrez pas.

Et il se tourne vers Gertrude.

— Je vais passer voir Camil. Il a dit qu'il enverrait la police. Je suis désolé, ma sœur.

Lucille a beau ne pas avoir froid aux yeux, l'annonce de la police ne fait pas son affaire. Elle se lève de sa chaise et dit d'un ton qu'elle veut léger et naturel :

— Conduis-moi chez Anna. Avec elle, je n'ai pas encore besoin d'annoncer ma visite.

* * *

— Si ça du bon sens de tuer notre belle jeunesse pour une guerre qui ne nous concerne même pas, s'écrie Joseph en secouant la tête de gauche à droite. Un jour, on va payer pour ce qu'on a fait. Le journal est rempli d'histoires d'horreur. Et Joseph se met à lire à haute voix en prenant son temps pour ne buter sur aucun mot :

Un avocat de Chicoutimi à la carrière prometteuse a été tué au front à cinq heures du matin par un petit morceau d'acier qui provenait d'un obus. Le pauvre était âgé de vingt-quatre ans seulement. Notre armée a perdu un autre officier d'une bravoure exemplaire aux mains de l'ennemi. Cette guerre qui n'en finit plus hypothèque chaque jour un peu plus l'avenir de tous ceux qui y sont impliqués pour des générations à venir.

La vie de Joseph a beaucoup changé depuis qu'il sait lire. Il faut le voir se précipiter sur le journal dès qu'il l'aperçoit sur le buffet. Alors qu'avant, il se contentait de se faire lire quelques articles par Gertrude, voilà qu'il le lit maintenant d'un bout à l'autre. Et lorsque Lucille fait des siennes, il s'enferme dans le salon avec son journal. Étant donné que sa femme n'a toujours pas accepté que les portes restent ouvertes, et surtout que Joseph s'y installe dès qu'il en a envie, il peut lire en paix autant qu'il veut. Ce qui lui fait le plus plaisir, c'est de pouvoir signer son nom au lieu de faire une croix. Il ne peut pas s'empêcher de sourire chaque fois qu'il le fait ; il a trimé dur pour apprendre, mais ça valait tous ses efforts.

— Ça fait quatre ans que ça dure, ajoute Joseph, et personne ne peut dire quand ça va finir. C'est rendu que même les fils de cultivateurs ne sont plus à l'abri de cette maudite guerre. Ce n'est pas mêlant, je serais prêt à gager qu'il y a plus d'hommes dans nos forêts que dans nos villages. Veux-tu bien me dire où on s'en va ?

— Au moins, votre René s'en est sauvé jusqu'à maintenant, plaide Anita. Et les autres aussi.

Joseph ne compte plus les nuits où il n'a pas fermé l'œil depuis que la conscription est entrée en vigueur en septembre dernier. À ce jour, René s'en est tiré parce que l'entreprise pour laquelle il travaille fabrique les bottes pour nos soldats, mais il s'en est fallu de peu plus d'une fois pour qu'on l'oblige à s'enrôler. Comme il l'expliquait dans sa dernière lettre, son patron connaît les bonnes personnes. Il a même promis à René de l'avertir le jour où il ne pourrait plus rien faire pour le protéger. Joseph aimerait croire que son fils ne risque rien, mais la vie lui a appris qu'il vient parfois un temps où on ne peut plus tenir une promesse, et ce, malgré la meilleure des volontés. Pendant ses périodes de veille, Joseph jongle aussi à ses autres fils. Il ne se fait pas d'illusions, si la guerre ne finit pas bientôt, les siens seront pris à partie. Il est prêt à tout faire pour les aider à se sauver, mais il sait déjà que tous ne pourraient pas résister à la vie en forêt. Il n'a qu'à penser à Adrien et il frémit. Comment pourrait-il survivre alors qu'il n'est encore jamais parvenu à passer une nuit entière à leur camp ? Et Adrien n'est pas le seul de ses fils qui l'inquiète.

— Pour le moment, laisse tomber Joseph du bout des lèvres.

— Et Adjutor a annoncé son retour.

— J'y croirai quand il sera devant moi.

Joseph ne demanderait pas mieux que de cesser de s'inquiéter pour les siens, mais il n'y arrive pas. Cette maudite guerre lui broie les entrailles, et il en sera ainsi tant et aussi longtemps que tous ceux qui y participent n'auront pas déposé les armes. Adjutor était vivant aux dernières nouvelles, mais rien ne lui garantit qu'il l'est toujours. Il y a des jours où Joseph lui en veut de toutes ses forces de s'être enrôlé, mais en même temps, il comprend son geste. Adjutor aura beau plaider l'appel de Dieu devant lui, Joseph n'est pas dupe. Il sait que c'est à cause de Lucille qu'il est parti. Il sait aussi que lorsqu'il reviendra, il devra l'aider pour qu'elle ne l'envahisse pas de nouveau. Joseph est bien placé pour savoir à quel point sa femme peut être un véritable poison. Elle l'a toujours été, mais depuis qu'il a pris les commandes de la maison, sa chère Lucille s'en donne à cœur joie pour contrecarrer son autorité à la moindre occasion. Vu l'absence d'Adjutor, c'est Gertrude qui écope de ses visites surprises. Joseph fait tout ce qu'il peut pour aider sa fille, mais Lucille se fait un malin plaisir à lui pourrir l'existence sans se lasser. Joseph doute chaque jour un peu plus que la vie de Gertrude puisse finir par être douce avec Lucille dans les parages. Celle-ci est comme une tache de naissance, elle est là pour rester.

Anita observe Joseph. S'il n'était pas là, il y a un sacré bout de temps qu'elle aurait levé les feutres. Si elle a aimé monsieur Joseph en le voyant, c'est loin d'être le cas pour sa femme. Madame Lucille est aussi folle qu'il est bon, et c'est peu dire. Anita ne saisit pas pourquoi cette femme est aussi méchante avec lui, et avec ses enfants aussi. À part son Adjutor qu'elle vénère, Lucille n'aime personne d'autre qu'elle-même. Anita parvient à la garder à distance, mais à quel prix? Chaque fois qu'elle se trouve en présence de cette mégère, elle doit user de finesse et d'autorité pour ne pas se faire marcher dessus. Madame Lucille est une vraie peau de vache, la pire qu'elle n'ait jamais rencontrée.

— Il n'y a pas que la guerre qui tue, lance Anita d'une petite voix. Tournez la page et lisez l'article de droite.

Incendie criminel allumé par une employée à l'hôpital des sœurs grises de Montréal : 64 enfants de moins de 3 ans ont perdu la vie le 14 février à…

Plus Joseph avance dans sa lecture, plus sa vue se brouille.

— Il faut vraiment être malade pour s'en prendre à des innocents, s'exclame Joseph d'une voix triste.

Joseph renifle un coup avant d'ajouter :

— Cette personne mériterait d'être pendue.

Anita regarde Joseph avec tendresse. Elle se lève et va remplir la bouilloire d'eau.

— Pas de thé pour moi, dit Joseph, je vais plutôt nous servir un petit remontant. Prends deux verres et va t'installer au salon pendant que je vais chercher ma bouteille. D'après mes calculs, il ne doit pas nous rester plus d'une heure de paix avant que Lucille rapplique.

— Je plains Adrien de tout mon cœur, laisse tomber Anita en se montant sur la pointe des pieds pour attraper les verres.

— Ne perds pas ton temps avec ça, ma belle fille. Adrien est en train d'apprendre à devenir un homme grâce à elle, et, disons entre toi et moi, qu'il était plus que temps.

— Peut-être bien, mais elle est tellement méchante avec lui que je le prends en pitié.

— Elle n'est pas plus gentille avec toi et, pourtant, jamais tu ne te plains.

— Ce n'est pas pareil, se dépêche d'argumenter Anita, je ne suis pas sa fille. Madame Lucille peut me dire les pires vacheries, ça ne me fait ni chaud ni froid. Je travaille ici et j'ai affaire à une cliente parfois difficile.

— Tu es trop bonne avec elle, ma belle fille. Lucille est encore plus méchante avec toi qu'avec Adrien et Gertrude, et tu trouves encore le moyen de l'excuser. On ne se fera pas de cachettes, ma femme est tout sauf aimable.

Anita fait un petit sourire en coin. À quoi bon discourir sur les défauts de madame Lucille puisque rien ni personne ne parviendra à la faire changer d'un poil…

— À ta santé! ma belle fille.

Joseph trempe les lèvres dans le liquide ambré et prend une bonne gorgée. Sitôt cette dernière avalée, il ajoute :

— Une chance que tu es là.

Anita sourit à Joseph et baisse les yeux sur son verre. Elle ne lui en a pas encore soufflé mot, mais elle a rencontré quelqu'un. Bien sûr, elle n'est pas prête à partir, mais ça finira par arriver tôt ou tard. Certes, elle n'a pas promis de rester ici jusqu'à la fin de ses jours, mais elle a déjà le cœur serré à l'idée d'abandonner monsieur Joseph aux griffes acérées de son épouse.

La porte s'ouvre sur Adrien avant qu'ils aient fini leur verre.

— Où est ta mère, mon garçon? lui demande Joseph lorsqu'Adrien vient les rejoindre au salon.

— Chez Anna.

Adrien tortille sa casquette entre ses doigts pendant qu'il raconte comment sa sœur a réussi à s'en débarrasser. Celui-ci a beau se dire que ce n'est rien qu'une de plus, mais les petites sorties de sa mère le mettent à l'envers bien plus qu'il le voudrait.

— Ça ne peut plus durer, le père. Elle est train de tuer Gertrude à force de débarquer chez elle. Et moi, j'en ai plus qu'assez d'être son bouffon de service.

— Je ne peux quand même pas l'attacher à sa chaise berçante, plaide Joseph.

— Vous avez raison, il faut qu'on trouve une solution au plus vite. Je ne veux pas être malcommode, mais c'était mon dernier voyage pour l'emmener chez Gertrude. Je lui en ai même parlé.

Le regard que son père pose sur lui suffit pour qu'Adrien poursuive.

— Je l'ai avertie en la déposant chez Anna. Elle…

Adrien s'arrête le temps de prendre une grande respiration.

— Elle a commencé par me rouer de coups de poing et elle m'a donné une claque en arrière de la tête comme quand j'étais gamin. Je lui ai saisi le bras et j'ai serré de toutes mes forces. Je l'ai obligée à me regarder et je lui ai dit qu'elle avait intérêt à ne plus jamais lever la main sur moi si elle ne voulait pas que je la renie.

Jamais Joseph n'aurait cru Adrien capable d'aller aussi loin. Il en est tellement fier, qu'il se lève et vient se planter devant lui. La seconde d'après, il le serre dans ses bras. Déstabilisé par le geste pour le moins inhabituel de son père, Adrien est raide comme une barre de fer.

— Je suis fier de toi, mon garçon.

— Ne vous réjouissez pas trop vite, le père, je suis loin d'avoir gagné la guerre. Vous la connaissez, elle va tout faire pour arriver à ses fins et elle va finir par m'avoir au détour comme ç'a toujours été le cas, d'ailleurs.

— Pas si on se serre les coudes, renchérit Joseph.

* * *

Charlotte est aux anges chaque fois qu'elle pose les yeux sur sa fille. Elle savait qu'être mère la rendrait heureuse, mais jamais autant. Dès qu'elle a une minute à elle, elle se dépêche d'aller s'asseoir près de son berceau pour la regarder dormir. Il ne lui est pas arrivé seulement une fois de passer tout droit pour un repas, mais comme elle est seule la plupart du temps, elle mange un bout de pain avec de la confiture et ça fait son bonheur. De toute façon, elle a pris tellement de poids pendant sa grossesse que ça ne peut qu'être bon pour elle de manger un peu moins. Ce n'est pas qu'elle veuille retrouver sa taille de jeune fille à tout prix, seulement elle ne voudrait pas non plus garder toutes ces livres en trop. Alida a eu beau lui répéter qu'elle était belle avec ses joues rondes, Charlotte s'est fait un point d'honneur de remettre les robes qu'elle portait avant d'être enceinte, et le plus tôt sera le mieux. Passer les fêtes de Noël avec sa robe de maternité ne lui a pas fait plaisir, loin de là.

— Aussi bien t'habituer tout de suite, lui a dit Gisèle d'un ton légèrement condescendant, avec l'âge on épaissit. Et personne n'y échappe.

— Parle pour toi, a aussitôt réagi Charlotte. Tu n'as qu'à regarder Marie-Paule, elle n'a pas pris une seule livre et elle a eu quatre enfants.

— Tu pourrais trouver un meilleur exemple, a lancé Gisèle d'un ton offusqué, elle n'a aucun mérite, elle ne pesait même pas cent livres le jour de son mariage. Et tu sais aussi bien que moi qu'elle pourrait se gaver autant qu'elle veut sans que ça paraisse. Ce n'est pas sa faute, la graisse ne colle pas sur elle.

— En tout cas, a renchéri Charlotte, je te garantis que je vais tout faire pour rentrer dans mes robes avant Pâques.

Charlotte ignore comment elle va s'y prendre, mais elle sait qu'elle y arrivera. Elle a besoin d'être fière de la femme qu'elle voit dans son miroir. Elle ne le fera pas pour Laurier, parce qu'elle a trop de doigts sur une seule main pour compter le nombre de fois qu'il l'a touchée depuis qu'elle a accouché. Si elle fait un calcul rapide, ça revient en tout et partout à moins d'une fois par mois. Considérant qu'ils étaient toujours collés l'un sur l'autre avant qu'elle lui apprenne qu'elle était enceinte, Charlotte a l'impression d'être veuve la plupart du temps. Elle pourrait se mettre la tête dans le sable en se disant que les choses vont changer, et qu'elle va finir par retrouver son homme, mais elle ne le peut pas. Elle ne comprend toujours pas pourquoi il a changé d'attitude de manière aussi draconienne, et ce n'est pas demain la veille qu'elle va l'accepter. Avec le temps, elle en est venue à se contenter des miettes qu'il daigne lui donner, même si ça lui déchire le cœur chaque fois qu'il la repousse, ou pire qu'il l'ignore.

Laurier n'est pas le meilleur père que la terre ait porté et, là aussi, elle doute que les choses s'améliorent, mais elle se dit qu'il y a pire. Bien sûr, Charlotte aimerait qu'il passe un peu plus de temps à la maison, au moins pour sa fille. Par contre, elle se console en se disant qu'elle et la petite Claire ne manquent de rien, et que c'est ça le plus important. Et puis, Charlotte l'aime tellement que jamais Claire ne se rendra compte que son père n'est pas très présent. C'est du moins la promesse qu'elle s'est faite le jour de sa naissance. Elle n'a pas la prétention de parvenir à le remplacer, mais à tout le moins celle de lui faire oublier que son père ne voulait pas d'elle.

Alors que Laurier croyait qu'elle cesserait d'aller à l'orphelinat aussitôt qu'elle accoucherait, il en a pris pour son rhume lorsqu'il l'a vu préparer le sac de leur bébé.

— Si c'est à l'orphelinat que tu t'en vas, je t'interdis d'emmener notre fille avec toi.

Charlotte l'a regardé avec un petit sourire en coin et lui a dit d'un ton on ne peut plus doux :

— Malheureusement, Claire ira partout où j'irai, que ça te plaise ou non. Et j'ai bien l'intention de continuer à aller bercer les enfants comme avant. Si tu penses que je vais gaspiller mon temps à me tourner les pouces ici, eh bien, tu te trompes.

— Il n'est pas question que ma fille passe ses journées avec des bâtards.

Bien qu'elle soit tentée de s'emporter, Charlotte prend une grande respiration avant de répondre.

— Je suis ravie de voir que tu te préoccupes de son bien-être, mais je vais quand même l'emmener avec moi. Je suis sa mère et j'ai assez de jugement pour savoir ce qui est bon pour elle. Et au risque de me répéter, les enfants que je vais bercer n'ont pas à payer pour les erreurs de leurs parents. C'est pourquoi je t'interdis de les appeler bâtards devant moi. N'oublie pas que plusieurs parmi eux avaient des parents qui les aimaient probablement plus que tu aimes la tienne, mais que le bon Dieu a décidé de les rappeler trop tôt, beaucoup trop tôt.

Charlotte a bien réfléchi. Elle a besoin d'aider les autres comme de l'air qu'elle respire. Et ce n'est pas Laurier qui l'empêchera de le faire. Ni lui, ni personne d'autre d'ailleurs. Les enfants ont besoin d'elle, et elle a bien l'intention d'être là pour eux. Elle leur doit tellement que si elle le pouvait, elle les adopterait tous autant qu'ils sont.

Il lui arrive de chercher quelque ressemblance avec un certain vendeur, dont elle ignore toujours le nom, lorsqu'elle regarde sa fille. Il y a de fortes chances qu'elle ne sache jamais si elle est de lui ou de Laurier, et d'une certaine manière, tout cela n'a aucune importance. Elle et Marie-Paule n'en ont jamais reparlé et c'est parfait ainsi. Claire est sa fille et de ça, elle ne peut pas douter.

Charlotte descend de sa voiture et se dépêche de prendre le panier dans lequel dort la petite Claire. Au froid qu'il fait, il vaut mieux ne pas traîner dehors. Comme chaque fois qu'elle franchit la porte de la salle commune, les enfants accourent vers elle. Elle dépose son petit trésor à proximité du poêle et prend le temps de les saluer. Un bec sur une joue pour Hector. Une caresse pour la petite Maude. Le temps de quelques secondes, chaque enfant reçoit toute son attention. Lire le bonheur dans leurs yeux la rend heureuse. Elle s'avance ensuite jusqu'aux petits lits de fer et commence sa tournée en tendant les bras au minuscule Charles. Un magnifique sourire s'affiche aussitôt sur les lèvres du bébé. Elle le serre très fort et l'embrasse comme s'il était le sien. Charlotte se sent bien ici, et en sécurité aussi. Une fois sa tournée terminée, elle enlève son manteau et découvre un peu sa petite. La religieuse qui assure la surveillance dans la salle est devant elle lorsqu'elle se relève.

— Elle a l'air d'un ange, votre fille.

— C'est ce que je me dis chaque fois que je la regarde. Je…

Mais Charlotte ne termine pas sa phrase. Sœur Irène est tellement pâle qu'elle craint de la voir défaillir.

— Vous devriez aller vous asseoir, lui suggère gentiment Charlotte en la prenant par le bras. Venez.

La religieuse se laisse docilement guider mais, aussitôt assise, elle saisit la main de Charlotte et lui dit d'un ton bas :

— Faites comme si je ne vous avais rien dit et allez vite voir le nouveau bébé.

— Pourquoi ? Vous savez aussi bien que moi que la mère supérieure ne veut pas que je traîne dans l'hôpital, elle m'en veut encore pour ma dernière visite et ça remonte à plus d'un an.

— Vous n'avez pas à avoir peur, elle est partie à l'évêché pour la journée.

— Je veux bien croire, mais même quand elle n'est pas là rien ne lui échappe. Non, non, je le verrai lorsqu'il sera avec les autres. Vous devriez aller vous reposer, je vais m'occuper des enfants.

Habituellement plutôt réservée, sœur Irène resserre son étreinte sur la main de Charlotte et lui dit en la regardant dans les yeux :

— Vous devez y aller, et arrangez-vous pour lire le nom du père. Allez-y vite avant que les papiers disparaissent.

Charlotte fronce les sourcils. Elle ne comprend rien, mais devant l'insistance pour le moins étonnante de la religieuse, elle décide de faire ce qu'elle lui demande :

— Je vous confie mon petit ange.

— Allez en paix, mon enfant.

Charlotte sort de la salle sans savoir ce qui l'attend. Heureusement, elle ne croise personne dans le couloir qui la mène de l'autre côté des portes où les enfants du péché poussent leur premier cri. Les hurlements d'une femme en pleine douleur lui arrachent le cœur au passage, mais elle poursuit son chemin jusqu'à la pouponnière. *Tu enfanteras dans la douleur.* La Bible n'a jamais aussi bien dit : rien n'est plus souffrant que d'accoucher. Et c'est encore pire pour les filles mères, puisqu'en plus des souffrances physiques, elles repartent les mains vides. Riches ou pauvres, elles doivent toutes abandonner leur bébé sans même avoir posé les yeux sur lui.

Elle jette un coup d'œil autour d'elle et pousse doucement la porte avant de se glisser à l'intérieur de la pouponnière. Depuis le temps qu'elle vient à l'orphelinat, c'est seulement la deuxième fois qu'elle met les pieds ici. Elle s'approche du seul petit lit occupé par un bébé bien emmailloté et se penche pour lire le carton attaché à un barreau de la tête de lit.

Né le 16 février 1918 à l'hôpital de Chicoutimi : Joseph René Raymond

Nom de la mère : Céline Lemieux

Nom du père : Laurier Belley dit Guedelle

Charlotte met la main sur sa bouche pour ne pas crier. Elle s'essuie rageusement les yeux et relit tout ce qui est écrit sur le bout de carton avec attention. Elle se croirait en plein cauchemar. Le nom de son mari est inscrit en toutes lettres sur la fiche de l'enfant qui dort à poings fermés. Son premier réflexe est de se dire qu'il y a sûrement eu erreur sur la personne. Son deuxième est de se rappeler qu'il n'y a qu'une famille de Belley Guedelle au Saguenay et que c'est celle de Laurier. Son troisième est de reconnaître que sa tendre moitié est le seul à porter ce prénom dans sa famille, même élargie. Plantée devant le lit du petit Raymond, Charlotte sent la colère l'envahir des pieds à la tête. Comment son cher mari a-t-il osé faire un bébé à une autre femme alors qu'il lui chantait sur tous les tons qu'il n'en voulait pas ? Comment ? Et c'est à cet instant précis que Charlotte décide d'en avoir le cœur net. Elle commence d'abord par regarder le bébé sous toutes ses coutures pour essayer de trouver une ressemblance avec Laurier. Comme elle n'y arrive pas, ce qui est habituel dans son cas, elle part à la recherche de la mère.

— Vous l'avez manquée, lui répond la religieuse chargée des admissions, elle est partie il y a une dizaine de minutes.

Folle de rage, Charlotte abat son poing sur le coin du bureau, ce qui fait sursauter la vieille femme.

— Il me faut son adresse.

— Je n'ai pas le droit de vous la donner. Retournez faire ce pour quoi vous êtes ici.

— Vous ne comprenez pas, je dois absolument lui parler.

Devant l'air désespéré de Charlotte, la religieuse lui dit à voix basse :

— Vous avez une chance qu'elle soit encore à l'entrée. Son père doit venir la chercher vers deux heures.

Charlotte remonte ses jupes et tourne les talons sans même la remercier. Elle doit voir la mère du petit garçon à tout prix. Lorsque Charlotte franchit les portes de la réception, la porte extérieure se referme avec bruit sur une femme portant un manteau rouge vin. Charlotte ne fait ni une ni deux et se précipite à sa suite sans se préoccuper aucunement du froid qui s'immisce sous ses vêtements dès qu'elle met le pied dehors.

— Madame, madame, attendez. Vous êtes bien Céline Lemieux ?

Surprise de se faire appeler par son nom, la jeune femme se retourne d'un coup et fait face à Charlotte. Le visage tuméfié par le chagrin, elle attend la suite.

— Il faut que je vous parle.

Pendant que les larmes continuent d'inonder son visage, Céline prend sur elle et réplique :

— Je n'ai rien à vous dire.

— Accordez-moi juste une minute, la supplie Charlotte.

— Je regrette, mais je dois y aller.

— Alors, dites-moi seulement ce que fait le père de votre enfant dans la vie.

La jeune femme s'arrête et dit avant de monter dans la carriole :

— Il est marin.

Charlotte a l'impression d'avoir reçu une tonne de briques sur la tête. Elle est tellement ébranlée qu'elle se tient à deux mains sur le cadrage de la porte pour ne pas s'effondrer. Laurier, son Laurier, a fait un enfant à une autre femme. Elle n'arrive pas à y croire. Le froid est si mordant qu'il la transperce de toutes parts et, pourtant, Charlotte est incapable de bouger. D'ailleurs, elle ignore combien de temps elle est restée là sans trouver la force de retourner dans la salle. Tout ce qu'elle sait, c'est qu'une religieuse lui est tombée dessus lorsqu'elle a fait son entrée dans l'hôpital.

— Dépêchez-vous d'entrer, vous allez finir par attraper votre coup de mort si vous restez là. Allez, plus vite que ça…

Chapitre 2

— Maman, gémit André entre deux sanglots, pourquoi monsieur Laberge a tiré sur Prince?

— Parce qu'il venait de voler sa tarte aux bleuets, répond Marie-Paule pour la énième fois.

— Mais il n'avait pas le droit de tuer mon chien… Je veux qu'on l'enterre.

— On ne peut pas, la terre est gelée.

André se croise les bras et met sa tête dessus avant de laisser libre cours une fois de plus à toute la peine qui l'habite. Ses petites épaules montent et descendent au rythme de ses sanglots qui sont de plus en plus gros. André n'a jamais été celui qui s'occupait le plus de Prince, mais il est celui qui a le plus de difficulté à accepter sa mort, par exemple. Il n'a pas arrêté de pleurer depuis deux jours, au point que Marie-Paule ne sait plus quoi faire pour le consoler. Quant à Adrien, la réaction de son fils commence sérieusement à l'agacer. Soit, leur chien est mort, il va falloir qu'il en revienne. En réalité, ce n'est pas tellement pour le chien qu'Adrien s'en fait, mais plutôt pour le geste que Laberge a osé poser. Le jour où c'est arrivé, la pauvre bête s'est traînée jusque devant la porte de l'étable et c'est là qu'elle a rendu l'âme dans un râle. Aussitôt qu'il l'a vu, Adrien est allé atteler son cheval. Lui qui est toujours si doux avec les chevaux, il est sorti de la cour comme un fou. Plus il approchait de la maison de Laberge, plus il était furieux, si bien qu'une fois devant lui, il est entré en coup de vent dans l'étable et il l'a abîmé de bêtises sans l'avoir salué.

— As-tu fini, Pelletier? lui a demandé Laberge dès que son visiteur s'est arrêté pour reprendre son souffle. Il n'y a pas de quoi faire un drame, il n'y a pas eu mort d'homme à ce que je sache. Je peux te donner un chiot si tu veux, ma chienne vient justement de mettre bas.

Sans porter le moindre intérêt à ce que son voisin vient de lui dire, Adrien repart de plus belle :

— N'essaie même pas de me faire accroire que tu n'as pas vu son collier ! Depuis le temps que tu connais notre chien…

— Vous n'aviez qu'à le garder chez vous, votre maudit chien, si vous y teniez autant que ça ! Tu vas m'excuser maintenant, mais il faut que j'aille finir de traire mes vaches.

Adrien était encore plus furieux au moment de revenir chez lui qu'avant de partir pour aller voir Laberge. Il a toujours été malcommode, celui-là, mais cette fois il ne l'emportera pas en paradis. Il n'avait pas le droit de tirer sur son chien, et encore moins de le tuer.

Le petit Michel s'approche de son frère et le prend par le cou.

— Arrête de pleurer, papa a dit qu'on aurait un chien neuf à l'été. On pourra l'appeler Prince si tu veux.

— Je ne veux pas un autre chien, je veux mon chien.

— Mais il ne jouait jamais avec nous.

En entendant ça, Marie-Paule se retient d'éclater de rire. Michel a raison. Prince était le chien de la ferme, mais il se fichait royalement des enfants. Il partait des journées entières sans que personne sache où il était. Marie-Paule regarde ses fils et elle décide que la peine d'André a assez duré. Elle s'essuie les mains sur son tablier et l'enlève.

— Bon, lance-t-elle d'un ton joyeux, ça suffit maintenant. Prince est mort et il sera enterré dès que la terre sera dégelée. Mais en attendant, nous, on est vivants. Habillez-vous chaudement, on va aller glisser.

— Avec Georges et le bébé? s'inquiète Michel.

— Non, on va les laisser avec papa.

— Je vais aller le chercher, lance joyeusement Michel.

* * *

La nouvelle s'est répandue comme une traînée de poudre à la grandeur du village en quelques heures seulement. Alors que les paroissiens attendaient avec impatience le retour de leur cher curé, c'est sans son col romain qu'Adjutor a fait son entrée au presbytère. Pire encore, il porte une alliance au doigt et a une femme à son bras. Mais ce qui les surprend le plus, c'est qu'il sourit en permanence, tellement que sa bonne Béatrice craint que le sourire béat qu'il affiche fige ses lèvres pour toujours. Alors qu'elle avait fini par s'habituer à son air sévère, voilà qu'elle a devant elle le bonheur en personne et cela l'intimide. En réalité, elle ne comprend plus rien. La guerre a transformé son bon curé à un tel point qu'elle ne le reconnaît plus.

— Tout ce que je vous demande, Béatrice, c'est si vous voulez venir vous occuper de notre maison et…

Même s'il meurt d'envie de crier à la terre entière qu'il va être père, il s'arrête là. Il ne peut pas en vouloir à ses paroissiens, enfin à ses anciens paroissiens, ni à Béatrice d'avoir du mal à digérer son nouveau statut. En réalité, même lui doit se pincer pour être certain qu'il ne rêve pas. Il a une femme d'une telle beauté à son bras que tous les hommes se retournent sur son passage. Arabella est entrée dans sa vie le jour où il est allé rendre visite à l'archevêque et ami du curé de l'église épargnée par les Allemands. À peine Adjutor a-t-il posé les yeux sur elle qu'il a entendu des cloches. *Je vais marier cette femme.* Sa vie a été complètement chamboulée à partir de cette seconde. Il ne pouvait pas avoir un meilleur allié que monseigneur Agati. Ce dernier lui a ouvert les portes avec une telle rapidité qu'Adjutor s'est retrouvé du jour au lendemain sans col romain, sans toutefois être excommunié, ce qui était très important pour lui. Petit cousin du pape, monseigneur Agati lui a même organisé une rencontre avec Sa Sainteté. Adjutor n'en revenait pas. Lui, le petit curé de Saint-Irénée a pris le thé avec le pape. Une semaine plus tard, il était marié à une des plus belles femmes de l'Italie, une femme qu'il aime comme un fou et qui le lui rend au centuple. Mais le plus beau dans l'histoire, c'est qu'Arabella a fait de lui un homme d'une telle richesse qu'Adjutor en est venu à la conclusion que même s'il le voulait, il n'aurait pas assez de sa vie pour dépenser toute sa fortune.

— Sauf votre respect, Monsieur le curé, oh pardon Monsieur Adjutor, répond Béatrice en rougissant jusqu'à la racine des cheveux, je ne sais pas si je devrais. Je n'ai jamais servi des riches. Vous savez aussi bien que moi que ce que je réussis le mieux, c'est les patates fricassées et le pouding au pain… je ne sais rien faire d'autre.

Adjutor regarde Béatrice avec bonté et il lui sourit. Décidément, son humilité lui fera toujours honneur.

— Ma bonne Béatrice, à part le fait que je ne suis plus curé et que j'ai rangé ma soutane, je suis toujours le même. Et j'ai besoin de vous plus que jamais.

Les yeux baissés sur ses mains jointes, Béatrice réfléchit. Jamais elle n'osera avouer qu'elle a détesté servir le curé qui a remplacé Adjutor pendant qu'il était à la guerre. Il ne s'est pas passé une seule journée sans qu'elle soit tentée de raccrocher son tablier et de retourner chez ses parents. Chaque fois que le saint homme entrait dans son champ de vision, elle se répétait inlassablement qu'elle était au service de Dieu et non de cet homme bedonnant et sans manières qui la traitait comme une esclave. Si Adjutor était toujours curé, elle n'hésiterait pas une seconde à aller travailler pour lui peu importe l'endroit, seulement il ne l'est plus et Béatrice n'a pas l'intention d'être jugée, ça non. Elle a toujours mené une vie honnête et droite, et elle a bien l'intention de s'y tenir.

Adjutor devine facilement les pensées de Béatrice et il la comprend. Son nouveau statut n'a pas fini de bousculer les croyances des gens du village. Même monseigneur Labrecque a eu du mal à comprendre et pourtant il est instruit. Il est entré dans une telle colère à l'annonce de la nouvelle de son protégé qu'Adjutor a eu peur qu'il ait une attaque. Il lui a ensuite rappelé point par point tout ce qu'il avait fait pour lui et que rien de tout cela ne servirait maintenant qu'il n'était plus prêtre. Adjutor l'a écouté patiemment en attendant qu'il se calme pour poursuivre. Il savait hors de tout doute qu'il lui donnerait son coup de grâce lorsqu'il lui apprendrait qu'il avait été sacré archevêque par le pape en personne et qu'il avait préféré se marier. Adjutor n'avait pas fini sa phrase que monseigneur Labrecque se laissait tomber sur une chaise et se mettait à suer à grosses gouttes.

— Vous êtes malade, Pelletier. Comment avez-vous osé faire un tel affront au pape ? Ça ne se fait pas.

L'évêque avait soupiré pendant quelques secondes qui avaient paru une éternité à Adjutor avant d'ajouter en branlant la tête de gauche à droite :

— Comme disait ma défunte mère, il y a un bon Dieu pour les innocents. Je renonce à essayer de vous comprendre, Pelletier. Quand je pense que vous avez refusé d'être archevêque…

Adjutor l'observait en silence. Monseigneur Labrecque avait mauvais caractère et il n'avait pas toujours été tendre avec lui, mais il l'aimait bien. Et puis, il avait une dette envers lui.

— Je ne voudrais pas trop m'avancer, a dit Adjutor, mais je pourrais peut-être faire quelque chose pour vous aider à prendre du galon. Accordez-moi un peu de temps et j'écrirai à l'archevêque Agati pour plaider votre cause. Mais avant, il faudra me parler de vos ambitions.

Il n'en fallait pas plus pour redonner instantanément le sourire à l'évêque.

— Si ça peut vous rassurer, ajoute Adjutor en se raclant la gorge pour sortir Béatrice de sa réflexion, ne vous inquiétez pas, vous ne serez pas excommuniée parce que vous travaillez pour moi. Je suis toujours un enfant de Dieu, c'est juste que je ne suis plus prêtre. Le pape m'a fait une faveur pour avoir sauvé la vie de son cousin. Je peux vous le prouver, j'ai une lettre signée de sa main. Je vais la chercher.

Elle voudrait lui dire que ce n'est pas nécessaire, qu'elle le croit sur parole, mais elle ne peut pas. Elle sait qu'elle devra se défendre contre les mauvaises langues du village si elle accepte de travailler pour lui et sa dame, et Dieu sait qu'elles sont nombreuses, surtout pendant les longs jours d'hiver. De retour au salon, Adjutor lui tend une enveloppe.

— Vous pouvez lire la lettre.

Bien qu'elle vienne du rang le plus reculé du village, Béatrice sait lire et écrire, ce qui est loin d'être courant pour une femme de son âge même en plein cœur du village. C'est d'ailleurs ce qui lui a valu son poste de ménagère du curé. La mère de Béatrice était institutrice dans son jeune temps et elle a fait l'école à ses enfants du premier jusqu'au dernier.

Lorsqu'elle arrive au bout de sa lecture, Béatrice replie la lettre, la remet dans l'enveloppe et la rend à Adjutor. Elle relève la tête et lui dit :

— Si vous voulez toujours de moi, je veux bien travailler pour vous et pour votre dame.

Adjutor est si content qu'il se lève et vient se placer en face de Béatrice. Il lui saisit les mains et les serre dans les siennes.

— Merci Béatrice, je vous promets que vous ne le regretterez pas. Venez avec moi, on va aller apprendre la bonne nouvelle à Arabella.

Savoir que Béatrice va les suivre remplit le cœur d'Adjutor de joie. En réalité, il n'aurait pas pu trouver mieux pour s'occuper de sa maison et prendre soin de leur bébé. Non seulement les bonnes qui savent lire et écrire ne sont pas légion par ici, mais Béatrice adore les enfants. Il le sait pour l'avoir vu agir avec ceux des paroissiens. Qu'ils soient beaux ou laids, propres ou crottés comme de vrais petits cochons, elle les aime.

Bien qu'elle soit issue d'une des familles les plus en moyen de Rome, Arabella est d'une simplicité déconcertante, et elle est chaleureuse avec les gens. Elle ne maîtrise pas le français à la perfection, mais suffisamment pour se faire comprendre.

— Je suis contente, Béatrix. Il faudra m'aider avec bébé.

Pâle comme une vesse de carême, Béatrice s'agrippe au dossier d'une chaise pour ne pas tomber. Monsieur Adjutor n'est plus prêtre, il est marié et… il va être père. Cette fois, c'est plus qu'elle est capable d'en prendre.

— Désolée, dit Arabella, je croyais qu'Adjutor… Il sera là en septembre.

Adjutor s'approche de Béatrice et l'aide à s'asseoir.

— Si ça peut vous rassurer, vous savez tout maintenant.

Béatrice lève la tête et le regarde. Elle respire à fond quelques fois et dit d'une toute petite voix :

— Ça tombe bien, j'adore les enfants. Je vais aller préparer le dîner avant que monsieur le curé revienne de ses visites.

Adjutor s'est tout de suite aperçu que son remplaçant n'était pas commode. Bourru comme deux, il traite tout le monde avec mépris, Béatrice comprise, alors qu'il est tout miel avec lui tout comme il doit l'être avec monseigneur. D'ailleurs, Adjutor a écrit une lettre à ce dernier au sujet du curé. Ce n'est pas parce qu'il n'est plus prêtre qu'il va le laisser malmener ses ouailles sans rien faire.

Au moment de sortir de la pièce, Béatrice revient sur ses pas et remet une lettre à Adjutor.

— J'espère que vous ne m'en voudrez pas, elle est dans ma poche de tablier depuis hier.

Adjutor reconnaît aussitôt l'écriture de Gertrude. Nul doute, elle a écrit cette lettre pour Lucille. Il aurait dû se rendre à Jonquière lorsqu'il est allé visiter monseigneur Labrecque, mais il a préféré repousser le moment de vérité. Il sait parfaitement que sa mère ne lui fera pas de cadeau sur ce coup-là. Jamais elle n'acceptera de perdre le seul curé de la famille, même avec la bénédiction du pape.

Mon cher Adjutor,

J'ai tellement prié pour que tu reviennes en un seul morceau que j'ai les genoux usés. Pas plus tard qu'hier, Monseigneur m'a fait savoir que tu étais de retour à Saint-Irénée. Tu remercieras Gertrude la prochaine fois que tu la verras, parce que sans son intervention, j'aurais déjà débarqué chez vous. Il faut absolument que tu viennes baptiser le nouveau bébé de tes sœurs et celui de la femme d'Adrien. Nous t'attendons à Pâques. Je suis certaine que tu pourras garder ton remplaçant le temps de venir nous voir. Je ne vivrai pas assez vieille pour remercier Dieu de t'avoir épargné, mon Adjutor.

Maman

P.-S. Évidemment, je repartirai avec toi.

À la lecture de la dernière phrase, Adjutor éclate de rire. Si sa mère croit qu'elle va emménager avec lui ne serait-ce qu'une seule journée, c'est manqué. Jamais il ne l'imposera à Arabella. Il lui a décrit le personnage en long et en large en lui promettant de tout faire pour la garder à distance. Il ne l'a pas vue depuis un sacré bout de temps, et elle ne lui manque pas du tout. En vérité, il redoute sa réaction quand elle va apprendre qu'il a changé de statut. Il ne se fait pas d'illusions, elle va lui retirer son auréole aussitôt qu'elle saura. *Et si elle me reniait…* À bien y penser, c'est l'option qu'Adjutor retiendrait s'il avait le choix.

Il dispose d'une semaine pour se préparer à affronter la matriarche.

* * *

Charlotte n'a pas fermé l'œil de toute la nuit. Elle n'arrête pas de penser au nom de Laurier qui se trouvait sur le carton accroché à la tête du lit du petit Raymond et elle bout. Sortie de sa réflexion par les pleurs de sa fille, Charlotte se lève péniblement de son lit et elle va voir ce qui se passe avec Claire. La petite est tellement mouillée qu'elle ne sait pas par quel bout la prendre, ce qui lui tire un sourire malgré elle.

— Ça te dirait, d'avoir un petit frère ?

Charlotte met la main sur sa bouche lorsqu'elle réalise ce qu'elle vient de dire. Elle se penche pour embrasser sa fille et se met en frais de la changer. Toutefois l'idée lancée au hasard se fraie tranquillement un chemin dans sa tête. Une fois Claire au sec, elle la dépose sur son lit et met de nouvelles couvertures dans le berceau. Elle la fait manger et se prépare à partir pour l'orphelinat. Elle doit voir la mère supérieure, et le plus tôt sera le mieux.

— Mais vous avez l'air de croire que c'est aussi facile d'adopter un enfant que de mettre une lettre à la poste, s'indigne la religieuse. Il est hors de question que vous partiez avec ce bébé si c'est pour le ramener au bout de deux jours.

— Vous ne comprenez pas, ma sœur, argumente Charlotte, c'est le fils de mon mari.

La religieuse relève la tête et fixe Charlotte. Devant son air ébahi, Charlotte ajoute :

— En termes plus clairs, c'est le fils illégitime de mon mari.

Puis sur un ton plus bas, Charlotte poursuit :

— Laurier m'a trompée avec une certaine Céline.

— Et vous voulez vraiment l'adopter ?

— Oui, je vous promets de l'élever comme s'il était mon propre fils.

— Je ne doute aucunement de votre bonne volonté, c'est votre mari qui m'inquiète.

— Ne vous en faites pas avec lui, j'en fais mon affaire. J'ai en main tous les arguments nécessaires pour lui faire accepter l'adoption. Est-ce que je peux partir avec lui maintenant ?

La mère supérieure fait mine de réfléchir, même si elle a déjà pris sa décision. D'abord, elle se demande bien comment Charlotte a pu savoir et elle a bien l'intention de faire sa petite enquête. Ensuite, ce n'est pas très orthodoxe de confier un nouveau-né à la femme qui a été trompée, mais elle sait que l'enfant sera entre bonnes mains. Elle ne passe pas son temps à la complimenter, mais de toutes celles qui viennent bercer les enfants, Charlotte est sa préférée. Le petit Raymond ne pourrait pas souhaiter avoir une meilleure mère qu'elle.

— Revenez me voir dans une heure pour signer les papiers.

— Merci ma sœur, s'exclame Charlotte sans trop croire ce que la mère supérieure vient de dire.

— C'est moi qui vous remercie d'avoir une âme aussi pure, mon enfant. Peu de femmes seraient capables de faire ce que vous faites et c'est tout à votre honneur.

La seconde d'après, la mère supérieure plonge les yeux dans sa paperasse sans se préoccuper davantage de Charlotte qui souriait bêtement sans bouger.

— Charlotte, finit par dire la religieuse, vous pourriez sortir de mon bureau ?

* * *

Mérée joue de mieux en mieux du piano. Elle n'a pas manqué un seul cours depuis le jour où Gertrude a accepté de lui montrer ce qu'elle sait. Elle veut apprendre à tout prix, tellement que Gertrude a dû la retourner d'où elle venait quelques fois, parce qu'elle était malade comme un chien et que Gertrude ne voulait pas qu'elle contamine toute la maisonnée. Il fallait entendre Mérée la supplier pour rester.

— Encore quelques heures et tu vas devoir te trouver un nouveau professeur. Ça ne me gêne pas de le dire, tu joues mieux que moi.

— Au risque de me répéter, se plaint Mérée, c'est avec toi que je veux jouer, pas avec Marcella.

— Ce n'est pas pour me vanter, dit humblement Gertrude, mais j'ai tellement pratiqué que j'ai dépassé ma sœur depuis un bout de temps. Enfin, aux dires de papa. Et de toute façon, Marcella en a plein les bras avec sa trâlée d'enfants.

— Ça ne m'étonne pas. Mais alors, à qui voulais-tu m'envoyer?

— Pour être franche, je n'y ai pas encore pensé.

— Eh bien, ne perds pas ton temps avec ça. Quitte à ne plus m'améliorer, je préfère jouer avec toi. Parle-moi plutôt de ta mère.

Gertrude lève les yeux au ciel. S'il y a quelqu'un dont elle se passerait bien de parler, c'est bien de Lucille.

— Que veux-tu que je te dise que tu ne sais déjà? Qu'elle est encore débarquée chez moi avec son sac jeudi passé et qu'Adrien a réussi à la faire sortir en lui disant que Camil allait appeler la police si elle refusait de sortir de ma maison? Sans vouloir me plaindre, j'en suis venue au point où je me dis que ma vie était plus facile quand j'habitais sous le même toit qu'elle.

— Réalises-tu seulement ce que tu es en train de dire? Elle ne passe pas plus de dix minutes chez vous par semaine et tu penses que c'était mieux avant… Je ne te comprends pas.

— Je ne me comprends pas moi-même, ces temps-ci. Ma propre mère est en train de me rendre folle.

— C'est elle qui est folle.

— Et crois-moi, ça ne date pas d'hier… Tu devrais la voir depuis qu'elle sait que Saint-Adjutor est revenu. Tu n'es peut-être pas au courant, mais monseigneur a envoyé son secrétaire pour l'avertir, et ce n'est pas mêlant, elle ne porte plus à terre. Tu vas sûrement me trouver égoïste, mais tout ce que je souhaite, c'est qu'elle reparte avec lui.

Mérée fronce les sourcils.

— Je suis bête, confesse Gertrude. Tu ne peux pas savoir que mon frère va venir baptiser les nouveaux bébés de la famille à Pâques. D'après ce que j'ai compris, il revient de la guerre avec une auréole. Remarque qu'avec la mère, il n'a pas besoin de faire grand-chose de spécial pour qu'elle le porte aux nues. En tout cas, monseigneur n'avait que de bons mots envers lui.

— Tu m'en diras tant…

Et les deux femmes éclatent de rire.

— Mais j'y pense, il doit bien y avoir quelqu'un que ta mère déteste au plus haut point.

— Je ne vois pas où tu veux en venir, tout ce que je sais, c'est qu'elle ne s'est jamais privée de dire à qui voulait l'entendre qu'elle n'aimait pas la mère de Camil.

— Et toi?

— C'est une vraie soie à côté de la mienne.

Gertrude penche la tête de côté et regarde Mérée avec des points d'interrogation dans les yeux.

— Et tu pourrais la supporter une semaine?

— Bien plus que ça.

— Alors, il te reste à l'inviter à venir s'installer chez vous le temps que ta chère mère comprenne que la place est déjà prise. À mon avis, ça devrait suffire pour qu'elle arrête de débarquer chez vous avec armes et bagages.

— Quelle belle idée… Mais le problème, c'est que je ne sais jamais quand elle va venir.

— Tant qu'à ça…

Perdues dans leurs pensées, les deux femmes sursautent lorsque la porte s'ouvre brusquement sur une cliente.

— Bonjour, Madame Roy, lance Mérée d'une voix mal assurée. Quel bon vent vous amène aujourd'hui ?

— J'ai besoin de farine pour rouler mes brioches.

Mérée prend un sac sur la tablette du bas et le dépose sur le comptoir. Elle en indique le prix à sa cliente pour la forme, puis sort son petit carnet dans lequel elle note scrupuleusement tout le crédit qu'elle fait.

— Est-ce que votre mari a fini par partir aux chantiers ? lui demande Gertrude en se rapprochant.

— Ne m'en parlez pas, il est tellement paresseux qu'il a encore trouvé le moyen de se blesser pour rester au chaud.

— J'espère que ce n'est pas trop grave ?

— Ne vous inquiétez pas pour lui, riposte aussitôt la cliente d'une voix qui trahit son désaccord, c'est juste assez pour l'empê- cher d'aller bûcher, mais pas pour aller lever ses collets de lièvres, par exemple. Le pauvre, il s'est entaillé une main en coupant le cou d'une poule.

Ni Mérée ni Gertrude n'ajoutent de commentaire. Elles connaissent le gibier depuis assez longtemps pour savoir que comme paresseux, il ne se fait pas mieux et elles plaignent sa femme de toutes leurs forces.

— Avez-vous besoin d'autre chose ?

— Non. Il faut que j'y aille, les enfants se gardent tout seuls.

Gertrude s'approche du comptoir sitôt la porte refermée.

— Depuis quand tu lui fais crédit ?

— Une couple de semaines. Elle est arrivée ici en larmes avec une assiette remplie de brioches chaudes et elle m'a suppliée à genoux de lui avancer ce qu'elle avait sur sa liste. J'ai commencé par refuser, mais elle était tellement désespérée que j'ai fini par céder. Il faut que je te dise que ces brioches n'ont pas leur pareil en ville.

— Mais elle ne pourra jamais te payer… riposte Gertrude en fronçant les sourcils.

— Je ne suis pas si bête que j'en ai l'air, argumente Mérée, j'ai fait un marché avec elle. Elle va me fournir en brioches et aussi en pain frais à partir de la semaine prochaine.

— Qui va te les acheter ? Tu sais aussi bien que moi que toutes les femmes font leur pain et leurs pâtisseries.

— D'après mon frère, celles des patrons de la pulperie seraient prêtes à payer le gros prix pour ne pas mettre les mains dans la farine. Laisse-moi te raconter comment je vais m'y prendre pour les attirer jusqu'ici.

Et Mérée se lance à corps perdu dans ses explications. Lorsqu'elle arrive à la fin de son laïus, Gertrude lui dit :

— Fais-moi signe le jour où ça te dira de vendre du sucre à la crème.

— Je t'engage tout de suite ! s'exclame Mérée avant de se mettre à rire.

* * *

Charlotte a remercié sœur Irène deux fois plutôt qu'une.

— J'aimerais savoir pourquoi vous avez fait ça.

La religieuse l'a regardée droit dans les yeux avant de lui répondre :

— Parce que vous êtes une bonne personne et que je savais que… que vous seriez assez forte pour penser au bien de l'enfant avant de penser à ce qu'il représente. Je m'occupe de ces petits depuis l'ouverture de l'orphelinat et je les aime de tout mon cœur, mais rien ne me fait plus plaisir que d'en voir partir un dans une bonne famille. J'ignore comment vous allez vous y prendre pour faire avaler la pilule à votre mari, mais je sais que vous allez y arriver.

Les dernières paroles de sœur Irène avaient réussi à tirer les larmes de Charlotte. Elle s'était approchée de la vieille femme et l'avait serrée dans ses bras avant de l'embrasser sur la joue.

Sœur Irène avait raison, elle est prête à tout pour que le petit Raymond ait droit à la vie qu'il mérite. Elle ignore toujours comment elle va aborder le sujet avec Laurier, mais elle a confiance de trouver les mots qu'il faudra lorsque le moment sera venu.

Charlotte avait commencé par refuser l'offre de la mère supérieure de lui prêter un lit le temps qu'elle en trouve un dans le grenier d'un voisin, ou mieux que Laurier lui en fabrique un. Une fois de retour à la maison avec ses deux bébés, elle s'est dit qu'elle a bien fait, finalement, d'accepter. Elle l'a installé à côté de celui de Claire. Elle a bercé le petit garçon pour l'endormir et elle lui a promis d'être une bonne mère pour lui. Les deux bébés dorment à poings fermés depuis près de deux heures. Alors qu'elle fait l'inventaire de ce qu'elle possède pour vêtir son fils, Charlotte soupire. Il va falloir qu'elle se mette à la couture au plus vite, si elle ne veut pas passer ses journées à laver la seule tenue du petit garçon. Elle va voir dans sa réserve de tissus et elle les prend un à un dans ses mains, sondant couleurs et textures. Elle évalue ensuite leur potentiel pour en faire des vêtements. La conclusion s'impose assez vite : elle devra faire quelques achats au magasin général. Comme ça lui arrive des dizaines de fois dans une seule journée, elle va jeter un coup d'œil aux enfants pour s'assurer que sa famille se porte bien. Elle est tellement heureuse qu'elle ne porte plus à terre. Celle qui avait fini par croire qu'elle ne serait jamais mère, a maintenant deux magnifiques bébés. Ils ont tellement peu de différence d'âge qu'on pourrait presque penser qu'elle a eu des jumeaux… mais pas de la même mère. De ça, elle en est certaine. Charlotte sourit avant de retourner dans la cuisine. Elle regarde sa réserve de bois et se dit qu'il vaudrait mieux qu'elle aille en chercher avant que les enfants se réveillent. Elle enfile son manteau et ses bottes, puis sort de la maison en vitesse. Elle court jusqu'au hangar pour en ressortir les bras chargés de bois. C'est alors qu'elle voit arriver la carriole de Laurier à vive allure. Elle savait que ce moment finirait par arriver, mais elle n'était pas pressée de le vivre. Elle avance dans la neige en tenant son bois comme si sa vie en dépendait et rentre dans la maison en refermant la porte derrière elle. Elle dépose sa brassée dans le bac prévu à cet effet et attend que son mari fasse son entrée, ce qui ne tarde pas. Son humeur a changé complètement en l'apercevant. Elle est tellement en colère contre lui qu'elle tremble, mais elle prend sur elle en se disant qu'elle a trop peu de temps pour se préparer à l'affronter pour le perdre. Savoir que Laurier n'est pas stérile lui a enlevé un gros poids sur la conscience, elle peut maintenant dormir sur ses deux oreilles en croyant que Claire est sa fille. Malgré cette bonne nouvelle, rien n'effacera jamais le fait qu'elle a couché avec un autre homme. Elle essaie de se calmer et tente de trouver la meilleure manière de faire avaler à Laurier la couleuvre qu'elle s'apprête à lui servir froide.

— Tu ne peux même pas t'imaginer à quel point j'ai hâte que l'hiver finisse, s'exclame Laurier pour toute salutation. Ça sent bon jusque dehors et je suis affamé.

Charlotte a toujours admiré avec quelle aisance son mari reprend sa place dans la maison après des jours d'absence. Quelqu'un qui ne saurait pas qu'il est parti depuis près d'une semaine serait porté à croire qu'il était allé acheter de la farine au magasin général, à cinq minutes de la maison, ou pire, qu'il était sorti chercher une brassée de bois dans le hangar.

— Tu n'as pas peur que le cheval ait froid? lui demande Charlotte pour se donner une contenance.

— Il n'aura pas le temps. Je suis venu manger une soupe et je retourne au port; on doit décharger le bateau avant la nuit.

— Comme tu veux.

Charlotte sort un bol de l'armoire et le remplit de soupe aux légumes fumante. Elle coupe ensuite quelques tranches de pain et va les porter sur la table.

Au lieu de demander des nouvelles de Claire, Laurier reprend son discours sur la température, ce qui enrage Charlotte subitement. Les yeux dans l'eau, elle l'agrippe par le bras sans crier gare et l'intime de la suivre jusque dans leur chambre.

— Lâche-moi, j'ai pas le temps de jouer.

— Ça adonne bien, parce que ce n'est pas un jeu et arrête de crier, si tu ne veux pas réveiller les enfants.

Les deux derniers mots de Charlotte résonnent dans la tête de Laurier comme des coups de marteau. Il se libère de l'étreinte de sa femme et il entre dans leur chambre. Il est tellement furieux lorsqu'il voit les deux bébés qu'il se retient de ne pas tout casser dans la pièce.

— Ramène-moi ça où tu l'as pris au plus sacrant. Je croyais pourtant avoir été clair, jamais je n'élèverai un bâtard! Je veux que ce bébé soit parti avant que je sois revenu du port.

Laurier tourne les talons et court remettre son manteau. Au moment où il met la main sur la poignée de la porte, Charlotte lui lance d'une voix monocorde :

— Ce bâtard est le tien.

Charlotte lui laisse quelques secondes pour absorber le coup et elle poursuit sur le même ton :

— Au cas où ça t'intéresserait, sa mère s'appelle Céline Lemieux mais, d'après ce que je sais, tu n'as pas besoin de présentation. Et pour ton information, je l'ai adopté officiellement. Alors, si l'envie te prend de le retourner d'où il vient, tu n'auras qu'à le faire toi-même.

Laurier ne fait ni une ni deux et il sort de la maison sans dire un mot, mais en prenant soin de claquer la porte. L'instant d'après, il fouette son cheval et sort de la cour comme une furie. Aussitôt seule, Charlotte se laisse tomber sur une chaise et elle se met à pleurer comme une Madeleine. La réaction de son mari ne la surprend pas, mais elle l'effraie pour la suite des choses, par contre. Et s'il l'abandonnait avec deux enfants sur les bras… Elle s'essuie les yeux avec le coin de son tablier et relève la tête bien haute. *Dans le temps comme dans le temps. Je traverserai la rivière quand je serai rendue. En attendant, je vais aller présenter mon petit dernier à ma famille. Comme ça, je ne serai pas obligée de supporter la mauvaise humeur de Laurier, si toutefois il daigne rentrer, et ça lui donnera un peu de temps pour avaler la pilule.*

Charlotte sort une feuille de papier, l'encrier et une plume et elle se met en frais d'écrire un mot à Laurier. Elle place ensuite la feuille bien en vue et va mettre les briques dans le four pour qu'elles soient brûlantes au moment de partir. Jonquière n'est pas à l'autre bout du monde, mais elle ne peut pas courir le risque que ses enfants prennent froid. D'ailleurs, si elle écoutait son bon sens, elle ne s'aventurerait pas sur les routes avec deux jeunes bébés à cette heure, mais elle doit partir si elle ne veut pas devenir folle. Elle va chercher son sac de voyage et alors qu'elle commence à le remplir, la voiture de Laurier entre doucement dans la cour. Elle va s'asseoir sur sa chaise berçante et attend que son mari rentre, ce qui ne tarde pas. Le regard voilé par les larmes, il s'approche d'elle et lui dit d'une voix chargée d'émotion :

— Je te demande pardon, Charlotte, je suis un imbécile.

Laurier doit attendre de longues secondes avant qu'elle lui fasse un demi-sourire.

— Et pour mon fils…

Les mots ont du mal à franchir ses lèvres. Voilà qu'il se retrouve avec deux enfants à élever alors qu'il n'en voulait pas. Sa mère lui dirait qu'il aurait dû y penser avant et il lui donnerait raison. Maintenant qu'il est devant le fait accompli, il a l'intention de se comporter comme un homme et de prendre ses responsabilités.

— Je vais l'élever tout comme sa sœur. Je ne peux pas te jurer de me transformer en père idéal du jour au lendemain, je ne sais même pas si j'y arriverai un jour, mais je te promets de faire tout ce qu'il faut pour que nos enfants soient fiers de leur père.

Laurier fait une pause avant d'ajouter :

— Et toi aussi. Peux-tu me dire comment il s'appelle, avant que je retourne travailler ?

— Il s'appelle Raymond, mais je vais faire mieux que ça, suis-moi, que je te le présente.

Et Charlotte commence à vanter les mérites du bébé en long et en large. Lorsque Laurier pose les yeux sur son petit bonhomme, un sourire tremblant se pose discrètement sur ses lèvres.

Charlotte sait que la partie n'est pas gagnée pour autant, mais au moins elle a remporté la première manche. Et c'est déjà plus qu'elle ne pouvait espérer en aussi peu de temps dans les circonstances.

Elle caresse la joue de son mari et lui souffle un *Je t'aime* à l'oreille avant de se coller sur lui. Contre toute attente, il la prend dans ses bras, dépose la tête sur son épaule et se met à pleurer comme un bébé.

Reprends-toi vite, Laurier, dit Charlotte à la blague, deux bébés d'un seul coup, c'est bien suffisant.

Chapitre 3

— Veux-tu bien la laisser tranquille ? lance Joseph d'un ton chargé de reproches.

— À la grosseur qu'elle a, réplique Lucille avec un petit sourire en coin, elle est capable de se défendre toute seule.

Lucille pose un regard hautain sur Anita qui fait comme si elle n'entendait et ne voyait rien. Occupée à préparer le souper, elle fixe le fond de ses chaudrons et chantonne comme elle a l'habitude de le faire. Anita est le sujet de prédilection du couple depuis le jour où elle a franchi la porte de leur maison. C'est toujours la même chose : Lucille lui rentre dedans allègrement alors que Joseph déploie toute l'artillerie nécessaire pour la défendre. Il y a longtemps qu'Anita devrait détester Lucille, mais elle a entrepris de la trouver drôle. C'était ça où elle serait partie avec ses cliques et ses claques avant la fin de sa première journée. Elle n'en revient pas de voir tout ce que cette femme peut imaginer pour arriver à ses fins. Lucille ne s'encombre de rien ni de personne, elle fonce jusqu'à ce qu'elle frappe un mur, et elle revient à la charge encore et encore sans jamais renoncer. Pour Anita, Lucille est une force de la nature aussi dangereuse que le plus violent des ouragans. Sa menace plane toujours au-dessus de la tête des siens et, bien qu'elle ait ses préférés, personne n'y échappe.

— Tu n'avais qu'à ne pas me l'imposer, si tu ne voulais pas que je m'en prenne à elle. Tu sais très bien que je n'aime pas les grosses. Mais non, tu as voulu faire à ta tête, eh bien, c'est elle qui paie. Anita, je veux un thé.

— Lève ta vieille carcasse de ta chaise berçante et va t'en faire un toi-même, l'intime Joseph d'un ton bourru. Je te rappelle que tu n'es pas la reine d'Angleterre, seulement la femme de Joseph Pelletier, cultivateur dans la petite société, à Jonquière. Ça rime pareil, mais c'est loin de te donner le droit de commander Anita.

Joseph tire tellement fort sur sa pipe qu'il disparaît pendant quelques secondes derrière un épais nuage de fumée.

— Comment voudrais-tu que je l'oublie? Je me promène encore avec mon vieux manteau de fourrure pendant que toutes les femmes que je connais se pavanent dans un neuf. Tu devrais avoir honte de me faire passer pour une pauvre, Joseph Pelletier.

— Tiens-toi-le pour dit, tant et aussi longtemps que je vivrai, jamais plus je ne dépenserai une cenne pour t'en acheter un autre. Tu peux te plaindre à qui tu voudras, mais je ne cèderai pas sur ce coup-là. Le tien s'est envolé en fumée et je n'ai rien à voir là-dedans.

Lucille veut un nouveau manteau de fourrure et elle a bien l'intention de l'avoir avant la fin de l'hiver. Avec tout l'argent que Joseph a distribué aux enfants, elle sait qu'il a les moyens de lui en offrir un, peut-être même deux, ce qui serait un juste retour des choses puisqu'après tout, elle le mérite largement. Certes, il refuse pour le moment, mais elle parviendra à le faire changer d'avis et, de cela, elle est certaine. Et puis, dans le pire des cas, elle trouvera bien quelqu'un d'autre pour payer la facture au cas où elle échouerait avec lui. D'ailleurs, elle en a glissé un mot à Marcella la dernière fois qu'elle l'a vue. Il faudrait être aveugle pour ne pas voir que Léandre brasse de grosses affaires depuis un moment. Comme il vend des manteaux de fourrure, Lucille s'est dit qu'il pourrait sûrement faire quelque chose pour aider son cas. Elle est loin de le porter dans son cœur mais, pour avoir chaud l'hiver prochain, elle est prête à faire bien des efforts si ça peut le mettre de son bord. Elle s'est même imaginé qu'il lui en offrirait peut-être un en cadeau. Après tout, un gendre qui se respecte doit prendre soin de sa belle-mère adorée.

— C'est ce qu'on verra ! Alors, ce thé ? C'est maintenant que je le veux, pas dans deux heures. Qu'est-ce que vous attendez pour le faire infuser ?

Anita ne se donne pas la peine de se retourner et continue à couper ses oignons comme si de rien n'était. Contrairement au précédent qu'elle a trimé, celui-ci ne lui pique pas les yeux. Est-ce parce qu'il est réellement plus doux ou est-ce parce que l'ordre que vient de lui lancer Lucille la distrait au point de lui faire oublier son inconfort ?

— Pauvre fille, elle est sourde en plus d'être grosse ! jette Lucille d'un ton méchant. Je veux un thé et je le veux tout de suite.

Cette fois, c'en est trop pour Anita. Elle pivote sur elle-même et vient se planter devant Lucille. Elle s'approche à deux pouces de son visage et lui dit d'une voix ferme et autoritaire :

— Je vous interdis de me manquer de respect. Je suis grosse, c'est vrai, et ce n'est pas demain la veille que ça va changer, mais c'était la dernière fois que vous m'en parliez, par exemple. Quant à votre thé, si vous vous obstinez à me commander, vous allez vous en passer. Est-ce que c'est assez clair pour vous ?

Sitôt son dernier mot sorti de sa bouche, Anita retourne d'où elle vient sans laisser la chance à Lucille de réagir. Elle peut tolérer bien des choses, mais pas qu'on lui manque de respect aussi directement. Ce n'est pas la première fois qu'elle remet Lucille à sa place parce qu'elle la traite comme une moins que rien, mais elle a remarqué qu'elle ne revient pas sur l'élément dont il est question chaque fois qu'elle lui parle dans le casque. Et franchement, il vaudrait mieux pour elle qu'elle se tienne à carreau avec sa grosseur, parce qu'Anita en a plus qu'assez de l'entendre lui rebattre les oreilles avec ça.

Joseph est découragé de voir à quel point Lucille peut être méchante avec Anita alors que la jeune femme la sert loyalement depuis des mois. Avec tout ce que sa femme lui a fait endurer, il se demande pourquoi elle est encore là. En tout cas, s'il était à sa place, il y a un sacré bout de temps qu'il aurait levé les feutres. Joseph remercie Dieu chaque soir de l'avoir mise sur son chemin, parce que sans elle dans sa vie, tout probable qu'il serait allé s'installer chez Gertrude depuis un sacré bout de temps.

Lucille se racle la gorge et elle pince les lèvres. Elle bouge ensuite les épaules avant de larguer une nouvelle bombe.

— Tu sauras, Joseph Pelletier, que ça ne sert pas à grand-chose d'avoir l'électricité si on ne fait rien avec. Tu es bien bon pour le paraître, mais quand arrive le temps de faire quelque chose, tu disparais. Je veux une nouvelle glacière.

Joseph la regarde et éclate de rire.

— Tu ferais mieux de te taire, si tu n'as rien de mieux à dire. Je te l'ai déjà dit, je t'achèterai une glacière quand les poules auront des dents.

Furieuse, Lucille file dans sa chambre sans ajouter un mot. Si ce n'était pas qu'Adjutor doive arriver demain, elle se ferait conduire chez lui sur-le-champ. Elle en a plus qu'assez de se faire dicter sa conduite par Joseph et par cette grosse fille. Mais la vraie responsable de tous ses malheurs demeure Gertrude. Elle n'avait pas le droit de l'abandonner, elle était son poteau de vieillesse. Elle l'avait dressée pour qu'elle la serve jusqu'à sa mort. Et outre le fait qu'elle n'était pas tendre avec elle au moment de se lever, elle s'acquittait plutôt bien de sa tâche. Gertrude partie, Lucille a perdu ce à quoi elle tenait le plus. Elle ne peut plus commander personne, pas même sa Gertrude. D'ailleurs, elle a changé, sa fille, depuis qu'elle est mariée. Avant, jamais elle n'aurait osé la sortir de sa maison. Elle aurait bougonné par en dedans, mais elle l'aurait reçue et elle aurait fini par lui donner sa chambre si c'était ce qu'elle réclamait. Il y a des jours où Lucille se demande bien où s'en va sa famille. Même Adrien se permet de monter le ton avec elle, ce qui ne lui ressemble pas une miette. Après tout ce qu'elle a fait pour le protéger de sa Marie-Paule, deux jours par semaine à déjeuner en haut ont suffi pour le transformer lui aussi. Et que dire de son Adjutor ? Il a poussé l'offense jusqu'à s'enrôler pour ne plus l'avoir dans les pattes. Lucille a vu clair dans son petit jeu et elle se promet de lui rendre la monnaie de sa pièce à la première occasion. Depuis quand les enfants ont-ils le droit de refuser de servir leurs parents ? En plus, c'est grâce à elle qu'Adjutor est devenu prêtre et il devra lui en être éternellement reconnaissant. Lucille va laisser finir cette maudite guerre et elle rappliquera chez lui pour s'y installer définitivement, que ça lui plaise ou non. Et si ça ne fait pas l'affaire de sa bonne, eh bien, elle n'aura qu'à retourner chez ses parents comme elle sait si bien le faire.

— Quand partez-vous au bois ? demande Anita.

— Lundi.

— Croyez-vous qu'Adrien va rester, cette fois ?

— Je n'ai pas pris la chance qu'il m'abandonne et j'ai offert à deux de mes neveux de venir avec nous. Ils ont besoin de bois et moi de leurs bras. Comme ça, je ne serai pas seul si jamais Adrien se pousse.

Joseph s'était juré de ne plus emmener Adrien bûcher avec lui, mais il a dû revenir sur sa décision lorsqu'Arté s'est cassé la jambe en tombant du fenil. Sa chute a compromis passablement leur saison aux chantiers. Il a même fallu attendre qu'il puisse se tenir debout avant de penser à partir. Joseph a engagé un homme pour l'aider à faire la traite pendant leur absence, mais il s'est dit qu'Adrien n'en mourrait pas de reprendre du service au bois. Il n'a pas rouspété ouvertement lorsque son père lui a dit qu'ils partaient lundi, mais à l'air qu'il faisait, Joseph a bien vu que ça ne faisait pas son affaire.

— C'est sage.

Anita meurt d'envie de confier son secret à Joseph, mais elle se dit qu'il vaudrait mieux attendre qu'ils soient seuls. Elle n'a pas envie de faire plaisir à Lucille, surtout pas après ce qu'elle lui a dit. Et de toute façon, il n'y a rien qui presse, puisque son prétendant ne lui a pas encore fait la grande demande. Ce n'est pas l'homme de ses rêves, mais c'est un bon parti. Elle en a glissé un mot à sa sœur lorsqu'elle est venue lui rendre visite la semaine passée et cette dernière lui a fait comprendre qu'elle devrait y penser avant de lever le nez sur lui.

— Je vais peut-être te paraître dure, mais les filles comme nous autres sont mieux de ne pas faire les difficiles lorsqu'un homme s'intéresse enfin à elles. C'est ça ou tu vas finir vieille fille.

Il y a longtemps qu'Anita a compris qu'être pauvre n'offre pas grand choix dans la vie, pas plus pour les hommes que pour le reste. Mais d'un autre côté, elle n'a pas envie de sauter sur le premier venu sous prétexte qu'elle ne veut pas rester vieille fille. Après tout, elle a été élevée dans une famille remplie d'amour. Ses parents s'aimaient lorsqu'ils se sont mariés et ils s'aiment encore comme au premier jour, c'est donc aussi ce qu'elle souhaiterait.

— Et si je ne parvenais pas à l'aimer? a demandé Anita.

— Tu n'auras qu'à faire comme moi et comme un tas d'autres femmes, tu te contenteras de ce que tu as.

— Oui, mais, que fais-tu du devoir conjugal?

— Tu fermes les yeux et tu attends que ça finisse.

En voyant l'air découragé d'Anita, sa sœur avait ajouté:

— Je te rassure tout de suite, ça ne dure jamais bien longtemps.

Loin de lui enlever ses craintes, les paroles de sa sœur la hantent. Elle n'est pas mal avec son prétendant, mais elle ne peut pas dire qu'il lui donne des papillons pour autant. À dire vrai, elle serait avec son frère que ce serait pareil. Anita met le couvercle sur son hachis et elle dit :

— Ça vous dirait de jouer aux cartes pendant que ça va cuire ?

— Je sors le jeu, répond Joseph en secouant sa pipe au-dessus de son crachoir avant de la mettre dans sa poche de chemise.

***

— Si tu continues d'épargner à ce rythme-là, confie Marie-Paule, tu pourras t'acheter une auto à l'automne.

— Tu es sérieuse ? s'exclame Adrien.

— D'après mes calculs, c'est faisable.

— Je vais te faire une confidence, je ne pensais jamais y arriver aussi vite. Tu ne peux pas t'imaginer à quel point j'ai hâte de l'avoir. Je n'irai pas jusqu'à dire que ça va complètement changer ma vie, mais je peux au moins te dire que ça va me donner un avantage sur tous les rouliers. Je ne pourrai peut-être plus transporter de marchandise, en tout cas pas beaucoup à la fois, mais je suis certain que les gens vont vouloir se déplacer en auto plutôt qu'en carriole, s'ils ont le choix. Et je n'hésiterai pas à monter mes prix.

Marie-Paule est fière de son mari. Il a continué à prendre la poudre d'escampette des jours durant, mais il n'a jamais manqué à sa promesse de mettre de l'argent de côté. Il n'a pas encore atteint son but, mais il est sur la bonne voie.

— J'y pense, ajoute Adrien, qu'est-ce que je vais dire à Arté et au père quand ils vont me voir arriver au volant de mon auto ? Après tout, la majorité de l'argent provient de mon travail de roulier et il devait servir à la ferme et non pour m'acheter une auto.

— Laisse-moi réfléchir un peu.

Marie-Paule a retourné la question dans sa tête de tous bords tous côtés ces derniers temps. Elle ne prétend pas détenir la vérité, mais elle a une ou deux suggestions dans sa manche pour Adrien.

— J'ai peut-être ta réponse. Corrige-moi si je me trompe, ton père n'a pas eu à allonger un seul billet pour la ferme depuis que tu travailles comme roulier.

Adrien fait signe que non de la tête.

— Alors, on peut conclure que tes économies ne les ont privés de rien.

— Peut-être, mais ce n'était pas l'entente qu'on avait prise au départ.

Loin de se laisser déstabiliser par l'intervention de son mari à laquelle elle n'accorde que peu d'attention, Marie-Paule poursuit :

— Autre chose, ton père et ton frère sont des gens fiers, et ta mère l'est encore plus. Si j'étais à ta place, je leur vendrais l'idée que tu voulais leur faire une surprise, leur montrer de quoi tu étais capable.

— C'est bien beau tout ça, mais en fin de compte, c'est moi qui aurai l'auto et eux n'auront rien.

Marie-Paule lui sourit. Jusqu'à maintenant, elle a réponse à tout et ça lui confirme qu'elle avait bien mené sa réflexion.

— Attends ! Tu n'auras qu'à jouer la carte du gars qui est prêt à les conduire partout où ils veulent aller, pourvu que tu n'aies pas de clients, bien entendu.

— Et tu crois vraiment que ça va passer ?

— Ta mère sera tellement contente d'avoir une auto avant tout le monde qu'elle va faire le travail pour toi.

— Mais il est hors de question que je passe mon temps à la conduire partout.

— Je t'apprendrai à dire non.

Adrien se lève et vient se poster en face de Marie-Paule. Il lui tend les mains pour l'aider à se lever et la prend dans ses bras. Contre toute attente, il l'embrasse doucement sur les lèvres et laisse courir ses mains jusque sur ses fesses. Surprise, Marie-Paule pousse un petit cri en se raidissant. Depuis qu'elle est mariée avec Adrien, c'est la première fois qu'il lui manifeste un peu de tendresse hors des draps, et encore moins en plein cœur de l'après-midi.

— Je tombe de fatigue moi. Pas toi ?

Adrien l'entraîne jusque dans leur chambre sans attendre sa réponse. Et pour une fois, il a envie de la remercier d'avoir insisté pour que les deux plus vieux dorment dans le grenier. Ils ont ainsi pu récupérer leur chambre après avoir donné l'autre aux deux plus jeunes. Il se débat encore avec les jupes de sa femme lorsque Georges appelle sa mère. Marie-Paule se redresse aussitôt, mais Adrien lui dit :

— Laisse-lui au moins la chance de se rendormir.

Ces quelques mots suffisent pour que Marie-Paule s'abandonne totalement aux mains baladeuses d'Adrien en soupirant à chacune de ses caresses. Elle ignore ce qui se passe dans les autres chambres à coucher, ce qu'elle sait c'est qu'elle préfère nettement ce qu'elle est en train de vivre à toutes les séances vite expédiées du samedi soir auxquelles elle a dû s'habituer depuis sa nuit de noces. Il est trop tôt pour qu'elle se fasse des illusions, mais elle se promet bien de revenir à la charge si Adrien ne récidive pas de lui-même. C'est alors qu'un large sourire s'affiche sur ses lèvres. *Personne ne peut prédire jusqu'où une simple auto peut vous mener.*

Chapitre 4

Lucille ne tient pas en place depuis qu'elle a ouvert les yeux. Son glorieux fils Adjutor ne devrait pas tarder. Elle a donné rendez-vous à tout le monde à l'église Saint-Dominique pour les baptêmes. Elle aurait préféré Sainte-Famille, mais Joseph a tenu son bout cette fois et elle a fini par céder. Après, ils viendront à la maison familiale et mangeront ensemble. Anita a préparé une grosse tourtière et des tartes au sucre pour l'occasion. Sous l'œil vigilant de Lucille, la jeune fille a mis les petits plats dans les grands comme pour le jour de l'An. Il est tellement rare qu'elle voit sourire Lucille qu'Anita a été d'une patience d'ange avec elle. Elle ne connaît pas encore le fils prodigue, mais il s'en faudrait de peu pour qu'elle croie que c'est le pape en personne qui s'en vient.

Quant à Joseph, il fume tranquillement sa pipe comme si c'était un jour ordinaire. Adjutor revient de la guerre et il est content. Seulement, qu'il revienne couronné de gloire n'influence pas son humeur. Il n'était pas content qu'il s'enrôle, et ce n'est pas une petite médaille ou deux qui vont le faire changer d'idée. Joseph lui en veut encore autant que le jour où Lucille lui a appris qu'il s'était enrôlé. Adjutor n'avait pas besoin d'aller aussi loin pour sauver le monde, le Saguenay est rempli de pauvres personnes qui ne demandent que l'aide de leur curé.

— Dépêche-toi de sortir le verre taillé, s'impatiente Lucille, je veux que tout soit prêt quand il va arriver.

— Qu'est-ce que je dois mettre dedans ?

— Les petits oignons, les cornichons, le ketchup, le sucre à la crème... Depuis quand tu me demandes quoi faire ?

Pour toute réponse, Anita se tourne vers Lucille et elle lui sourit.

— N'attends pas qu'il soit arrivé pour le faire ! Allez, grouille-toi un peu.

Au moment où Joseph allait prendre la défense d'Anita, une carriole entre dans la cour. Lucille oublie aussitôt le verre taillé et elle se précipite à la fenêtre.

— Je n'en crois pas mes yeux, s'écrie-t-elle, c'est monseigneur en personne. Et son secrétaire. J'espère qu'il n'est rien arrivé à mon Adjutor.

Affolée, Lucille court à la porte et attend les deux hommes en retenant son souffle. Lorsqu'elle entend des pas sur la galerie, elle ouvre la porte toute grande et se tasse pour les laisser entrer.

— Bonjour, Madame Pelletier, je vous dis que ce n'est pas chaud aujourd'hui.

Lucille est tellement énervée qu'elle en oublie la bienséance. Pendant que l'évêque lui tend la main pour qu'elle embrasse son anneau, elle lui tend les bras pour prendre son manteau. En voyant la scène, Anita vient à sa rescousse. Elle prend la main tendue et s'exécute.

— Bonjour, Monseigneur. Je m'appelle Anita et je travaille pour les Pelletier.

L'instant d'après, c'est au tour de Joseph et, enfin, de Lucille.

— Venez vous bercer, dit Joseph une fois le cérémonial terminé. Avec le froid qu'il fait, vous prendriez bien deux doigts de whisky.

— Ce ne serait pas de refus, confirme aussitôt l'évêque. N'oubliez pas mon secrétaire, il couve une grippe depuis deux jours.

Si Joseph savait comment Lucille se sent en ce moment, il aurait pitié d'elle. Elle est tellement inquiète pour Adjutor qu'elle a du mal à respirer. Si elle ne sait pas au plus vite ce qui amène monseigneur ici, son cœur de mère risque d'éclater. Elle prend son courage à deux mains et lui demande si Adjutor va bien.

— Plus que jamais, Madame.

Lucille pousse un grand soupir. Cette seule phrase suffit à elle seule pour qu'elle se sente mieux.

— C'est justement pour vous parler de lui que je suis venu. D'abord, il ne faudrait pas vous surprendre, parce que c'est moi qui baptiserai vos petits-enfants.

Au lieu d'attendre patiemment la suite, Lucille lui jette au visage :

— Depuis quand l'évêque se déplace pour venir baptiser les enfants Pelletier ?

Décidément, cette femme est une vraie peste et monseigneur plaint son mari qui a l'air d'être la bonté même. S'il n'en tenait qu'à lui, monseigneur Labrecque la remettrait très vite à sa place. Vu la raison de sa visite, il prend sur lui et s'efforce de garder le sourire.

— Si j'étais à votre place, madame, lui dit-il gentiment, j'écouterais avec grande attention ce que j'ai à vous dire. Mais commençons par le commencement. Votre fils Adjutor est un homme important, il a…

À mesure que monseigneur parle, les yeux de Lucille, et même ceux de Joseph s'agrandissent, mais aucun des deux ne se risque à poser de question. Quant à Anita, elle s'est assise en retrait et elle écoute avec grande attention la fascinante histoire d'Adjutor.

— Tenez, je vous ai apporté une photo.

Lucille reconnaît aussitôt son fils, mais elle a du mal à croire ce qu'elle voit.

— Mais c'est le pape ! s'étonne-t-elle.

— En personne. Laissez-moi vous raconter la suite. L'Italien qu'Adjutor a sauvé est archevêque, mais en réalité, c'est le cousin propre de Sa Sainteté. Et c'est pour cette raison que…

Anita est renversée par ce qu'elle entend. Le fils des Pelletier a refusé d'être sacré archevêque. Pire encore, il n'est plus prêtre et il s'est marié avec la nièce du pape. Et aux dires de l'évêque, il est riche comme Crésus, au point qu'il va se faire construire un manoir à Saint-Irénée.

Alors que l'évêque s'attendait à une réaction éclatante de la part de Lucille, voilà qu'elle est sans voix. Tout comme Joseph, d'ailleurs. Leur fils est parti avec un col romain au cou et il est revenu avec une bague au doigt. Toute cette histoire dépasse leur entendement.

Comme si ce n'était pas suffisant, monseigneur reprend la parole :

— Mais je ne vous ai pas encore tout dit… Adjutor va être père dans quelques mois.

Cette fois, c'en est trop pour Lucille. Elle a l'impression que le sol est en train de se dérober sous ses pieds.

— Anita, fais-moi un thé.

Son ton n'est pas meilleur que d'habitude mais, pour cette fois, Anita décide de passer par-dessus et elle s'exécute sans rouspéter.

— Je peux imaginer comment vous vous sentez, Madame, dit monseigneur.

— N'essayez même pas, riposte promptement Lucille. On a tout fait pour qu'il devienne prêtre et c'est en se mariant qu'il nous remercie pour tous nos sacrifices. Ça ne se passera pas de même. C'est à vous de lui faire entendre raison, et on n'a pas de temps à perdre à part de ça.

— Arrête un peu, Lucille, s'indigne Joseph, c'est le pape qui l'a autorisé à se marier. Tu ne vas quand même pas te battre avec lui. Notre fils n'est pas excommunié, si c'est ça qui te fait peur, et il ne déshonorera pas la famille non plus, il n'est juste plus prêtre.

— Mais ça prend absolument un prêtre dans la famille, s'exclame Lucille. Il me semble que ce n'est pas si dur que ça à comprendre, lui ou un autre, ça me prend un prêtre !

Découragé par ce qu'il vient d'entendre, Joseph allume sa pipe pour se donner une contenance. Décidément, rien n'est jamais facile avec Lucille.

— Même si je le voulais, dit monseigneur, je ne pourrais pas renverser la décision du pape. Par contre, je peux sûrement vous aider, si vous trouvez quelqu'un de votre famille qui veut prendre sa place aux côtés de notre Seigneur.

— Voulez-vous dire que vous allez payer ses études ? demande Lucille.

— Ça pourrait peut-être aller jusque-là, confirme monseigneur du bout des lèvres.

— Comptez sur moi, je trouverai bien quelqu'un pour remplacer Adjutor. Parlez-moi de sa femme maintenant, et de sa fortune aussi.

Monseigneur Labrecque n'en revient tout simplement pas. Alors qu'il croyait nécessaire de venir préparer le terrain avant l'arrivée d'Adjutor pour lui faciliter les choses, voilà que sa mère est tout énervée à l'idée de faire la connaissance de sa nouvelle belle-fille. Ce n'est pas dans ses habitudes de boire, mais il vide son verre d'un coup et le tend à Anita pour qu'elle le remplisse.

Joseph jongle avec ce qu'il vient d'entendre. Il est bouleversé par toute cette histoire, beaucoup plus qu'il ne le souhaiterait. Il a toujours cru qu'Adjutor était content d'être prêtre, mais maintenant il en doute. Il essaie de se rappeler dans quelles circonstances le choix s'est arrêté sur lui et tout ce dont il se souvient, c'est que c'était le plus faible des garçons et que c'est pour cette raison que Lucille avait décidé d'en faire un prêtre à tout prix. Adjutor n'est pas le seul à s'être fait forcer la main dans cette famille et il s'en veut. Il peut faire comme sa femme et se dire qu'il ne pouvait pas faire autrement que d'obliger Arté et Adrien à rester sur la terre, mais il sait que ce n'était pas leur choix. Mais sait-il seulement ce que ses fils auraient fait de leur vie s'ils ne les avaient pas attachés à la terre ? *Il faudrait bien que je leur pose la question un de ces jours…*

— Tu as entendu ça, Joseph ? demande joyeusement Lucille.

Joseph sursaute en entendant son nom. Il était tellement pris par ses pensées qu'il n'a pas saisi un seul mot du dernier laïus de monseigneur.

— Quoi ? demande-t-il.

Lucille lui fait des gros yeux avant de lui répondre :

— La femme d'Adjutor est duchesse.

— Et après ?

— Après ? Mais c'est bien assez. Réalises-tu que notre fils est marié avec une femme de la noblesse italienne ? Tu es mieux de bien te tenir quand elle va arriver.

— Elle serait reine d'Angleterre que ça ne changerait rien pour moi. Je vais la recevoir aussi bien que je reçois tous ceux qui viennent me voir, mais pas plus.

— Ils arrivent, s'écrie joyeusement Anita.

Adjutor s'attendait à tout sauf à un accueil comme celui-là. Il avait imaginé les pires scénarios et il avait fait part de chacun d'eux à sa femme. Loin de l'apeurer, chaque nouvelle tentative l'avait fait rire. Elle en avait vu d'autres et ce n'était certainement pas sa belle-mère qui allait l'intimider.

Lucille sort sur la galerie sans son châle, tellement elle est énervée. Elle ouvre les bras à la vue de son fils, ce qui ne manque pas de le surprendre. Pendant qu'il hésite à s'approcher, Lucille le prend par le bras et elle le tire jusqu'à elle. Elle le sert tellement fort qu'il a du mal à respirer.

— Je suis si contente de te voir. Il va falloir te remplumer, tu as les joues pas mal creuses. Qu'est-ce que tu attends pour me présenter ta femme ?

Adjutor n'en revient pas. Il cligne des yeux deux fois plutôt qu'une pour être bien certain qu'il ne rêve pas. Dire qu'il se faisait du sang d'encre à imaginer comment sa mère allait le recevoir. Au lieu de ça, elle l'accueille à bras ouverts. Adjutor se demande bien quelle mouche l'a piquée. Monseigneur Labrecque l'avait averti qu'il arriverait plus tôt pour préparer le terrain, mais rien ne lui garantissait que ses efforts seraient couronnés de succès à ce point. C'est le cœur léger comme une plume qu'Adjutor remonte dans sa carriole pour se rendre à l'église. Et il s'est félicité d'avoir pris celle à deux places lorsque sa mère lui a dit qu'elle montait avec lui.

Tous sont sous le choc lorsqu'ils apprennent la nouvelle d'Adjutor, enfin seulement l'essentiel avant de procéder aux baptêmes. C'est Gertrude qui réagit le plus fortement. Elle s'est mise à rire et elle n'est plus capable de s'arrêter. Même pendant la célébration de monseigneur, les épaules lui sautent et de grosses larmes coulent sans arrêt sur ses joues. Elle promène son regard entre sa mère et son frère et elle a du mal à croire ce qu'elle voit. Lucille est tout miel avec Adjutor alors qu'il vient de mettre fin au rêve de sa vie : avoir un prêtre dans la famille Pelletier. Et qui plus est, sa mère sourit à pleines dents, ce qui la fait hésiter entre le rire et les larmes. Depuis quand Lucille se fait-elle sécher les dents de cette manière alors que son fils adoré a trahi la promesse qu'il avait faite à Dieu de le servir jusqu'à sa mort ? Gertrude est dépassée par les événements. Quand elle pense que monseigneur s'est déplacé pour baptiser son bébé, elle se dit qu'il y a certainement quelque chose qui lui échappe.

Sitôt de retour à la maison de ses parents, Gertrude va se placer devant Adjutor et, les mains sur les hanches, elle lui dit en essayant de ne pas se remettre à rire :

— Vas-tu enfin me dire ce qui se passe ?

Adjutor n'a pas le temps d'ouvrir la bouche que monseigneur vient à sa rescousse.

— Laisse Adjutor, je m'en charge.

Gertrude n'a rien contre l'évêque, mais franchement, il n'a pas à répondre à la place de son frère.

— Je ne voudrais pas vous manquer de respect, Monseigneur, dit poliment Gertrude, mais j'aimerais bien que mon frère me réponde. J'ai besoin de comprendre et je ne suis pas la seule.

Adjutor savait bien qu'il finirait par frapper un os. Il avait juste oublié que celui-ci pourrait venir de Gertrude. S'il y a une chose qu'il déteste, c'est bien se vanter de ses bons coups. En même temps, il se dit qu'il leur doit la vérité. Il prend son courage à deux mains et dit d'une voix forte :

— Si vous voulez savoir ce qui est réellement arrivé, suivez-moi au salon et je vous raconterai tout. Mais je vous avertis, je n'en parlerai que cette fois.

Heureusement que le salon est double, parce qu'il n'y aurait pas eu de place pour tout le monde. Seuls Anita, Lucille, Joseph, le secrétaire de monseigneur et les enfants sont restés dans la cuisine. Adjutor commence à raconter son histoire et il répond patiemment à chacune des questions que les siens lui posent. Monseigneur Labrecque ne se prive pas pour mettre son grain de sel, mais Adjutor le laisse faire.

— Vous savez tout maintenant.

— Est-ce que je peux te toucher avant de ne plus pouvoir t'approcher ? lui demande Gertrude d'un ton moqueur.

— Si j'étais à ta place, je ferais attention parce que je mords, lui répond Adjutor du tac au tac.

— Puisque tu te fais construire un manoir, s'exclame Marcella, est-ce que ça veut dire que la mère aura sa chambre ?

— Pas exactement, répond Adjutor sans traîner.

Lucille a beau être mielleuse avec lui depuis qu'il est arrivé, Adjutor n'est pas dupe. S'il lui donne un pouce, elle va prendre un pied et il est hors de question qu'elle vienne lui pourrir la vie comme elle le faisait du temps où il était curé. Il ne pourra pas l'empêcher de lui rendre visite à l'occasion, mais il va falloir qu'il trouve une solution pour limiter les heures en sa compagnie, et si elle se présente à l'improviste, s'en débarrasser avant même qu'elle franchisse le seuil de sa porte une première fois.

— Je peux me tromper, ajoute Gertrude, mais il me semble bien qu'elle m'a fait écrire qu'elle repartirait avec toi.

— Ce sera pour une autre fois, répond Adjutor avec un petit sourire en coin. Je n'ai que deux places dans ma carriole.

— Si ce n'est que ça, le rassure Gertrude, je suis certain que papa pourrait faire un échange avec toi.

— Non ! objecte vivement Adjutor. C'est hors de question !

* * *

Ce n'est pas de gaieté de cœur qu'Adrien est monté dans le traîneau aux côtés de son père. Il ne s'en vantera pas, mais il espérait qu'Arté mettrait suffisamment de temps à se rétablir pour que la température ne leur permette plus d'aller en forêt. Adrien avait oublié un petit détail : son frère guérit toujours plus vite que tout le monde dans la famille. Et c'est ce qui est arrivé ! Adrien est content de partir avec son père, mais il aurait préféré que ce soit pour faire autre chose, comme aller voir René à Québec, par exemple. Adrien a beau essayer, la forêt n'est pas et elle ne sera jamais son endroit préféré, en tout cas pas quand la nuit tombe. Entendre hurler les loups lui donne la chair de poule. Dormir dans la même pièce que le cheval lui lève le cœur, et ce n'est pas parce qu'il ne l'aime pas. Quant à se faire à manger, il s'en passerait grandement. Pour lui, le bois ne représente rien d'autre qu'un passage obligé. Lorsqu'il a su que Joseph avait offert à deux de ses cousins de les accompagner, Adrien s'est promis de rester toute la semaine, pour une fois. Depuis le temps, ses petites fugues ne sont plus un secret pour personne dans la famille, mais entre se les faire raconter et en être témoin, il y a une marge. Disons que pour sauver le peu d'honneur qui lui reste, Adrien est prêt à faire bien des efforts.

Si Adrien avait peur de mal manger, sa crainte s'est envolée aussitôt qu'il a pris sa première bouchée. Un de ses cousins est allé tendre quelques collets en arrivant au camp pendant que l'autre est allé chasser quelques perdrix.

— On devrait prendre des notes, lance Adrien, c'est très bon. Si j'osais, j'irais même jusqu'à dire que c'est meilleur que ce que ma femme fait, et pourtant, elle est bonne cuisinière. Voulez-vous bien m'expliquer où vous avez appris à cuire les viandes sauvages de cette manière ?

— Tu veux vraiment qu'on te raconte notre histoire ? demande Arthur, le plus vieux des deux en souriant. Quand on était petits, le père nous emmenait avec lui au camp, mais pas pour bûcher, pour leur faire à manger. Je me souviendrai toujours de ce qu'il y avait dans le sac la première fois : du gros sel, un morceau de lard et des patates. Et c'est ce qu'on avait fait cuire. Non seulement les hommes s'étaient couché le ventre vide, et, nous aussi, mais à part le sel, on avait passé toutes nos provisions en une seule journée. Avant de partir bûcher le lendemain, le père nous a dit que la forêt était un grand garde-manger. Inutile de vous dire que ses paroles ne sont pas tombées dans l'oreille d'un sourd.

— On s'est assis, poursuit Alphonse, et on a réfléchi à tout ce que le père nous avait appris depuis qu'on était petits. On savait faire des collets et on savait tirer. Restait maintenant à s'en servir. Quand les hommes sont revenus de bûcher, on avait pris dix lièvres et tué cinq perdrix, et ça sentait bon dans le camp. Le père nous a tapé un clin d'œil et nous a dit qu'il savait qu'il pouvait compter sur nous. Et il nous a tendu un grand sac rempli d'oignons et de patates en riant.

— Mais moi, renchérit Arthur, je n'oublierai jamais ce qu'il a dit en partant bûcher le lendemain : La forêt est un garde-manger, mais vous n'êtes pas obligés de le vider en une seule journée.

— J'avoue qu'on n'y était pas allé de main morte, confirme Alphonse. À la fin de la semaine, personne ne pouvait plus avaler une seule bouchée de lièvre ou de perdrix. Vous connaissez le père, en arrivant à la maison, il nous a dit de son ton le plus sérieux : J'aime le lièvre et la perdrix, mais vous allez devoir varier votre menu si vous voulez revenir.

— Adrien a raison, dit Joseph, c'est encore meilleur que ce que nos femmes font, même que je vais en reprendre. Je suis curieux de savoir ce que vous leur avez fait à manger les fois suivantes.

Les deux hommes racontent tout ce qu'ils ont pu inventer au fil des années en donnant une multitude de détails. Alors que Joseph les écoute attentivement, Adrien se tient le ventre à deux mains.

Ses cousins ont beau exceller en cuisine, il aurait préféré se priver de manger plutôt que de goûter à certains plats. Devant son air découragé, Alphonse s'exclame :

— Je te rassure, Adrien, il n'y a jamais eu de morts.

— Mais bien des malades, par exemple, raille Arthur.

Adrien ne fait ni une ni deux et il sort du camp sous les éclats de rire des trois hommes.

— Il a toujours eu un cœur de poule, le cousin, lance Arthur d'un ton moqueur. Êtes-vous vraiment certain qu'il va être encore là quand on va se réveiller ?

Les deux frères se jettent un coup d'œil rapide. Arthur a gagé qu'Adrien aurait déguerpi alors qu'Alphonse croit qu'il sera encore là.

— Quitte à rester debout toute la nuit pour le surveiller, dit Joseph, je vous promets qu'il sera ici demain matin.

Arthur et Alphonse dorment depuis un bon bout de temps déjà, lorsqu'Adrien se décide enfin à rentrer. Le temps est tellement doux qu'il pourra dormir dehors plutôt que de partager la place avec les chevaux. C'est d'ailleurs pour prendre ce qu'il faut qu'il est entré.

— Tiens, rince-toi le gosier un peu, lui dit Joseph en lui tendant sa bouteille de whisky.

— Ce ne sera pas de refus, confirme Adrien. J'ai l'estomac à l'envers avec toutes leurs histoires. C'est dommage parce que le souper était excellent. Allons dehors pour ne pas les réveiller.

— Je te suis.

Pendant qu'il était seul à veiller, Joseph a réfléchi. Depuis qu'il a compris pour Adjutor, il n'arrête pas de se questionner pour ses autres fils. Et ce soir, il a bien l'intention d'en profiter pour aller au fond des choses avec Adrien.

— J'ai une question à te poser, dit Joseph. Si on ne t'avait pas obligé à devenir habitant, qu'est-ce que tu aurais fait?

Surpris par la question, Adrien commence par rougir. Jamais il n'aurait cru avoir à répondre à cette question un jour, en tout cas pas à son père. Adrien fixe ses mains comme si ce geste allait lui donner le courage de parler, mais les mots ne viennent pas alors qu'il sait parfaitement ce qu'il aurait aimé faire si on lui avait donné le choix.

— Qu'est-ce que tu attends pour parler, mon garçon? Si je te le demande, c'est parce que je suis prêt à entendre ta réponse.

Adrien lève les yeux et fixe Joseph pendant quelques secondes.

— Moi, j'aurais été commerçant et je me serais organisé pour que notre région ait les mêmes choses que dans les grandes villes.

Joseph plonge son regard dans celui de son fils. Même s'il se doutait bien qu'Adrien ne répondrait pas qu'il ne voudrait rien changer à sa réalité, sa réponse le bouleverse et lui fait réaliser tout ce dont il l'a privé en lui imposant son choix. Contrairement à son fils, Joseph n'a jamais voulu faire autre chose que ce qu'il fait. Il aime tout du métier d'habitant, même l'odeur. Disons que dans son cas, le hasard a bien fait les choses. Il était désigné pour prendre la relève de son père dès sa naissance et il en était ravi.

— Je veux que tu saches que si j'en avais les moyens, dit Joseph, je ferais ce qu'il faut pour satisfaire tes ambitions. Je vous ai donné, à toi et à Arté, tout ce que j'avais, mais j'ai oublié de vous demander si c'était ce que vous vouliez.

— Arrêtez-moi ça tout de suite, le père, l'intime Adrien, vous n'avez rien à vous reprocher. Je ne vous en veux pas le moins du monde. On était les deux derniers de la famille et on a hérité de la terre. Il ne faut pas chercher plus loin. Et on ne fait pas pitié pour autant.

— Sais-tu ce que ton frère aurait fait ?

— Il voulait être avocat.

Joseph essaie de s'imaginer Arté en train de plaider une cause à la cour et il sourit. Il trouve que ça lui ressemble.

— Je pense que ton frère aurait fait un bon avocat, et toi un excellent commerçant. Le moins qu'on puisse dire, c'est que j'ai échoué au moins pour la moitié de mes enfants. Même Adjutor a troqué son col romain contre une alliance. Je n'ai pas besoin de parler à Gertrude pour savoir qu'elle n'aurait jamais accepté d'arrêter d'aller à l'école si elle avait pu faire autrement. Je la vois encore en train de pleurer toutes les larmes de son corps chaque fois que Marcella partait le matin. Je serais tenté de croire que René fait ce qu'il aime, mais je suis loin d'être certain que c'est la même chose pour Wilbrod, Estrade et Alphonse. Selon moi, Marcella est celle qui a eu le plus de chance. Encore une fois, je suis désolé.

Adrien n'a pas perdu un seul mot de ce que son père vient de dire. Il voudrait le rassurer, mais il ignore comment.

— J'ai une autre question pour toi, mon garçon, ajoute Joseph. Est-ce que c'est parce que tu es malheureux que tu pars en cavale pendant des jours ?

Cette fois, c'est Adrien qui est pris de court. Depuis le temps qu'il le fait, il a oublié ce qui le pousse à partir. Tout ce qu'il sait, c'est qu'il s'en veut chaque fois qu'il refait surface et qu'il se promet que c'était sa dernière sortie. Mais à ce jour, toutes ses belles résolutions sont tombées à l'eau.

— Je ne sais pas quoi vous dire, le père. Un matin je me lève et je n'ai qu'une idée en tête : aller en ville. Je sais que je ne rentrerai pas aussitôt que je prends le chemin. Et je sais quand ça commence, mais j'ignore toujours quand et où ça va finir. Est-ce parce que je suis malheureux ? Je ne crois pas, parce que je suis bien marié et comme je vous l'ai dit : être habitant, ce n'est pas si difficile que ça.

— Mais tu fais quoi pendant tout ce temps-là ?

— Que voulez-vous que je fasse ? Je bois et je suppose que je fais tout ce qui va avec, mais de ça je n'ai aucun souvenir. Et je m'en veux quand je reviens à la maison. Mais j'y pense, vous n'avez qu'à venir avec moi, une bonne fois.

— Quand ?

— On peut partir tout de suite, si vous voulez.

— Bonne idée ! s'écrie Joseph. Surtout que ta mère ne m'attend pas avant vendredi !

***

Lucille n'a pas chômé depuis que Joseph et Adrien sont partis pour bûcher. Elle a réquisitionné Arté à la première heure ce matin et elle s'est fait conduire chez Ernest. Surpris de voir sa tante à sa porte, il l'a invitée à rentrer, mais seulement après s'être excusé pour le désordre.

— Je travaille tellement que je n'ai pas le temps de nettoyer.

— Je ne suis pas venue voir ton ménage, a riposté Lucille d'un ton cinglant, tu peux vivre dans une porcherie si tu veux. Je suis venue te faire une offre que tu ne pourras pas refuser.

Les yeux d'Ernest s'agrandissent subitement. Il a hâte de connaître la suite.

— Ramasse vite tes affaires, Arté va t'emmener au collège.

— Mais je n'irai nulle part, se défend Ernest, je travaille ce soir. Et voulez-vous bien me dire pourquoi j'irais au collège ?

— Parce que je t'ai choisi pour aller étudier pour devenir prêtre, répond Lucille le plus sérieusement du monde. Tu devrais me remercier à genoux pour avoir pensé à toi.

— Vous êtes malade ou quoi ? Je n'ai pas envie de faire un curé, ni maintenant ni jamais.

Mais Lucille ne l'entend pas ainsi. Elle agrippe son neveu par la fosse du cou et serre de toutes ses forces pendant qu'elle lui parle à deux pouces du nez :

— Tu n'as pas ton mot à dire, le jeune. Prends tes affaires et suis-moi.

— Trouvez-vous une autre victime, parce que moi je reste ici. Plutôt crever sur-le-champ que de porter une robe. Les curés et moi, on n'a jamais fait bon ménage, et ce n'est pas demain la veille que ça va changer. Sortez de chez moi avant que je vous sorte moi-même.

Outrée par l'attitude de son neveu, Lucille se rue sur lui et le frappe à répétition à grands coups de sacoche.

— Je vais te montrer qui mène, moi, hurle Lucille. Prends tes affaires et suis-moi.

Ernest essaie désespérément de mettre la main sur son balai pour se défendre des attaques de sa tante. Lorsqu'il y arrive enfin, il s'écrie :

— Arrêtez de me frapper et sortez d'ici avant que je vous donne des coups de balai.

C'est bien mal connaître Lucille que de croire qu'un simple balai puisse l'effrayer. Au lieu de s'arrêter, elle redouble d'ardeur à la tâche. Voilà maintenant qu'elle frappe son neveu en plein visage.

— Que ça te plaise ou non, je te jure que tu vas devenir prêtre un jour. Je t'ai choisi pour remplacer Adjutor et c'est comme ça que tu me remercies. Tu n'es qu'un ingrat!

Pendant que Lucille le roue de coups, Ernest oublie ses belles manières et il la pousse de toutes ses forces. La seconde d'après, sa tante se retrouve sur le derrière au beau milieu de la cuisine. Sonnée par sa chute, la pauvre vieille gémit. Ernest s'empresse de sortir de son logement. Lorsqu'il aperçoit Arté, il court jusqu'à lui et lui dit :

— Tu ferais mieux de venir chercher ta mère avant que je la tue.

Arté descend de sa carriole aussi vite qu'il peut et vient au secours de Lucille. Lorsqu'il la voit affalée sur le plancher, il s'approche d'elle et l'aide à se relever.

— Veux-tu bien me dire ce qui t'a pris de t'en prendre à une pauvre vieille?

— Elle était venue me chercher pour m'enfermer au collège et faire de moi un prêtre!

— Qu'est-ce que tu dis?

— Tu as bien entendu. Ta folle de mère veut remplacer Adjutor à tout prix, mais elle va devoir se chercher une autre victime. Au fait, peux-tu me dire depuis quand mon cousin n'est plus prêtre?

— Je te raconterai ça un autre jour. Venez, la mère, je vous ramène chez vous.

Comme si elle n'en avait pas encore assez fait, Lucille se tourne vers son neveu au moment de sortir et lui crache au visage :

— Tu n'as pas fini d'entendre parler de moi.

En réalité, Lucille a eu plus de peur que de mal, mais elle décide de profiter de la situation au maximum.

— Aide-moi, dit-elle d'une voix plaintive à son fils.

Peu habitué aux manigances de sa mère, Arté s'exécute sans dire un mot. Il est tellement secoué par ce qui vient d'arriver qu'il en oublie sa propre condition.

— Je peux vous prendre dans mes bras pour monter les marches si vous voulez. Je savais qu'Ernest était mal dégrossi, mais jamais je n'aurais pensé qu'il irait jusqu'à s'en prendre à vous.

Lucille sait qu'elle devrait refuser son offre, mais la tentation est si grande qu'elle accepte sans se faire prier. Arté la dépose par terre aussitôt sur la galerie et frotte sa jambe plus par réflexe que par douleur.

— Venez la mère, Anita va prendre soin de vous. Et Ernest va entendre parler de moi, ça, je vous le promets.

Chapitre 5

Marie-Paule et Marie-Laure se souviennent encore d'avoir fait le jardin avec Lucille sur le dos l'année dernière et, quitte à se passer de légumes, ni l'une ni l'autre n'a l'intention de répéter l'expérience. Elles ont insisté auprès d'Anita pour qu'elle convainque Lucille de rester dans la maison.

— Flatte-la dans le sens du poil, lui a dit Marie-Paule. Complimente-la. Dis-lui que le soleil est mauvais pour sa peau. Promets-lui qu'on va tout faire sans qu'elle ait à lever le petit doigt. Dis-lui ce que tu veux, mais organise-toi pour qu'on ne l'ait pas dans les pattes. C'est ça ou on ne fera pas le jardin.

Les belles-sœurs ont installé leur marmaille sur le côté de la maison et elles ont demandé aux plus vieux de veiller sur les plus jeunes. Jusque-là, tout va bien. Avec Anita, elles ont convenu de ce que chacune avait à faire et elles se sont aussitôt mises au travail. Alors qu'elles s'acquittent de leur tâche en chantonnant, les cris stridents d'un enfant leur font dresser les cheveux sur la tête. En à peine quelques secondes, les deux mères accourent auprès de leurs rejetons.

— Maman, maman, s'écrie André en tirant sur son tablier, la vieille grand-mère a pincé Georges.

— Arrête de conter des menteries toi, se plaint aussitôt Lucille avec un petit sourire en coin. Ton frère pleure tout le temps pour rien.

— Vous l'avez pincé, se défend André, je vous ai vu faire.

— Depuis quand une grand-mère n'a plus le droit de toucher à son petit-fils ?

Marie-Paule doit se contenir pour ne pas s'en prendre à Lucille. Elle console son fils et le remet par terre. Elle s'approche ensuite de sa belle-mère et lui demande poliment :

— Est-ce que je pourrais vous demander une faveur ?

— Dites toujours, brave Lucille.

— Je vous en prie, tenez-vous loin des enfants pendant qu'on fait le jardin parce qu'on n'y arrivera pas.

— Quand je vais raconter ça à Adrien, il n'en reviendra pas que vous ayez osé me dire ça. Hum, j'aime autant vous le dire, ça prend juste une effrontée pour me traiter comme vous venez de le faire. Et vous n'avez pas fini d'en entendre parler.

Marie-Paule hausse les épaules et retourne semer ses haricots sans rien ajouter. Depuis qu'elle a cessé de descendre en courant dès que Lucille donne un coup de balai sur le plafond, sa relation avec elle est pour ainsi dire inexistante, mais Marie-Paule ne s'en plaint pas.

Quelques minutes plus tard, c'est au tour du plus jeune de Marie-Laure d'être pris à partie par Lucille. Elle se met à le chatouiller et l'enfant crie au meurtre. De nature beaucoup moins patiente que Marie-Paule, Marie-Laure s'approche de Lucille et lui dit d'un ton trahissant sa colère :

— Au lieu d'embêter les enfants, allez donc faire un somme dans votre chaise berçante.

Témoin de tout ça, Anita secoue la tête. Elle ne saisit pas pourquoi madame Lucille agit ainsi. Dans sa tête, une grand-mère est là pour aimer ses petits-enfants, pas pour leur faire le diable, et surtout pas devant leur mère. Elle croyait pourtant l'avoir convaincue de rester dans la maison le temps qu'elles fassent le jardin, mais elle doit reconnaître que sa victoire a été de trop courte durée. Anita aurait dû se douter que Lucille n'en fait jamais qu'à sa tête. Au lieu de s'excuser à Marie-Paule et à Marie-Laure, Anita soupire un bon coup et se remet au travail en priant pour que madame Lucille reste tranquille.

Pendant que la jeune fille replonge dans ses pensées en mettant la main dans son sac de graines, Lucille l'observe en grimaçant. Le tableau qu'elle a sous les yeux est loin d'être à son goût, et c'est hors de question qu'elle le tolère une seconde de plus. Elle se lève comme si elle avait le feu au derrière et elle s'approche jusqu'au bord du jardin d'un pas alerte. Elle pose les mains sur ses hanches et crie de toutes ses forces pour être certaine qu'Anita l'entende bien :

— Sortez de mon jardin, je n'ai pas envie d'être la risée de tout le rang parce que j'ai laissé une grosse fille faire mon jardin. Ce que je vois est tellement répugnant que ça me donne envie de vomir. Arrivez !

Le regard mauvais, Anita se lève d'un coup et elle se tourne vers Lucille.

— Vous n'avez qu'à venir me chercher, la nargue la jeune fille. J'ai un jardin à semer et je vais le faire. Et si ce que vous voyez ne vous plaît pas, vous n'avez qu'à rentrer, puisque de toute façon c'est là que vous devriez être, au lieu d'embêter tout le monde.

Surprise par la répartie d'Anita, Lucille commence par figer sur place, mais ça ne dure pas. La seconde d'après, elle relève sa jupe et part à toute vitesse en direction de la jeune fille. Marie-Paule et Marie-Laure sont démontées de voir jusqu'où la folie de leur belle-mère peut aller et elles plaignent d'avance la pauvre Anita qui ne la voit pas venir.

— Attention Anita ! s'écrie Marie-Paule pour la prévenir alors que Lucille est seulement à quelques pas d'elle.

Le temps qu'elle relève la tête, elle se retrouve aussitôt face à face avec la bête. Lucille l'empoigne par un bras sans aucun ménagement et la tire pour qu'elle la suive.

— Quand je vous donne un ordre, vous obéissez.

Lucille a beau avoir du nerf, mais à côté de la force que possède Anita, elle n'est pas de taille. La jeune fille se libère de son emprise d'un mouvement brusque avant de s'essuyer les mains sur son tablier.

— Je ne suis pas votre esclave et jamais je ne vous obéirai au doigt et à l'œil. Vous êtes la personne la plus méchante qu'il m'ait été donné de rencontrer et je plains tous ceux qui sont obligés de vous supporter. Tenez-vous-le pour dit, si je sors de ce jardin, je sors aussi de votre maison.

S'il y avait une offre qu'Anita ne devait pas faire, c'était bien celle-là. Le regard de Lucille se fige le temps que les dernières paroles d'Anita prennent tout leur sens. Elle n'a peut-être pas gagné cette manche, mais elle est sur le point de gagner la guerre contre sa pire ennemie et c'est nettement mieux. Lucille reprend son air sévère et s'écrie en posant son index sur l'épaule d'Anita :

— Sortez de mon jardin ou je ne réponds plus de mes actes.

Anita ne se le fait pas dire deux fois. Elle bouscule Lucille au passage et elle avance d'un pas lent.

— Je vous donne cinq minutes pour rapailler vos cochonneries et sortir de ma maison. Et ne vous avisez pas d'y remettre les pieds, parce que vous allez avoir affaire à moi.

Lucille secoue sa jupe avant de remonter l'allée. Lorsqu'elle arrive à la hauteur de ses belles-filles, elle s'arrête et leur dit :

— C'est comme ça qu'on doit traiter les bonnes.

Marie-Paule la regarde d'un œil mauvais. Ce n'est pas la première fois qu'elle est en désaccord avec les manières de Lucille et ça ne risque pas d'être la dernière non plus. Elle respire à fond et lui jette au visage :

— Puisque c'est ainsi, vous n'aurez qu'à faire votre jardin vous-même. Je n'ai pas envie que mes enfants mangent de la vache enragée chaque fois qu'ils mordront dans une carotte. Je vais me trouver un autre endroit pour faire mon jardin.

— Je ne vous ai rien fait à vous, plaide Lucille.

— Pas encore, réplique Marie-Paule, mais vous connaissant, mon tour va finir par venir.

Devant l'audace de sa belle-fille, Lucille voit rouge.

— Remettez-vous au travail et plus vite que ça. On n'a pas de temps à perdre si on veut que ça finisse par pousser.

Au lieu d'encourager Marie-Paule à se remettre au travail, les paroles de Lucille lui confirment qu'elle a pris la bonne décision. Elle secoue ses jupes et elle s'avance dans l'allée en se disant qu'Adrien ne la croira pas lorsqu'elle lui racontera ce que sa mère lui a dit.

— Si Marie-Paule part, lance Marie-Laure en se frottant les mains pour enlever le surplus de terre, je pars aussi.

— J'aime autant vous dire que ça ne se passera pas comme ça, hurle Lucille en les montrant du doigt.

Mais les deux femmes ne portent aucune attention à ce qu'elle dit. Elles récupèrent leurs enfants au plus vite et la laissent seule au beau milieu du jardin.

— Allons seller le cheval, dit Marie-Paule, je sais où on va aller faire notre jardin.

— Maintenant ?

— On a toutes les graines qu'il faut, et la journée vient juste de commencer.

— Pouvez-vous au moins me dire où on va ?

— Chez Gertrude ! La dernière fois que je suis allée la voir, elle m'a dit qu'elle n'arriverait jamais à semer tout l'espace que Camil lui a préparé pour faire son jardin. On ne pourra sûrement pas en avoir aussi grand qu'ici, mais ce sera mieux que rien.

— Allons-y !

***

De retour dans sa maison, Lucille se met à rire. Ça a pris du temps, mais elle y est arrivée, elle s'est enfin débarrassée de la grosse fille. Et ce n'est pas demain la veille qu'elle va laisser Joseph lui en imposer une autre. Lucille ne se transformera pas en fée du logis pour autant, ça jamais. Elle va tout faire pour que ses filles et ses brus reprennent du service comme lorsqu'elle s'était entaillé la main. Elle n'a pas fait d'enfants pour rien et elle a bien l'intention de s'en servir au besoin. Quant aux deux autres, leur petite sortie ne lui a fait aucun pli. À vrai dire, elles peuvent aller jardiner où elles voudront pour l'instant. Avec ce que Lucille a l'intention de dire à ses fils, elles vont rappliquer ici la mine basse et pleines de bonne volonté pour faire son jardin et l'entretenir pendant toute la belle saison sans rouspéter. Elle a décidé de prendre les choses en main, et c'est aujourd'hui que ça commence.

Lucille met de l'eau à bouillir pour se faire un thé et elle file dans la chambre d'Anita. Elle défait le lit avec énergie et jette les couvertures par terre d'un geste brusque. Elle ouvre ensuite la fenêtre à sa pleine grandeur pour changer l'air. C'est la chambre de Gertrude et elle va le rester parce qu'un jour elle reviendra. *Et ce jour n'est peut-être pas si lointain!* Lucille ouvre tous les tiroirs et la garde-robe afin de s'assurer qu'Anita n'a rien laissé. Satisfaite, elle sort de la pièce.

Elle prend une tasse dans l'armoire, y dépose une poche de thé et la remplit d'eau bouillante. Elle porte ensuite sa tasse à la hauteur de son nez et hume la bonne odeur qui s'en dégage. De fil en aiguille, Lucille pense à son Adjutor et ça la fait sourire. Il n'y avait que lui pour partir à la guerre en tant que curé et en revenir marié, riche et sur le point d'être père. Et tout ça, avec l'approbation du Saint-Père en personne. Lucille est tellement fière de lui qu'elle n'arrive pas à trouver les mots pour exprimer sa fierté. Comme si ce n'était pas suffisant, son fils adoré va se faire construire un manoir. Aux dires d'Adjutor, il n'aura rien à envier à la propriété de monsieur Price. Quand elle y pense, Lucille gonfle la poitrine sans même s'en rendre compte. Jamais un enfant ne l'aura rendue plus fière. Mais le plus beau dans tout ça, c'est qu'il lui a promis de lui faire construire un pavillon juste pour elle.

— De cette manière, vous aurez une place bien à vous quand vous viendrez nous visiter.

Adjutor a insisté fortement sur le mot *visiter*, mais ça ne la dérange pas le moins du monde. Elle trouvera bien le moyen de s'incruster une fois sur place. Elle lui a offert d'aller l'aider pendant la construction, mais il a refusé.

— Malheureusement, ce ne sera pas possible. Le curé est déjà assez bon de nous héberger au presbytère pendant les travaux pour ne pas lui en imposer davantage et, j'y pense, les chambres sont toutes occupées. Je vous promets de vous aviser dès que tout sera terminé. Je vous promets aussi de venir vous voir au moins une fois pendant l'été.

Lucille ne tient plus en place depuis qu'elle sait ce que son fils est prêt à faire pour la recevoir. Elle rêve de se promener à Saint-Irénée au bras de son Adjutor et de sa nouvelle belle-fille et de faire son plus beau sourire à tous ceux qui croiseront leur route. Elle en rêve même éveillée. Arabella deviendra son alliée envers et contre tous. Elle a pris cette décision le jour où Adjutor la lui a présentée. Lucille est prête à tout pour y arriver.

L'entrée de Joseph la sort de ses pensées. Au lieu de le saluer gentiment, elle l'attaque sans lui laisser le temps d'enlever sa casquette.

— J'ai une grande nouvelle à t'apprendre, laisse-t-elle tomber en pinçant les lèvres. La grosse est partie.

Joseph met quelques secondes avant de comprendre qu'elle parle d'Anita.

— Qu'est-ce que tu lui as fait, encore ?

— Que veux-tu que je lui aie fait à part l'avoir remise à sa place ? Ta chère Anita a osé me tenir tête devant mes belles-filles alors que je lui demandais tout bonnement de se relever et de sortir du jardin parce que tout ce qu'on voyait dans le rang, c'était son gros derrière en l'air. Au lieu de me remercier, elle m'a menacée de partir si je l'obligeais à sortir du jardin. Tu me connais, je n'ai jamais gardé quelqu'un de force.

Plus Joseph en entend, plus il est découragé. Lucille lui en a fait voir de toutes les couleurs depuis l'histoire du piano, et il sait que ce n'est pas demain la veille qu'elle va s'arrêter. Elle s'en prend à tout et à tous ceux qui se mettent en travers de son chemin et elle est sans pitié. Joseph a encore sur le cœur le jour où elle est débarquée chez Ernest avec la ferme intention de lui faire prendre la place d'Adjutor. Il ne sait pas exactement ce qui s'est passé dans le logement de son neveu, mais il se doute bien que Lucille a largement mérité qu'il la pousse pour s'en débarrasser. Chaque fois qu'il parvient à la calmer sur un coup, elle revient à la charge avec encore plus de force sur un autre.

— Et après ?

Lucille hausse les épaules en faisant la moue.

— Elle est partie avec son bagage.

— Comment ? lui demande Joseph d'un ton rempli d'impatience. Elle n'est quand même pas partie à pied.

Au lieu de lui répondre, Lucille lui sourit et se met à se bercer avec un peu trop d'ardeur.

— Tu n'avais pas le droit de la chasser de ma maison.

— Moi, je n'ai absolument rien à me reprocher.

Joseph garde ça pour lui, mais il commence sérieusement à penser que sa femme est folle. Si ça continue comme ça, il va demander au docteur de venir la voir et, s'il le faut, il demandera qu'on l'enferme à l'asile. Ça lui arracherait le cœur d'être obligé d'en arriver là, mais il le fera si elle ne lui donne pas le choix.

— Et ce n'est pas tout ! Au lieu de faire le jardin comme elles étaient censées le faire, tes chères belles-filles ont levé le camp avec les enfants et elles ne sont pas encore revenues.

— Qu'est-ce que tu as encore fait ?

— Rien d'autre que d'agacer un peu mes petits-enfants. Hum ! il est plus que temps que quelqu'un reprenne les choses en main avant que cette famille n'en soit plus une.

— Et je suppose que c'est toi qui vas la sauver ? ironise Joseph avant de sortir de la maison.

* * *

L'arrivée subite de ses belles-sœurs, d'Anita et de ses neveux et nièces ne pouvait pas mieux tomber pour Gertrude. Depuis qu'elle est levée qu'elle regarde dehors et qu'elle n'arrive pas à trouver le courage de sortir faire son jardin.

— On est venu te demander une faveur, dit Marie-Paule en faisant la moue, mais tu as le droit de refuser. On voudrait faire notre jardin chez vous. Mais rassure-toi, on a apporté tout ce qu'il faut, sauf pour le dîner.

Émue par la demande de sa belle-sœur, Gertrude la prend dans ses bras et l'embrasse sur les joues, ce qui surprend Marie-Paule.

— Vous ne pouviez pas mieux tomber ! J'étais désespérée à l'idée de le faire toute seule, et il est tellement grand qu'il y a en masse de place pour nous trois. Venez !

Et Gertrude les entraîne dans la cour, dont la plus grande partie a été préparée par Camil pour accueillir le jardin.

— Ma foi du bon Dieu, s'exclame Marie-Laure en voyant l'étendue, ton mari avait l'intention de nourrir toute la ville de Jonquière ou quoi ?

— C'est ce que je lui ai dit, répond Gertrude en riant. Comment voulez-vous qu'on s'y prenne ?

— Je propose qu'on sème tout et qu'on partage les récoltes en parts égales, répond Marie-Paule du tac au tac.

— Voulez-vous dire qu'on va partager aussi le sarclage ? lance Gertrude en jetant un coup d'œil à Marie-Laure.

— Je vous promets de participer, réagit promptement Marie-Laure. Ici, ce sera différent.

— Au fait, dit Gertrude, j'aimerais bien savoir ce que ma chère mère a encore inventé.

— Si vous n'y voyez pas d'objection, ajoute Marie-Paule, on va commencer par se répartir le travail et on va vous expliquer ce qui s'est passé.

Restée en retrait jusque-là, Anita sort de son mutisme et leur demande si elles veulent qu'elle s'occupe des enfants.

— Avec plaisir! répondent en chœur les trois femmes sans lever la tête.

Une idée traverse l'esprit de Gertrude lorsqu'elle apprend ce qui est arrivé à Anita. Elle pourrait la garder avec elle. Elle va d'abord en glisser un mot à Camil, mais elle serait très contente d'avoir un peu d'aide avec les enfants. Et puis, son père tient tellement à elle que ça lui laisserait le temps d'arranger les choses, pourvu que ce soit possible.

— Je t'offre le gîte et le couvert pour quelques jours, lui dit Gertrude.

Savoir qu'elle aura un toit sur la tête pour dormir rassure la jeune fille. Elle remercie Gertrude et retourne amuser les enfants.

— Et pour vous? demande Gertrude.

Cette fois, c'est Marie-Laure qui prend le plancher et elle ne met pas ses gants blancs pour raconter ce que Lucille a fait.

— Vous mériteriez une médaille comme Adjutor, dit Gertrude. Plus elle vieillit, plus la mère est malcommode. Vous avez bien fait de vous en venir ici. Tout ce que je peux vous dire, c'est que papa n'est pas au bout de ses peines avec elle. Je la vois venir d'ici, Anita partie, elle va tout faire pour qu'on reprenne du service chez elle.

— Dans ses rêves! réagit aussitôt Marie-Laure. Je suis prête à faire bien des efforts pour le beau-père, mais j'en ai fait suffisamment pour la belle-mère. Je n'ai jamais connu une femme aussi méchante qu'elle. Depuis le temps que je suis rentrée dans la famille, je peux vous dire qu'elle est bien pire qu'avant. J'en parlais justement avec Arté après sa sortie chez Ernest.

— Et ce n'en est qu'une parmi tant d'autres, ajoute Marie-Paule. Pas plus tard qu'hier, Adrien lui-même me disait que sa mère était folle.

— Je suis rarement d'accord avec mon frère mais, pour une fois, j'ai envie de pencher de son bord. Pauvre papa!

— Et pauvre nous! ajoute Marie-Paule. Mon petit doigt me dit que je n'ai pas fini d'entendre résonner son maudit balai sur mon plancher.

* * *

L'annonce de la construction de son manoir s'est répandue comme une traînée de poudre dans tous les villages environnants Saint-Irénée. Le jour de la première pelletée de terre, Adjutor n'en revenait pas de voir le nombre de bras qui étaient prêts à travailler pour lui. Certes, le travail est rare dans son coin comme partout d'ailleurs, mais il sait que plusieurs sont venus pour le voir. Même s'il n'a pas fait la une des journaux, il a eu droit à quelques articles et c'est ainsi que son histoire a fait le tour de la province de Québec, et tout probable du Canada tout entier. Sa vie est loin d'être banale et, en ce temps de morosité, les gens ont besoin plus que jamais de croire que la vie peut aussi être belle.

Devant le nombre de prospects qui se sont présentés, Adjutor s'est félicité d'avoir retenu les services du maire du village pour diriger les travaux. Ce n'est peut-être pas le meilleur homme d'affaires que la terre ait porté, mais il sait qu'il peut avoir confiance en lui. Considérant la somme d'argent impliquée dans son projet de construction, et qui plus est l'argent d'Arabella, un suivi serré des travaux revêt une importance capitale.

Le soleil brille de tous ses feux et il fait miroiter l'eau du fleuve comme lui seul a le pouvoir de le faire. On dirait que tout Saint-Irénée s'est donné le mot pour faire de ce jour un moment mémorable, du genre de ceux à rester dans les mémoires des générations en cours et de toutes celles à venir. Nul doute, Adjutor et Arabella s'apprêtent à écrire une page pas ordinaire dans le grand livre du village.

Installée sous un parasol pour se protéger du soleil cuisant, Arabella admire le fleuve du haut de la colline où Adjutor et elle s'établiront. Elle a aimé cet endroit en le voyant et elle a tout de suite donné son aval à son mari pour que la construction commence au plus vite. Si tout va comme ils le souhaitent, ils entreront dans leur manoir avant qu'elle accouche. Tout ne sera pas terminé, mais ils pourront l'habiter. Arabella met les mains sur son ventre et elle sourit. Tout s'est passé si vite à partir du moment où elle a fait la connaissance d'Adjutor qu'elle a encore du mal à croire qu'elle va vivre ici avec sa famille.

Adjutor vient la rejoindre et l'entoure de ses bras en se pressant sur elle. Il ne regrette pas d'avoir étudié pour devenir prêtre, mais chaque fois qu'il s'approche de sa femme, il ne peut pas s'empêcher de penser à tout ce qu'il aurait manqué s'il ne s'était pas enrôlé, si… Il se dépêche de penser à autre chose aussitôt que ce genre de réflexions envahit son esprit. Arabella le comble de bonheur et, pour lui, c'est tout ce qui compte.

— Alors ça te plaît ? lui demande-t-il.

— Oh oui ! Le fleuve est très beau, c'est une mer.

Adjutor adore lorsque sa femme s'exprime en français. Son accent le rend fou. Il la fait pivoter sur elle-même et l'embrasse avec passion sous le regard suspicieux de ses anciens paroissiens. Il a une idée de tout ce que ça leur demande de ne plus voir en lui le curé du village, mais bien un homme marié à une des plus belles femmes qu'il leur ait été donné de voir. Il le sait et il est prêt à leur laisser du temps pour qu'ils s'habituent. Adjutor les respecte trop pour les brusquer. Monseigneur Labrecque lui a écrit pour l'aviser qu'un nouveau curé viendrait avant la fin du mois prendre la place de celui qui l'a remplacé pendant qu'il était au front. Monseigneur a même cru bon de préciser qu'il s'entendrait très bien avec lui.

… Je vous assure qu'il n'a aucune commune mesure avec votre remplaçant. Je me porte donc garant de lui sur toute la ligne, mais si jamais il ne répondait pas à vos attentes, je vous saurais gré de m'en informer au plus tôt pour que je puisse remédier à la situation. Votre bien-être et celui de votre épouse me tiennent à cœur plus que tout et…

Adjutor est rassuré de savoir que celui actuellement en poste va enfin lever les feutres. Les paroissiens n'arrêtent pas de se plaindre de lui. Même Béatrice ne se prive pas pour lui dire ce qu'elle en pense, ce qui fait sourire Adjutor. Il a remarqué qu'elle avait pris passablement d'assurance depuis qu'elle a accepté de le suivre. Elle est plus fière aussi. Mais sur ce point, Adjutor soupçonne Arabella d'y être pour quelque chose.

Adjutor est heureux que sa mère ait respecté ses volontés jusqu'à ce jour, mais il ne se fait pas d'illusions. La connaissant, il garde à l'esprit qu'elle peut débarquer au presbytère n'importe quand. Comme il l'a expliqué à Arabella, si jamais elle se pointe, il va la retourner illico d'où elle vient.

— Mais c'est ta mère, tu ne peux pas faire ça.

— C'est justement parce que c'est ma mère que je devrai le faire. Elle va très vite s'incruster ici et tout diriger à sa manière, si je ne suis pas ferme avec elle. Elle m'a déjà fait le coup et je n'ai aucune envie de courir le risque qu'elle recommence. Elle pourra venir nous visiter quand tout sera prêt, mais pas avant. Et je ne cèderai pas là-dessus.

Adjutor voudrait qu'Arabella comprenne à quel genre de personnage ils ont affaire, mais après bien des tentatives, il a fini par y renoncer. La *mamma* est tout pour les Italiens, alors que pour lui, la sienne est ce qui peut arriver de pire. Adjutor a vu tous les efforts que Lucille a faits pour mettre Arabella de son côté. Sa mère était tellement mielleuse avec elle que même lui était tenté de croire qu'elle avait changé, qu'elle était devenue quelqu'un de… disons fréquentable. En réalité, il aurait adoré y croire, mais il ne le peut pas. Il a été capable d'épargner une église et la vie de deux serviteurs de Dieu en plus de la sienne, mais jamais il ne parviendra à changer sa mère. D'aussi loin qu'il se souvienne, Lucille a toujours été égale à elle-même. Elle prend tout ce qu'elle peut sans rien donner en retour. Depuis le temps qu'elle se sert de lui pour donner du lustre à la famille Pelletier, Adjutor est bien placé pour le savoir. À preuve, alors qu'elle tenait comme à la prunelle de ses yeux à avoir un prêtre dans la famille, elle a viré son capot de bord en claquant des doigts aussitôt qu'elle a appris qu'il avait épousé une duchesse. Savoir son fils marié à une femme de la noblesse italienne vaut bien mieux qu'avoir un curé de village dans la famille. D'ailleurs, à bien y penser, ce dernier est beaucoup plus facile à remplacer, même qu'Adjutor mettrait sa main au feu que sa mère fait déjà le nécessaire pour lui trouver un remplaçant. *Et ce n'est certainement pas moi qui vais payer pour ses études.*

* * *

Il y a peu de chances pour que Joseph reparte en vadrouille avec Adrien et sa décision n'a rien à voir avec l'accueil que lui a réservé Lucille, et Dieu sait qu'elle ne l'a pas manqué. En réalité, il se trouve trop vieux pour boire au point de perdre la carte pendant plusieurs jours comme il l'a fait. Ajoutons à cela que son corps lui a fait payer le gros prix pour tout l'alcool qu'il a ingurgité. Il a traîné sa carcasse des jours durant en supportant les sarcasmes de sa femme qui s'en est donné à cœur joie.

Grâce à Arthur et à Alphonse, leur petite virée a fait le tour de la famille avant même que Joseph et Adrien ne reviennent au bercail. Et, pourtant, ils sont rentrés le jeudi alors qu'ils étaient censés revenir seulement le lendemain. Il n'y a rien que Lucille ne lui a pas dit lorsque Joseph a mis les pieds dans la maison. Malheureusement pour elle et, heureusement pour lui, sa voix résonnait dans ses oreilles, mais il ne comprenait rien à ce qu'elle lui disait. Bien des semaines ont passé depuis, mais Lucille lui en veut encore autant, même qu'il se demande si ce n'est pas pour le punir qu'elle s'en est prise à Anita le jour où les femmes faisaient le jardin. Anita partie, Joseph est comme une âme en peine dans sa propre maison. La jeune femme était son rayon de soleil et, avec elle, sa maison brillait comme un sou neuf, alors que maintenant il y a de moins en moins de différence entre celle-ci et la porcherie. Au lieu de reprendre du service, Lucille a décidé de se la couler douce dans l'espoir que ses brus et ses filles viennent faire le sale boulot à sa place. Marcella et Gertrude lui ont chanté sur tous les tons de ne pas compter sur elles. Quant à ses brus, elles ont fait faire le message par leur mari: plutôt mourir que de venir la torcher. Ce n'est pas exactement les mots que les fils de Lucille ont utilisés, néanmoins ils se sont organisé chacun à leur manière pour qu'elle comprenne le message. Tout ce qu'ils ont pu tirer comme réaction de la part de leur mère, c'est un sourire en coin. C'est que Lucille en a vu d'autres. Ses filles et ses brus refusent de lui venir en aide, soit, mais elle n'a pas encore dit son dernier mot.

— Qu'est-ce que tu attends pour les convaincre de venir m'aider? demande Lucille d'une voix cassante. Tu vois bien que je n'y arrive pas toute seule.

Joseph la regarde en haussant les épaules. Lucille aura beau dire et elle aura beau faire, elle ne le convaincra pas qu'elle a besoin des autres pour faire son ordinaire. Joseph n'hésite pas une seconde et il va chercher un tablier. Il le lance à Lucille au passage et retourne s'asseoir.

— Tu ferais mieux de commencer si tu veux finir parce qu'elles ne viendront pas, dit Joseph d'un air découragé, ni aujourd'hui ni demain.

— C'est ce qu'on va voir!

— Tu les as toutes usées jusqu'à la corde. Pour te dire, même Anita refuse de remettre les pieds ici.

— Et je ne lui conseille pas d'essayer non plus. Quand vas-tu finir par comprendre que je n'aime pas les grosses ?

Joseph l'a tellement entendu bavasser contre la taille d'Anita qu'il ne se donne pas la peine de riposter. Anita n'est pas petite, c'est vrai, mais elle est vaillante comme douze, ce qui n'est pas le cas de Lucille.

Leur réserve de pots de légumes et de viande tire à sa fin. Contrairement au dernier siège de Lucille, Joseph a décliné toutes les invitations à manger de ses brus, et même celles de ses filles. Il n'a pas la prétention de pouvoir contrôler les moindres faits et gestes de sa femme, mais il se dit qu'en étant là le plus souvent possible, il risque moins d'en échapper. Si seulement il savait ce qu'elle prépare…

Perdu dans ses pensées, Joseph fait le saut quand la porte s'ouvre sur Arté.

— Tiens, de la belle visite, s'écrie Joseph. As-tu le temps de t'asseoir un peu, mon fils ?

Arté regarde autour de lui et il plisse le nez. C'est la première fois qu'il voit la maison de ses parents dans un tel désordre et la seule vue de la vaisselle sale qui jonche l'évier et le comptoir ne lui donne guère envie de s'attarder.

— Pas vraiment. Je venais juste vous porter une lettre de René.

À ces mots, Lucille se raidit. Elle a encore en mémoire la fois où ce fils qu'elle a renié avait écrit à Joseph pour lui dire qu'il ne lui en avait jamais voulu et qu'il l'aimait. Le pauvre homme s'était mis à pleurer comme un bébé pendant qu'Anita lui faisait la lecture.

Il avait tellement pleuré qu'il a eu les yeux bouffis pendant deux jours. Tout le monde se préoccupait de Joseph, mais pas d'elle et, pour cela, elle leur en a voulu et leur en veut toujours à mort.

Joseph prend l'enveloppe que lui tend Arté et il se dépêche de l'ouvrir.

Cher papa,

La chance continue de tourner pour moi et j'en suis très heureux. Alors que tous les hommes bien portants qui m'entourent sont réquisitionnés pour aller à la guerre, moi je reste. Les affaires vont tellement bien pour nous que mon patron souhaite ouvrir une entreprise au Saguenay. Tu me connais, j'ai fait des pieds et des mains pour le convaincre de l'installer à Jonquière et il a fini par accepter. Mais le plus beau dans tout ça, c'est qu'il veut que je m'en occupe. Vous avez bien lu. Si tout se passe comme prévu, je serai de retour chez nous avant la première neige. Pourriez-vous me trouver une maison pas trop loin de la vôtre? Ne vous en faites pas pour l'argent, j'ai de quoi payer au moins une maison comme celle d'Arté.

Embrassez tout le monde pour moi.

René

— Bonne nouvelle, s'exclame joyeusement Joseph, René va revenir vivre par ici. Il se cherche une maison.

— C'est drôle que vous parliez de ça, dit Arté, j'ai justement rencontré le père Landry au magasin général tantôt et il m'a dit qu'il cassait maison.

— Si vous pensez qu'il va venir rester juste à côté de chez nous, lance Lucille, vous vous trompez. Vous pouvez lui faire toutes les courbettes que vous voulez, mais moi je ne reviendrai pas sur ma décision.

— On ne va quand même pas l'installer dans le fond du Sixième Rang juste pour te faire plaisir, s'indigne Joseph. J'irai voir le père Landry après le dîner.

Joseph peut supporter bien des caprices de sa femme, mais pas son entêtement à faire comme si René n'existait pas. Leur fils a eu le courage de reprendre contact avec eux, et ce n'est certainement pas Joseph qui va le repousser. Il ne pourra jamais reprendre le temps perdu, mais il s'est promis de profiter de chaque instant au maximum par exemple.

— Si j'étais à ta place, ajoute Lucille, je réfléchirais à deux fois avant de choisir ton camp.

— Ménage ta salive ma Lucille, réagit Joseph, c'est tout décidé. Je vais aider René autant que je peux et je n'ai pas besoin de ton approbation. J'irai même jusqu'à l'héberger ici, dans ma maison, si la sienne n'est pas prête à temps.

Lucille est tellement furieuse contre Joseph qu'elle rougit jusqu'à la racine des cheveux. Le regard figé, elle se met à se bercer avec tellement de vigueur que les châteaux de sa chaise se lamentent. Mal à l'aise, Arté se dirige vers la porte. Plus vite il sera sorti d'ici, mieux il se sentira.

— Tenez-moi au courant ! lance-t-il à son père avant de tourner la poignée.

La porte n'est pas encore complètement refermée que Lucille s'arrête net de se bercer et revient à la charge.

— Je t'avertis, Joseph Pelletier, ne t'avise jamais de faire dormir René dans ma maison, parce que tu vas le regretter le reste de tes jours.

Joseph n'en revient pas de voir à quel point Lucille en veut à René alors que c'est elle qui a tout commencé.

— Depuis le temps qu'on est mariés, riposte Joseph, tu devrais savoir que tes menaces ne me font ni chaud ni froid. Continue à te bercer et laisse-moi tranquille.

En entendant ça, Lucille voit rouge. Elle se lève brusquement de sa chaise et va se poster devant le comptoir rempli de vaisselle sale. Les mains à plat, elle respire avec bruit et essaie de retrouver son calme, mais elle n'y parvient pas. Sans aucun préavis, elle lève le bras dans les airs et envoie valser sur le plancher tout ce qui est à sa portée. Témoin de la scène, Joseph s'écrie :

— Tant qu'à y être, tu pourrais faire la même chose de l'autre côté…

Lucille ne fait ni une ni deux et elle s'exécute. Devant autant de misère, Joseph se met à rire. Alors qu'il se plaignait de ne plus voir le comptoir, voilà maintenant qu'une couche de verre recouvre le plancher de la cuisine. Alerté par le bruit, Arté est revenu sur ses pas et Adrien a descendu l'escalier en trombe pour venir aux nouvelles. En apercevant ses fils, Joseph s'écrie :

— Au cas où vous ne l'auriez pas encore remarqué, votre mère est en train de devenir folle.

L'instant d'après, Joseph range sa pipe et va chercher le balai et le porte-poussière dans l'entrée de la cave.

— Donnez-moi ça, dit Adrien, je vais ramasser.

— Je vais laver la vaisselle qu'il y a dans l'évier, ajoute Arté.

Alors qu'aucun des trois hommes ne s'est préoccupé une seule seconde de Lucille, elle dit d'une voix monocorde :

— Et moi, je m'en vais chez Adjutor.

Chapitre 6

Gertrude appréciait déjà Anita, mais maintenant que la jeune femme partage son quotidien, elle ne tarit pas d'éloges à son égard. Gertrude espérait de toutes ses forces que Camil accepte de la garder avec eux, mais elle a été la première surprise qu'il intercède en ce sens sans qu'elle ait rien à dire pour plaider sa cause.

— Tu es sûrement très déçu de moi, lui a dit Gertrude, je n'ai que deux enfants et j'en ai plein les bras.

Camil s'est approché de sa femme et lui a mis la main sur la joue avant de l'embrasser tendrement sur les lèvres.

— Arrête de dire que tu n'as que deux enfants, l'a corrigée Camil, ta mère en vaut dix à elle toute seule. Je ne sais pas combien de temps on aura les moyens de payer Anita, mais sa présence devrait garder la bête à distance.

— Si ce que tu dis est vrai, alors je suis prête à faire bien des sacrifices !

— Malheureusement, seul l'avenir nous le dira, mais en attendant, tu peux dire à Anita de s'installer.

Aussitôt que Joseph a su où était Anita, il a débarqué chez Gertrude. Lorsqu'il a su que sa protégée pouvait rester, il a dit à sa fille de ne pas se casser la tête avec l'argent, que c'est lui qui allait payer les gages d'Anita.

— Tu vas voir, a dit Joseph à Gertrude, les enfants vont l'adorer.

Joseph avait raison, ses fils adorent Anita. Depuis qu'elle habite avec eux, ses garçons la réclament à grands cris dès qu'elle disparaît de leur champ de vision. Et les jours où elle travaille pour son cousin, Jean demande à quelle heure elle doit revenir environ aux dix minutes.

C'est la première fois que Gertrude prend plaisir à faire le jardin, au point qu'elle se surprend à surveiller son évolution tous les jours. Curieusement, même les mauvaises herbes n'affectent pas son caractère. Il faut préciser qu'elles sont quatre pour l'entretenir et puis elles l'ont monté tellement serré pour pouvoir tout semer qu'il n'y a plus de place pour grand-chose d'autre que les légumes. C'est un pur bonheur chaque fois que ses belles-sœurs débarquent pour la corvée de sarclage. À force de ne plus les côtoyer, Gertrude avait presque oublié non seulement combien elle les appréciait, mais aussi combien elles lui manquaient. Il faut croire que c'était réciproque, parce qu'elles lui ont dit qu'elles devraient absolument continuer à se voir après la récolte. Gertrude ne manque jamais de prendre des nouvelles de sa mère. Elle est tombée en bas de sa chaise lorsque Marie-Paule lui a raconté la crise de la vaisselle cassée à l'annonce du retour de René. Sa mère commence sérieusement à lui faire peur.

— Ils arrivent, s'écrie Jean en se précipitant à la porte. Je peux aller les trouver?

Gertrude n'a pas besoin de demander qui vient d'arriver, pas plus que son fils n'attend sa bénédiction pour sortir de la maison. Quand ses cousins sont là, il perd la carte. Gertrude ne l'a pas sermonné seulement une fois, mais il est tellement heureux de les voir qu'il n'entend plus rien. Elle sort à son tour de la maison. Ses neveux et nièces s'agglutinent sur ses jupes dès qu'ils descendent de la voiture. C'est à qui prendrait le plus de place.

— Hé! s'écrie joyeusement Gertrude, si vous continuez comme ça vous allez me faire tomber.

— On n'a même pas mis le pied dans le jardin, et je suis déjà en nage, se plaint Marie-Laure. Cette maudite humidité va finir par me tuer.

Des trois femmes, Marie-Laure est sans contredit celle qui souffre le plus du temps humide. Déjà qu'elle n'a pas très épais de cheveux, ceux-ci sont collés à son crâne en permanence depuis trois jours.

— Êtes-vous en train de nous dire que vous êtes trop fatiguée pour sarcler, vous là ? lui demande Gertrude d'un ton moqueur. Parce que si c'est le cas, j'ai une montagne de couches à plier.

— Je vous remercie, mais ça ne me manque pas, je viens à peine de les ranger dans le haut de l'armoire. Je suis venue pour sarcler et c'est ce que je vais faire. Comme on dit, je ne suis pas à une goutte de sueur près, mais je prendrais bien un verre d'eau, par exemple.

— Deux si vous voulez. Venez.

Marie-Laure n'a pas failli à sa promesse une seule fois depuis qu'elles ont fait le jardin, même qu'elle arbore un large sourire chaque fois que Marie-Paule ralentit devant la fenêtre où se poste Lucille. Marie-Laure n'aime toujours pas sarcler, mais savoir l'effet que ce simple geste a sur sa belle-mère lui donne des ailes.

Marie-Paule est déjà au travail lorsque Marie-Laure et Gertrude sortent de la maison.

— Je n'en reviens pas, s'écrie-t-elle en les voyant, il n'y a presque pas de mauvaises herbes. Êtes-vous bien certaine qu'Anita ne l'a pas fait ?

— À moins qu'elle l'ait fait de nuit… répond Gertrude.

— Qui a dit qu'un jardin devait avoir plus de mauvaises herbes que de bonnes ? lance Marie-Laure. Tant mieux s'il n'y en a pas, on aura plus de temps pour jaser.

— On en a justement une bonne à vous raconter, ajoute Marie-Paule. Imaginez-vous donc que votre mère part chez Adjutor demain matin.

— Ouf ! À mon idée, elle va passer plus de temps sur le chemin qu'à Saint-Irénée. Adjutor va la retourner d'où elle vient avant même qu'elle mette le pied à terre. Il a été très clair avec elle, il ne veut pas l'avoir dans ses jambes pendant les travaux. Et je le comprends !

Bien que plaindre Adjutor n'ait jamais été son fort, Gertrude ne voudrait pas être à sa place quand il va se retrouver en face de leur mère. Et tout ce qu'elle souhaite, c'est qu'Arabella ne s'en mêle pas. Il aurait fallu être aveugle pour ne pas voir le petit jeu de Lucille pour mettre sa nouvelle bru de son bord le jour des baptêmes. Elle passait son temps à lui sourire, elle lui tapotait le bras, lui racontait des histoires concernant Adjutor... Arabella buvait ses paroles comme si elles étaient paroles d'évangile. Lucille est capable du pire pour embêter les gens, mais elle est aussi capable de se montrer sous son meilleur jour si ça peut lui servir.

— Il ne la retournera quand même pas la même journée, s'inquiète Marie-Paule.

— Ça ne m'étonnerait pas, dit Gertrude.

— Jamais je ne croirai que...

— Je rêve ou vous êtes en train de défendre la belle-mère, s'exclame Marie-Laure sans lui laisser le temps de finir sa phrase.

Les paroles de sa belle-sœur la surprennent. Elle se secoue les cheveux et elle ramène vite son chapeau de paille sur sa tête avant que le soleil ne frappe trop fort. Depuis quand se porte-t-elle à la défense de sa méchante belle-mère ?

— Moi, ajoute Marie-Laure, je suis moins bonne que vous. Je ne lui en veux pas, mais je suis incapable de la prendre en pitié.

Il me semble de la voir faire les yeux doux au curé pour qu'il lui trouve une petite place pour dormir dans son presbytère. J'en ai connu des ratoureuses, mais jamais comme la belle-mère. Je vous garantis qu'elle va trouver le moyen de rester.

— Il me semble de la voir débarquer avec sa caisse de confitures et de pots de poulet, ironise Marie-Paule.

— À moins qu'elle se soit servie dans les vôtres, elle n'a pas pu. Papa m'a dit qu'ils avaient tout mangé.

Les paroles de Gertrude sonnent une cloche dans la tête de Marie-Paule. La dernière fois qu'elle a demandé à Adrien de lui monter un pot de poulet, il lui a dit que c'était le dernier. Comme elle était en train de faire son lavage et que les deux derniers jouaient à qui pleurerait le plus fort, elle n'en a pas fait de cas.

— Jamais je ne croirai qu'elle s'est servie dans ma réserve. La vieille…

Marie-Paule n'en dit pas plus. Elle serait gênée de prononcer seulement un des mots qui viennent de lui passer par la tête pour qualifier Lucille. Elle a toujours fait des efforts parfois surhumains pour rester polie avec elle, mais si elle a osé toucher à ses conserves, eh bien, elle n'a pas fini d'en entendre parler.

— Elle en est bien capable, lui confirme Gertrude.

— J'imagine que vous tenez un inventaire de vos conserves, poursuit Marie-Laure.

— Disons que j'ai une bonne idée de ce que je possède, répond promptement Marie-Paule, mais je ne connais pas le nombre exact de pots de fèves jaunes ou de poulet, par exemple. Et vous ?

— Moi ? Vous ne vous en souvenez sûrement pas, mais Réal s'était mis à vider mes pots de confiture de bleuets à la cuillère pendant la nuit et à les faire disparaître une fois vides. Le jour où je l'ai pris sur le fait, je me suis fait une liste et je suis la seule à savoir où elle est. C'est bizarre, depuis ce temps-là je n'ai plus jamais eu un pot qui a disparu.

— Voulez-vous bien me dire où on s'en va, si on peut même plus faire confiance à notre famille ? Réal est un enfant, mais pas la belle-mère. À l'âge qu'elle est rendue, elle devrait faire la diffé-rence entre le bien et le mal.

Soudainement envahie par une vague de remords, Marie-Paule revient à la charge :

— Mais je devrais peut-être attendre avant de la condamner. Je suis là en train de la pendre sans lui faire de procès, ce n'est pas un très bel exemple à donner aux enfants.

Gertrude éclate de rire en entendant ça. Elle n'en revient pas de voir que même si sa mère est de plus en plus méchante avec tout le monde, il y a toujours quelqu'un pour lui donner le bénéfice du doute.

C'est une Anita très souriante qui fait son entrée dans la maison pendant que les enfants se bourrent les joues de galettes au sirop. Aussitôt qu'ils l'aperçoivent, tous ceux en âge de marcher se lèvent de table et courent se jeter dans ses bras. Leurs mères ont beau leur crier de ne pas mettre leurs mains collées sur la robe d'Anita, le bleu pâle de celle-ci est très vite rempli de marques de petits doigts.

— Ah non ! s'écrie Gertrude, ta belle robe est bonne à laver.

— Ce n'est pas grave, répond Anita, je ne travaille pas avant la semaine prochaine. Je vais aller me changer.

Anita se dirige vers l'escalier, mais au moment de poser un pied sur la première marche, elle revient sur ses pas et se plante derrière les enfants.

— J'ai une grande nouvelle à vous apprendre, confie-t-elle aux femmes, je me marie au printemps.

— Je ne savais même pas que tu avais un amoureux, réagit Marie-Paule.

— Moi non plus, renchérit Marie-Laure. Petite cachottière, va! Qu'est-ce que tu attendais pour me le dire?

Marie-Laure a beau être la cousine d'Anita, cela ne fait pas d'elles des amies. Même pendant qu'Anita travaillait chez les Pelletier, elles ne se voyaient pas plus que lorsqu'elle habitait au Lac-Saint-Jean.

— Qu'il me fasse sa grande demande. Et il est venu me la faire à ma sortie du bureau du cousin tantôt. Évidemment, il va aller demander officiellement ma main à mon père, mais il fallait d'abord qu'il sache si j'acceptais.

— Et tu l'aimes? lui demande Marie-Laure.

Si la seconde d'hésitation d'Anita à leur répondre ne leur échappe pas, aucune d'elles ne passe de commentaire.

— Oui, laisse tomber Anita, et je suis surtout contente de me marier.

— Il faut fêter ça, déclare Gertrude. Je vais chercher la bouteille de vin de groseilles que mon beau-père a fait. Je suis certaine que vous allez l'aimer. En tout cas, moi je le trouve tellement bon qu'il faut que je me retienne à deux mains pour ne pas vider la bouteille.

Gertrude boit très peu, sauf quand elle a la chance de mettre la main sur une bouteille de vin de groseilles. Là, il faut dire qu'elle ne donne pas sa place. La dernière fois que son beau-père lui en a offert une, Camil la lui a donnée en lui disant de la garder pour elle et c'est ce qu'elle a fait. Elle l'a bue à petites gorgées, quelques soirs d'affilée avant d'aller dormir, jusqu'à la dernière goutte. Chaque fois qu'il la voyait sortir sa bouteille de sous leur lit, Camil riait. Mais le plus drôle, c'est qu'elle est allée porter la bouteille vide à son beau-père. Il n'a fait ni une ni deux et lui en a tendu une pleine. En temps normal, elle l'aurait refusée, mais pour du vin de groseilles, elle a pilé sur son orgueil et elle est repartie avec son cadeau sous le bras.

— Moi, dit André le plus sérieusement du monde, je veux être servant de messe à ton mariage.

— Tu sais bien que papa ne veut pas, se dépêche d'ajouter Marie-Paule.

— Pourquoi? demande aussitôt Gertrude.

— Je vous souhaite bonne chance pour réussir à lui tirer les vers du nez. Moi, il y a longtemps que j'ai lancé la serviette. Adrien ne veut pas que ses fils servent la messe et ça me suffit.

— Eh bien, moi, lance Gertrude, je vous promets de vous revenir avec la raison.

* * *

Alors que Joseph a fait semblant de dire le chapelet et qu'il n'a fait que remuer les lèvres pour les apparences pendant des années, voilà maintenant qu'il le récite vraiment, et ce n'est pas parce qu'il est plus croyant qu'avant. En réalité, il est totalement désespéré de voir comment Lucille excelle dans l'art de lui pourrir la vie et, après toutes ses tentatives pour la ramener dans le droit chemin, il ne lui reste que Dieu vers qui se tourner. La dernière frasque de sa chère épouse lui a donné son coup de grâce. Joseph ne peut pas supporter qu'on détruise les choses qu'il a ramassées de peine et de misère. En envoyant valser la vaisselle sur le plancher comme elle l'a fait, Lucille lui a confirmé qu'elle n'était pas prête de déposer les armes, bien au contraire. Cette fois, c'était pour René. Et demain ce sera pour qui? Même s'il devait se battre avec elle jusqu'à la fin de ses jours pour lui faire entendre raison, Joseph ne cèdera pas pour tout ce qui touche René. Il a une dette envers son fils et il va tout faire pour se racheter, même s'il sait que peu importe ce qu'il fera, jamais il ne pourra effacer ce qui a été. Il sait aussi que les remords et les regrets ont élu domicile dans son cœur le jour où René a quitté la maison et qu'ils ne le quitteront pas avant qu'il ferme les yeux.

Depuis qu'il a entrepris sa croisade pour récupérer ses droits d'homme de la maison, Lucille refuse systématiquement tout ce qui vient de lui, à part bien sûr ce qui peut satisfaire sa petite personne. Elle ne lâchera pas le morceau tant qu'il ne lui aura pas acheté un nouveau manteau de fourrure, une glacière et… Joseph la connaît assez pour savoir que dès qu'il cèdera sur une chose, elle lui lancera une nouvelle demande par la tête. Et ses exigences se font encore plus pressantes depuis qu'elle sait qu'il a de l'argent. Si seulement elle était au courant du peu qu'il lui reste, elle lui ferait regretter d'avoir un jour levé les yeux sur elle. Joseph n'a pas dilapidé son argent, il a fait plaisir aux siens. Il a dit ce qu'il a bien voulu à Lucille mais, dans les faits, il leur en a donné bien plus qu'elle croit. Il était un peu frileux lorsqu'il a commencé sa distribution, mais il s'est vite rendu compte que ses enfants aiment leur mère, toutefois pas au point d'aller vendre la mèche. Lucille les a tous marqués au fer rouge de manière différente, mais tout aussi profondément. Peu de mots ont été échangés sur le sujet, mais suffisamment pour que Joseph en ait pour des jours à se remettre de sa petite tournée.

Joseph a très vite réalisé que toutes les demandes de Lucille ne sont là que pour faire diversion et pour fixer son attention partout sauf sur l'essentiel. Sa femme est comme un cheval sauvage, dès que quelqu'un s'approche trop près, elle rue dans les brancards. Pour s'attaquer à cette force de la nature à l'esprit pour le moins tordu, il faut du caractère, de l'endurance et une persévérance à toute épreuve. Et même si Joseph possède toutes ces qualités, rien ne lui garantit qu'il arrive à ses fins un jour.

Lucille vient juste de partir pour Saint-Irénée et Joseph respire déjà mieux. Il n'a pas essayé de la retenir, il s'est contenté de lui rappeler qu'Adjutor ne pouvait pas la recevoir tant et aussi longtemps que la construction de son manoir ne sera pas terminée. Elle lui a fait son plus beau sourire et, au lieu de lui répondre, a pris son sac et est sortie s'asseoir sur la galerie d'en avant pour attendre la voiture qui l'emmènera sous un ciel plus bleu.

Joseph bourre sa pipe sans porter attention à ce qu'il fait. Il voudrait bien être un petit oiseau pour voir la réaction d'Adjutor quand il va se retrouver en face de sa mère. D'après lui, ça va barder. Son fils est revenu de la guerre transformé à bien des égards, et c'est heureux. S'il s'en laissait imposer autant par Lucille avant sa fuite au front, ce n'est plus le cas. Joseph a été témoin de sa discussion avec elle le jour du baptême et Adjutor a détruit un à un tous les arguments que sa mère apportait pour le convaincre de l'emmener avec lui. D'ailleurs, Joseph a bien ri lorsqu'il l'a vu arriver avec une voiture à deux places. Il s'assurait au moins de repartir sans elle. Joseph regarde l'heure et il constate qu'Adrien est en retard. Il range sa pipe dans sa poche et va mettre de l'eau à bouillir pour se faire un café, il ne va quand même pas attendre indéfiniment après lui. Lorsqu'il retourne s'asseoir, la porte de la cave s'ouvre brusquement sur son fils. Joseph sursaute.

— Maudit que tu m'as fait peur! Veux-tu bien me dire ce que tu faisais dans la cave?

— Je suis désolé, le père, mais Marie-Paule m'a demandé d'aller vérifier sa réserve de pots.

— J'espère qu'elle est mieux garnie que la nôtre…

— À vrai dire, je n'ai pas vu un seul pot ni sur vos tablettes ni sur les nôtres, mais la mère les a peut-être changés de place.

— Tout ce que je peux te dire, c'est que vous en aviez encore au moins une douzaine quand je suis allé chercher notre dernier pot hier. Attends un peu.

Joseph revoit la grosse caisse que Lucille a fait embarquer à bord de la voiture après s'être installée. Il s'est demandé ce qu'elle pouvait bien contenir quand il a vu le roulier la sortir de la dépense dehors, mais il l'a vite oubliée. Maintenant, Joseph comprend tout.

— J'ai bien peur que vos pots soient en chemin pour Saint-Irénée, laisse-t-il tomber en se grattant la tête.

Adrien regarde son père en plissant les yeux.

— Je ne suis pas certain de comprendre, confesse-t-il.

— C'est pourtant simple. Ta mère a l'habitude de donner des conserves à Adjutor chaque fois qu'elle le voit. Vu qu'elle a épuisé notre réserve, elle s'est servie dans la vôtre.

— Vous êtes vraiment en train de me dire que la mère a volé les pots de Marie-Paule pour les donner à Adjutor ? Oh ! J'en connais une qui ne sera pas contente, et je ne donne pas cher de la peau de la mère quand elle va revenir. Ça prend un sacré culot pour…

Adrien arrête de parler dès qu'il réalise ce qu'il est en train de dire.

— Tu as raison, et ce n'est certainement pas moi qui vais t'en vouloir pour ce que tu viens de dire. Ta mère vient de nous démontrer une fois de plus que rien ne l'arrête.

— Je n'en reviens tout simplement pas, râle Adrien. Ma propre mère a volé nos conserves dans notre armoire. Je vous le dis, Marie-Paule va tomber en bas de sa chaise quand je vais lui raconter ce qui est arrivé à ses pots.

* * *

Alida n'arrêtait pas de penser au jour où elle pourrait enfin bercer son nouveau petit-fils depuis que Charlotte lui avait écrit pour lui annoncer sa grande nouvelle. Maintenant qu'elle le tient dans ses bras, un compliment n'attend pas l'autre. Son babillage amuse Charlotte comme chaque fois que sa mère tient un nouveau bébé dans ses bras. Elle le bécote, elle le serre contre elle, elle lui chante des berceuses. Alida adore les enfants, et elle est folle des bébés.

Charlotte est à la fois émue et inquiète de se trouver ici. Nul doute, elle va devoir répondre aux questions de sa mère sur le revirement de Laurier face à l'adoption. Elle a retourné la question de tous bords tous côtés en s'en venant ici, mais elle hésite encore entre lui dire la vérité et enrober celle-ci.

— C'est sûrement mes yeux qui me jouent des tours, dit Alida en examinant le petit Raymond sous toutes ses coutures, mais il me semble qu'il a le même nez que ton mari, et ses yeux aussi.

— Vous trouvez ? demande innocemment Charlotte.

Alida relève la tête et sourit à sa fille. Si elle se doutait qu'il y avait anguille sous roche, le ton utilisé par Charlotte l'en convainc.

— Aimerais-tu en parler ? lui demande sa mère d'une voix douce.

Charlotte se lève brusquement et elle va voir sa fille sans aucune raison, puisque la petite dort toujours à poings fermés. Elle fait ensuite les cent pas dans le salon avant de revenir s'asseoir en face de sa mère. C'est maintenant ou jamais.

— D'accord maman, je vais tout vous raconter.

Bien qu'une foule de questions se pressent dans la tête d'Alida, elle se garde bien de l'interrompre.

— Vous savez tout maintenant, conclut Charlotte.

Alida est complètement renversée par ce qu'elle vient d'entendre. Elle n'est pas du genre à juger les gens, mais le beau Laurier vient de perdre pas mal de points à ses yeux. Et si elle l'avait devant elle, tout probable qu'elle lui dirait sa façon de penser. S'il y a une chose qu'Alida déteste par-dessus tout, c'est qu'on fasse du mal à ses enfants.

— Je ne voudrais pas tourner le fer dans la plaie, s'exclame Alida, mais que sais-tu de cette femme ?

— Rien d'autre à part qu'elle a accouché du fils de Laurier et que si sœur Irène ne m'avait rien dit, je n'aurais jamais su que mon mari se payait la traite ailleurs pendant qu'il refusait de faire son devoir conjugal.

— Et toi ?

Charlotte plisse nerveusement le nez. Il y aurait encore beaucoup à dire pour épuiser le sujet, mais elle s'arrête ici. Elle ne peut rien changer à ce qui est et elle n'a pas grand contrôle non plus sur ce qui sera. Et puis, la dernière chose dont elle ait envie, c'est de donner des détails sur sa vie amoureuse à sa mère. Laurier a promis de faire des efforts pour être un bon père, et c'est ce qu'il s'efforce de faire lorsqu'il les honore de sa présence entre deux voyages, mais il ne s'est pas transformé en prince charmant avec elle pour autant. Il fait plus attention, mais la flamme qui brûlait entre eux le jour de leur mariage vacille un peu trop à son goût.

— Moi, je suis plus heureuse que jamais parce que j'ai deux beaux enfants et que c'est ce que je voulais. Je…

Devant l'hésitation de Charlotte à poursuivre, Alida vient à sa rescousse.

— Toute la famille n'est pas obligée de connaître la vérité, tu sais.

— J'allais justement vous dire que j'aimerais mieux qu'on s'en tienne à l'adoption. Mes frères vont sûrement me chauffer les oreilles en me disant que je finis toujours par arriver à mes fins, mais je les laisserai parler.

— Et Marie-Paule ?

— Vous savez aussi bien que moi que je n'ai jamais réussi à lui cacher quoi que ce soit, mais je préfèrerais lui dire moi-même, si ça ne vous dérange pas.

— Pas du tout. En tout cas, il est vraiment très beau, ton fils.

* * *

Lucille se met à pleurer comme un bébé aussitôt que la voiture s'engage dans la cour du presbytère de Saint-Irénée. Le roulier la regarde avec de grands yeux, il ne se préoccupe pas le moins du monde de la raison de cette peine aussi soudaine qu'un coup de tonnerre en plein jour de canicule. Il n'avait jamais entendu parler de Lucille Pelletier avant qu'elle monte dans sa voiture ce matin, mais il a eu suffisamment de temps pour voir à quel gibier il avait affaire. Depuis le temps qu'il transporte des gens, il en a vu de toutes les couleurs. Peu d'entre eux arrivent à la cheville de cette femme qui se donne des airs de riche.

— Allez chercher le curé, lui ordonne Lucille entre deux reniflements.

Si elle croyait l'attendrir avec ses larmes, elle s'est mis un doigt dans l'œil jusqu'au coude.

— Le mieux que je puisse faire, répond promptement l'homme, c'est de vous donner votre sac et votre boîte, mais ça s'arrête là. Je ne peux pas abandonner ma voiture.

— Plus vite vous irez, plus vite vous pourrez repartir.

Plutôt que de gaspiller sa salive, le roulier descend de voiture et va chercher les effets de Lucille, effets qu'il dépose ensuite sur le trottoir de bois qui fait face au presbytère. Il vient ensuite se poster devant Lucille et lui tend poliment la main pour l'aider à descendre.

— Tassez-vous, espèce de mal élevé, je suis capable de descendre toute seule.

Alertée par les cris de Lucille, Arabella sort du presbytère en courant.

— Madame Pelletier ? C'est vous ?

Il n'en faut pas plus pour que Lucille se remette à pleurer de plus belle avant de venir se jeter dans les bras de sa belle-fille.

Témoin de la scène, le roulier esquisse un sourire et remonte dans sa voiture sans rien dire. La seconde d'après, il repart sur les chapeaux de roues de peur que quelqu'un veuille le retenir. Il a emmené cette peau de vache jusqu'ici, mais personne ne l'obligera à la ramener d'où elle vient. Outrée par le comportement de l'homme, Arabella met son bras autour des épaules de sa belle-mère et lui dit d'une voix douce :

— Rentrons, je vais demander à Béatrix de nous servir du thé.

En entendant le nom de la bonne d'Adjutor, Lucille pince les lèvres. Elle avait oublié que cette chipie avait repris du service, mais elle se dit qu'elle trouvera bien le moyen de s'en débarrasser. Avant qu'elles atteignent la porte du presbytère, Lucille s'est remise à pleurer à chaudes larmes, ce qui ne manque pas d'émouvoir Arabella. Elle connaît peu la mère de son époux, mais la voir dans un tel état la bouleverse.

— Béatrix! Béatrix! s'écrie la jeune femme aussitôt la porte refermée.

Béatrice doit prendre sur elle pour garder son calme lorsqu'elle aperçoit Lucille.

— Oui, Madame.

Si Lucille ne se retenait pas, elle lui donnerait son coup de grâce sur-le-champ pour qu'elle retourne chez sa mère. Au lieu de ça, elle fixe la jeune femme de son regard larmoyant sans prononcer un seul mot.

— Apportez-nous du thé s'il vous plaît et allez chercher les bagages de ma belle-mère.

Aussitôt Béatrice sortie, Arabella s'approche de Lucille et elle lui tend son mouchoir de dentelle.

— Racontez-moi tout, maintenant.

Celle-ci n'est pas bête au point de croire qu'elle aura deux chances de faire bonne impression auprès de sa belle-fille. C'est maintenant ou jamais qu'elle doit la mettre de son côté. Elle renifle une fois, deux fois, et elle se remet à pleurer.

— Je ne sais plus quoi faire, et je n'ai plus de place où aller. Gertrude ne veut plus que j'aille chez elle. Adrien me menace d'appeler la police à la moindre affaire. Marie-Paule et Marie-Laure n'ont même pas fait le jardin. La belle Anita a levé les feutres à la première remarque que je lui ai faite. Arté ne me regarde plus. Wilbrod et Estrade ne viennent plus me voir. Alphonse ne sort plus de Chambord. Et Marcella refuse de jouer du piano quand elle vient. Même Anna n'est plus gentille avec moi. C'est rendu que mes petits-enfants me traitent de «vieille grand-mère» et leurs parents les laissent faire.

Lorsqu'elle voit l'effet de sa petite mise en scène sur sa belle-fille, Lucille fait une pause en prenant soin de renifler quelques fois pour être encore plus crédible.

Arabella n'a pas tout saisi, mais le ton utilisé par cette dernière lui en dit long sur son état d'âme, ce qui lui suffit pour la prendre en pitié. Sans attendre, elle lui tend la main. Encouragée par son geste, Lucille se remet au travail.

— Je ne suis plus capable de tenir ma maison toute seule, mais Joseph… Joseph croit le contraire et il n'arrête pas de me crier après pour que je m'occupe de la maison. Je ne pourrais pas, même si je le voulais. Je suis une vieille femme et j'ai besoin qu'on m'aide. Ça fait des semaines que je mange des conserves parce que je n'arrive plus à lever mes casseroles ni à éplucher mes patates. Je suis à bout. Je vous en prie, Arabella, aidez-moi.

Et Lucille se met à pleurer de plus belle en serrant la main de sa belle-fille.

Cachée derrière la porte, Béatrice attend que Lucille finisse son petit numéro avant de rentrer. Celle-ci a peut-être convaincu Arabella, mais pas elle. Aussitôt qu'elle aura déposé son plateau, Béatrice courra avertir monsieur Adjutor que sa mère est en ville et qu'elle a joué la grande scène à sa femme pour se faire prendre en pitié.

Béatrice fait son entrée au moment où Arabella allait ouvrir la bouche pour rassurer sa belle-mère. Elle se tourne vers la jeune fille et lui fait signe de déposer le plateau sur la table près d'elle. Béatrice s'exécute et elle se tourne vers Lucille, à qui elle jette un regard noir avant de sortir. Elle mettrait sa main au feu que cette dernière lui a fait un sourire.

Adjutor voit rouge lorsqu'il apprend que sa mère est débarquée au presbytère. Il échange quelques mots avec son homme de confiance et il part sans tarder avec Béatrice. Vu les capacités de sa mère pour semer le trouble, chaque minute compte. Sa colère augmente à chacun de ses pas.

— J'espère que vous ne m'en voudrez pas, dit Béatrice en cherchant son souffle, mais je dois vous raconter ce que j'ai entendu.

Adjutor s'arrête aussitôt pour l'écouter. Ce que Béatrice lui dit est tellement gros que si ça venait d'une autre personne qu'elle, il refuserait d'y croire. Il savait que sa mère était capable de grandes choses, mais jamais il n'aurait cru qu'elle jouait si bien la comédie. Il n'a plus aucun doute, Arabella est certainement tombée dans le panneau. Reste maintenant à voir comment il va pouvoir s'y prendre pour l'en sortir au plus vite.

Une fois devant le presbytère, Adjutor hésite avant d'entrer. Il respire à fond, prend son courage à deux mains, tourne la poignée et fonce tête baissée. Le tableau qu'il a sous les yeux, lorsqu'il pousse la porte du grand salon, lui confirme que sa mère a une bonne longueur d'avance sur lui.

— Adjutor, s'écrie Lucille d'une voix larmoyante en se levant pour venir à sa rencontre, prenant soin de se traîner les pieds. J'espère que tu ne m'en voudras pas, mais je n'avais pas d'autre endroit où aller. Plus personne ne veut de moi.

Pour toute réponse, Adjutor reste de marbre. C'est la première fois que sa mère lui fait le coup des larmes et, pourtant, ça ne lui fait ni chaud ni froid. Elle peut jouer du violon pour amadouer Arabella, mais personne, pas même sa femme, ne parviendra à le faire changer d'idée sur son compte.

Lucille est assez proche de lui pour le toucher, cependant elle ne bouge pas. En voyant ça, Arabella s'écrie :

— Tu pourrais la prendre dans tes bras.

Au lieu de s'exécuter, Adjutor recule d'un pas. Il fixe sa mère dans les yeux et lui dit d'un ton ferme :

— Vous repartez pour Jonquière. Une voiture viendra vous chercher à sept heures demain.

— Mais tu ne peux pas faire ça, s'oppose Arabella. Ta mère n'est pas en état de voyager. Elle a bien trop de peine pour qu'on la laisse toute seule.

Adjutor se retient d'éclater de rire. Ce n'est pas aujourd'hui, et surtout pas ainsi, que Lucille va l'amadouer. Il reste convaincu qu'elle joue la comédie ; il n'est pas dupe.

— Ne t'inquiète pas pour elle, elle va tous nous enterrer.

— Béatrix pourrait lui prêter sa chambre.

Postée près de la porte pour ne rien perdre, Béatrice blêmit en entendant la suggestion de sa patronne.

— Pas question ! répond promptement Adjutor. Elle va retourner d'où elle vient demain, un point c'est tout.

Béatrice relâche les épaules et expulse doucement l'air de ses poumons. Jamais plus elle ne laissera cette chipie envahir son royaume. Plutôt abandonner monsieur Adjutor que de se plier aux quatre volontés de sa mère. Béatrice a goûté à sa médecine et ça lui suffit amplement. Elle sait qu'elle reviendra, mais elle a pour son dire que madame va très vite réaliser de quel bois se chauffe cette femme à qui elle n'arrive pas à trouver la moindre qualité. Béatrice se signe, elle ira se confesser dès que monsieur le curé reviendra.

— Puisque c'est comme ça, lance Arabella d'un ton décidé, je pars avec elle.

Adjutor se tourne aussitôt en direction de sa femme. Après ce que lui a raconté Béatrice, il n'est pas surpris qu'elle ait pris le parti de sa mère, mais il était loin de s'attendre à ce qu'elle l'abandonne pour elle, par exemple. Devant son air découragé, Arabella s'approche et lui dit en le prenant par le bras :

— Ne t'inquiète pas, je vais revenir très vite. Je vais juste la ramener chez elle.

Si Adjutor voyait le sourire de Lucille en ce moment, il se mettrait à hurler. Elle savait qu'il la retournerait vite à Jonquière, mais elle tenait à venir pour commencer à marquer son territoire. Malgré la fatigue du voyage, Lucille se dit que ça valait largement la peine. Et le dénouement de sa petite escapade la comble de joie, jamais elle n'aurait imaginé qu'Arabella s'offrirait d'elle-même pour la raccompagner chez elle. Il était plus que temps qu'elle ait une bru qui réponde à ses attentes. Satisfaite, Lucille s'essuie les yeux et dit :

— Vous n'auriez pas quelque chose à manger ? Je n'ai rien avalé depuis le matin.

Chapitre 7

Malgré la croyance populaire, les statistiques démontrent noir sur blanc que les francophones s'enrôlent en plus grand nombre que les anglophones. Loin de satisfaire le gouvernement, ce dernier encourage fortement les policiers à faire la chasse aux conscrits. Pour chaque homme livré aux autorités, celui qui l'a déniché mérite un beau cinq piastres. Aux dernières nouvelles, un certain Paul Latendresse de Québec aurait battu tous les records en livrant vingt-cinq hommes en une seule semaine. On peut…

— Il faut avoir une roche à la place du cœur, pour faire ça! s'écrie Joseph en montrant l'article à Adrien.

Aussitôt qu'il lit le titre, Adrien se souvient parfaitement de quoi il était question même si la lecture de ce dernier remonte à quelques jours déjà.

— Vous ne l'aviez pas encore lu?

— Non! J'avais pas mal de retard dans ma lecture. Je ne sais pas ce que j'ai ces jours-ci, mais je me coucherais en rentrant si je ne me retenais pas.

Adrien avait remarqué que son père avait moins d'allant que d'habitude, mais il ne s'en était pas préoccupé plus que ça.

— Vous devriez aller voir le docteur, suggère-t-il.

— Laisse faire le docteur, ça va finir par passer comme tout le reste.

Joseph n'est pas du genre à se plaindre, encore moins à parler de ses petits bobos. Quant à aller consulter, il faudrait d'abord qu'il croie en la médecine, ce qui est loin d'être son cas. Il veut bien voir un docteur pour recoudre une plaie, mais pas parce que sa vieille carcasse refuse d'avancer. Il ne rajeunit pas, et la guerre qu'il mène contre Lucille le gruge par en dedans.

— Alors ? demande Joseph.

À voir l'air d'Adrien, il réalise qu'il devra être plus clair.

— Donnerais-tu ton frère pour cinq piastres, toi ?

— Jamais dans cent ans, mais je ne suis pas policier. J'ai pour mon dire qu'il faut être un peu fêlé pour passer ses journées à prendre les gens en défaut. Mais en même temps, l'argent est tellement rare que je peux les comprendre. Cinq piastres de nos jours, ce n'est pas rien. Et cent vingt-cinq en une seule semaine, c'est une vraie fortune.

— Eh bien, pour moi, il n'y aura jamais assez d'argent pour que je vende qui que ce soit.

— Pour moi non plus, se dépêche d'ajouter Adrien, mais on n'est pas tous coulés dans le même moule. J'en connais qui vendraient leur mère pour une bouchée de pain. Mais entre vous et moi, je dois avouer que ça commence à me faire peur, cette chasse aux conscrits. Un beau jour, ils vont débarquer ici sans crier gare et ils vont tous nous obliger à nous enrôler.

Joseph se garde bien d'en parler, mais il est mort de peur à l'idée qu'un de ses fils reçoive une lettre l'obligeant à se faire soldat. Tout ce qu'il souhaite, si un jour ça arrive, c'est qu'il ait le temps de le cacher.

— Je ne peux pas croire que cette maudite guerre va durer encore longtemps, dit Joseph, on compte les morts par millions et on continue encore à se tirer dessus comme des imbéciles.

— Et il ne faut pas oublier les blessés, renchérit Adrien. J'aime autant ne pas penser au jour où tout ce beau monde-là va revenir au pays. Ce ne sera pas beau…

Le père et le fils secouent la tête à quelques reprises. Si leur famille immédiate a été épargnée jusqu'à maintenant, ils en connaissent plusieurs dont les fils n'ont pas eu le choix de partir de l'autre bord. Curieusement, aucun d'entre eux ne parle de la guerre dans ses lettres. Joseph a été le premier surpris lorsque son frère lui a lu une de celles que son fils lui avait envoyées. S'il n'avait pas su où il était, il aurait pu croire qu'il s'était absenté pour aller donner un coup de main à un oncle sur une terre.

Comme la guerre n'est pas leur sujet de prédilection, les deux hommes se dépêchent de parler d'autre chose.

— Pensez-vous qu'Adjutor va garder la mère bien longtemps? demande Adrien.

— Non!

— Jamais je ne croirai que mon frère n'aura pas assez de cœur pour lui laisser le temps de se remettre de son voyage avant de la retourner…

— Si j'étais à sa place, je ne l'aurais même pas laissé descendre de la voiture. Adjutor avait tellement peur de repartir avec elle qu'il avait emprunté une voiture à deux places… Ta mère ne s'est pas donné de chance en s'incrustant à son presbytère, et encore moins en prenant sa bonne à parti. Je peux me tromper, mais j'ai l'impression qu'Arabella a dû plaider la cause de Lucille pour qu'il la garde au moins à coucher.

— Le moins qu'on puisse dire, c'est que la belle-sœur n'a pas encore vu la vraie nature de la mère. Je n'en revenais pas de la voir aller avec sa nouvelle bru le jour du baptême. On aurait dit qu'Arabella était la huitième merveille du monde et que plus rien d'autre n'existait. Je n'en reviens pas que la mère ait accepté qu'Adjutor ne soit plus curé après tout ce qu'elle a fait pour arriver à ses fins.

— C'est pourtant facile à comprendre, explique Joseph. Ta mère peut avoir un autre curé, mais pas une autre bru riche et noble, par exemple. Entre toi et moi, c'est la photo d'Adjutor prise avec le pape qui lui a donné son coup de grâce. Si Sa Sainteté est d'accord, elle est bien mal placée pour contester, d'autant qu'elle a monseigneur de son bord pour payer les études de celui qu'elle désignera pour être le prêtre de la famille.

Plus Adrien en entend, plus ça le décourage. Sa mère n'a jamais été facile, mais il plaint son père d'avoir à l'endurer, surtout maintenant qu'Anita est partie, et il se demande bien ce qu'elle va inventer la prochaine fois que quelque chose ne fera pas son affaire.

— Je vous plains, le père, confie Adrien.

— Ne perds pas ton temps à me plaindre, mon gars, ça paraît pire que c'est.

Adrien ne demande pas mieux que de croire son père, mais il a été témoin de tellement de choses qu'il ne peut pas. Il espère se tromper mais, d'après lui, Joseph n'est pas au bout de ses peines.

— Avez-vous l'intention d'engager une autre fille ?

— Pour qu'elle la fasse partir à la première occasion… Il n'y a pas une fille sur la terre qui mérite d'être traitée de cette manière. Pour l'instant, j'ai l'intention de lui faire remettre son tablier au plus sacrant.

— Et vous croyez vraiment qu'elle va le faire ?

— Seul l'avenir le dira.

Joseph tire un bon coup sur sa pipe avant d'ajouter :

— Je ne peux pas croire qu'elle va me tenir tête encore longtemps.

Cette fois, Adrien ne dit rien. Il va chercher la cafetière et remplit les tasses à ras bord avant d'ajouter trois grosses cuillerées de sucre dans la sienne.

— Vous devriez rester ici aujourd'hui, on a juste quelques bouts de clôture à réparer.

— Je vais peut-être te surprendre, mon garçon, mais j'accepte ton offre et je vais en profiter pour aller visiter tes sœurs.

* * *

Lorsque Joseph frappe à la porte de Marcella, il est loin de s'attendre à la trouver dans cet état.

— Bonjour ma fille ! Tu as vraiment une sale tête, on dirait que tu as passé la nuit sur la corde à linge.

— Je ne sais plus quoi faire, se plaint-elle en se mettant à pleurer, ça fait deux jours qu'Yvan fait de la fièvre et je n'arrive pas à la faire tomber.

— Où est Léandre ?

— Il est parti travailler. Il a emmené les plus jeunes chez ses parents pour me donner une chance. Je ne sais pas comment l'expliquer, mais j'ai un mauvais pressentiment. J'ai l'impression qu'il va mourir.

— Veux-tu bien arrêter de dire des niaiseries, tous les bébés font de la fièvre un jour ou l'autre. Donne-le-moi et va te reposer un peu.

Le regard larmoyant, Marcella se tourne vers son père. Elle voudrait lui sourire, mais elle n'en a pas la force. Elle se lève avec peine de sa chaise berçante et dépose son bébé dans les bras de Joseph.

— Tu devrais aller voir ta sœur, dit Joseph, ça te ferait du bien de sortir de la maison.

— Je vais commencer par aller me rafraîchir un peu.

Joseph constate vite à quel point son petit-fils est brûlant. Il le découvre un peu et le berce doucement en lui chantant une berceuse. Occupée à pomper de l'eau pour remplir son bassin, Marcella sourit. Joseph travaillait tellement quand ses enfants étaient jeunes qu'ils peuvent compter sur les doigts d'une main le nombre de fois qu'il leur a chanté une berceuse. Heureusement, il s'est repris avec ses petits-enfants. Il est le premier à vouloir les bercer et tous sans exception l'adorent.

— Je pense plutôt que je vais aller m'étendre un peu, dit Marcella lorsqu'elle revient dans la cuisine.

— Comme tu veux, ma fille. Dors en paix, je m'occupe de ton fils pendant ce temps-là.

Ça doit bien faire deux heures qu'il berce le petit Yvan, et il est toujours aussi brûlant. Joseph a beau réfléchir à ce qu'il pourrait faire pour l'aider, mais rien ne lui vient à l'esprit. En désespoir de cause, il offre à Marcella d'aller chercher le docteur.

— Je suis allée lui montrer hier et il m'a dit qu'il n'y avait rien à faire, et que la fièvre finirait par tomber.

— Aimerais-tu aller voir celui de Chicoutimi ? Il paraît qu'il est bon.

— On n'a rien à perdre, répond Marcella après quelques secondes de réflexion, je vais changer le petit de couche.

* * *

Lucille poursuit sa campagne de séduction auprès d'Arabella pendant tout le trajet de retour. Sa bru boit ses paroles, mais le plus beau, c'est que depuis qu'elles sont parties de Saint-Irénée, elle lui a pris la main au moins trois fois, ce qui ravit Lucille. Les deux femmes papotent sans arrêt jusqu'à leur arrivée à Jonquière.

Lucille est tellement de belle humeur qu'un éclat de rire n'attend pas l'autre. Le roulier les aide à descendre de sa voiture et les salue avant de reprendre sa route.

— Tu pourras t'installer dans l'ancienne chambre de Gertrude, s'exclame Lucille en prenant son sac.

— Je m'en charge, dit Arabella en alliant le geste à la parole.

Ni l'une ni l'autre n'ont remarqué qu'elles étaient observées depuis qu'elles étaient descendues de voiture. Installée au pied de l'escalier avec ses enfants, Marie-Paule se questionne sur la meilleure façon de manifester sa présence. Elle est contente de revoir Arabella mais, à l'inverse, elle a envie d'arracher les yeux de sa belle-mère.

— Bonjour, Arabella ! s'écrie Marie-Paule. Quel bon vent vous amène ?

Arabella se retourne aussitôt et vient vers elle en souriant.

— Bonjour, Marie-Paule ! Je suis contente de vous voir. Bonjour, les enfants ! Est-ce que je vais pouvoir venir m'asseoir avec vous ?

— Mais oui ! répond aussitôt André, mais pas la vieille grand-mère, elle est trop méchante.

Surprise par les propos de son neveu, Arabella fronce les sourcils.

— Pourquoi tu dis ça ? demande Lucille d'une voix mielleuse en s'approchant de son petit-fils. Je ne t'ai jamais rien fait.

— Vous avez pincé mon petit frère pour le faire pleurer et je vous ai vue. Et mon cousin aussi.

— Viens m'embrasser, petit chenapan ! lance Lucille en tendant la main vers lui.

Pendant qu'André fait la grimace, Marie-Paule éclate de rire et elle saute à pieds joints sur l'occasion pour s'en prendre à Lucille.

— Depuis quand les enfants vous embrassent-ils ? Vous êtes tout sauf aimable avec eux. Je vous avertis, s'il y en a un qui se lève, c'est moi qui vais l'arrêter. En passant, est-ce qu'Adjutor a apprécié les pots que vous lui avez apportés ?

Marie-Paule se tourne vers Arabella et poursuit :

— Au cas où vous ne seriez pas au courant, notre chère belle-mère a volé toutes mes conserves pour vous les offrir.

— Ce n'est pas vrai ! se défend Lucille d'une voix forte. Je n'ai pris que ce qui était dans mon armoire.

— Ne jouez pas à ce petit jeu avec moi, ça ne marche pas. Depuis que je suis mariée avec Adrien que les deux tablettes du bas sont à moi, et vous le savez très bien. Vous avez volé mes pots, un point c'est tout.

Arabella était loin de penser qu'elle tomberait en plein drame familial en accompagnant sa belle-mère.

— Mais je vais vous les retourner aussitôt que je serai à Saint-Irénée, la rassure Arabella.

— Là n'est pas la question, objecte Marie-Paule en balayant l'air de la main, vous pouvez les garder.

Cette fois, Marie-Paule en a trop sur le cœur pour se taire. Elle prend une grande respiration et se lance dans un long monologue dont le sujet unique est Lucille.

— Je suis convaincue que la belle-mère n'a pas arrêté de vous faire les yeux doux depuis qu'elle est débarquée à Saint-Irénée. Eh bien, moi, je vais vous épargner beaucoup de temps en vous parlant de sa vraie nature. Si je vais trop vite, vous n'aurez qu'à m'arrêter. Notre belle-mère adorée est d'un égoïsme rare. Elle ne pense qu'à sa petite personne et elle profite de tout le monde autant qu'elle peut. Je vais vous expliquer pourquoi elle n'avait plus de conserves dans son armoire. Elle a tout fait pour se débarrasser d'Anita et elle croyait que ses filles et ses brus la serviraient dans les dents une fois qu'elle serait partie. Comme nous avons déjà goûté à sa médecine, aucune n'a levé le petit doigt pour venir l'aider. En passant, vous lui demanderez de vous raconter le coup du couteau qu'elle s'est planté dans la main. Je suis sûre que vous allez adorer cette histoire.

Marie-Paule soupire bruyamment avant de poursuivre.

— Dans l'espoir de nous faire céder, notre chère belle-mère n'a rien fait dans la maison depuis le départ d'Anita, pendant des semaines si vous préférez. Ni ménage ni cuisine, rien du tout à part se bercer. Elle s'est même permis de balancer par terre toute la vaisselle sale qui traînait sur le comptoir avant de partir pour Saint-Irénée. Et ce n'est pas tout, elle…

Cette fois, Lucille en a assez entendu. Folle de rage, elle s'approche de Marie-Paule et elle lève la main sur elle. Au moment où elle allait frapper, elle reçoit un bon coup de pied sur le tibia.

— Ne fais pas de mal à ma maman, vieille grand-mère, s'écrie André.

Déstabilisée, Lucille passe à un cheveu de frapper son petit-fils. Arabella s'approche d'elle et lui dit gentiment :

— Vous devriez rentrer.

— Je vous interdis de me toucher, hurle Lucille en la repoussant.

Réalisant ce qu'elle vient de faire, elle se laisse tomber par terre et se met à pleurer comme un bébé.

— Ne l'écoutez pas, se plaint-elle, ce ne sont que des mensonges.

Michel s'approche de sa mère et tire sur sa jupe pour attirer son attention.

— Pourquoi elle pleure, la vieille grand-mère, maman?

Marie-Paule regarde son fils sans savoir quoi lui répondre. Elle voudrait croire que Lucille a vraiment de la peine, mais ce n'est pas le cas. Depuis le temps qu'elle la voit aller, Marie-Paule n'a pas une once de pitié ni de compassion pour elle.

— Parce qu'elle doit avoir une poussière dans l'œil. Aidez-moi à tout ramasser, on monte.

Arabella aide Lucille à se relever et la soutient pour monter les marches.

— Vous voyez bien qu'elle a menti, s'empresse de dire Lucille en mettant le pied dans sa maison, tout brille comme un sou neuf.

— Allez vous asseoir, je vais vous faire un thé.

— Donnez-moi un verre d'eau, ça fera l'affaire.

Arabella n'a pas saisi tout ce que Marie-Paule a dit, mais elle en a compris suffisamment pour mettre en doute ce que Lucille lui a raconté en chemin. Tant qu'à être ici, elle a bien l'intention d'aller au fond des choses. Elle va en profiter pour rendre visite à toutes ses belles-sœurs. Et ça commence maintenant.

— Vous allez m'excuser, mais je vais monter voir Marie-Paule un peu.

Lucille sait qu'elle risque gros si Arabella s'entretient en tête-à-tête avec Marie-Paule.

— Mais on vient juste d'arriver, objecte-t-elle, vous devriez plutôt vous reposer.

— Ne vous en faites pas pour moi. À plus tard.

Aussitôt la porte refermée, Lucille se lève de sa chaise et elle se met à faire les cent pas dans la cuisine. Elle était loin de se douter que Marie-Paule lui sauterait dessus, en la voyant, pour quelques malheureux pots de viande et de légumes.

Arabella en a appris plus sur Lucille en discutant avec Marie-Paule pendant une heure qu'avec Adjutor et, pourtant, Dieu sait qu'il lui a parlé en long et en large de sa mère. Lucille somnole dans sa chaise lorsque sa bru fait son entrée dans la maison. Elle va s'asseoir en face d'elle et attend qu'elle ouvre les yeux, ce qui ne tarde pas.

— Vous êtes revenue ? lui dit gentiment Lucille.

— Oui, mais je vais repartir.

— Vous venez tout juste d'arriver, s'étonne Lucille.

— Pas pour Saint-Irénée ! Adrien va me conduire chez Gertrude après le souper.

Le réveil de Lucille est pas mal plus brutal qu'elle l'espérait. Aucun doute, Marie-Paule a réussi à lui faire avaler toutes les méchancetés qu'elle répand sur elle.

— Je vais préparer à souper avant que le beau-père revienne des champs.

— À la condition qu'il y ait ce qu'il faut dans la glacière.

— Ne vous en faites pas, Marie-Paule m'a donné tout ce qu'il faut. Je n'ai plus qu'à réchauffer.

— Plutôt jeûner que d'avaler une seule bouchée cuisinée par cette sorcière, s'écrie Lucille d'une voix stridente.

Arabella la fixe pendant quelques secondes et elle se met au travail. Aucun doute, Lucille l'a bernée sur toute la ligne. Elle en sait suffisamment sur le personnage pour arrêter sa croisade ici et retourner à Saint-Irénée dès demain, mais elle décide de continuer la tournée de ses belles-sœurs pour en avoir le cœur net une fois pour toutes. Lucille n'est pas celle qu'elle croyait et elle ne le sera jamais, mais la jeune mariée a besoin d'aller au fond des choses pour protéger sa famille contre les incursions que la marâtre ne manquera pas de faire dans leur vie à la première occasion. Arabella sera la défenderesse de leur bonheur, qui ne requiert nullement la présence de Lucille.

* * *

Pendant ce temps-là, à Saint-Irénée, Adjutor discute avec un de ses anciens paroissiens venu pour se confesser.

— Mais même si je le voulais, Georges, je ne pourrais pas vous confesser. Je ne suis plus prêtre.

— Vous ne comprenez pas, Monsieur le curé, oh ! pardon Monsieur Adjutor, je refuse d'aller raconter mes péchés à celui qui vous a remplacé. Il est bête comme ses deux pieds et il pue le vin de messe à cœur de jour. Je refuse de lui parler.

Adjutor est désespéré. Depuis qu'il est revenu, il ne se passe pas une seule journée sans qu'il ait à faire comprendre à un de ses anciens paroissiens qu'il ne peut pas le confesser.

— D'après ce que monseigneur m'a écrit dans sa dernière lettre, son remplaçant devrait arriver dans une semaine. Jamais je ne croirai que vous ne pouvez pas attendre jusque-là. Vous n'avez quand même pas commis un meurtre…

— Rassurez-vous, je n'ai pas tué personne, mais ça ne peut pas attendre. Et puis, ce n'est pas moi qui ai commis le péché.

— Mais je n'ai pas le droit de vous confesser.

— Contentez-vous de m'écouter sans m'interrompre et après, vous ferez ce qu'il faut.

Devant l'entêtement de l'homme qui est devant lui, Adjutor relâche les épaules et il attend la suite en se disant que son calvaire prendra fin aussitôt que son remplaçant arrivera.

— Le fils de Baptiste a commencé à servir la messe avant que vous partiez à la guerre, en même temps que le mien.

— Je m'en souviens très bien, confirme Adjutor. C'étaient d'ailleurs les deux meilleurs servants de messe que je n'ai jamais eus.

L'habitant passe sa grosse main rugueuse sur sa barbe avant de continuer son histoire.

— Il est venu voir mon gars, hier, et j'ai surpris leur conversation. Ce que le curé leur fait n'est pas très catholique, et ça dure depuis plusieurs mois. Ils sont là pour servir la messe, pas pour lui faire plaisir. Si vous ne lui parlez pas, je vais m'en charger moi-même, mais je risque de lui parler avec mes poings et, franchement, je ne garantis pas qu'il pourra encore marcher quand j'en aurai fini avec lui.

Adjutor se redresse immédiatement de sa chaise. Certes, il n'est plus curé, mais jamais il ne tolèrera qu'on fasse du mal à ses ouailles, et encore moins à ses petits servants. Ce n'est pas la première fois qu'il entend une histoire du genre, mais tant qu'elle ne nous concerne pas directement, on dirait qu'on n'a pas à se questionner pour voir comment réagir en pareil cas. Saint-Irénée est et restera toujours son village, et il va tout mettre en œuvre pour que chacun y vive en sécurité.

— Vous avez bien fait de m'en parler, Georges. Accordez-moi vingt-quatre heures et je vous promets de régler le problème, dit Adjutor d'un ton décidé.

— Je reviendrai vous voir demain à la même heure. Bonne journée, Monsieur le curé, oh! pardon, Monsieur Adjutor. En passant, si vous avez besoin de moi pour la construction de votre manoir, je serai disponible dès que j'aurai rentré mon avoine.

— On m'a dit que vous n'aviez pas votre pareil pour faire une toiture…

— Vous avez été bien informé. Je peux aussi monter vos cheminées.

— Venez quand vous voulez, j'aurai toujours du travail pour vous. Et dites à votre garçon et à son ami de venir me voir.

Georges tend la main à Adjutor et la serre plus fort qu'il le devrait. Ce qui arrive à son fils le met tellement à l'envers qu'il ne sait plus comment se comporter. C'est sa femme qui l'a obligé à venir voir leur ancien curé.

— Merci, Monsieur Adjutor.

Adjutor raccompagne son visiteur à la porte du presbytère et le regarde jusqu'à ce qu'il monte dans sa voiture. Il n'a aucun pouvoir sur le curé en place, toutefois il va se servir de sa relation avec monseigneur Labrecque pour le faire partir avant que Georges ne s'en prenne à lui, mais surtout, avant que le curé ne s'en prenne à un autre enfant de la paroisse. Cet événement lui fait réaliser qu'il ne pourra jamais se détacher totalement de la soutane qu'il a portée pendant tant d'années. Ses paroissiens ont confiance en lui et, qu'il le veuille ou non, c'est vers lui qu'ils vont se tourner en premier. Reste maintenant à souhaiter que celui que monseigneur va leur envoyer saura mériter leur confiance. Adjutor va voir Béatrice et lui dit de venir l'avertir aussitôt que le curé sera de retour.

— Il n'est rien arrivé de grave, toujours? lui demande-t-elle.

— Pas encore! lui répond Adjutor. Ne m'oubliez pas, c'est très important. Je serai au manoir.

Béatrice sourit chaque fois qu'Adjutor lui dit qu'il s'en va au manoir. Un jour, ce le sera, mais pour le moment ça n'y ressemble pas du tout.

Adjutor emprunte le petit sentier qui l'emmènera jusqu'en haut de la colline. Plus il avance dans son ascension, plus le paysage qui s'offre à lui est majestueux. Le fleuve lui apparaît maintenant dans toute sa splendeur. Il respire à fond et sourit en pensant à Arabella. Il voudrait bien être un petit oiseau pour voir comment se passent les choses à Jonquière. Il aimerait croire qu'elle se fait encore la défenderesse de sa mère, mais il en doute fortement. Lucille a réussi à lui jeter assez de poudre aux yeux pour qu'Arabella tombe dans le piège, cependant sa mère est sûrement retombée dans ses vieilles chaussures, à l'heure qu'il est, et sa femme doit être descendue de son nuage rose. Adjutor sourit à pleines dents lorsqu'il arrive au bout du chemin et qu'il aperçoit ce qui sera bientôt son manoir. Il a vu de belles choses en Europe malgré la guerre qui sévissait, mais rien n'arrive à la cheville de son coin de pays en matière d'espace.

La noirceur n'est pas encore complètement tombée quand une voiture sort de la cour du presbytère avec le curé à son bord. Adjutor n'a pas eu grand-chose à dire pour le convaincre qu'il valait mieux qu'il s'en aille, et que le plus tôt serait le mieux.

— Ne remettez plus jamais les pieds ici, parce que je vous promets que vous allez me trouver sur votre chemin. Et ne vous avisez plus de toucher à un de vos servants de messe, car s'il fallait que ça vienne à mes oreilles, je vous trouverai où que vous soyez. S'il n'en tenait qu'à moi, vous n'exerceriez plus jamais votre sacerdoce dans une paroisse, et encore moins dans une école. Soyez assuré que je vais écrire à monseigneur Labrecque pour le mettre au courant de votre abominable comportement.

Et Adjutor va s'asseoir dans l'église sans prendre le soin d'allumer une seule chandelle. Il y reste jusqu'à ce qu'il n'ait plus de posture. Lorsqu'il rentre au presbytère, Béatrice lui sert son souper et elle s'en va dans sa chambre sans dire quoi que ce soit. Bien qu'il n'ait plus de col romain autour de son cou, monsieur Adjutor est toujours un homme bien, et il vient une fois de plus d'en faire la preuve en refusant de fermer les yeux.

* * *

Lucille a espéré le retour d'Arabella jusqu'à ce que la noirceur tombe. Quand l'horloge a sonné le coup de dix heures, elle s'est dit que son chien était mort, que Gertrude lui avait sûrement donné son coup de grâce, puisque sa nouvelle bru n'était pas encore revenue. Au bout du compte, sa petite virée à Saint-Irénée ne s'est pas avérée aussi fructueuse qu'elle l'escomptait. Pire, elle lui a sûrement fait perdre des plumes avec son Adjutor, et encore plus avec Arabella. Elle aura besoin de temps pour trouver une façon élégante de faire tourner les choses à son avantage.

Joseph ne s'est pas montré lui non plus. La mort dans l'âme, Lucille va se coucher avec l'intention de se faire emmener à Chambord par Adrien le lendemain matin. Il y a bien trop longtemps qu'elle n'a pas vu Alphonse et toute sa famille.

Chapitre 8

Joseph a été très surpris quand il a vu débarquer Arabella chez Gertrude. Il savait que Lucille ne ferait pas long feu à Saint-Irénée, mais il aurait cru qu'elle serait partie plus que le temps d'un aller-retour. Il comprend parfaitement la position d'Adjutor : s'il donne un pouce à sa mère, elle va prendre un pied et elle va vouloir tout contrôler. Joseph a fait le mort lorsqu'il a su le fin fond de l'histoire. Lucille a réussi à endormir Arabella, mais elle ne montrera pas à un vieux singe comment faire des grimaces. Il a dormi chez Gertrude et s'est remis au travail le lendemain matin sans se préoccuper du sort de sa tendre moitié. Il a laissé la glacière pleine à craquer, il ne tient donc qu'à elle de se nourrir. Il a aussi laissé la maison en ordre, disons qu'il s'est fait aider par Gertrude et Marcella, mais là-dessus il ne se fait pas d'illusions. Il sait déjà que Lucille va se faire un malin plaisir à tout laisser traîner. C'est d'ailleurs ce qu'il a dit à ses filles lorsqu'elles lui ont offert de tout nettoyer.

Occupé à prendre des mesures pour préparer les planches qui serviront à faire le toit du garage de Camil, Joseph n'entend pas arriver Adrien. Il est tellement à son affaire qu'Adrien doit se racler la gorge deux fois plutôt qu'une pour qu'il se retourne enfin.

— Désolé, le père, je ne voulais pas vous faire peur.

— D'où viens-tu comme ça ?

— Suivez-moi, j'ai quelque chose à vous montrer.

Adrien l'entraîne jusque devant la maison de Gertrude. Lorsque Joseph aperçoit l'auto, il presse le pas.

— Tu ne vas quand même pas me dire qu'elle est à toi ?

Le sourire fendu jusqu'aux oreilles, Adrien hoche la tête plusieurs fois.

— Oui, Monsieur. Et je voulais que vous soyez le premier à la voir.

— Là j'avoue que je suis impressionné, mon garçon. As-tu hérité ou quoi?

Adrien plisse nerveusement le nez, en essayant de se rappeler ce que Marie-Paule lui a dit. Comme il ne se souvient plus de rien, il plonge tête première sans réfléchir.

— J'espère que vous ne m'en voudrez pas, mais j'ai mis un peu d'argent de côté sur chaque course que j'ai faite comme roulier. Jamais je n'aurais pensé que ça irait aussi vite.

Joseph a écouté Adrien, mais il ne fait aucun commentaire sur la façon dont il est parvenu à se payer une auto.

— Elle est vraiment très belle. Est-ce qu'on pourrait aller faire un tour?

— Vous pouvez même la conduire si vous voulez, s'écrie Adrien.

— Pas aujourd'hui. Montre-moi vite ce qu'elle a dans le ventre, ta machine.

Joseph passe sa main sur le tableau de bord aussitôt qu'il pose les fesses sur le banc.

— Je suis fier de toi, mon garçon, dit-il en mettant la main sur le bras d'Adrien.

Il n'en faut pas plus pour que le nouveau propriétaire soit au septième ciel. Marie-Paule avait beau lui répéter que tout se passerait bien, il était inquiet de la réaction qu'aurait son père. Reste maintenant à aller la montrer à Arté. C'est alors qu'Adrien a une idée.

— Que diriez-vous si on allait voir Arté?

— Je trouve que c'est une excellente idée, confirme Joseph. C'est ta mère qui va être contente.

C'est bien ce qui inquiète Adrien. Il a peur que Lucille s'en empare à la seconde où elle va la voir. Comme lui a dit Marie-Paule: *Il n'en tiendra qu'à toi de ne pas te laisser diriger par elle.* Adrien veut bien se préparer au pire, mais avec Lucille rien n'est jamais facile.

— Au cas où vous ne seriez pas au courant, elle est partie pour Chambord ce matin.

— Chambord? Veux-tu bien me dire pourquoi?

— J'imagine qu'elle est allée rendre visite à Alphonse.

Et Joseph se met à rire aux éclats. Non seulement Lucille ne peut pas sentir sa bru, mais elle a toujours eu du mal à s'entendre avec Alphonse. Pour ce qui est de ses petits-enfants, elle les voit une fois par année et c'est à peine si elle lève les yeux sur eux.

— Elle doit être vraiment désespérée, s'exclame Joseph. Qu'est-ce que tu attends pour démarrer?

* * *

Léandre a pensé plus d'une fois à arrêter prendre de ses nouvelles, mais il a toujours viré de bord dans la cour du voisin. Il ne se souvient pas de ses traits avec exactitude, mais il n'a pas oublié une seule seconde de ce qu'ils ont fait ensemble, par exemple. Il a eu beau redoubler d'ardeur à la tâche avec Marcella, jamais il n'est arrivé à retrouver la magie de cet instant qu'il a partagé avec une parfaite inconnue dont le désespoir faisait mal à voir. Il ne s'est vanté à personne, pas même au curé, de son écart de conduite qui a bouleversé sa vie et qui la bouleverse encore après plus d'un an. Lui, Léandre Potvin, a sauté la clôture avec une pure étrangère chez qui il était entré bêtement pour lui vendre un manteau. Ça ne lui ressemble pas du tout mais, à cause de sa faiblesse, il est forcé de porter sa croix jusqu'à la fin de ses jours.

Léandre entre dans la cour de Charlotte. Un coin de rideau se lève à la fenêtre de la cuisine, mais il fait comme s'il ne l'avait pas vu. Les mains sur les rennes, il se dit qu'il est encore temps de partir. Il pose le geste pour que son cheval avance, mais au moment où celui-ci s'élance, il le retient. Il ignore pourquoi, mais il doit aller prendre de ses nouvelles. Il saute à terre sans plus de réflexion et sans rien prendre avec lui. Une fois devant la porte d'entrée, il hésite avant de cogner. Il ferme les yeux pendant quelques secondes comme s'il allait trouver le courage nécessaire pour manifester sa présence. Il lève le poing et le rabat sur le cadrage. Une fois ! Deux fois ! Trois fois ! Et il attend qu'on vienne lui répondre, ce qui ne tarde pas. Une femme d'une grande beauté lui ouvre la porte.

— Bonjour ! dit-elle d'une voix douce. Qu'est-ce que je peux faire pour vous ?

Bien que Léandre soit certain d'être à la bonne place, il ne reconnaît pas celle qui est devant lui. Il faut dire que la femme qu'il a vue l'année dernière était dans un bien piètre état.

— Je viens prendre de vos nouvelles, répond-il timidement.

Charlotte plisse les yeux et regarde à plus près l'homme qui se tient devant elle. Il lui dit quelque chose, mais elle n'arrive pas à mettre le doigt dessus. Sa voix, elle l'a déjà entendue quelque part…

Léandre commence à douter d'être au bon endroit, et devant la bonne personne. De toute façon, les voisins l'auraient averti si elle avait déménagé. Il pourrait s'offusquer qu'elle ne se souvienne pas de lui, mais au lieu de s'en formaliser, il décide de l'aider un peu.

— Je vends des manteaux de fourrure.

Il n'en faut pas plus pour que Charlotte retrouve instantanément la mémoire. Le regard apeuré, elle recule d'un pas et se retient au chambranle de la porte pour ne pas s'effondrer. Léandre la saisit par le bras. Si son visage ne revient pas à Charlotte, la chaleur de sa main sur sa peau lui donne des frissons. Charlotte se libère brusquement de son emprise et recule encore d'un pas.

— Entrez et fermez la porte derrière vous, parvient-elle à dire.

Charlotte a espéré ce jour autant qu'elle l'a redouté. Et maintenant qu'elle le vit, elle est dépourvue de tous ses moyens et ça lui donne froid dans le dos. Elle redresse les épaules et respire à fond pour se donner du courage.

— Je m'appelle Charlotte, dit-elle en lui tendant la main. Et vous ?

— Léandre.

Aussi mal à l'aise l'un que l'autre, ils se toisent du regard pendant de longues secondes avant que Léandre reprenne la parole.

— Je ne vous imaginais pas comme ça… vous êtes vraiment très belle.

Charlotte n'est tellement pas habituée à se faire complimenter, si bien qu'elle rougit jusqu'à la racine des cheveux.

— Disons que je n'étais pas à mon meilleur le jour où vous êtes passé. Mais vous n'êtes pas mal non plus.

Bien que les derniers mots de Charlotte le touchent, Léandre n'en fait pas de cas. Il a rêvé de cet instant tellement de fois qu'il avait imaginé tous les scénarios, tous sauf celui-là. La femme qu'il a devant lui n'a rien à voir avec celle de ses souvenirs. Elle est si belle qu'il s'en faudrait de peu pour qu'il se croie au paradis. Il n'a rien oublié de cet instant de pur bonheur qu'ils ont partagé et il n'aurait pas besoin de beaucoup d'encouragement pour récidiver.

— Asseyez-vous, lui suggère Charlotte en lui montrant une chaise.

— Je me suis inquiété pour vous.

— C'est gentil, mais comme vous voyez, je vais bien.

Jamais Charlotte ne s'est sentie aussi mal à l'aise devant quelqu'un. Depuis que Léandre est apparu dans son champ de vision, elle est passée par toute la gamme des émotions. Sa présence la dérange beaucoup plus qu'elle le voudrait, et ce sentiment est tellement nouveau qu'elle ignore comment se comporter.

Léandre ne la quitte pas des yeux. Il ne reconnaît pas ses traits, mais l'odeur qu'elle dégage pénètre chacune de ses cellules. Il aime son odeur et, s'il n'en tenait qu'à lui, il la prendrait dans ses bras et enfouirait la tête dans son cou pour s'en imprégner. Léandre doit prendre sur lui pour ne pas le faire. Il vaudrait mieux qu'il parte avant qu'il soit trop tard. Il se lève et se dirige vers la porte sans la regarder.

— Je crois que je vais y aller.

Même si quelque chose en elle lui dit qu'elle devrait le laisser partir, Charlotte se lève à son tour et lui dit :

— Vous prendrez bien un thé.

À peine les mots sont-ils sortis de sa bouche que Charlotte voudrait les rattraper. Depuis quand offre-t-elle un thé au premier venu ? Elle passe à la hauteur de Léandre et l'effleure au passage. Il ne fait ni une ni deux et l'attire à lui. La seconde d'après, il plaque ses lèvres sur les siennes et ils s'embrassent fougueusement jusqu'à ce qu'ils doivent reprendre leur souffle. Charlotte en profite pour le repousser.

— Allez-vous-en ! l'intime-t-elle d'un ton peu convaincant.

Léandre la désire tellement qu'au lieu de s'en aller, il se rapproche et lui caresse doucement la joue en la regardant dans les yeux. Ce petit geste à lui seul parvient à faire basculer Charlotte dans un autre monde, celui-là même dont elle a toujours gardé un excellent souvenir. Elle s'abandonne totalement à ces bras qui se referment sur elle et l'entraînent dans la chambre à coucher.

Peu de temps après, une voiture sort de la cour pendant que Charlotte essaie de reprendre ses esprits, postée derrière le rideau de dentelle de la fenêtre de la cuisine. L'homme qui a bouleversé sa vie un jour de grand chagrin a maintenant un nom et un visage qu'elle n'est pas près d'oublier. Charlotte file dans sa chambre et refait son lit. Elle sort ensuite le bassin et le remplit d'eau, elle a juste le temps de faire sa toilette avant que les enfants se réveillent. Cet après-midi, ils iront à l'orphelinat.

***

Alphonse n'en croyait pas ses yeux lorsqu'il a vu arriver sa mère, et Alice non plus d'ailleurs. Depuis le temps qu'ils sont mariés, c'est la première fois qu'elle vient leur rendre visite seule. Alice lui a assigné la chambre d'invité à l'étage et lui a dit qu'elle n'avait qu'à l'aviser s'il lui manquait quoi que ce soit. L'offre de sa bru n'est pas tombée dans l'oreille d'une sourde. Lucille n'est arrivée que depuis quelques heures et les demandes à Alice se succèdent à la vitesse de l'éclair. Un thé. Des biscuits. Un chapeau de paille. Un sucre à la crème. Une chaise plus confortable. Disons que pour une première visite, Lucille n'y va pas de main morte. Jusqu'à maintenant, Alice a comblé promptement chacun de ses désirs, mais elle commence à en avoir assez de se faire diriger par sa belle-mère, surtout que ça n'a jamais été l'harmonie entre les deux femmes.

Les petits-enfants de Lucille sont venus la saluer, mais aucun ne s'est attardé pour lui faire la conversation. Du plus vieux au plus jeune, ils sont tous repartis très vite à leurs occupations. Fidèle à elle-même, Lucille n'a rien fait non plus pour les retenir.

Les voilà maintenant tous attablés pour le souper. Les parents d'Alice se sont joints à eux pour l'occasion. Une bonne odeur de rôti de bœuf embaume toute la maison. Depuis le temps qu'elle ne les avait pas honorés de sa visite, Lucille avait oublié que sa bru est une excellente cuisinière. Elle porte une première bouchée de bœuf à sa bouche et la mâche doucement.

— Il faudra me donner votre secret, s'exclame Lucille, vous n'avez pas votre pareil pour cuire le bœuf.

Touchée par le compliment de sa belle-mère, Alice porte la main à son cœur et elle rougit légèrement.

— Il n'y a pas de recette miracle, confesse-t-elle humblement, tout ce qu'il vous faut c'est une belle pièce de viande.

— Ne sois pas si modeste, la corrige sa mère, tu as toujours eu le tour avec le bœuf.

— Peu importe, dit Lucille, votre rôti est très bon.

Alphonse regarde sa mère sans comprendre ce qui lui arrive. Elle vient de faire deux compliments à sa femme en moins d'une minute. Ou elle ne va pas bien, ou sa gentillesse cache quelque chose. La connaissant, Alphonse penche plutôt pour la deuxième option, mais il ne voit vraiment pas où sa mère veut en venir. Comme si ce n'était pas assez qu'elle s'intéresse à sa femme, Lucille reprend aussitôt du service en faisant la conversation avec ses petits-fils. Elle les questionne à tour de rôle comme si elle s'intéressait vraiment à eux, ce dont Alphonse doute beaucoup, étant donné le peu d'intérêt qu'elle leur a toujours manifesté. Il lui laisse finir son tour de table et lui demande des nouvelles d'Adjutor.

Lucille gonfle d'abord la poitrine et fige un petit sourire sur ses lèvres. Adjutor est son sujet de prédilection depuis qu'il s'est marié avec Arabella.

— Je suis allée lui rendre visite la semaine passée, et les travaux de son manoir avancent à grands pas. Tu devrais voir l'endroit qu'il a choisi. Je ne te mens pas, c'est le plus beau point de vue du village. Il aura le fleuve à ses pieds quand il s'assoira sur sa galerie. Il est tellement aimé à Saint-Irénée que tout le monde veut travailler pour lui. Il paraît même que ses paroissiens n'arrêtent pas d'aller le voir pour se confesser. Dire qu'il est parti à la guerre avec un col romain autour du cou et qu'il en est revenu avec la bague au doigt. Je suis si fière de lui.

— Vous n'allez quand même pas me faire accroire que ça ne vous fait pas un petit quelque chose de ne plus avoir de curé dans la famille, lance Alphonse entre deux bouchées.

Ce n'est un secret pour personne. Lucille était prête à tout pour avoir un curé, et elle a fini par l'avoir. Elle ne s'est jamais gênée pour casser les oreilles à tous ceux qu'elle rencontrait avec son Adjutor, tellement que toute la famille s'est mise à s'en prendre à lui, même s'il n'avait rien fait pour mériter leur mépris, leurs moqueries et leurs sarcasmes.

— La mère des gars n'est pas morte, à ce que je sache.

— J'ai entendu dire que vous aviez tenté votre chance avec Ernest, dit Alphonse.

— Ne me parle pas de cet imbécile, se dépêche d'ajouter Lucille, il est trop innocent pour mériter de vivre. Mais je ne vous ai pas encore montré la photo de mon Adjutor avec le pape.

Sans attendre de réponse, Lucille pousse sa chaise et prend la direction de sa chambre. Alphonse ne la quitte pas des yeux. Sa mère n'en a toujours eu que pour Adjutor, et ça l'a toujours dérangé. Lorsqu'elle revient avec la fameuse photo, elle la tend à la mère d'Alice. Comme Lucille s'y attendait, la vieille femme ne tarit pas d'éloges en la voyant. Elle la passe ensuite à son mari. Quand Alphonse la tient entre ses mains, il lui jette un coup d'œil et se dépêche de la redonner à sa mère. Elle portait Adjutor aux nues parce qu'il était prêtre et elle le porte encore plus haut parce qu'il a marié une femme de la noblesse italienne et qu'il est photographié avec le pape. Au fond, rien n'a changé. Quoi qu'il fasse ou quoi qu'il dise, Adjutor est et restera toujours son préféré.

Lucille dépose précieusement sa photo sous sa soucoupe et elle regarde tour à tour chacun de ses petits-fils. Depuis qu'elle s'est assise à cette table, une idée a commencé à germer dans sa tête. Elle a devant elle cinq candidats potentiels pour devenir prêtre. Elle vide son assiette et pousse même l'audace jusqu'à demander à être resservie.

— Je veux un peu de tout, dit Lucille en tendant son assiette à Alice.

C'est lorsque sa bru dépose un gros gâteau sur la table que Lucille décide d'ouvrir son jeu. Elle regarde tour à tour son fils et sa femme, puis se lance :

— Je regarde vos garçons depuis qu'on a commencé à manger, et ce n'est pas pour mal parler de mes autres petits-enfants, mais aucun n'arrive à la cheville des vôtres. J'ai quelque chose à vous proposer. Que diriez-vous de…

Suspendus aux lèvres de Lucille, Alphonse et Alice attendent impatiemment la suite pendant que leurs garçons mangent leur dessert sans se soucier de leur grand-mère le moins du monde.

— … d'avoir un prêtre dans votre famille ?

L'effet de surprise est immédiat. La mère d'Alice laisse s'échapper un petit cri alors que son père s'essuie les yeux. Quant à Alice, elle est dans tous ses états à la seule idée qu'un de ses fils puisse porter la soutane un jour. Seul Alphonse demeure de glace. Ce n'est pas qu'il soit contre l'idée, mais il attend que sa mère déballe tout son sac, ce qui ne tarde pas.

— Ça ne vous coûtera pas un seul sou. Je m'occupe de tout.

— J'ai toujours pensé que mon Bertrand ferait un excellent prêtre, confie Alice d'une voix larmoyante.

— Pas Bertrand, tranche aussitôt Lucille, il y a déjà le frère d'Anna. Je préfère Émile.

— Émile ? réagit Alice.

Lucille regarde son petit-fils et elle lui sourit.

— Il sera parfait, conclut-elle. Est-ce que je pourrais avoir du thé ?

Et les conversations reprennent comme si de rien n'était. Le sort d'Émile a été scellé entre deux bouchées de gâteau blanc nappé de sauce au sucre à la crème et personne ne se soucie de lui. Aussitôt le repas terminé, les garçons sortent de table et Émile va s'enfermer dans sa chambre pour n'en sortir que le lendemain matin.

Dès son réveil, Lucille lance son premier ordre à sa bru qui, curieusement, la sert dans les dents sans rouspéter le moindrement. Lucille se félicite d'avoir choisi le remplaçant d'Adjutor chez Alphonse. D'abord parce qu'à l'âge qu'il a, Émile n'a pas son mot à dire. Ensuite parce que ça lui fera un endroit pour venir, un endroit où elle sera toujours reçue à bras ouverts. À voir la réaction des parents et des grands-parents hier soir, nul doute qu'on la traitera comme une reine chaque fois qu'elle les honorera de sa présence. Elle n'avait pas prévu traîner ici très longtemps, mais compte tenu des circonstances, elle serait bien bête de retourner s'enfermer chez elle alors qu'ici elle peut se la couler douce autant qu'elle veut. Lucille descend à la cuisine et, bien qu'Alice soit occupée à faire son lavage, elle s'avance et lui dit :

— Préparez-moi un bain.

Alors qu'elle allait remettre sa belle-mère à sa place, Alice prend sur elle et s'essuie les mains sur son tablier.

— Comment le préférez-vous ?

— Ni trop chaud ni trop froid, répond Lucille en lui faisant un petit sourire en coin.

Lucille va s'asseoir à la table et, comme si ça ne pouvait pas attendre, elle lève sa tasse dans les airs et lance :

— Je prendrais bien un autre thé… et mon déjeuner.

Chapitre 9

— Quand est-ce qu'on va avoir notre nouveau chien ? demande Michel à son père.

Occupé à mettre ses bottes, Adrien ne lui répond pas tout de suite, ce qui est loin de faire l'affaire de Michel.

— Eh papa, renchérit Michel, c'est à toi que je parle.

— J'ai compris, répond Adrien, on pourrait aller le chercher demain matin quand je reviendrai de l'étable.

— Youpi ! s'écrie Michel en sautant sur place. On va avoir un nouveau chien ! On va avoir un nouveau chien !

— Arrête de crier ! lui lance André. Je ne veux pas un autre chien, je veux Prince.

Michel regarde son frère en penchant la tête sur le côté.

— On pourra prendre une fille et l'appeler Princesse si tu veux…

— Tu ne comprends rien, gémit André avant d'aller s'enfermer dans sa chambre.

Adrien veut bien croire que son fils a eu de la peine que Prince se fasse tirer dessus par le voisin, mais là il commence à trouver qu'il exagère. Parce que même s'il le pleure jusqu'à la fin de ses jours, ça ne le fera pas revenir. Adrien a croisé son voisin au magasin général il y a deux jours et il lui a encore offert un chien, mais Adrien a décliné son offre sans aucune hésitation. Si Laberge croit qu'il va s'embarrasser d'un de ses chiots, il se trompe. Camil lui a donné le nom d'un gars dont la chienne vient de mettre bas, et c'est là qu'il va aller chercher son chien.

— Il faudrait peut-être que tu lui parles, dit Adrien en se tournant vers sa femme.

Marie-Paule abandonne son lavage et vient se poster devant Adrien. Les deux mains sur les hanches, elle lui dit avec son plus beau sourire :

— Pourquoi tu ne lui parlerais pas toi-même ? C'est toi, le père.

— Tu sais bien que tu es meilleure que moi à ce jeu-là…

— Es-tu en train de me dire que tu as peur de parler à ton fils, alors que tu as réussi à faire avaler à ton père et à ton frère que tu t'étais acheté une auto avec leur argent ? Non ! Va voir André et parle-lui ! Moi, j'ai bien d'autres chats à fouetter avant que tu ailles chercher ma mère.

Adrien sait que Marie-Paule a raison, mais il trouve qu'il n'a pas le tour avec les enfants quand il s'agit de leur parler doucement. Lui, il est meilleur pour faire la discipline. Il crie fort, l'enfant a peur, il va pleurer dans les jupes de sa mère et c'est réglé. Mais comment va-t-il pouvoir expliquer à son fils que Prince ne reviendra pas… Adrien lâche un grand soupir, prend son courage à deux mains et il va voir son fils dans sa chambre.

Les deux mains dans l'eau, Marie-Paule le regarde aller et elle se met à rire. Elle jurerait qu'il s'en va à l'abattoir ! Avant, elle prenait tout ce qui concernait les enfants sur elle mais, depuis quelque temps, elle a commencé à se faire aider par Adrien. Au début, il ruait dans les brancards, mais maintenant il le fait plus volontiers. Il n'y prend pas plus de plaisir qu'avant, mais il le fait de bon cœur pour alléger la tâche de sa femme. Avoir quatre enfants sur les bras à longueur de journée n'est pas rien, et Adrien a fini par le reconnaître. Il revient dans la cuisine avec André quelques minutes plus tard.

— Maman, dit-il, je vais aller chercher grand-maman avec papa.

— Moi aussi, je veux y aller, s'écrie Michel.

— Pas aujourd'hui, ajoute Adrien de sa voix autoritaire.

Et le petit garçon se met aussitôt à pleurer toutes les larmes de son corps, ce qui démonte complètement Adrien. Décidément, il ne comprendra jamais rien aux enfants.

— Partez en paix, leur dit Marie-Paule, je m'en occupe.

* * *

Joseph attend René avec impatience, d'autant qu'il lui a réservé la maison de son voisin et qu'il n'est pas le seul à avoir un œil dessus. Comme on dit, c'est loin d'être un château, mais elle a du potentiel. Et puis, Joseph est capable de l'aider pour la mettre à sa main, de même qu'Adrien et Arté. À quatre, ça ne prendra que quelques jours pour faire les travaux les plus urgents. Si toutefois cette maison ne fait pas l'affaire de René, eh bien, Joseph a une solution de rechange. Il y en a une à vendre dans la même rue que celle de Gertrude. Il n'est pas allé la voir, mais Camil lui a dit qu'il connaissait les propriétaires et que c'est sûrement aussi propre à l'intérieur que ce l'est à l'extérieur. Gertrude lui a dit que son frère serait bien mieux en ville, néanmoins Joseph n'est pas du même avis.

— Voyons donc, ma fille, tu sais bien que rien ne vaut la campagne. Il y a bien trop de bruit en ville, trop de monde, trop de voitures…

Gertrude l'a regardé et elle est partie à rire. Il y a longtemps qu'elle a vu clair dans le petit jeu de son père. Il va tout faire pour que René achète la maison de son voisin. Elle gagerait même qu'il ne lui parlera pas de celle qui est dans sa rue. Joseph veut avoir son fils près de lui, mais il veut aussi montrer à Lucille que c'est lui le patron. Gertrude n'ira pas jusqu'à dire qu'elle regrette le temps où sa mère faisait la pluie et le beau temps, mais elle trouve que son père paie le gros prix pour s'affirmer et elle se demande si ça en vaut vraiment la peine. En même temps, elle est la première à apprécier d'être sortie du joug de Lucille et elle n'y retournerait pas pour tout l'or du monde. Gertrude est au septième ciel depuis qu'Anita a élu domicile chez elle. Les seules fois où elle a vu sa mère, c'est parce qu'elle est allée lui rendre une petite visite. Sincèrement, Gertrude ne pourrait pas demander mieux.

— Vous ferez bien ce que vous voulez, papa. Si vous êtes capable de supporter les jérémiades de la mère parce que René habite à côté de chez vous, allez-y. Ce n'est certainement pas moi qui vais vous mettre des bâtons dans les roues.

Joseph a réfléchi à ce que lui a dit Gertrude et il en est venu à la conclusion qu'il laissera René décider entre les deux maisons sans chercher à l'influencer une miette. Il rince sa tasse et va s'asseoir dans sa chaise pour surveiller l'arrivée de son fils. Le fait que Lucille soit partie chez Alphonse tombe bien. Il pourra recevoir René sans se préoccuper des crises que sa seule présence ne manquerait pas de susciter. Joseph ne souhaite pas de mal à Alphonse, mais il espère sincèrement que Lucille sera assez bien reçue par Alice pour ne pas vouloir revenir tout de suite. Plus elle brille par son absence, mieux Joseph se porte. Et sa maison aussi! Il ne s'est pas mis à frotter comme une femme, mais il se ramasse et il rince sa vaisselle avant de la mettre dans l'évier. Le reste, Anita s'en charge, seulement parce que Lucille n'est pas là. Joseph en veut encore de toutes ses forces à sa folle de femme pour avoir chassé Anita. Il est au courant que la jeune femme va se marier au printemps, ce qui fait qu'elle serait partie de toute manière, néanmoins il aurait pu profiter de sa présence encore plusieurs mois. Anita aura toujours une place particulière dans son cœur. Il ne l'aime pas comme un homme aime une femme, et il ne l'aime pas comme un père aime une fille non plus. Anita, c'est celle qui lui a montré à lire et à écrire et, pour cette seule raison, il sera toujours là pour elle. Il lui a encore dit la dernière fois qu'il est allé chez Gertrude. Anita lui a souri et elle a essuyé deux petites larmes au coin de ses yeux.

— Et moi, je ne vous laisserai jamais tomber. Si un jour, madame Lucille vous fait trop de misère, vous n'aurez qu'à venir rester chez moi.

Joseph aime tout de cette fille et sa seule vue le rend heureux. Elle le fait rire et, avec elle, la vie est beaucoup plus facile, même quand on est marié avec Lucille Tremblay.

C'est la troisième fois que Joseph bourre sa pipe depuis qu'il s'est assis dans sa chaise pour surveiller l'arrivée de René. Il était content quand il a appris qu'Adjutor revenait de l'autre bord, mais il est encore plus content que ce fils dont il a été privé pendant trop longtemps lui revienne enfin. Joseph tire une bonne bouffée et au moment où il allait souffler le surplus de fumée, une voiture entre dans sa cour. Il oublie aussitôt qu'il doit expirer et il s'étouffe au moment où il se lève, tellement qu'il a du mal à respirer. Les yeux pleins d'eau, il se traîne péniblement jusque dehors et se laisse tomber sur la petite chaise de bois près de la porte. René vient immédiatement le rejoindre.

— Bonjour, papa! J'espère que ce n'est pas moi qui vous mets dans cet état.

Pour toute réponse, Joseph lui montre sa pipe.

— C'est pour ça que je n'ai jamais fumé, dit René. Voulez-vous que j'aille vous chercher un verre d'eau?

Encore en train de courir après son souffle, Joseph lui fait signe que non de la tête. René s'approche et met une main sur l'épaule de son père. Ce n'est pas la première fois que Joseph s'étouffe à cause de sa pipe. Pour l'avoir vu bien des fois dans cet état, René sait qu'il n'y a rien à faire à part attendre que ça passe.

— Vous ne pouvez pas vous imaginer à quel point je suis content d'être ici, ajoute René en s'asseyant sur la première marche de l'escalier. Je ne vous mens pas, je ne tenais plus en place depuis des semaines. Mon patron n'en revenait pas de voir à quel point j'étais content de revenir chez nous. M'avez-vous trouvé une maison ?

Joseph voudrait bien répondre, mais il en est encore incapable. Il hoche la tête de haut en bas et lui montre deux doigts.

— Désolé, je suis pire qu'un enfant. Je ne vous laisse même pas le temps de reprendre votre souffle. Je vais me taire.

Mais le silence de René est de très courte durée.

— M'avez-vous trouvé une place pour que j'installe l'entreprise ?

Avant même que son père n'ait le temps de réagir, René se met à rire et repart de plus belle.

— Il ne faut pas m'en vouloir, je suis tellement énervé que je n'arrête pas de parler. Je vais aller me chercher un verre d'eau. En voulez-vous un ?

— Non ! répond Joseph dans un souffle.

Lorsque René sort de la maison, Joseph a repris du poil de la bête et lui dit en traînant sur les mots :

— Camil t'a trouvé une place en or pour ton entreprise. Rentre tes bagages dans la maison, on va aller le voir.

Depuis qu'il sait que sa mère a brûlé son manteau de fourrure, il ne lui fait pas confiance, en tout cas pas assez pour courir le risque qu'elle fasse subir le même sort à ses effets. Elle ne veut rien savoir de lui, et ce n'est pas près de changer. Lucille a la tête aussi dure que le cap Trinité et comme elle a toujours raison, personne n'arrivera à la faire changer d'idée sur son compte. Heureusement, pour lui, avec le temps il a fini par se faire une raison. Aux yeux de tous, René a encore une mère, sauf pour Lucille.

— J'aimerais mieux les mettre dans le hangar ou dans la grange.

— Comme tu veux, mais ta mère est à Chambord.

— Chez Alphonse ?

— Oui mon gars ! Je sais bien que c'est surprenant, mais c'est comme ça. Elle n'est plus la bienvenue chez Gertrude et la dernière fois qu'elle s'est pointée chez Adjutor, il l'a retournée d'où elle venait le lendemain matin. J'espère qu'elle va avoir plus de succès à Chambord parce que les places où aller commencent à se faire rares pour elle.

— La connaissant, riposte René, elle a sûrement aidé sa cause.

— Encore bien plus que tu penses, je te raconterai en chemin.

— Je reviens tout de suite.

René remonte dans sa voiture et se dirige vers le hangar. Il range son bagage dans un coin et vient rejoindre Joseph.

— Veux-tu qu'on commence par les maisons ?

— On pourrait, confirme René. Je suis content d'être là, papa.

La dernière phrase de René va droit au cœur de Joseph. Sa vue s'embue à nouveau, sauf que cette fois, sa pipe n'a absolument rien à voir là-dedans.

* * *

Charlotte sait qu'elle devrait aller se confesser pour ce qu'elle a fait avec Léandre, mais elle n'en fera rien. Pour tout dire, elle n'a pas de remords, pas même l'ombre d'un petit. Pourquoi ? Parce que d'une certaine façon, elle considère que c'est le juste retour des choses pour tout ce que Laurier lui a fait endurer. Elle n'a aucune preuve qu'il a couché plus d'une fois avec la mère de Raymond, or étant donné qu'elle n'est jamais parvenue elle-même à tomber enceinte des années durant, elle se dit qu'il a dû remettre le travail sur le métier bien des fois. Et si par malheur son beau Laurier n'avait fait qu'une chute dans ses bras, ce n'est pas grave, puisqu'elle a perdu la carte seulement deux petites fois avec Léandre et que ça ne risque plus de se produire. Il lui arrive de temps en temps de se dire que la fameuse Céline n'était pas le seul trophée de chasse de Laurier. Peut-être a-t-il une femme dans chaque port où il fait escale, mais ça, elle préfère ne pas le savoir.

Elle arrête sa voiture près de la porte d'entrée et salue le gardien.

— Bonjour, Madame Charlotte ! Comment allez-vous aujourd'hui ?

— Très bien, Henri. Pourriez-vous aller mettre ma voiture à l'abri ? J'ai bien peur qu'il pleuve.

— Pas avant de vous avoir aidée à rentrer vos petits anges.

Henri et Charlotte ont sympathisé dès le premier jour de travail du vieil homme. Au départ, la mère supérieure l'avait assigné à la porte de l'hôpital, mais elle a changé son fusil d'épaule il y a un peu plus d'une semaine. Le voilà maintenant à l'entrée de l'orphelinat. Henri est d'une telle gentillesse que Charlotte se prend parfois à rêver qu'il pourrait être son père, surtout depuis qu'il lui a confié qu'il aurait aimé avoir une fille comme elle. Henri aime les enfants et tous le lui rendent bien. Il n'entre pas souvent dans la grande salle, la sœur supérieure le lui a interdit mais, chaque fois qu'il se montre le bout du nez, tous les petits orphelins se ruent sur lui.

Lorsque Charlotte entre dans la grande salle, les enfants viennent la trouver. Elle remet la boîte de métal qu'elle tient à un des plus vieux en le pressant d'aller la porter sur la table et elle s'accroupit pour prendre le petit Réal dans ses bras pendant qu'Henri dépose son fils et sa fille près d'elle. Comme ils dorment à poings fermés, elle a un peu de temps devant elle pour saluer les enfants.

— Je vous ai apporté une belle surprise, s'écrie joyeusement Charlotte.

— Est-ce que ça se mange? demande Réal de sa petite voix.

— Si je te le dis, ce ne sera plus une surprise, lui répond-elle en lui pinçant délicatement une joue. Tu le sauras en même temps que tout le monde. Va sortir le papier et les crayons, on va faire des dessins pour Henri.

Charlotte se démène sans compter quand elle est ici, mais curieusement, elle ne ressent jamais la fatigue quand elle passe du temps avec les enfants. Henri est allé chercher sa voiture. Charlotte ajuste les vêtements de ses deux petits trésors et elle sort d'abord avec sa fille. À peine a-t-elle mis un pied dehors qu'elle se fait prendre d'assaut par une jeune femme qu'elle ne connaît pas.

— Il faut que je vous parle, s'écrie cette dernière en agrippant Charlotte par le bras au moment où elle arrive au pied de l'escalier.

Après avoir lâché un petit cri, Charlotte fait un pas de côté pour essayer de se libérer, mais elle constate vite que son attaquante a une poigne de fer.

— Lâchez-moi ou je vais me mettre à crier comme une perdue, la menace Charlotte.

— Ne faites pas ça, la supplie la femme, je ne vous veux pas de mal.

Henri arrive sur ces entrefaites avec Raymond. Dès qu'il aperçoit la femme, il s'approche de Charlotte et lui demande si tout va bien.

— Pour le moment, oui. Je vous serais reconnaissante d'installer les enfants dans la voiture.

Charlotte a beau détailler l'attaquante qui lui fait maintenant face, elle ne lui dit rien.

— Pourquoi voudriez-vous me parler, je ne vous connais même pas.

— Mais, moi, je vous connais. Vous m'avez couru après jusque dehors le jour où j'ai quitté l'hôpital, je…

La jeune femme baisse les yeux et soupire avant de poursuivre :

— Je venais d'accoucher de mon fils. Je l'ai appelé Raymond comme mon parrain et…

Elle surveille la réaction de Charlotte et quand elle voit qu'elle commence à froncer les sourcils, elle n'hésite pas une seconde et lui donne son coup de grâce en ajoutant :

— Son père s'appelle Laurier, et je pense que vous le connaissez plutôt bien.

Si elle voulait frapper fort, c'est réussi. Charlotte est assommée comme d'un coup de poing par ce qu'elle vient d'entendre, tellement qu'elle a du mal à se tenir sur ses jambes. Avant de s'écrouler, elle agrippe Henri par le bras lorsqu'il passe à sa hauteur et lui rentre ses ongles dans la peau.

— Asseyez-vous sur les marches, lui suggère-t-il aussitôt en l'aidant. Je vais aller vous chercher un peu d'eau.

Incapable de parler, Charlotte tire sur sa manche de chemise pour l'obliger à la regarder et secoue la tête de gauche à droite pour lui faire comprendre qu'elle n'en veut pas. Et au lieu de le lâcher, elle tire de toutes ses forces pour l'obliger à s'asseoir près d'elle. Maintenant qu'elle sait qui est cette femme, il est hors de question qu'elle l'affronte seule. Elle ne comprend pas ce qui lui arrive, la supérieure l'avait pourtant assurée que la mère de son fils ne saurait jamais que c'était elle et Laurier qui l'avaient adopté. Elle s'en souvient très bien, elle a même pris soin de le lui faire répéter.

La jeune femme ne perd pas une seconde et elle va s'installer de l'autre côté de Charlotte avant de recommencer à parler.

— Je m'appelle Céline Lemieux, mais j'imagine que ça, vous le savez déjà. J'ai vingt-cinq ans. Je connais Laurier depuis deux ans. Je me suis offerte à lui une seule fois et je suis tombée enceinte. Je…

En entendant ça, Charlotte se retient de se mettre à rire. Cette Céline n'espère tout de même pas qu'elle va la croire. Charlotte ignore ce qui cloche dans l'histoire et, franchement, elle n'a pas envie de le savoir. À vrai dire, elle voudrait bien disparaître de sa vue sur-le-champ.

— J'en ai assez entendu, lance-t-elle en se levant. Il faut que j'y aille. C'est bientôt l'heure de faire manger les enfants.

Mais Céline ne l'entend pas ainsi. Elle agrippe à nouveau Charlotte par le bras et l'oblige à se rasseoir. Elle y met suffisamment d'ardeur pour que cette dernière ne lui offre aucune résistance. En voyant ça, Henri se lève et dit :

— Je vais aller chercher la mère supérieure.

— Non ! s'écrie aussitôt Céline. Elle est assez folle pour me faire jeter en prison si elle me trouve ici.

— Alors, partez, lui suggère Henri d'un ton ferme.

Céline promène un regard désespéré entre Henri et Charlotte, qui en a profité pour se rapprocher de son protecteur.

— Est-ce que je pourrais au moins le voir ? supplie-t-elle. Rien qu'une minute.

Pendant que Charlotte réfléchit, la porte s'ouvre brusquement sur sœur Irène.

— J'ai envoyé chercher la mère supérieure, lance-t-elle d'une voix forte.

Céline fixe maintenant la voiture où dort son fils. Le regard brouillé par les larmes, elle hésite entre aller le voir et sauver sa peau pendant qu'il en est encore temps. Sous l'œil inquiet de Charlotte, elle finit par relever ses jupes et part en courant.

Perturbée plus qu'elle voudrait le montrer, Charlotte est pâle comme une vesse de carême et elle a du mal à respirer au point que sœur Irène s'approche d'elle et la prend doucement par le bras.

— Il n'est pas question que vous partiez dans cet état, lui dit-elle, venez avec moi. Henri va s'occuper des enfants.

Charlotte la suit docilement. La visite impromptue de la mère de Raymond lui a fichu une peur bleue, et elle sait que cette dernière ne la quittera plus jamais, même si c'est la seule fois qu'elle voit cette Céline, ce dont elle doute fortement.

* * *

Lucille ne portait plus à terre quand elle a vu arriver Adrien au volant de son auto. Au début, elle croyait qu'il l'avait empruntée juste pour venir la chercher à Chambord. Elle est même allée jusqu'à lui demander si c'était Joseph qui avait voulu lui faire une surprise. Lorsque son fils lui a dit qu'elle était à lui, elle a salué toute la maisonnée en vitesse et elle est montée côté passager sans même se tourner pour leur envoyer la main. Vu que c'était la première fois qu'elle débarquait chez Alphonse, elle avait cru bon de prévoir le jour de son départ avant même d'arriver et elle ne le regrettait pas une miette. Lucille a été reçue comme une reine, et sa bru a satisfait tous ses caprices sans rechigner, à tout le moins pas devant elle. Les garçons ont toujours été d'une politesse exemplaire avec elle, à part peut-être Émile, qui est resté très distant. Lucille ne s'en fait pas outre mesure, même que sa réaction ressemble étrangement à celle qu'a eue Adjutor le jour où il a su qu'il partirait pour le collège.

Lucille était tellement énervée que, pendant tout le trajet, elle n'a pas arrêté de poser des questions à Adrien sur son bolide et la manière de le conduire. Il est si rare que sa mère s'intéresse à lui qu'Adrien a répondu en long et en large à chacune d'elles. Et Lucille revenait à la charge encore et encore, comme si savoir conduire l'auto de son fils était devenu sa nouvelle et seule préoccupation.

Comme Adrien s'y attendait, Lucille lui a fait promettre de faire le tour de la parenté avec elle, afin de montrer à tout le monde de quoi sont capables les Pelletier. Adrien a suivi le conseil de Marie-Paule et lui a dit du bout des lèvres que ça lui ferait plaisir pourvu qu'il soit disponible. Dès le lendemain matin, Lucille était partante pour sa première petite virée. Après avoir fait des pieds et des mains pour expliquer à sa mère qu'il ne pouvait pas, Adrien est monté chez lui et il s'est vidé le cœur. Si Lucille croit qu'elle va s'en prendre à son auto chaque matin, elle se trompe. Adrien a même songé à cesser d'aller déjeuner chez ses parents pour un bout temps, si c'est le prix à payer pour que sa mère le laisse tranquille un peu.

— Il paraît qu'Adrien s'est acheté une auto, lance Anna avant de tremper les lèvres dans son thé, on ne rit plus.

— Ça fait longtemps que je veux aller te la montrer, dit Lucille les baguettes en l'air, mais mon cher fils n'a jamais de temps pour moi.

Lucille tend le plat de sucre à la crème à Anna et ajoute :

— Mais tu ne sais pas la meilleure, j'ai trouvé quelqu'un pour remplacer Adjutor.

Et Lucille se met en frais de raconter son histoire à Anna sans oublier un seul détail. Suspendus aux lèvres de sa cousine, les yeux d'Anna sont de plus en plus grands.

— Mais à qui vas-tu te confesser, en attendant ?

— Certainement pas à ton frère.

La réponse de Lucille fait sourire Anna. Elle serait bien mal placée pour l'encourager à confier ses péchés à Bertrand alors qu'elle ne le fait pas elle-même. Son frère a beau porter le col romain, pour elle, il restera toujours celui qui lui tirait les cheveux quand ils étaient jeunes.

— Sérieusement, poursuit Lucille, ne t'en fais pas pour moi, je n'aurai qu'à aller voir monseigneur.

Si Lucille voulait impressionner Anna, c'est réussi. Les yeux agrandis à leur maximum et la bouche ouverte, celle-ci n'en revient pas. Sa cousine n'a jamais manqué de culot, mais cette fois Anna trouve qu'elle exagère.

— Mais il ne voudra jamais ! Ne t'en déplaise, monseigneur a bien d'autres chats à fouetter que de te confesser. Il va sûrement te dire d'aller voir le curé de la paroisse.

— Fais-moi confiance, j'arriverai bien à le convaincre.

— Je ne te crois pas.

— Suis-moi, on va aller le voir sur-le-champ.

— On ne marchera certainement pas jusqu'à Chicoutimi…

— Prends ta sacoche et viens avec moi, j'ai une idée.

Lucille entraîne Anna jusqu'à la grange. Elle ouvre la porte et s'écrie :

— Monte, on va aller voir monseigneur.

— Tu veux dire que tu vas…

— Monte et arrête de parler un peu.

— Mais depuis quand sais-tu conduire une auto ?

Lucille hausse les épaules et lève les mains dans les airs.

— Depuis qu'Adrien est venu me chercher à Chambord.

— Il t'a laissée la conduire ?

— Monte, je m'occupe du reste.

Alors qu'Anna se tient sur son siège tellement elle a peur, Lucille arbore un grand sourire pendant qu'elle exécute l'une après l'autre les manœuvres qu'Adrien lui a répétées et répétées jusqu'à ce qu'elle les mémorise. Peu de temps après, l'auto sort de la cour avec à son bord deux femmes d'âge mûr qui commencent drôlement à s'amuser.

De prime abord, Lucille n'avait pas l'intention d'emprunter l'auto d'Adrien aussi rapidement. Si elle lui a posé autant de questions sur sa conduite, c'était plus pour lui faire plaisir. Mais devant l'insistance d'Anna, Lucille s'est dit que c'était le temps ou jamais de vérifier si elle avait bien compris les explications de son fils. Il est encore trop tôt pour qu'elle se vante d'être la meilleure conductrice de Jonquière, mais compte tenu que c'est la première fois qu'elle s'assoit derrière un volant, elle est plutôt satisfaite de sa performance.

— Je te l'avais dit qu'on irait voir monseigneur, s'exclame fièrement Lucille.

— On n'est pas encore rendues, ne peut s'empêcher de répondre Anna en mettant la main sur le bras de sa cousine.

— Je ne te demande pas grand-chose, se plaint Lucille, juste d'avoir un peu confiance en moi.

Contre toute attente, Anna éclate de rire comme une enfant, et Lucille lui emboîte aussitôt le pas.

Elles sont parties depuis à peine une demi-heure lorsqu'Adrien ouvre la porte du hangar pour prendre son auto, car il a promis à Marie-Paule d'aller chercher sa mère avant de faire le train. Il blêmit quand il réalise que la place est vide. Les baguettes en l'air, il sort de l'endroit en courant et se précipite chez son père.

— Vous ne me croirez pas, s'écrie Adrien en entrant sans frapper, je me suis fait voler mon auto.

Au lieu de se mettre à plaindre son fils, Joseph se contente de lui dire qu'il s'en fait sûrement pour rien, que son auto ne peut pas avoir disparu comme ça.

— À moins que je sois devenu aveugle, plaide Adrien, je vous jure qu'elle n'est plus là où je l'avais stationnée.

— Je ne sais pas quoi te dire, je viens juste d'arriver de chez Gertrude. On devrait aller voir Arté, il a peut-être vu quelque chose.

Adrien soupire un bon coup et il emboîte le pas à son père. En passant devant le hangar, il ne manque pas de lui montrer qu'il n'y a aucune trace de son auto. Lorsqu'ils arrivent chez Arté, la porte de la maison s'ouvre avant qu'ils n'aient posé le pied sur la première marche.

— Quel bon vent vous amène? leur demande-t-il d'un ton joyeux.

— Je me suis fait voler mon auto, avoue Adrien sans se faire prier. Je l'avais mise dans le hangar comme d'habitude et elle a disparu. Celui qui me l'a volée n'est pas mieux que mort.

Arté se tourne vers Joseph et essaie de garder son sérieux.

— Ce n'est pas une blague, confirme Joseph, le garage est vide. Viens avec nous, on va faire le tour des bâtiments, on ne sait jamais.

Adrien les regarde tour à tour sans comprendre où son père veut en venir. Si son auto n'est pas dans le hangar, c'est que quelqu'un l'a volée. Mais Adrien est tellement nerveux qu'il les suit jusqu'à la grange sans dire un mot. Arté ouvre la porte de celle-ci à sa pleine grandeur et quand il s'aperçoit que l'auto de son frère n'y est pas, il blêmit.

— On l'a pourtant…

Joseph entre dans la grange et s'avance jusqu'au milieu de l'allée qui sert pour décharger le foin. L'auto d'Adrien a vraiment disparu. Pendant ce temps, les paroles prononcées par Arté essaient de se frayer un chemin dans la tête d'Adrien. Quand il parvient à les déchiffrer, Adrien s'écrie :

— Es-tu en train de dire que c'est toi qui me l'as volée ?

Arté se tourne vers son frère la mine basse. Avant qu'il ait le temps de lui répondre, Joseph prend la parole.

— On a voulu te jouer un tour, avoue-t-il, on l'avait cachée ici, mais…

— Si ce que vous dites est vrai, lance Adrien, voulez-vous bien me dire où est mon auto ?

— Malheureusement, mon garçon, je n'en ai aucune idée.

Adrien se laisse tomber sur un tas de foin et il se frotte les yeux pour comprendre ce qui a bien pu se passer.

— Je ne sais pas qui a osé te la prendre, le rassure Arté, mais je peux te dire que le voleur va le regretter toute sa vie. Viens, on va aller voir la police.

Chapitre 10

Appuyée sur un des poteaux de la galerie, Gertrude est en admiration devant son jardin, ou plutôt devant leur jardin, puisqu'il n'est pas seulement à elle. Marie-Paule et Marie-Laure n'ont pas failli une seule fois à leur engagement de venir le sarcler, même que Marie-Laure leur a avoué qu'elle commençait sérieusement à y prendre goût, ce qui les a bien fait rire. Les trois femmes ont fait de chaque séance un moment de pur bonheur avec les enfants et, sans dire qu'elles sont devenues les meilleures amies du monde, elles se sont beaucoup rapprochées. Elles se sont même prises quelques fois à se tutoyer, mais jusqu'à ce jour, elles sont toujours revenues au vouvoiement. Il est ancré si loin en elles qu'elles ont du mal à s'en défaire. Et lorsqu'Anita est disponible, elle ne manque pas de mettre la main à la pâte sans se faire prier. L'autre jour, elle leur a même dit qu'elle aurait adoré les avoir pour sœurs. Son compliment les a touchées en plein cœur, au point qu'elles sont venues à tour de rôle l'embrasser sur la joue, ce qui ne leur ressemble guère. L'une comme l'autre apprécient beaucoup Anita.

C'est maintenant le temps des récoltes. Elles en ont discuté longuement et, malgré l'insistance d'Adrien, elles ont décidé de ne rien donner à Lucille.

— Moi, dit Marie-Paule, la belle-mère m'en a déjà pris assez comme ça. Peu importe ce qu'en pense Adrien, c'est non, et je peux vous garantir que je ne rangerai pas un traître pot dans l'armoire de la cave… ni cette année ni les suivantes.

— Pour ma part, renchérit Marie-Laure, si la belle-mère veut des pots, elle n'aura qu'à aller s'en acheter au magasin général.

— Vous croyez qu'ils en vendent ? demande bien innocemment Anita.

— Je suis loin d'être certaine, répond Gertrude en fronçant les sourcils, je poserai la question à Camil ce soir.

— Eh bien, ajoute Marie-Laure, elle n'aura qu'à se faire à manger comme tout le monde. J'ai fini de la prendre en pitié. Même avec une jambe en moins, elle ne m'aura plus.

— Moi non plus, appuie Marie-Paule, surtout depuis qu'elle a volé l'auto d'Adrien. Je n'en reviens pas encore, elle l'a conduite jusqu'à l'évêché et elle a osé demander au secrétaire de monseigneur de la ramener pendant qu'elle et Anna le suivaient dans sa voiture. Vous auriez dû voir l'air qu'il avait quand il est rentré dans la cour, on aurait dit un petit garçon qui vient d'avoir un nouveau jouet. Mais vous auriez dû voir celui d'Adrien… ouf !

L'histoire de l'auto d'Adrien volée par sa propre mère a fait le tour de la famille en quelques heures seulement. Adrien était si furieux envers Lucille qu'il refuse toujours de lui parler trois jours plus tard. Il n'y a rien qu'il ne lui a pas dit quand elle est revenue de Chicoutimi. Il en avait tellement sur le cœur que le secrétaire de monseigneur a fini par prendre la défense de Lucille, et il a fortement suggéré à Adrien d'aller se confesser à la première heure le lendemain. Celui-ci l'a regardé dans les yeux et il a haussé les épaules. Il veut bien aller à la confesse pour ses péchés, mais il refuse d'y aller pour ceux de sa mère. Et il ne s'est pas gêné pour lui dire que si jamais elle récidivait, il la ferait arrêter par la police.

— Voyons donc, ça ne se fait pas de prêter quelque chose qui ne nous appartient pas, ajoute Gertrude. Je ne sais plus quoi penser de la mère, on dirait que plus le temps passe, plus elle empire.

— Je ne vous le fais pas dire, confirme Marie-Paule. Et d'après moi, Adrien n'a pas fini de lui dire non pour les demandes qu'elle ne manquera sûrement pas de lui faire pour la conduire ici et là.

— Tout ce que je souhaite, poursuit Gertrude, c'est qu'il ait assez de caractère pour lui tenir tête. Vous savez autant que moi que la mère est une coriace. Pensez seulement au nombre de fois que j'ai dû la forcer à se lever le matin et vous verrez qu'Adrien n'est pas au bout de sa peine, si elle décide de s'en prendre à son auto, ce qui serait dans l'ordre des choses. Ma mère aime ce qui la fait bien paraître aux yeux des autres. Croyez-moi, elle est prête à tout pour arriver à ses fins. Je peux en témoigner, j'en suis la preuve vivante !

Gertrude n'a pas à convaincre ses belles-sœurs. Il est vrai qu'elles n'ont pas goûté à la même médecine qu'elle, mais Lucille n'a pas toujours été tendre avec ses brus non plus, et encore moins avec leurs enfants. Quant à Anita, Lucille ne l'a pas épargnée.

— Je ne sais pas comment le beau-père fait pour l'endurer, laisse tomber Marie-Laure.

— Son possible, répond Gertrude, son gros possible. Vous avez probablement remarqué qu'il lui arrive de dormir ici. Au début, il se sentait mal, mais j'ai réussi à lui faire comprendre qu'il valait mieux faire ça plutôt que de perdre patience avec la mère. Papa a beau être bon, mais il y a des limites à ce qu'un homme peut endurer. Et comme ce n'est pas le genre à utiliser la violence pour montrer son autorité, eh bien, la mère se fait un malin plaisir à l'emmener jusqu'à l'extrême limite. Je sais bien qu'on est marié pour le meilleur et pour le pire, mais je vais vous faire une confidence : si un jour ma vie avec Camil ressemble à celle de mes parents, je vais m'en aller avec les enfants.

Les trois femmes froncent les sourcils. Chacune connaît au moins un couple dont la vie ressemble à celle de Joseph et de Lucille mais, au final, aucune n'oserait envisager de partir si ça lui arrivait. Elles en connaissent aussi qui se font brasser par leur mari, mais toutes restent.

— Je ne supporterais pas de vivre la même chose, confesse Gertrude comme pour s'excuser de ce qu'elle vient de dire.

— J'imagine que vous ne seriez pas assez folle pour retourner vivre avec votre mère, risque Marie-Laure.

— Jamais de la vie, confirme Gertrude.

— Arrêtez de vous inquiéter, la rassure Anita, Camil est bien trop gentil pour se transformer en monstre comme madame Lucille.

Anita met la main sur sa bouche lorsqu'elle réalise ce qu'elle vient de dire.

— Vous avez raison, Anita, renchérit promptement Marie-Paule. Personne ne lui arrive à la cheville pour empoisonner la vie de tous ceux qui croisent son chemin.

Un silence de mort tombe soudainement sur le petit groupe. Un cri strident en provenance du fond de la cour les sort très vite de leur réflexion.

— Maman!

Pendant qu'elles tentent toutes mentalement d'associer le cri à un des enfants pour savoir quelle mère est sollicitée, les quatre femmes relèvent leurs jupes et accourent vers les petits.

— Vite, il va tomber, s'écrie un autre.

Anita n'a que le temps d'attraper le petit dernier de Marie-Laure alors qu'il vient de lâcher la branche à laquelle il était suspendu. Il court se blottir dans les bras de sa mère et se met à pleurer dès qu'elle le dépose par terre. Avant que leurs mères respectives les chicanent, les enfants se lancent dans des explications qui n'en finissent plus pour expliquer pourquoi ils sont montés dans l'arbre de tante Gertrude alors que c'est interdit. Comme il y a eu plus de peur que de mal, Marie-Paule met vite fin à leur babillage.

— Ça suffit maintenant, lance-t-elle d'une voix forte.

Surpris, les enfants se taisent aussitôt.

— Si j'en reprends un dans l'arbre de tante Gertrude, poursuit-elle, je vais le pendre par les pieds !

* * *

Marcella était loin de se douter qu'Yvan bouleverserait sa vie à ce point. Ce n'est pas mêlant, elle ne se souvient pas d'avoir dormi une nuit complète depuis qu'il est né. Ou il fait une poussée de fièvre, ou il perce une dent, ou il attrape un rhume, ou il a les fesses en feu… C'est un bébé tellement prenant qu'elle a l'impression d'avoir abandonné ses autres enfants et, dans les faits, ce n'est pas très loin de la vérité. Le petit Yvan prend tout son temps, et elle n'a plus que des miettes pour le reste de sa famille, y compris Léandre. C'est rendu qu'elle a même du mal à faire son devoir conjugal. Comme on dit, elle perd la carte aussitôt qu'elle pose la tête sur l'oreiller.

Faute de temps, il y a un tas de choses qu'elle ne fait plus. Entre autres, elle ne touche plus à son piano. La dernière fois qu'elle a fait un saut chez Gertrude et qu'elle l'a entendue jouer, Marcella s'est assise sur la galerie et elle l'a écoutée jusqu'à ce qu'elle entende claquer le couvercle sur le clavier. De grosses larmes ont coulé sur ses joues de la première à la dernière note. Sa sœur joue nettement mieux qu'elle et ça lui fait un petit pincement au cœur chaque fois qu'elle l'entend. Quand elle s'est enfin décidée à frapper, elle s'est jetée dans les bras de Gertrude et lui a défilé toute une série de compliments sur sa manière de jouer.

— Je devrais t'en dire autant, lui a confié Gertrude, parce que sans toi, je n'aurais jamais appris à jouer.

— En tout cas, je t'avertis, si jamais je finis par trouver du temps pour me remettre au piano, tu peux être certaine que je vais te demander de me donner des cours.

Et Marcella s'était mise à pleurer à chaudes larmes avant de se jeter à nouveau dans les bras de Gertrude.

— Ça ne va vraiment pas bien, ma sœur! lui a dit cette dernière en lui tendant son mouchoir. Rentrons!

Pour faire changement, le petit Yvan était brûlant à son réveil. Marcella l'a frictionné à l'alcool, mais la fièvre n'a pas baissé d'un iota. Heureusement, ses beaux-parents sont venus chercher les enfants avant que Léandre parte travailler. Si elle ne les avait pas, Marcella ignore totalement ce qu'elle ferait. Elle a bercé son fils tout l'avant-midi en regardant son lavage du coin de l'œil. Tout porte à croire que cette fois encore, elle devra attendre le retour de Léandre pour le faire. Il était près de midi quand son bébé s'est enfin endormi. Elle est allée le coucher et elle est sortie de la chambre sur la pointe des pieds pour ne pas le réveiller. Plutôt que de s'attaquer à sa lessive, elle est allée se rasseoir dans sa chaise berçante et elle s'est endormie à son tour. Il est plus de trois heures lorsqu'elle se réveille. Marcella se frotte les yeux à deux mains et elle regarde l'heure à deux fois. Son fils n'a jamais dormi aussi longtemps. Ouf, c'est bien une première. Elle se lève de sa chaise et marche sans hâte jusqu'à sa chambre pour éviter de faire craquer le plancher. Elle s'arrête sur le seuil de la porte et sourit. Couché sur le dos, son fils a l'air d'un ange avec ses boucles qui lui tombent sur le front. C'est alors que Marcella réalise que sa poitrine ne bouge pas. Le regard livide, elle s'approche du petit lit de bois et dépose sa main sur la poitrine d'Yvan. Aucun mouvement. Son cerveau met quelques secondes avant de réaliser ce qui se passe, mais quand elle comprend que son fils a cessé de respirer, elle se laisse tomber à genoux et se met à pleurer à fendre l'âme. C'est ainsi que Léandre la trouve en arrivant de travailler.

* * *

Adjutor n'était aucunement surpris lorsqu'Arabella lui a raconté comment s'étaient passées les choses avec sa mère. Il s'est bien gardé d'en parler, mais il était plutôt content que sa femme déchante sans tarder sur Lucille. D'ores et déjà, il sait qu'il pourra compter sur elle pour garder sa mère à distance lorsqu'elle se pointera à Saint-Irénée. La connaissant, elle va faire une nouvelle tentative d'invasion de leur domicile au moment où ils s'y attendront le moins. Tant et aussi longtemps qu'ils habitent au presbytère, c'est relativement facile de la retourner d'où elle vient, puisqu'il n'y a pas de place pour elle. C'est lorsqu'ils emménageront dans leur manoir qu'ils devront monter leur garde pour éviter qu'elle s'incruste.

Plus que trois semaines avant qu'Arabella accouche. Adjutor est énervé comme une puce à l'idée de tenir enfin son premier enfant dans ses bras. Il traite sa femme aux petits oignons. Chaque fois que les hommes le voient partir en direction du presbytère, ils ne manquent pas de le faire étriver.

— Avez-vous peur que votre femme s'enfuie, vous là?

Adjutor se contente de leur sourire. Il sait bien que Béatrice veille sur elle, mais il ne peut pas s'empêcher d'aller aux nouvelles plusieurs fois par jour. Quand sa bonne le voit apparaître dans le cadre de porte, elle met les mains sur les hanches et lui dit en souriant:

— Madame n'a pas encore accouché, si c'est ce que vous voulez savoir.

La seconde d'après, Béatrice lui dit où est Arabella et elle retourne à ses fourneaux en se dandinant. Il faut qu'elle se pince pour être certaine que l'homme qui était devant elle est bien monsieur Adjutor. Il a changé du tout au tout depuis qu'il a retiré son col romain. Il était gentil avec elle quand il était curé, mais son attitude actuelle n'a aucune commune mesure avec ce temps-là. Mis à part le jour de la visite de sa mère, jamais Béatrice ne l'a vu de mauvaise humeur depuis son retour de la guerre. Il est heureux et ça se sent. Bien que ce ne soit pas dans les habitudes de Béatrice d'envier son prochain, il lui arrive de ressentir une pointe d'envie pour le bonheur de monsieur Adjutor. Elle est assez intelligente pour savoir qu'elle n'a aucune chance qu'il lui arrive une chose aussi grandiose qu'à monsieur Adjutor. Dans le meilleur des cas, les filles comme elle finissent par se marier avec quelqu'un de leur condition, elles font autant d'enfants que Dieu veut bien leur en accorder et elles travaillent du matin au soir sans relever la tête. Béatrice n'a jamais eu peur de l'ouvrage, mais certains jours, elle aimerait avoir le choix entre la vie qui l'attend si jamais un homme daigne lever les yeux sur elle et celle de sa patronne.

Adjutor relit la lettre de monseigneur Agati pour la troisième fois. Il sauterait dans sa voiture et irait apprendre la bonne nouvelle à monseigneur Labrecque, s'il ne se retenait pas.

… J'ai longuement discuté de votre protégé avec sa sainteté. Nous sommes conscients que c'est un gros voyage, mais nous aimerions d'abord le recevoir à Rome avant de prendre une décision en ce qui concerne son avenir. Nous suggérons qu'il attende que la guerre soit terminée pour venir. Notez que tout porte à croire qu'elle tire vraiment à sa fin. Ici, la rumeur veut qu'elle ne finisse pas l'année, ce que nous souhaitons tous ardemment.

Comme il est trop occupé pour faire un aller-retour à Chicoutimi, Adjutor sort une feuille de papier, sa plume et son encrier, et il se met en frais d'écrire à monseigneur Labrecque. S'il fait vite, il aura le temps d'aller la porter au bureau de poste avant la levée du courrier. Au moment où il glisse sa lettre dans l'enveloppe, les cris d'Arabella se font entendre dans tout le presbytère. Adjutor sort du bureau qu'il partage avec le nouveau curé et il ordonne à Béatrice d'aller vite chercher madame Lavoie.

Arabella donne naissance à une belle fille quatre heures plus tard. Elle est heureuse comme jamais elle ne l'a été. Sa fille a tous ses morceaux et elle est belle comme un cœur. Et son père n'a d'yeux que pour elle.

— Elle est si petite, dit Adjutor en lui caressant doucement la joue.

— Ne vous inquiétez pas, dit l'accoucheuse, elle est très vigoureuse.

Adjutor a l'impression de flotter sur un nuage. Il a les yeux dans l'eau depuis qu'il les a posés sur sa fille. Il s'approche de sa femme sans se défaire de son petit paquet et lui dit à l'oreille :

— Merci de me rendre aussi heureux.

Il dépose ensuite un doux baiser sur les lèvres de celle qui fait battre son cœur chaque jour un peu plus fort depuis qu'elle est entrée dans son champ de vision.

— Elle est belle, notre fille ! s'exclame Arabella.

— Pas autant que sa mère ! rétorque aussitôt Adjutor.

— Grand fou ! lance Arabella. Dépêche-toi de la coucher dans son berceau et retourne vite travailler avant de trop la gâter.

— J'étais justement en train de me dire que j'aurai du mal à lui refuser le moindre caprice.

Chapitre 11

Charlotte n'a pas cru bon de parler à Laurier de sa petite rencontre avec la mère de Raymond. De toute façon, il est resté si peu longtemps à la maison la dernière fois qu'il est passé qu'elle se demande bien quand elle aurait pu le faire. Et puis, moins elle parlera de cette Céline, mieux elle se portera. Charlotte peut comprendre en partie son comportement si elle se met à sa place. Par contre, il ne faudrait pas qu'elle se mette en travers de son chemin à tout moment. Elle est allée voir la mère supérieure le lendemain de ce fâcheux événement.

— J'ignore comment elle a su, lui a-t-elle dit, mais je vous promets de connaître le fin fond de l'histoire. Je ne comprends vraiment pas ce qui a pu se passer. Les filles qui viennent accoucher ici ne sont jamais en contact avec les parents adoptifs. Et si, par malheur, elles se pointent ici en se plaignant, on les retourne très vite d'où elles viennent. Elles n'avaient qu'à ne pas jouer avec le feu, si elles ne voulaient pas se brûler. Tout ce que je peux faire pour vous présentement, c'est demander à Henri de s'assurer qu'elle ne vous embête plus.

Évidemment, Charlotte s'est bien gardée de dire à la mère supérieure qu'elle avait couru derrière elle jusque dehors pour savoir si le père de Raymond était son Laurier. Charlotte n'ira quand même pas au-devant des coups.

— Et si elle débarque chez moi un beau jour ?

La mère supérieure l'a regardée par-dessus ses petites lunettes rondes et lui a dit en pinçant les lèvres :

— Vous n'aurez qu'à aller à la police.

Charlotte est restée bouche bée devant la réponse pour le moins tranchante de la mère supérieure. Elle veut bien croire que les filles qui accouchent dans le péché donnent leur bébé en adoption et qu'elles n'ont plus aucun droit sur lui, mais on n'arrache pas un enfant à sa mère aussi facilement qu'on fait disparaître une tache de sang sur un vêtement. Charlotte ne veut même pas imaginer comment elle se sentirait si on lui enlevait sa fille.

Elle bat énergiquement son tapis tressé avec le balai pour enlever le sable qui s'est logé dedans. Il fait un temps magnifique aujourd'hui. L'automne commence à montrer ses couleurs et l'air sent vraiment bon. Elle regarde son pommier au fond de la cour. Il porte tellement de fruits que plusieurs de ses branches touchent le sol. Charlotte va laisser mûrir les pommes encore une semaine et elle va se lancer dans la fabrication de compote à corps perdu. Sa mère lui a promis de venir lui donner un coup de main. D'après sa dernière lettre, elle devrait venir avant la fin du mois. Alida lui a écrit deux fois plutôt qu'une qu'elle comptait bien aller bercer les enfants à l'orphelinat. Charlotte aimerait tant que sa mère habite près de chez elle.

Perdue dans ses pensées, Charlotte sourit bêtement, se remémorant la scène où Laurier lui a demandé de déposer les enfants dans ses bras et où il les a bercés jusqu'à ce qu'ils s'endorment au son d'une berceuse qu'il fredonnait. Son mari a encore des croûtes à manger pour devenir un père exemplaire, mais Charlotte est heureuse pourvu qu'il s'améliore. Elle l'a même surpris à les embrasser avant de partir l'autre jour.

Arrivée au bout de sa tâche, Charlotte relève la tête et tombe nez à nez avec une femme.

— Vous m'avez fait peur, s'écrie-t-elle en mettant la main au-dessus de ses yeux pour se cacher du soleil afin de voir à qui elle a affaire.

Lorsque Charlotte la reconnaît, une bouffée de chaleur l'envahit d'un coup.

— Allez-vous-en! ordonne-t-elle à sa visiteuse.

— Je vous en supplie, gémit Céline, écoutez ce que j'ai à dire avant de me chasser.

Charlotte va se poster devant elle et lui dit:

— Je vous accorde une minute, pas une de plus.

Céline relâche les épaules et expulse le trop-plein d'air qui lui oppressait la poitrine avant de se lancer. Elle a retourné ce qu'elle voulait dire à Charlotte des dizaines de fois dans sa tête en venant ici, mais maintenant qu'elle est là, elle a l'impression d'avoir perdu l'usage de la parole.

— Je… voudrais… bercer mon fils, confie-t-elle avant d'éclater en sanglots.

Il s'en faudrait de peu pour que Charlotte se croie en plein cauchemar. Elle secoue la tête de gauche à droite en fermant les yeux, mais lorsqu'elle les ouvre, Céline est toujours là. C'est au tour de Charlotte de se repasser en boucle les quelques mots qu'elle vient d'entendre.

— Allez-vous-en! s'entend-elle dire d'une voix forte.

— Je vous en prie, laissez-moi au moins le voir. Je n'arrive plus à dormir à force d'essayer de me l'imaginer.

— Vous n'avez pas d'affaire ici, plaide Charlotte. J'aime autant vous dire que je ne donne pas cher de votre peau quand la mère supérieure de l'hôpital va savoir que vous êtes venue me voir. Partez!

Céline pose un regard effrayé sur Charlotte, ce qui ébranle sa forteresse au point qu'elle est en train de s'imaginer à sa place et elle commence à se sentir drôlement mal à l'aise.

— Pas avant d'avoir vu mon fils, riposte Céline d'un air décidé.

Charlotte remonte sur la galerie pour se donner une contenance et elle se laisse tomber sur une des deux chaises droites qui se trouvent de chaque côté de la porte. Elle a besoin de quelques secondes pour faire le point. Elle n'a pas souhaité ce qui arrive, mais elle ne peut pas s'enfuir non plus. La mère de son fils est à quelques pieds d'elle, et il faut qu'elle prenne une décision au plus vite. Ou elle crie à sa voisine pour lui demander d'aller chercher la police, ou elle accède à la demande de Céline. Une chose est certaine : la première option ne l'enchante pas plus que la deuxième.

— Venez vous asseoir, lui dit gentiment Charlotte en pointant l'autre chaise, et parlez-moi un peu de vous.

Il y a une certaine distance entre les deux femmes et ce n'est pas seulement celle qui existe entre les deux chaises. Aussitôt assise, Céline se lance.

— Je m'appelle Céline Lemieux et j'ai vingt-cinq ans. Je suis la septième d'une famille de treize enfants. Je viens de Saint-Siméon. Je sais à peine lire et écrire, j'ai quitté l'école trop tôt. À la mort de la plus vieille, ma mère m'a choisie pour l'aider. Je ne peux pas dire que je déteste le travail de maison, mais disons que je préfère de loin travailler dehors, au jardin par exemple ou aux champs. Mon père fabrique des bateaux depuis toujours, son atelier est sur le bord du fleuve. C'est en allant lui porter son dîner que j'ai fait la connaissance de Laurier.

En voyant l'air de Charlotte changer, Céline se dépêche de s'excuser.

— Continuez ! l'intime Charlotte. Ni vous ni moi ne pouvons changer quoi que ce soit au passé.

— Je n'avais jamais eu d'amoureux avant lui et je ne savais pas qu'il était marié. Je lui ai résisté autant que j'ai pu, mais j'ai fini par céder.

Céline lève les yeux au ciel et elle sourit.

— C'était le jour de ma fête. J'avais mis ma robe du dimanche pour aller porter à manger à mon père, et le navire de Laurier a accosté au moment où j'allais partir. Je savais que je n'avais pas d'avenir avec lui. Mon père m'avait vue avec lui et il m'avait mise en garde. Il m'avait dit que les marins avaient une femme à chaque port et que même si je parvenais à le conduire à l'église, je ne serais jamais qu'une parmi tant d'autres.

En entendant les paroles de Céline, Charlotte se trouve bien naïve de n'y avoir jamais pensé. Elle l'écoute attentivement même si cela l'atteint en plein cœur.

— Le jour où j'ai su que j'étais enceinte de lui, poursuit Céline sans se préoccuper aucunement si ce qu'elle dit peut blesser Charlotte, j'ai décidé de ne rien lui dire. Mon père avait questionné les autres marins jusqu'à ce que l'un d'entre eux finisse par parler. Je n'avais aucune chance, puisqu'il était déjà marié. Malgré que nous habitions au bout d'un rang et qu'il passait peu de gens devant la maison sauf s'ils avaient affaire chez nous, mes parents ont tout fait pour cacher mon état. Beau temps, mauvais temps, j'étais confinée dans la maison comme si j'avais attrapé la lèpre. Tous les prétextes y sont passés pour expliquer mon absence parmi les miens. J'étais en quelque sorte prisonnière dans ma propre famille. Et je vous fais grâce de la réaction de mes parents quand ils ont su que j'étais enceinte. Toujours est-il qu'à la fin du huitième mois, mon père m'a conduite de nuit chez une de mes tantes qui habite à Chicoutimi. Tout ce que je peux vous dire, c'est que c'était loin d'être ma tante préférée, et ce ne l'est toujours pas. J'ai été à nouveau faite prisonnière jusqu'au jour de la délivrance à l'hôpital pour mères célibataires. Je suis retournée chez mes parents après l'accouchement comme si de rien n'était. Personne ne m'a posé de questions, mais les gens ne sont pas aussi bêtes qu'ils le paraissent. Je savais qu'en revenant dans mon patelin, je n'avais aucune chance de me marier un jour. J'ai passé les premiers mois à pleurer comme une Madeleine chaque fois que j'allais dormir. La plupart du temps, j'ai vu le soleil se lever alors que je n'avais pas encore réussi à fermer l'œil. J'étais incapable d'arrêter de penser à mon fils. J'avais retrouvé ma taille de jeune fille, mais j'avais perdu ma joie de vivre en accouchant, et je ne l'ai toujours pas retrouvée. On dirait qu'il me manque un morceau.

Bien qu'elle se doute de la réponse, Charlotte lui demande pourquoi elle a donné Raymond en adoption. Céline s'essuie les yeux du revers de la main avant de lui répondre.

— C'était ça ou je n'avais plus d'endroit pour vivre. Quand on est choisie pour devenir le poteau de vieillesse des parents, à part servir jusqu'à la fin de nos jours, il n'y a pas grand-chose qui s'offre à nous. J'ai contesté autant que j'ai pu, mais j'ai fini par rentrer dans le rang.

La vue de la jeune femme s'embue instantanément. Charlotte ne fait ni une ni deux et elle lui tend son mouchoir.

— Je vais aller vous chercher un verre d'eau.

Contre toute attente, Céline lui demande d'une voix hésitante :

— Est-ce que je vais au moins pouvoir le regarder ?

— Je ne sais pas encore.

Charlotte disparaît dans la maison la seconde d'après. Elle sort un verre de l'armoire et va le remplir à la pompe. Elle est déchirée entre le fait de laisser Céline voir son fils ou de refuser pour le protéger. Par contre, elle se doute bien que si elle n'accède pas à la demande de la jeune femme, ce ne sera que partie remise, maintenant qu'elle sait où elle habite. Et puis, si elle est pour le lui montrer, il vaut mieux que Laurier ne soit pas à la maison. Elle n'a pas encore décidé si elle va lui parler de la visite de Céline, mais au cas où elle choisirait de se taire, eh bien, elle n'aura pas à se justifier. Elle sort de la maison et tend le verre à la jeune femme qui ne manque pas de la remercier.

— Comment avez-vous su où je restais ?

— Je suis retournée à l'orphelinat avec la voiture de ma tante jusqu'à ce que je vous voie et je vous ai suivie.

— Vous habitez chez votre tante ?

— Pour le moment, mais je ne pourrai pas y rester indéfiniment. Disons qu'elle n'était pas très heureuse que je retentisse encore chez elle et qu'elle ne s'est pas gênée pour me le faire savoir.

C'est dans des moments comme celui-là que Charlotte réalise à quel point la vie est difficile pour certaines personnes. Elle-même n'a pas une vie de rêve, mais à côté de Céline, on peut presque dire qu'elle se la coule douce. Certes, elle risque d'élever ses enfants seule, mais outre ça, maintenant que Laurier a accepté qu'elle aille à l'orphelinat, elle est complètement libre de ses faits et gestes sauf lorsqu'il est à la maison. Qui plus est, elle a même une voiture à sa disposition. Bien sûr, Laurier est loin d'être parfait, il le lui a prouvé avec Raymond, mais elle n'a qu'à regarder autour d'elle pour voir pire, et parfois bien pire. La vie dans cette deuxième décennie du vingtième siècle est tout sauf facile. La guerre a tué des milliers de Canadiens, et leur absence commence à se faire sentir partout dans le pays. Le Saguenay a perdu son lot d'hommes comme toutes les autres régions du Québec, mais jusqu'à ce jour, personne ne peut dire que la conscription a fait son œuvre. Tout le monde en parle et nombre d'hommes ont déjà pris le bord du bois pour ne pas s'enrôler mais, comme on dit, l'éloignement des grands centres sert bien leur cause.

— Écoutez Céline, Laurier et moi nous avons adopté Raymond, ce qui veut dire que nous sommes ses parents aux yeux de la loi. Je comprends votre point de vue, même que je sympathise avec vous, mais je suis loin d'être certaine que ce soit une bonne chose pour vous de le voir, et encore moins de le bercer.

— Je vous en supplie, juste une fois. Je vous promets de ne plus jamais revenir vous embêter. Je veux juste avoir une image quand je penserai à lui.

Charlotte aimerait la croire, mais elle a du mal. Devant la profonde tristesse qu'elle lit dans les yeux de Céline, elle finit par lui dire :

— Il est sur le point de se réveiller.

Céline est tellement contente qu'elle bondit de sa chaise et vient se pendre au cou de Charlotte sans que cette dernière n'ait eu le temps de comprendre ce qui lui arrive.

— Je ne vous remercierai jamais assez.

Lorsqu'elle réalise ce qu'elle vient de faire, Céline se confond en excuses et retourne à sa place.

— Avez-vous mangé ?

— Pas encore !

— Entrons, je vais faire chauffer de la soupe.

Les deux femmes ne retrouvent l'usage de la parole qu'au moment où la petite Claire fait entendre son premier cri. La seconde d'après, c'est au tour de Raymond de se manifester.

— Je vais le changer de couche et je vous l'amène, dit Charlotte.

Bien que Céline brûle d'envie de le faire elle-même, elle se garde bien de le dire. C'est déjà au-delà de ses espérances que Charlotte ait accepté qu'elle voit son fils. Elle ne saurait comment l'expliquer, mais elle a la sensation d'avoir un poids en moins sur la poitrine. Elle sait bien que la vue de son garçon ne la satisfera que pour un temps, mais elle verra plus tard pour la suite des choses. Céline ne tient pas en place, elle se retient à deux mains d'aller rejoindre Charlotte.

Lorsque celle-ci sort enfin de la chambre avec Raymond dans ses bras, Céline passe à un cheveu de s'évanouir tant elle est émue. Quand Charlotte le lui tend, de grosses larmes coulent sur ses joues. C'est un des plus beaux moments de sa vie, et tout ce qu'elle trouve à faire, c'est de pleurer plutôt que d'en profiter pour le regarder et imprimer chacun de ses traits dans sa mémoire.

— Je suis bête, s'excuse Céline, il faut que j'arrête de pleurer si je veux me souvenir de lui. Il est très beau mon… Merci Charlotte.

Bien que Charlotte ne se souvienne pas lui avoir dit comment elle s'appelait, elle ne juge pas bon de lui demander comment il se fait qu'elle le sait. Charlotte l'observe un peu à distance et au lieu d'être verte de jalousie, elle est contente d'avoir accepté que Céline berce leur fils. Quelque chose à l'intérieur d'elle lui dit que son aventure avec cette dernière ne fait que commencer, mais ce n'est pas le plus important pour l'instant.

Charlotte va chercher sa fille et lorsqu'elle revient dans la cuisine, la porte s'ouvre sur Laurier alors qu'il ne devait pas revenir avant une bonne semaine. Lorsqu'il aperçoit Céline, il fige sur place.

— Il me semblait que tes bonnes sœurs ne disaient jamais à la mère où était son enfant, lance-t-il d'une voix qui trahit son inconfort et sa colère. Fais-la sortir d'ici avant que je m'en charge moi-même !

Céline n'a plus une seule goutte de sang dans le visage. L'homme qu'elle a devant elle n'a rien à voir avec celui qui lui faisait les doux yeux pour obtenir ses faveurs et, franchement, elle ne voudrait pas se retrouver seule avec lui en ce moment.

Laurier avance jusqu'à elle et fait un mouvement pour prendre son fils, mouvement aussitôt arrêté par Charlotte qui est venue se placer derrière la chaise de Céline.

— Ne le touche pas, lui ordonne-t-elle, tu vas lui faire peur.

— Mais c'est notre bébé, pas le…

— Comme tu viens de le dire, le coupe Charlotte, c'est notre bébé.

En s'entendant prononcer ces mots, Charlotte frémit. Est-elle vraiment en train de prendre le parti de Céline devant son mari? Il faut croire que oui et ça lui donne la frousse. N'importe qui rirait de voir le tableau. Une femme, une maîtresse, un mari et un bébé. Le mélange parfait pour que tout explose.

Le regard fixé sur sa femme, Laurier a de la broue dans le toupet. Aussitôt que l'effet des dernières paroles de Charlotte est suffisamment estompé, il reprend du service.

— Ou c'est toi qui lui enlèves Raymond ou je m'en charge, vocifère-t-il. Tu as exactement dix secondes pour le faire.

Charlotte vient à grande hâte se placer entre eux, histoire de gagner un peu de temps. Dix secondes, c'est trop peu pour réfléchir, surtout quand il s'agit d'une situation comme celle dans laquelle elle se trouve présentement. Son cerveau fonctionne à la vitesse de l'éclair jusqu'à ce qu'elle trouve une solution. Elle fronce les sourcils et met les mains sur les hanches avant de lui cracher au visage des paroles plus lourdes de sens que toutes celles qu'elle a prononcées depuis le jour de sa naissance.

— Comme tu ne fais que passer ici, Céline restera avec nous pour m'aider si elle le désire, mais à deux conditions. La première, tu ne mettras plus jamais la patte dessus, sinon je te tuerai à grands coups de hache. La deuxième, Raymond ne devra jamais savoir qu'elle est sa mère.

Laurier n'en croit pas ses oreilles. Charlotte est en train de lui imposer de vivre sous le même toit que la mère de son fils. C'est de la pure folie, mais connaissant sa femme, il comprend très vite qu'il n'a pas son mot à dire. Elle a posé un couteau sur sa gorge le jour où elle a su qu'il était allé voir ailleurs. Il recule jusqu'à la porte et sort sans rien ajouter. À moins que Céline ait la décence de refuser l'offre de Charlotte, il est pris au piège et il devra faire avec sans rouspéter.

Aussitôt la porte fermée, Charlotte se tourne vers Céline.

— Alors ?

Les yeux dans l'eau, la jeune femme déglutit avant de répondre.

— Pourquoi faites-vous ça pour moi ?

— Je l'ignore, mais je sais une chose par exemple : c'est la seule fois où je vous ferai cette offre. Ou vous restez ou vous partez et vous ne revenez jamais.

— Vous savez bien que je vais rester. Merci Charlotte !

— On ira chercher vos affaires après le dîner.

Chapitre 12

René a commencé à faire de l'insomnie le jour où il est parti de la maison familiale, et ça n'a jamais arrêté depuis. Il crie au miracle lorsqu'il parvient à dormir quatre heures d'affilée dans toute sa nuit. Il passe le temps entre le moment où il va se coucher et celui où il s'endort enfin à regarder par la fenêtre de sa chambre et à rêvasser. Parfois, quand il n'a plus de position ou qu'il n'en peut plus d'attendre que le sommeil le gagne, il va fumer sur la galerie. Au début, il tempêtait, mais il a fini par se faire à l'idée que huit heures de sommeil en ligne étaient chose du passé pour lui. Il s'endort la plupart du temps dans sa chaise après les repas, ce qui lui permet de récupérer un peu.

Pour une fois, son insomnie a payé au point que sa photo s'est retrouvée en première page du journal et que maintenant tout le monde le reconnaît où qu'il aille.

René Pelletier a sauvé la vie à la famille Poirier, hier soir, alors qu'un incendie faisait rage dans leur maison. Le brave homme est entré au péril de sa vie et a sorti les sept malheureux du brasier. Grâce à lui, tous sont sains et saufs. On ne le dira jamais assez…

Comme il n'est pas du genre à se vanter, René a lu ce qu'on avait écrit sur lui, mais sans plus. Pour lui, il n'a fait que son devoir de citoyen. Il était entre deux eaux lorsqu'il a cru voir des flammes sortir de la maison de son voisin. Au lieu de refermer les yeux pour sombrer dans le sommeil, qu'il attendait depuis des heures, il a sauté en bas de son lit pour aller voir de plus près. Il ne rêvait pas, la maison de son voisin était bel et bien en feu. Il a frappé de toutes ses forces sur la porte et quand il a vu que personne ne venait lui répondre, il l'a défoncée d'un coup de pied et est entré en criant pour réveiller les gens. La maison était remplie de fumée. Il n'a fait ni une ni deux et a fait le tour des chambres en espérant qu'il n'arrivait pas trop tard et les a sortis jusqu'au dernier.

René vient de rentrer chez lui après une longue journée de travail et il part aussitôt à la recherche de quelque chose à manger quand il entend frapper.

— Entrez! crie-t-il sans se déplacer.

— Viens m'ouvrir, j'ai les bras pleins.

Il n'en revient pas, c'est la voix de sa mère qu'il vient d'entendre. Il accourt jusqu'à la porte et l'ouvre à sa pleine grandeur sans se poser de question. Il ne s'est pas trompé, Lucille est devant lui et elle lui fait son plus beau sourire.

— Prends ça avant que je l'échappe.

René la libère aussitôt de la boîte qu'elle tient à bout de bras.

— Il y en a deux autres dans la voiture, va les chercher.

Non seulement René est très surpris de voir sa mère chez lui, mais il est encore plus surpris qu'elle soit venue les mains pleines. Il faut dire qu'elle ne lui a pas adressé la parole depuis qu'il est de retour et que les rares fois où il est passé voir son père, elle est sortie par l'autre porte en l'ignorant.

— Je me suis dit que tu ne devais pas avoir grand-chose dans tes armoires et je suis allée t'acheter tout ce qu'il faut au magasin général. J'ai même demandé à Mérée de me trouver des pots de viande, et je t'ai pris des galettes à la mélasse et du sucre à la crème.

Ces petites attentions de la part de sa mère lui vont droit au cœur, tellement qu'il s'en faut de peu pour qu'il se mette à pleurnicher comme un bébé. Il ne sait pas ce qui lui vaut une telle attitude de la part de Lucille, et il ne lui posera pas la question non plus, mais ça vient de lui faire oublier instantanément sa dure journée.

— Je vous remercie, la mère, dit-il lorsqu'il dépose la troisième et dernière boîte sur la table, j'étais justement en train de me demander ce que je pourrais bien manger pour souper.

— Occupe-toi de mettre tout ça dans tes armoires et pendant que tu vas te rafraîchir un peu, je vais m'occuper du souper.

René est sous le choc. Sa mère va cuisiner pour lui alors qu'elle ne lève pas une paille dans sa propre maison, il a sûrement mal entendu. Comme il n'a pas envie de courir la chance qu'elle change d'idée, il vide ses boîtes en vitesse et va les porter sur la galerie.

— As-tu passé une bonne journée, mon garçon? lui demande Lucille lorsqu'il revient dans la maison.

Cette fois, René n'en revient pas. Depuis quand sa mère s'inté-resse-t-elle à lui? Depuis quand se préoccupe-t-elle de ce qu'il fait? S'il s'écoutait, il viderait la question sur-le-champ, mais comme il a peur de briser le charme, il décide de jouer le jeu le temps que ça dure et il lui répond.

— Si tout va comme je le souhaite, on devrait pouvoir ouvrir nos portes avant la fin du mois, mais ça, c'est à la condition que je ne sois pas obligé de m'enrôler. Mon patron a beau faire tout ce qu'il peut pour me protéger, mais si la guerre continue longtemps, je vais finir par y passer moi aussi.

— Tu sais aussi bien que moi que ton père ne te laissera jamais partir de l'autre bord. Et moi non plus!

Décidément, René va de surprise en surprise avec sa nouvelle mère. Voilà maintenant qu'elle est prête à tout pour le protéger alors qu'à venir jusqu'à hier, elle ne voulait même pas se trouver dans la même pièce que lui.

— Veux-tu des carottes et des patates avec ton poulet ou encore des petites fèves ?

René regarde Lucille et il lui sourit.

— Vous savez bien que je ne suis pas difficile…

— Si je me souviens bien, tu adores les petites fèves et les patates.

Cette fois, c'est trop pour René. Deux larmes microscopiques s'enhardissent au coin de ses yeux, mais elles sont suffisamment grosses pour qu'il les sente. Il se dépêche de ravaler, ce n'est pas le moment pour les épanchements. Sa mère lui offre une trêve, et il a bien l'intention d'en profiter. Il aura tout le temps de chialer quand il sera seul dans son lit et que la lune sera son seul témoin.

— Vous avez une excellente mémoire.

— Et tu détestes le navet.

— Avant oui, mais il m'arrive d'en manger maintenant.

— Je peux aller t'en chercher si tu veux.

— Ce ne sera pas nécessaire !

Lucille ne s'est pas contentée de lui préparer à souper, elle a mangé avec lui et elle lui a posé un tas de questions comme si elle s'intéressait tout à coup à ce qui lui arrive. Mais encore là, René s'en est tenu au minimum.

Lorsque sa mère sort de sa maison, après avoir pris le temps de faire la vaisselle, René met une note sur son calendrier. Il ignore si un tel événement se répétera un jour mais, pour le moment, il flotte sur un petit nuage rose et il va tout faire pour rester dessus le plus longtemps possible.

* * *

Anita est en larmes depuis qu'elle est rentrée chez Gertrude. Son fiancé vient de recevoir une lettre dans laquelle on lui demande de se présenter au bureau de l'armée dans les vingt-quatre heures. Ça faisait un bout de temps qu'il redoutait ce moment, et maintenant qu'il est arrivé, il est mort de peur à l'idée de traverser de l'autre bord. Et Anita l'est encore plus quand elle pense qu'elle ne le reverra peut-être pas, alors qu'elle commence à peine à s'attacher à lui.

— Je ne sais pas quoi te dire, lance Gertrude en lui passant la main dans le dos.

La jeune femme lève les yeux vers elle et essaie de lui sourire, mais elle n'y arrive pas.

— Il va pourtant falloir que cette maudite guerre finisse par finir, parce que si ça continue, on n'aura plus un seul homme chez nous. Va te reposer, je vais faire le souper.

C'est bien mal connaître Anita de croire qu'elle va faillir à sa tâche même si elle a le cœur en miettes. Elle se lève d'un bond et va chercher son tablier derrière le poêle.

— Non! C'est à moi de le faire!

Gertrude la regarde tendrement. Elle s'est beaucoup attachée à elle, tout comme ses enfants, d'ailleurs. Même Camil qui était réticent à l'idée qu'elle habite avec eux trop longtemps n'a que de bons mots pour elle. L'autre jour, il a dit à Gertrude qu'elle lui manquerait, le jour où elle va s'en aller.

— Tu sais, Anita, lui dit doucement Gertrude, ici tu as le droit d'avoir de la peine. Va t'asseoir, je m'occupe de tout.

Mais Anita ne l'entend pas ainsi. Au lieu d'écouter la suggestion de Gertrude, elle va chercher des patates. Gertrude pourrait insister, mais elle voit bien que ce serait inutile. Anita est une force de la nature comme il y en a peu, et c'est dans l'action qu'elle panse ses plaies.

— C'est toi qui décides, dit Gertrude. Si tu veux, après le souper, on jouera du piano ensemble.

Anita n'a pas le talent de Mérée, mais elle veut tellement que Gertrude a accepté volontiers de lui enseigner ce qu'elle sait. Un large sourire s'affiche sur ses lèvres chaque fois qu'elle pose les mains sur le clavier. Et il y demeure jusqu'à ce qu'elle rabatte le couvercle. Apprendre le piano ne faisait même pas partie des rêves les plus fous d'Anita, et aujourd'hui, elle est capable de jouer une pièce d'un bout à l'autre. Ça ne coule pas comme lorsque c'est Gertrude ou Mérée qui joue, mais ça la satisfait pour le moment. À moins d'un miracle, elle n'aura probablement jamais de piano à elle. La bonne nouvelle, c'est que Gertrude lui a dit qu'elle pourrait toujours venir se pratiquer sur le sien. Son arrivée dans la famille Pelletier n'aura pas eu que du bon, madame Lucille est là pour en témoigner, mais elle en a eu suffisamment pour qu'elle remercie Dieu de les avoir mis sur son chemin chaque soir au moment de faire sa prière.

— Avez-vous eu des nouvelles de votre sœur? lui demande Anita.

— Pas depuis hier, répond Gertrude. C'est la première fois que je la vois ainsi, et elle commence à me faire peur.

— Il faut lui laisser du temps. Ma mère a perdu deux bébés et, à la mort du dernier, on a tous pensé qu'elle ne passerait pas au travers. Je ne voudrais pas vous effrayer, mais ça lui a pris un an jour pour jour avant qu'elle soit capable de faire son ouvrage. Elle passait ses grandes journées à bercer la couverte de mon petit frère. On avait beau tout faire pour attirer son attention, elle ne nous regardait même pas. Un beau matin, elle s'est levée, elle est allée mettre son tablier et s'est mise en frais de préparer le déjeuner pour tout le monde.

— Qu'est-ce qui était arrivé ?

— Rien de spécial, en tout cas pas à notre connaissance. Elle s'est assise à la table, une fois que tout le monde a été servi, et elle nous a parlé comme elle avait l'habitude de le faire avant que mon petit frère meure.

— Et elle n'a plus jamais replongé ?

— Non ! Et elle n'a plus jamais prononcé le nom des deux enfants qu'elle avait perdus. Si par malheur quelqu'un s'échappait, elle le ramassait comme une crêpe.

Gertrude pense à Marcella. Il est encore trop tôt pour comparer son état à celui de la mère d'Anita, mais elle commence à avoir hâte que sa sœur sorte de sa léthargie. Léandre est allé voir Camil au magasin et il lui a dit qu'elle passait ses grandes journées à pleurer. Le pauvre, il ne sait plus quoi faire. Ses parents s'occupent des enfants pour le moment, mais à l'âge qu'ils sont rendus, ils ne pourront pas le faire éternellement. Quant à Gertrude, elle peut les prendre chez elle quelques heures tout au plus. Sa maison est loin d'être aussi grande que celle de Marcella et ils sont déjà cinq à l'habiter, parfois six quand Joseph débarque.

— Je ne peux pas la laisser toute seule, confie Gertrude, elle a toujours été là pour moi. Je sais bien que ce n'est pas le bon moment, mais si tu pouvais t'occuper des enfants demain, j'irais passer la journée avec elle.

— Ça m'empêchera de penser. Si vous êtes d'accord, je les emmènerai piqueniquer sur le bord de la rivière.

— Ils vont être contents !

***

Lucille file s'asseoir sur sa chaise berçante en entrant dans la maison.

— Tu ne manges pas ? lui demande Joseph.

— J'ai mangé avec René, répond-elle en souriant.

— Mais tu ne le regardes même pas quand il vient !

— Eh bien, tu n'auras qu'à le lui demander, si tu ne me crois pas ! Si tu veux tout savoir, j'ai même fait le souper.

Joseph se lève et vient mettre sa main sur le front de sa femme pour vérifier si elle fait de la fièvre. Non seulement elle le laisse faire, mais elle sourit encore plus, ce qui est loin de le rassurer.

— Retourne t'asseoir, vieux fou, je ne suis pas malade, je suis juste allée voir mon fils.

— C'est justement ça qui m'inquiète. J'essaie de comprendre ce qui t'a pris.

C'est en posant les yeux sur le journal que tout s'éclaire. Sa femme a changé son fusil d'épaule à cause du geste héroïque de René. Pourquoi n'y a-t-il pas pensé ? Il n'est peut-être pas devenu aussi important qu'Adjutor, mais maintenant que tout le monde le connaît, elle serait bien mal placée pour l'ignorer. Comme si elle lisait dans ses pensées, Lucille ajoute :

— Tu aurais dû voir son air, quand je lui ai dit que je me souvenais de tout ce qu'il aimait… comme si une mère pouvait oublier ça. Une chance que je ne suis pas susceptible… Ah oui, je lui ai dit de venir manger demain soir.

Cette fois, c'en est trop pour Joseph. Il sort sa pipe de sa poche et se met en frais de la bourrer. Décidément, il ne comprendra jamais cette femme dont il partage pourtant la vie depuis plusieurs décennies. Elle n'en fait toujours qu'à sa tête sans se préoccuper le moindrement du monde des gens qui l'entourent. Qu'elle ait renoué avec René devrait réjouir Joseph, mais ce n'est pas le cas. Elle va lui faire les yeux doux jusqu'au jour où elle décidera de virer le cul à la crèche sans aucune raison. René a sauvé la vie d'une famille, mais il n'a pas marié une femme de la noblesse italienne, et il ne s'est pas fait prendre en photo avec le pape non plus. Contrairement à Adjutor, René n'est qu'un héros qui sera très vite relayé aux oubliettes.

— Depuis le temps que tu souhaitais que je passe l'éponge, lance Lucille, tu pourrais au moins changer d'air.

— Je mettrais ma main au feu que ça va être juste un feu de paille. Tu es bien trop rancunière pour lui pardonner d'avoir osé lever la main sur toi.

Lucille lève les yeux sur son mari et lui fait un petit sourire en coin avant d'ajouter d'un ton moqueur :

— Moi qui pensais que tu serais content…

— Ah ! pour être content, je le suis, mais tu peux être certaine que je vais avertir René de ne pas se faire d'illusions, parce que ça ne durera pas. Je n'en reviens pas de voir à quel point tu peux être méchante, même avec tes propres enfants.

Joseph se lève et il va chercher sa bouteille de whisky avant de sortir de la maison par la porte d'en avant.

— Ne m'attends pas !

Même si René ne reste pas très loin, Joseph commence déjà à regretter de ne pas avoir pris la voiture, surtout que Lucille n'a sûrement pas dételé le cheval. Il faudra qu'il pense à le faire quand il reviendra de chez son fils. Une fois devant la maison de René,

Joseph hésite quelques secondes avant d'entrer dans la cour. Il prend une bonne bouffée d'air, attrape son courage à deux mains et marche d'un pas rapide jusqu'à l'arrière de la maison.

— Papa ? s'étonne René en le voyant apparaître devant lui.

— Il faut que je te parle de ta mère, mon garçon !

Chapitre 13

Laurier n'est pas rentré dormir pendant deux nuits. Charlotte ignore totalement où il les a passées et, d'une certaine façon, ça lui importe peu. En fait, au lieu de s'en inquiéter, Charlotte a attendu calmement qu'il revienne. Quand il a fini par réapparaître, il est resté à peine quelques heures et il est reparti avec son bagage. Il y a longtemps que son couple n'est plus ce qu'il a déjà été, alors elle s'accommodera comme toutes les autres fois de ce qu'il deviendra. Elle comprend très bien que Laurier ait besoin de temps pour digérer la présence de Céline dans sa maison. D'un autre côté, Charlotte n'a pas eu à s'habituer à sa nouvelle réalité. Céline est là et, pour elle, la transition s'est faite d'elle-même. Les deux femmes n'ont pas encore eu de grandes conversations, mais l'atmosphère de la maison est très bonne. Pour tout dire, elle est meilleure qu'avant l'arrivée de la jeune femme. Le simple fait de ne plus être seule à longueur de journée avec ses enfants ravit Charlotte. Et pour les travaux ménagers, Céline est un vrai cadeau du ciel. Charlotte n'oublie pas pour autant qu'elle est celle qui a mis Raymond au monde, mais ce n'est pas quelque chose auquel elle pense continuellement.

Charlotte s'est creusé les méninges depuis la visite surprise de Marie-Paule quant à ce qu'elle devrait lui dire pour expliquer la présence de Céline chez elle. Vu que les deux sœurs n'habitent pas à proximité, elle pourrait lui faire accroire à peu près n'importe quoi. Au final, Charlotte a décidé de lui avouer la vérité. Soit elle le fait, soit sa sœur finira par la trouver toute seule. Et puis, Marie-Paule sera une bonne alliée pour déjouer les soupçons du reste de la famille.

— Je rêve ou quoi? s'écrie Marie-Paule en se levant comme si quelqu'un avait soudainement mis des dizaines de charbons ardents sous ses fesses. La femme que tu viens de me présenter est vraiment la mère de ton petit Raymond?

— Oui! confirme Charlotte en lui faisant un demi-sourire.

— Mais à quoi as-tu pensé? la questionne Marie-Paule en se plantant devant sa sœur. Je n'arrive pas à croire que tu vas partager ta vie avec la mère de ton fils et la maîtresse de ton mari? Es-tu tombée sur la tête?

Charlotte s'attendait à une réaction de la part de sa sœur, mais pas aussi musclée. Elle hausse les épaules et fronce les sourcils sans la quitter des yeux.

— Veux-tu bien m'expliquer ce qui t'a pris?

— Parle moins fort, s'il te plaît, l'implore Charlotte, si j'avais voulu que toute la ville soit au courant de mes affaires, j'aurais mis une annonce dans le journal. Viens t'asseoir, je vais tout t'expliquer.

Marie-Paule soupire un bon coup avant de se laisser tomber sur le banc.

— Je t'écoute, dit-elle en se redressant.

Les explications de Charlotte prennent à peine quelques minutes.

— Et c'est tout? lui demande Marie-Paule.

— Pour le moment, c'est tout ce que je peux te dire.

— Mais comment vas-tu faire pour vivre sous le même toit que la maîtresse de ton mari? Y as-tu seulement pensé?

— Si tu veux tout savoir, pas vraiment. Avec tout ce qui m'arrive depuis une couple d'années, je marche à l'instinct et je ne m'en porte pas plus mal. J'ai deux beaux enfants en santé et un mari qui fait des efforts pour être un bon père.

Marie-Paule regarde sa sœur en secouant la tête de gauche à droite. Plus Charlotte vieillit, plus elle la décourage. Comme si ce n'était pas suffisant qu'elle ait couché avec un autre homme, voilà maintenant qu'elle prend la maîtresse de son mari, ou peut-être plutôt une de ses maîtresses, chez elle comme bonne. Décidément, Marie-Paule ne la comprend plus.

— Tu as toujours été naïve, ma pauvre Charlotte, mais là c'est pire que pire. Si tu crois que les choses vont se passer comme tu le souhaites, tu te trompes. Mets-toi à la place de Laurier rien qu'une minute. Accepterais-tu la présence de Céline dans ta maison ?

— Et si c'était lui qui se mettait à ma place, pour une fois ? La chaise n'est pas plus confortable de mon côté, mais je fais avec, parce que cette femme ne méritait pas ce que mon cher mari lui a fait.

— Mais elle n'avait qu'à lui dire non !

Cette fois, c'est à Charlotte d'avoir du mal à croire ce qu'elle entend.

— Si j'avais su, jamais je ne t'aurais dit la vérité. Céline est une bonne personne, et c'était le seul moyen que sa vie ne se transforme pas en cauchemar parce qu'elle était tombée un jour en amour avec un homme marié. Je ne te retiens pas. Tout ce que je te demande, c'est de t'en tenir au fait que j'ai une bonne et qu'elle s'appelle Céline, si quelqu'un de la famille te pose des questions. Pour le reste, je m'arrangerai.

— Mais où veux-tu que j'aille, objecte aussitôt Marie-Paule, je suis à pied.

— Tu n'as qu'à prendre ma voiture, j'emprunterai celle de mon voisin si j'ai besoin de sortir.

Et Charlotte relève ses jupes avant de s'éloigner. Au moment où elle pose le pied sur la première marche de la galerie, elle entend Marie-Paule qui l'appelle. Elle hésite pendant quelques secondes et elle se retourne pour attendre la suite.

— Je suis désolée.

Marie-Paule a parlé tellement bas que Charlotte a deviné à son air ce qu'elle avait dû lui dire. Elle va la rejoindre et lorsqu'elle se retrouve à sa hauteur, elle lui dit:

— Alors? Tu restes ou tu pars?

— Je vais rester et je… m'excuse d'avoir aussi mal réagi.

— Je ne m'attendais pas à ce que tu sautes de joie, mais juste que tu comprennes. Tu es ma sœur et tu es la seule personne à qui je peux me confier. Je suis peut-être naïve, mais je le suis beaucoup moins que tu penses. J'ai fait ce que je croyais être le mieux pour tout le monde et si j'ai fait une erreur, eh bien, je vivrai avec les conséquences. J'ai trompé Laurier, c'est vrai, mais ça ne fait pas de moi une mauvaise personne pour autant, sauf peut-être aux yeux de Dieu, mais ça je le saurai seulement quand je ne serai plus de ce monde. Et…

La voix brisée par l'émotion, Charlotte se jette dans les bras de sa sœur et elle laisse libre cours à la peine qu'elle refoule depuis l'arrivée de Céline dans sa vie.

— Ça va aller, lui dit Marie-Paule en lui tapotant le dos, je suis là et je serai toujours là pour toi.

— Et…

— Shut…

— Laisse-moi finir. Je suis mal placée pour tirer la pierre à qui que ce soit, mais mon mari a fait un enfant à une autre femme et la conséquence de son geste est qu'il devra partager sa maison avec elle, parce que je ne l'abandonnerai pas.

Marie-Paule se recule un peu et elle prend le visage de sa sœur entre ses mains.

— Mais tu n'as pas peur qu'il reprenne du service avec elle, maintenant qu'elle est à portée de main ?

— Crois-moi, il a intérêt à ne pas toucher à un de ses cheveux.

— Et Céline ?

— Ne me demande pas pourquoi, mais j'ai confiance en elle.

Charlotte renifle un bon coup et elle s'essuie les joues avec le revers de sa manche. S'il est déjà arrivé à Marie-Paule d'envier sa sœur, ce n'est pas le cas aujourd'hui. Elle la plaint de toutes ses forces d'avoir épousé un homme comme Laurier. Mais il y a une question qui lui brûle les lèvres depuis le jour où elle a su le fin fond de l'histoire qui entoure l'adoption du petit Raymond et c'est sans réfléchir qu'elle la pose.

— As-tu déjà pensé que Céline n'est peut-être pas la seule ?

— J'ai peur de devenir folle si j'y pense, répond aussitôt Charlotte.

— Excuse-moi, dit Marie-Paule, je n'aurais pas dû t'en parler.

— Je ne t'en veux pas.

Charlotte sourit à sa sœur avant de la prendre par le bras. Elle l'entraîne ensuite en direction de la maison et lui dit d'un ton joyeux :

— Viens, que je te présente Céline.

* * *

La première chose que Lucille a exigé d'Adrien lorsqu'il est entré pour prendre son petit déjeuner ce matin, c'est de la conduire chez Marcella. Normalement, il trouve cinquante excuses pour se soustraire à toutes ses demandes, mais considérant l'état de sa sœur, il n'a pas hésité une seule seconde.

— Viens me chercher dans une heure, lui ordonne Lucille sans lui demander son avis.

— Je risque de retarder un peu, répond Adrien juste pour la contrarier, j'ai pas mal d'affaires à acheter au magasin général.

— Ne lambine pas trop ! l'intime Lucille d'un ton sévère.

Lucille n'est pas dupe, elle voit bien qu'Adrien n'est plus le même avec elle depuis qu'elle a emprunté son auto. Il lui en veut à mort d'avoir pris son nouveau jouet, mais il va devoir s'en remettre, parce que sa mère a bien l'intention de récidiver. Il a beau l'avoir menacée de la faire mettre en prison si jamais elle y retouchait, mais il ne l'impressionne pas. Elle le connaît, son Adrien, et il n'oserait pas la faire arrêter, même pour son auto. Et s'il le fait, eh bien, elle n'aura qu'à demander à monseigneur de la faire sortir. Après tout, emprunter l'auto de son fils n'a jamais été un crime, à ce qu'elle sache ! D'ailleurs, il faudrait bien qu'elle retourne se confesser bientôt. Ce n'est pas parce qu'elle a commis tant de péchés, et puis de toute façon, elle en a toujours tout un assortiment en réserve, mais à l'air qu'avait le protecteur d'Adjutor, elle a très vite compris qu'il valait mieux ne pas laisser trop de temps entre deux confessions si elle veut qu'il s'assouplisse un peu. À vrai dire, il était aussi raide qu'un manche à balai, et si elle avait été susceptible, elle lui aurait dit de laisser faire. Si elle avait écouté Anna, elles seraient parties au premier signe de contrariété de monseigneur. Heureusement, Lucille ne se laisse pas impressionner par son opulence. Il peut regarder tout le monde de haut s'il le souhaite, mais il ne parviendra pas à l'intimider. Elle l'a choisi comme confesseur, et il doit s'acquitter de sa tâche, que ça lui plaise ou non. Et puis, il devrait la remercier de lui avoir trouvé un jeune prometteur pour devenir prêtre. Émile sera parfait, de cela, Lucille ne doute pas une seconde.

Lucille frappe à la porte de la maison de Marcella et elle tape du pied en attendant qu'elle daigne venir lui ouvrir, ce qui tarde à se produire. Quand elle voit que personne ne vient, au lieu de frapper de nouveau, Lucille tourne la poignée et entre.

— Depuis quand tu ne réponds plus à la porte ? s'écrie-t-elle d'une voix forte. J'aime autant te dire que si tu es couchée, tu vas devoir te lever. Il est plus de neuf heures et l'avenir appartient aux gens qui se lèvent tôt. N'attends pas que j'aille te sortir de ton lit, parce que tu vas t'apercevoir que je suis beaucoup moins patiente que ta sœur.

La maison est si silencieuse qu'on pourrait entendre une mouche voler. Lucille file à la chambre de sa fille sans perdre une seconde. À première vue, elle ne voit pas âme qui vive. Elle s'approche et réalise très vite qu'il y a quelqu'un sous les couvertures. Lucille s'avance à la tête du lit et elle tire aussi fort qu'elle peut.

— Laissez-moi dormir ! s'écrie Marcella en se tournant sur le ventre.

— Tu as exactement trente secondes pour te lever. Grouille-toi !

— Mais je ne peux pas, gémit Marcella. Vous n'avez pas l'air de comprendre, mon petit garçon est mort pendant son sommeil il y a à peine une semaine.

— Je sais tout ça, riposte Lucille, j'en ai perdu deux exactement de la même manière. Ce n'est pas en restant couchée que tu vas passer au travers.

— Vous ne comprenez pas, je…

— C'est justement parce que je comprends que je suis ici. Tu te lèves et tu viens manger.

Marcella lève un regard noir sur sa mère. Pourquoi a-t-il fallu qu'elle vienne la voir maintenant, alors qu'elle ne le fait jamais habituellement ? Elle voudrait bien se lever et reprendre une vie normale, mais elle en est incapable. On dirait que toutes ses forces l'ont abandonnée au moment où elle a découvert son fils sans vie. Elle aura beau vivre cent ans, jamais elle ne pourra oublier l'image de son bébé. À part les quelques rares moments où elle parvient à dormir, cette dernière ne la quitte plus. Marcella fait un effort surhumain pour lever la tête de son oreiller et elle la laisse aussitôt retomber. Elle se sent aussi molle que la poupée de chiffon de la plus jeune de ses filles. De grosses larmes coulent sur ses joues. Lucille la regarde, mais sa tristesse ne lui fait aucun effet, du moins en apparence. Elle ne garde qu'une chose en tête, Marcella doit se lever au plus sacrant, parce que plus elle va attendre pour reprendre sa routine, plus ce sera dur, et elle en sait quelque chose. Lucille s'approche de sa fille et elle la saisit par le bras.

— Aide-toi un peu, si tu ne veux pas que je te traîne jusqu'à la cuisine, dit-elle d'un ton autoritaire.

— Je ne…

— Tu viens de gré ou de force, mais tu viens. Je vais te préparer à manger.

Marcella devrait être touchée que sa mère lui fasse une telle offre, mais tout ce qu'elle veut c'est qu'elle s'en aille, qu'elle la laisse seule.

Lorsque Lucille réalise que Marcella ne bougera pas d'un cil, elle s'approche et l'agrippe par le bras pour l'extirper du lit avant même qu'elle ait le temps de réaliser ce qui lui arrive. Un bruit sourd se fait entendre dans la pièce, mais il ne suffit pas à sortir

Marcella de sa léthargie. Elle a mal, mais la douleur qui lui brûle la poitrine dépasse largement celle de son corps qui vient d'être propulsé sur le plancher.

— Debout, crie Lucille d'une voix assez forte pour réveiller un mort.

Comme elle n'obtient toujours aucune réaction, Lucille la tire avec la force du désespoir pour la sortir de la chambre. Elle l'a à peine traînée quelques pieds sur le plancher qu'elle entend une toute petite voix :

— Arrêtez, vous me faites mal.

— Tu sais ce que tu as à faire, réplique aussitôt Lucille.

— Aidez-moi à me lever, la supplie Marcella.

Lucille sourit intérieurement. La partie n'est pas gagnée, mais c'est un début. Elle supporte Marcella même lorsqu'elle est sur ses pieds et la conduit jusqu'à la cuisine.

— Qu'est-ce que tu aimerais manger ? lui demande Lucille une fois qu'elle est assise à table.

— Je n'ai pas faim.

— Ne joue pas à ce petit jeu avec moi, la met en garde Lucille.

Marcella soupire un bon coup avant de répondre.

— Une tranche de pain avec de la mélasse.

— Je vais te faire des œufs et du gruau, dit Lucille, tu as besoin de reprendre des forces. Tu as les joues tellement creuses qu'on jurerait qu'elles sont collées ensemble.

Même si elle meurt d'envie de s'opposer, Marcella n'en fait rien. Elle connaît sa mère et elle sait d'avance que c'est elle qui aura le mot de la fin. Elle n'a pas faim et elle ignore si elle sera capable d'avaler une seule bouchée, mais elle ne peut rien faire pour se sortir de ce guêpier.

Lorsque Lucille dépose une assiette remplie à ras bord devant Marcella, toute cette nourriture lui donne envie de vomir.

— Je t'avertis, dit Lucille, je ne partirai pas d'ici tant que tu n'auras pas vidé ton assiette et que tu n'auras pas fait ta toilette. Et tu as intérêt à te dépêcher, parce que ton frère doit venir me chercher dans moins d'une heure.

Les derniers mots de Lucille sont tellement doux à l'oreille de Marcella qu'elle pique courageusement sa fourchette dans ses œufs et la porte à sa bouche. Elle est aussitôt prise d'un haut-le-cœur, mais elle prend sur elle et mâche sa bouchée jusqu'à ce qu'elle soit réduite en purée. Assise devant elle, Lucille épie chacun de ses mouvements. Elle n'est pas née de la dernière pluie, elle peut se glorifier de la voir manger, mais il faut plus que ça pour que Marcella tienne le coup. Lucille réfléchit à ce qu'elle pourrait faire de plus. Quand sa fille vient enfin à bout de vider son assiette, Lucille a une idée. Elle va chercher la théière, remplit les tasses et elle prend la parole.

— Dans mon temps, on perdait un bébé à cinq heures, puis à cinq heures et cinq, il fallait retourner à nos chaudrons. Tu sais comme moi qu'on ne fait pas son deuil en cinq minutes…

Et Lucille lui raconte ce qu'elle n'a jamais dit à personne. Les yeux rivés sur sa mère, Marcella l'écoute religieusement. Ce qu'elle entend lui montre le côté tendre de sa mère, celui-là que Lucille ne montre qu'aux étrangers. Marcella se reconnaît dans son histoire, et ça lui fait du bien.

Lucille poursuit son récit d'une voix monocorde jusqu'au bout. Elle s'essuie les yeux d'un geste rapide et dit après s'être raclé la gorge :

— Va faire ta toilette maintenant !

Contre toute attente, Marcella se lève et s'exécute sans rouspéter pendant que Lucille va faire son lit. Marcella n'a pas moins mal, mais sa mère vient de lui démontrer qu'elle n'en mourra pas. Elle sait aussi que rien ni personne ne pourra jamais lui faire oublier son petit garçon. Alors qu'elle enfile une robe propre, un petit sourire se dessine doucement sur ses lèvres sans qu'elle s'en rende compte. Lorsqu'elle rejoint sa mère dans la cuisine, trois petits coups secs frappés sur la porte de côté la font sursauter.

— Entre Adrien ! s'écrie-t-elle.

— Comment as-tu su que c'était moi ? s'étonne Adrien en mettant les pieds dans la maison.

— La mère m'avait dit que tu viendrais la chercher dans une heure.

— J'ignore ce qu'elle t'a fait, mais tu as bien meilleure mine.

— Je serai ici à la même heure demain matin, confirme Lucille d'un ton autoritaire. Et cette fois, c'est toi qui me feras à déjeuner.

L'instant d'après, Lucille se tourne vers Adrien et lui dit :

— Allons-y ! J'ai promis à Anna d'aller la voir.

Marcella se doutait bien que la sensiblerie de sa mère ne durerait pas. Elle referme la porte sur elle, et au lieu d'aller se recoucher, elle commence à ranger sa maison.

Pendant ce temps-là dans l'auto, Lucille babille sans qu'Adrien lui porte grande attention jusqu'à ce qu'elle lui dise toutes les places où elle veut qu'il la mène au cours des prochains jours.

— Wo ! s'exclame-t-il. Je ne suis pas à votre service, je suis roulier.

— Mais tu es mon fils et tu as le devoir de me conduire partout où je veux aller.

— Vous n'avez qu'à demander à Arté…

— Ton frère n'a pas d'auto, lui.

Prendre sa mère de front ne lui a jamais réussi, c'est pourquoi Adrien cherche un autre moyen de s'en sortir.

— Laissez-moi vérifier mes engagements et je vous en reparle.

— Tu n'auras qu'à les annuler !

— Désolé, mais ça ne marche pas de même. J'ai une réputation à défendre.

L'occasion de faire une remontrance à son fils est trop belle pour que Lucille la laisse passer.

— Sauf quand l'appel de la bouteille est plus fort que ta réputation, dit-elle d'un petit air pincé.

Cette fois, c'en est trop pour Adrien. Il freine brusquement, ce qui propulse Lucille vers l'avant.

— Donne-moi le volant, si tu n'es pas capable de conduire comme du monde, s'écrie-t-elle.

— Je vous interdis de toucher à mon volant une autre fois.

— Je n'ai pas d'ordre à recevoir de toi, mon garçon. Emmène-moi vite chez Anna.

Adrien est en colère, mais il se tait. Il vaut mieux qu'il suive le conseil de Marie-Paule : *Ne perds pas ton temps à t'obstiner avec ta mère. Le temps venu, tu n'auras qu'à la mettre devant les faits. Après tout, tu n'es pas son seul fils.*

— Il faudrait que tu demandes à Marie-Paule de remplir mon armoire de conserves, dit Lucille comme si de rien n'était, parce que je n'ai plus rien à manger.

— On va justement faire boucherie, lance Adrien, alors vous aurez toute la viande qu'il vous faut pour remplir vos pots.

Si Adrien pensait faire plaisir à sa mère, il n'en est rien.

— Tu devrais savoir que ce n'est plus de mon âge, de faire des conserves.

— C'est drôle, riposte-t-il, la belle-mère fait encore les siennes, elle.

S'il y a une chose que Lucille déteste, c'est bien de se faire comparer à Alida. Depuis qu'il est marié à sa fille qu'Adrien ne tarit pas d'éloges à son égard, et ça a le don d'enrager Lucille. Au lieu de répondre, elle se renfrogne dans son siège jusqu'à ce qu'Adrien arrête son auto devant la maison d'Anna.

* * *

Depuis qu'il a reçu la lettre d'Adjutor l'informant qu'il est attendu à Rome sitôt la guerre terminée, monseigneur Labrecque la lit tous les jours. Il ignore ce que sa visite sur le vieux continent donnera, mais il demeure confiant. Adjutor a parlé de lui à son ami en termes élogieux et ça ne peut que porter fruit. Depuis, il vaque à ses occupations le cœur léger et prie dès qu'il a une minute à lui pour que la guerre finisse enfin. Il prie aussi pour que Lucille ne vienne pas se confesser trop souvent. Il s'est toujours efforcé d'aimer tout le monde, mais il est incapable d'aimer cette femme, et puis il se demande réellement comment elle a pu engendrer un être aussi merveilleux qu'Adjutor. Comme il se plaît à penser : *Les voies du Seigneur sont parfois impénétrables.* Ce n'est qu'ainsi qu'il parvient à garder son calme lorsque Lucille se retrouve en face de lui. Il a beau essayer de lui trouver quelque chose de bien, mais c'est peine perdue. Sa seule vue le dérange au point qu'il se mettrait à crier de toutes ses forces, et sans aucune raison, s'il ne se retenait pas. Monseigneur plaint sincèrement Joseph d'être pris avec elle. Le pauvre homme transpire la bonté par tous les pores de sa peau, tandis que sa femme est une vraie mégère. Il arrive à monseigneur de penser qu'il n'y a pas si longtemps, Lucille aurait sûrement fini brûlée sur la place publique. Lorsqu'une telle pensée envahit son esprit, il récite une dizaine de chapelets. Il doit reconnaître qu'il n'en a jamais dit autant que depuis le jour où il est débarqué chez les Pelletier pour leur donner des nouvelles de leur fils. Monseigneur était tellement outré de l'attitude de Lucille qu'il avait cassé les oreilles de son secrétaire pendant tout le chemin du retour en bavassant sur son cas. Il s'était même excusé auprès de lui alors que les excuses, signe de faiblesse évident, sont loin d'être son fort. Quand il pense à Adjutor, il gonfle la poitrine. Son protégé est bien trop fier pour s'excuser de tout ce qu'il lui a fait endurer depuis quelque temps, mais c'est une qualité que monseigneur apprécie beaucoup chez lui. La plupart des curés qu'il rencontre sont prêts à lui lécher les bottes pour un peu d'avancement. Au lieu de leur apporter la gloire comme ils le souhaitent, leur attitude n'a d'autre effet que de les confiner au fond des campagnes pour le reste de leurs jours.

Monseigneur doit reconnaître que Lucille a fait un bon coup en lui envoyant son petit-fils Émile. Il est même surpris de la performance du jeune homme à ce jour. S'il ne tient qu'à lui, il ira loin, même qu'il le verrait très bien prendre sa place. Il a d'ailleurs écrit à Adjutor hier pour l'en informer. Reste maintenant à regarder aller sa nouvelle recrue. Il ne serait pas le premier à passer à côté de la chance qui lui est accordée sous prétexte que sa grand-mère et ses parents l'ont obligé à devenir prêtre. Les jeunes d'aujourd'hui ne sont plus dociles comme avant. Certains vont jusqu'à préférer une vie de misère à celle dans les ordres où ils sont assurés d'avoir un toit sur la tête et de quoi manger trois fois par jour. Monseigneur se demande bien où s'en va le monde, et il n'ose pas penser à ce qu'il sera lorsque les hommes reviendront de l'autre bord. Tirer sur son prochain à longueur de journée ne peut pas faire autrement que de marquer le plus résistant des hommes au plus profond de son âme.

Monseigneur sort la montre que son père lui a offerte le jour où il a été ordonné prêtre et il réalise très vite qu'il a à peine le temps de revoir quelques points avant que le remplaçant d'Adjutor se pointe à son bureau. Il aurait dû le rencontrer bien avant, mais il a décidé de le laisser poiroter un peu. Monseigneur convient que le statut de curé confère certains privilèges sur lesquels il peut fermer les yeux assez facilement, mais jamais il ne défendra ceux qui s'en prennent à un enfant. Malheureusement, la vie lui a appris que ce genre de travers est là pour rester malgré tous les efforts qu'un homme peut faire pour s'en éloigner. C'est pourquoi il a décidé après mûre réflexion d'envoyer celui-là travailler comme aumônier au couvent. Si par malheur, il s'en prenait aux religieuses, eh bien, il n'y aurait pas de quoi fouetter un chat. Monseigneur a pour son dire qu'elles sont capables de se défendre. Et puis, d'autres l'ont fait avant lui, et d'autres le feront sûrement après.

Pressé de régler cette affaire, monseigneur se dépêche d'aller répondre lorsqu'il entend frapper. Au lieu du curé qu'il attend, il se retrouve face à face avec un quêteux. Sans réfléchir, il lui claque la porte au nez et court jusqu'au bureau de son secrétaire.

— Débarrassez-nous-en une fois pour toutes!

L'homme relève la tête de ses papiers et fixe monseigneur avec des points d'interrogation dans les yeux.

— De qui d'autre que le quêteux qui passe son temps à venir frapper ici voulez-vous que je parle? lance monseigneur d'un ton chargé d'impatience. On a fait largement notre part, envoyez-le dans une des paroisses environnantes.

— Je m'en occupe, confirme le secrétaire, mais je ne garantis pas que je vais réussir à le convaincre d'aller ailleurs. Comme je vous l'ai déjà dit, il croit dur comme fer qu'il recevra plus d'indulgences s'il réussit à passer la nuit ici.

— Eh bien, vous n'avez qu'à lui en promettre trois fois plus s'il ne dort pas ici.

— Et s'il veut à tout prix baiser votre bague ?

Monseigneur commence sérieusement à perdre patience et il ne fait rien pour s'en cacher.

— Vous n'aurez qu'à lui dire que je l'ai perdue…

Lorsqu'il réalise ce qu'il vient de dire, monseigneur se met à rire.

— Dites-lui ce que vous voudrez, mais débarrassez-nous-en au plus vite.

Et l'homme de Dieu file dans son bureau en prenant soin de fermer la porte derrière lui.

Chapitre 14

Personne n'en croit ses yeux dans la famille Pelletier. Marcella a repris sa besogne dès que sa mère est sortie de sa maison et elle n'a pas plié l'échine une seule fois depuis. L'image de son fils ne la quitte pas, mais elle fonce droit devant elle. Elle n'est pas pour autant en admiration devant tout ce que sa mère a fait, cependant elle en a pour sa force de caractère et c'est ce qu'elle s'efforce à voir en elle. En lui racontant son histoire, Lucille lui a démontré qu'elle doit continuer à vivre, même s'il y a une partie d'elle qui souffre, que c'est la seule façon de faire si elle ne veut pas sombrer dans la folie. Lucille est venue tous les matins pendant une semaine pour s'assurer qu'elle tenait le coup. La dernière journée, Marcella a osé lui poser la question qui lui brûlait les lèvres depuis si longtemps.

— Pourquoi vous ne vous leviez pas toute seule quand Gertrude était là ?

La réponse de Lucille n'a pas été immédiate. Elle a commencé par regarder sa fille, elle a ensuite penché la tête sur le côté et elle a pris une grande respiration. Suspendue aux lèvres de sa mère, Marcella attendait sa réponse avec impatience.

— Parce que…

Lucille s'est arrêtée là. Elle a haussé les épaules et elle a ajouté :

— … ce n'est pas de tes affaires.

Elle a tourné les talons et elle est allée attendre Adrien sur la galerie.

Marcella n'en revient toujours pas que sa mère ait osé agir ainsi avec elle. En même temps, c'est elle tout craché. Lucille n'est pas une femme à faire du sentiment très longtemps. Marcella le savait, et Lucille le lui a confirmé de manière brusque comme elle seule sait le faire. Marcella pourra ajouter un autre X sur le calendrier pour noter le jour où Lucille lui a ouvert son cœur le temps de quelques minutes. Ça a été un moment unique qui ne risque pas de se reproduire de sitôt.

Pour ce qui est des réveils de sa mère, Marcella a longtemps cherché à se les expliquer sans jamais réussir. Le faisait-elle uniquement pour faire la vie dure à Gertrude ? Et si c'était la seule motivation de Lucille, eh bien, elle mériterait d'aller brûler en enfer. Marcella se dit que c'est impossible. Comment sa mère aurait-elle pu jouer la comédie matin après matin pendant tant d'années pour le seul plaisir de faire de la misère à sa sœur ? Une chose est certaine, si c'est le cas, Lucille est encore plus méchante qu'elle le croit.

Marcella pense à Léandre et elle sourit. Bien qu'elle n'ait pas été beaucoup là pour lui pendant la dernière année, il a toujours été d'une patience d'ange et elle lui en est reconnaissante. Il fallait voir son visage quand il l'a vue en train de préparer le souper à son retour. Le pauvre, il avait les yeux dans l'eau. Quand il a su que Lucille était la responsable de ce revirement, il s'est écrié :

— Je ne me mettrai pas à l'aimer pour autant, mais j'ai ma petite idée pour la remercier, par exemple.

— Accorde-moi quelques jours avant de crier victoire, veux-tu ?

Léandre l'a regardée tendrement. Marcella lui a souri. Elle peut se tromper, mais elle a l'impression que quelque chose a changé dans le regard de son mari. Elle secoue légèrement la tête et lui lance :

— Tu ne vas quand même pas lui offrir un manteau de fourrure ?

— Comment le sais-tu ? s'inquiète Léandre.

— Un plus un, ça fait deux. Je te rappelle que tu en vends, ironise Marcella. Si c'est vraiment à ça que tu penses, ce n'est pas une bonne idée. Je te rappelle qu'elle en a brûlé un flambant neuf. Et la mère ne t'aimera pas plus, même si tu lui donnes la lune ! Crois-moi, elle ne mérite pas d'avoir un tel cadeau.

— Tu la connais plus que moi…

— Oui et vu le nombre de vacheries qu'elle a faites jusqu'à maintenant, elle peut se permettre quelques bonnes actions au passage.

Autant Marcella était sur le carreau, autant elle redouble d'ardeur à la tâche. Elle abat deux fois plus de besogne en une seule journée qu'avant. Elle a encore le cœur serré dans un étau, mais elle se sent mieux. Les plus vieux sont partis à l'école à la bonne heure ce matin et les plus jeunes s'amusent avec des blocs de bois dans la cuisine. Elle attend Gertrude. Les deux sœurs passeront une partie de la journée à faire de la compote de pommes. Les beaux-parents de Gertrude lui en ont donné un plein baril. Elles ont aussi prévu mettre du poulet en pot. Quatre grosses volailles cuisent depuis six heures ce matin et elles embaument toute la maison. S'il leur reste un peu de temps, elles ont l'intention de faire quelques recettes de sucre à la crème. Marcella se débrouille plutôt bien en cuisine, mais elle ne réussit jamais son sucre à la crème comme Gertrude. Elle a beau suivre ses conseils à la lettre, elle n'y arrive pas.

Lorsque la porte s'ouvre sur Gertrude et ses fils, les enfants de Marcella abandonnent aussitôt leurs blocs pour aller les accueillir.

— Tu ne devineras jamais ce que je t'ai apporté ! lance Gertrude d'un ton joyeux.

Curieuse comme une fouine, Marcella s'approche et tend la main. Gertrude y dépose une page de journal.

— Regarde la photo et lis l'article. Tu n'en reviendras pas !

Un manoir à faire rougir la famille Price de jalousie !

Adjutor Pelletier et sa charmante épouse posent fièrement devant leur manoir situé à Saint-Irénée. Grâce à eux, le petit village en bordure du fleuve ne sera plus jamais le même. Tous les habitants du village travaillent d'arrache-pied pour que leur ancien curé puisse emménager avant la rude saison.

— Et la mère non plus, confirme Marcella. Elle a usé la photo où son Adjutor est posé avec le pape à force de la montrer, j'imagine qu'elle va réserver le même sort à celle-ci. C'est quand même spécial. La famille Pelletier va avoir son manoir ! J'ai encore du mal à y croire.

— N'oublie pas la maison de René à Québec, ajoute Gertrude en riant. Des fois je me demande si Adjutor n'est pas obligé de se pincer pour être bien certain que tout ce qui lui arrive est vrai.

— En tout cas, si j'étais à sa place, je le ferais de temps en temps. Il aurait pu mourir sur le champ de bataille mais, au lieu de ça, il a gagné le gros lot.

— Réalises-tu seulement qu'il n'aura plus jamais besoin de se casser la tête pour trouver de l'argent ? lui demande Gertrude.

L'une comme l'autre y ont pensé plus d'une fois, et ce n'est pas parce qu'elles sont jalouses d'Adjutor. Elles ne manquent de rien, mais jamais elles n'auront de manoir comme lui. Jamais non plus, elles ne prendront le bateau pour aller voir les vieux pays. Elles ont toutes les deux marié des gars ordinaires et elles sont vouées à avoir une vie ordinaire, même si celle-ci est déjà beaucoup mieux que celle de bien des gens.

— Il faudrait être imbécile pour ne pas y penser. Toi et moi, nous devrons nous contenter de rêver alors que lui, il pourra se payer tout ce qu'il veut.

— Des fois je me demande comment un homme peut se sentir quand c'est sa femme qui a l'argent?

— Je ne peux pas parler pour Adjutor, mais d'après ce que j'ai vu, ça n'a pas l'air de trop le déranger.

— Il faut dire qu'il avait une longueur d'avance sur nous autres pour utiliser l'argent des autres.

Marcella regarde sa sœur en plissant les yeux. Elle ne comprend pas où Gertrude veut en venir.

— Laisse-moi t'expliquer, lui dit Gertrude. Les curés ne vivent pas tous richement, mais ils n'ont pas besoin de courir après rien. Les paroissiens satisfont tous leurs besoins avant les leurs. Il m'arrive de les comparer aux rois. Pendant que le peuple crève de faim, les rois ont toujours de quoi à se mettre dans le ventre.

— Je n'avais pas vu ça de même, ajoute Marcella, mais ça a du sens, ton affaire. En tout cas, moi je vivrais très bien dans l'abondance.

— À ma connaissance, à part les quêteux et encore, personne ne refuserait la richesse. Mais le plus beau dans tout ça, c'est qu'on va pouvoir en profiter nous aussi quand on va aller le visiter.

— Il va sûrement nous installer dans le pavillon.

— Faute d'être dans le manoir, on sera au moins à côté, lance Gertrude en riant. Bon, on est mieux de commencer si on veut finir.

* * *

Lucille ne tient plus en place depuis qu'Estrade est venu lui porter la fameuse page de journal que Gertrude et Marcella ont commentée en long et en large. Elle regarde le temps qu'il fait dehors, va chercher son sac de voyage et fourre quelques vêtements dedans. Si elle se dépêche, elle sera partie avant qu'Adrien finisse sa sieste. La photo du manoir inachevé d'Adjutor est bien belle sur papier, mais elle veut le voir de ses yeux. Elle sort de la maison en coup de vent et elle file au hangar. Elle lève la grande porte et dépose son sac sur le siège côté passager. Elle a été capable de se rendre à Chicoutimi sans aucun problème, ce qui lui fait dire qu'elle est prête à affronter un plus long voyage. Et puis, après tout, Saint-Irénée n'est pas au bout du monde. Si, dans le pire des cas, elle n'en pouvait plus de conduire, elle n'aurait qu'à s'arrêter au prochain magasin général et à trouver quelqu'un qui va dans la même direction qu'elle puis à lui donner le volant. Elle fait ce qu'il faut pour démarrer le moteur, mais il ne se passe rien. Elle essaie à nouveau, le résultat est le même. Folle de rage, elle frappe à grands coups de pieds sur l'auto et elle bougonne à haute voix : *On ne peut se fier à rien de nos jours. Adrien vient à peine de l'acheter et elle refuse déjà de démarrer. Hum !* Et elle reprend les gestes qu'Adrien lui a montrés sans le savoir, mais l'auto demeure silencieuse. Elle essaie une fois de plus. Rien ! La boucane commence à lui sortir par les oreilles. *Il faut que tu démarres !*

— Qu'est-ce que vous n'avez pas encore compris ? hurle Adrien à deux pouces des oreilles de sa mère. C'est mon auto, pas la vôtre ! Je le savais que je ne pouvais pas vous faire confiance. Sortez d'ici avant que j'oublie que vous êtes ma mère.

Lucille se tourne vers lui et elle le regarde dans le blanc des yeux sans broncher d'un cil. Elle met les mains sur ses hanches et lui hurle dans les oreilles :

— Ne t'avise pas de lever la main sur moi, parce que tu vas le regretter le reste de tes jours.

Adrien est si furieux qu'il ne voit plus clair. Si sa mère continue à s'en prendre à son auto, il devra la cacher pour dormir tranquille.

— N'essayez même pas de me renier, parce que je ne me laisserai pas faire. Je vous le dis pour la dernière fois, sortez d'ici et que je ne vous reprenne pas à voler mon auto. Vous ne me croyez pas, mais je vais vraiment vous faire arrêter par la police et je me mettrai en travers du chemin de tous ceux qui voudront vous sortir de prison.

Lucille voit rouge et elle pince les lèvres autant qu'elle peut. Elle les serre tellement fort qu'elles sont en train de devenir translucides. Elle a horreur d'être contrariée et, là, à cause de son imbécile de fils, elle ne pourra pas se rendre à Saint-Irénée comme elle l'avait prévu. Et cela la met hors d'elle. Elle se rapproche d'Adrien et lui dit d'un ton sifflant :

— D'abord, au cas où tu l'aurais oublié, je suis chez moi autant que toi. Ensuite, combien de fois devrai-je te répéter que ce qui est à toi est aussi à moi ? Aussi bien t'y habituer tout de suite, parce que je vais prendre ton auto chaque fois que j'en aurai envie.

Les mots de Lucille atteignent Adrien de plein fouet. C'est donc ça. Parce qu'il habite dans la même maison, sa mère peut s'approprier tout ce qu'il a, ou plutôt le peu qu'il a.

— Vous…

— Laisse-moi finir ! l'intime Lucille en lui donnant une claque sur la poitrine. Finalement, tasse-toi de mon chemin si tu veux que je sorte d'ici.

Habitée par une colère sourde, Lucille pousse Adrien de toutes ses forces et elle sort du hangar comme une furie. Elle passe à un cheveu d'entrer en collision avec Marie-Paule, mais elle ne la voit même pas.

— Veux-tu bien me dire ce qui se passe ? s'informe cette dernière. Je t'entendais crier jusqu'en haut.

— Ce qui se passe ? La mère était encore en train de voler mon auto.

— Au moins, cette fois, tu es arrivé à temps.

— Oh non! Si je n'avais pas pris la peine de débrancher un fil, elle serait déjà loin. Je ne sais pas ce qu'elle a dans la tête, mais je commence à en avoir vraiment assez.

Adrien lui répète ce que sa mère lui a dit à propos de ce qu'il possède.

— Je suis désolée de te dire ça, mais je pense que ta mère est folle.

— Et c'est seulement aujourd'hui que tu t'en rends compte, ironise Adrien en se grattant le front. Je n'ai plus le choix, il faut que je trouve un autre endroit pour serrer mon auto.

— Même si tu allais la mettre dans la grange chez René, elle finirait par la trouver. Est-ce qu'elle t'a dit où elle allait, cette fois?

— Je ne lui ai pas demandé. Si je me fie à la photo du manoir d'Adjutor qu'il y avait dans le journal, elle s'en allait sûrement à Saint-Irénée.

— Es-tu en train de me dire qu'elle aurait conduit ton auto jusque-là?

Adrien hausse les épaules. Sa mère est assez débrouillarde qu'elle aurait fini par se rendre. Quant au comment, ça, il l'ignore, et c'est peut-être mieux ainsi.

— Viens, dit Marie-Paule en prenant son mari par le bras.

— Attends un peu! Je vais vérifier si elle a mis ses affaires dans mon auto.

Quand Adrien aperçoit le sac de voyage de sa mère, il devient cramoisi. Il ne s'est pas trompé, sa mère aurait pris la direction de Saint-Irénée. Il secoue la tête de gauche à droite et saisit l'intrus d'une main. Il ferme doucement la portière et sort du garage avec sa femme. Il avance jusqu'à la galerie qui mène chez sa mère et il le lance de toutes ses forces pour qu'il aille frapper dans la porte. Ce qu'il ne sait pas, c'est que Lucille a traversé directement chez Étiennette en sortant du hangar et qu'elle est déjà en route pour le magasin général où elle trouvera certainement quelqu'un pour l'emmener à destination avant la nuit. Pour les vêtements, elle s'est dit qu'Arabella n'aurait qu'à lui en prêter.

— Je ne t'ai jamais vu aussi fâché, risque Marie-Paule.

— C'est parce que je ne suis pas fâché, je suis enragé. Je te jure que c'est la dernière fois qu'elle me fait le coup. J'ignore encore ce que je vais faire pour protéger mon auto de ses assauts, mais fais-moi confiance, je vais trouver.

— Tu devrais en parler à Jean-Marie. Son voisin avait la fâcheuse habitude de venir voler tout ce qu'il mettait dans sa remise. Je ne me souviens pas de ce qu'il a fait, mais tout ce que je sais, c'est que le voisin a goûté à sa médecine une seule fois et il ne s'est jamais réessayé à voler chez lui.

— Penses-tu qu'il est chez lui?

— Difficile à dire. Tu n'as qu'à sauter dans ton auto et à aller voir.

Adrien retourne au hangar avec Marie-Paule sur les talons et ferme la grande porte derrière lui. Il rebranche un fil à l'avant et démarre son auto sans aucune difficulté.

— C'est donc ça? lance Marie-Paule d'un ton moqueur.

— Si jamais tu en parles à ma mère, la gronde Adrien son index dans les airs, tu vas avoir affaire à moi.

— Et je suis morte de peur!

Adrien fait un petit sourire à sa femme, sourire qui s'efface aussi vite qu'il est venu.

— Pourrais-tu ouvrir la porte pour moi ? Je vais aller voir ton frère et j'en profiterai pour m'acheter des bottes, les miennes prennent l'eau.

Sur le chemin qui le mène au magasin général, Adrien n'arrive pas à penser à autre chose qu'à ce que sa mère vient de lui faire et de lui dire. Joseph ne sera pas content quand il va apprendre la nouvelle, mais il ne pourra pas faire grand-chose lui non plus. Quand Lucille a quelque chose en tête, elle ne l'a pas dans les pieds. Adrien stationne son auto devant le magasin général, à la vue de tous. Il y a toujours quelqu'un qui vient le féliciter de son choix, ce qui lui fait un petit velours. Adrien salue quelques connaissances au passage et cherche Camil du regard.

— Salut, le beau-frère, s'entend-il dire.

— Eh ! Je te cherchais justement. Aurais-tu des bottes pour moi ?

Camil voit tout de suite au ton d'Adrien qu'il y a quelque chose qui ne va pas à son goût.

— Qu'est-ce qui se passe avec toi, le beau-frère ? le questionne Camil. On dirait que tu viens d'enterrer ta mère.

— Si au moins c'était ça.

Et Adrien se met en frais de lui raconter son histoire. Camil n'en revient pas.

— Je te plains de tout mon cœur. Elle est mûre pour être enfermée.

— Tout ce que je peux te dire, c'est qu'aujourd'hui, je serais le premier à la pousser en dedans.

Arrivée au magasin général avant Adrien, Lucille a eu juste le temps de sortir par la porte d'en arrière quand elle l'a vu entrer. Elle n'a même pas eu le temps d'aller voir Camil pour lui demander de lui trouver un roulier afin de se rendre à Saint-Irénée, ce qui ne fait pas son affaire du tout. Et Adrien était tellement furieux tout à l'heure qu'elle ne tient pas une miette à se retrouver dans son champ de vision, et ce n'est pas parce qu'il lui fait peur. Elle pourrait faire un saut chez Gertrude pendant qu'Adrien fait ses achats, mais pour ça, il faudrait qu'elle soit certaine de ne pas tomber sur la grosse Anita. *Mais j'y pense ! Adrien n'est sûrement pas venu à pied.* Lucille contourne la bâtisse d'un pas alerte et, quand elle aperçoit l'auto d'Adrien stationnée devant la porte, elle se met à rire toute seule. Elle ne fait ni une ni deux et court aussi vite qu'elle peut jusqu'à l'objet de sa convoitise. C'est ainsi que pendant que les deux beaux-frères discutent tranquillement, une femme se glisse derrière le volant de l'auto d'Adrien et part avec celle-ci sans que personne fasse le moindre geste pour l'en empêcher. Inutile de dire que Lucille jubile. Elle va même jusqu'à faire son signe de croix et elle remercie ensuite Dieu de sa grande bonté. Lorsqu'elle s'aperçoit que son sac n'est plus sur le siège du passager, elle prend la direction de la maison. Maintenant qu'elle est certaine de ne pas croiser Adrien sur son chemin, elle va prendre le temps d'aller le chercher avant de partir pour Saint-Irénée.

Une paire de bottes sous le bras, Adrien sort du magasin général le cœur un peu plus léger. Il fige sur place lorsqu'il met le pied sur la dernière marche. Son auto a disparu. La seconde d'après, il se met à jurer comme un charretier. Il crie tellement fort que tous ceux qui sont dans le magasin viennent aux nouvelles.

— Qu'est-ce qui t'arrive, Adrien, lui demande Camil, on t'entend jusque dans le fond du magasin.

— Je me suis encore fait voler mon auto.

Un homme s'approche et dit :

— C'est votre mère qui est partie avec, je l'ai vue faire, mais je pensais que vous étiez au courant. Elle avait l'air espiègle d'une petite fille derrière le volant.

La colère gagne Adrien en une fraction de seconde. S'il avait sa mère devant lui en ce moment, il ne donnerait pas cher de sa peau. Cette fois, elle a dépassé les bornes.

— Sais-tu quel bord elle a pris? s'informe Camil.

— Elle est sûrement en route pour Saint-Irénée. Et moi, je m'en vais direct au poste de police.

L'instant d'après, Adrien part sans ajouter un mot. Une fois devant le poste de police, qui n'est qu'à quelques pâtés de maisons, il entre en coup de vent et se laisse tomber sur la chaise en face du bureau où son cousin s'affaire à remplir des papiers.

— Roger! explose Adrien d'une voix forte. J'ai besoin de toi.

L'homme lève les yeux et Adrien commence à lui expliquer pourquoi il est là.

— Je veux que tu l'arrêtes et que tu la jettes en prison, conclut-il.

Roger roule calmement le bout de sa moustache entre ses doigts pendant quelques secondes avant de parler.

— Je ne demanderais pas mieux que de l'enfermer pour un bout de temps, mais je ne peux pas.

— Comment ça, tu ne peux pas?

— Parce que c'est ta mère et qu'il n'y a aucune loi qui lui interdit de t'emprunter ce que tu as, d'autant plus que vous restez dans la même maison.

Ce qu'Adrien vient d'entendre est loin de faire son affaire. Il se redresse sur sa chaise d'un coup et lance d'une voix chargée d'impatience:

— Eh ! Elle ne m'a pas emprunté une tasse, elle a pris mon auto. C'est loin d'être la même chose. Tu es bien certain que tu ne peux rien faire ?

— Sais-tu où elle est allée ?

— Chez Adjutor, à Saint-Irénée.

— Remarque que je pourrais en profiter pour voir son fameux manoir, ajoute Roger d'une voix à peine audible, mais je ne pourrai pas l'arrêter, par exemple.

— Tu pourrais au moins lui faire peur pour qu'elle ne recommence pas, parce que moi j'ai beau crier après, ça ne lui fait ni chaud ni froid. Depuis que j'ai acheté mon auto qu'elle s'en prend à elle. Si je l'écoutais, je passerais mes journées à la conduire partout, comme si j'avais le temps de faire ses quatre volontés.

Adrien n'a pas besoin d'en ajouter pour que son cousin constate qu'il est à bout. C'est pourquoi il décide de l'aider.

— Excuse-moi de te dire ça, mais ta mère, il lui a toujours manqué un taraud. D'après moi, je n'ai pas plus de chances que toi… mais j'ai peut-être une idée. J'ai toujours rêvé de conduire une auto, alors je crois bien que je vais m'offrir une petite virée chez Adjutor et te la ramener. Si ça peut ralentir les transports de ta chère mère, ce sera toujours ça de pris. Je m'en occupe.

Une fois dehors, Adrien regarde autour de lui pour voir s'il ne pourrait pas profiter de la voiture de quelqu'un pour retourner chez lui. Comme il ne voit personne à proximité et qu'il n'a pas envie d'aller emprunter celle de Camil, il décide de marcher. Il enfile ses bottes neuves après avoir abandonné ses vieilles près de la porte du poste de police. Les bras libérés, il pourra avancer plus vite, et même passer à travers champs, ce qui lui fera épargner un peu de temps. Il vient à peine de quitter la route lorsqu'il voit passer son auto en sens contraire. Elle ne roule pas vite, mais même s'il se mettait à courir comme un malade, il ne pourrait pas l'attraper. Quant à crier, même si sa mère l'entend elle n'en fera pas de cas. Il donne un bon coup de pied sur une roche et poursuit son chemin. Il s'est cogné le gros orteil tellement fort qu'une douleur aiguë lui résonne dans la tête, mais il n'en fait pas de cas plus que ça et continue à marcher en accélérant le pas. Il voudrait bien être un petit oiseau pour voir la réaction de sa mère quand elle va voir que Roger l'a suivie jusqu'à Saint-Irénée. Bien qu'il soit de la famille, Lucille a toujours levé le nez sur lui et sur l'uniforme qu'il porte, mais avec un peu de chance, cette fois, elle va peut-être le prendre au sérieux.

* * *

Depuis que Céline vit chez elle, Charlotte ne l'a jamais laissée seule avec Raymond, et elle n'a pas l'intention de le faire de sitôt non plus. Céline se comporte pourtant très bien avec lui, et jamais Charlotte ne l'a entendue dire à son fils qu'elle était sa mère ou quelque propos du genre. La jeune femme lui a offert quelques fois de garder les enfants pendant qu'elle va à l'orphelinat, mais Charlotte a toujours décliné son offre poliment.

— Tu comprends, je ne peux pas priver les enfants de leur présence. Mais si tu pouvais préparer le souper pendant que je serai partie, je serais contente.

Céline n'est pas dupe, elle voit bien que Charlotte est méfiante et, d'une certaine façon, elle la comprend. Il ne tient qu'à elle de mériter sa confiance et c'est ce à quoi elle s'applique depuis qu'elle vit ici.

La mère supérieure n'a pas encore reparlé à Charlotte, et cette dernière a décidé de ne pas revenir à la charge. Comme on dit, le mal est fait. Non seulement Céline la connaît, mais elle habite chez elle, ça, la mère supérieure l'ignore encore. L'autre jour, Charlotte a passé à deux doigts de s'échapper devant sœur Irène.

— Il faut bien aider son prochain, lui a dit Charlotte pour lancer la conversation sur une autre piste. Céline, c'est une de mes cousines de Charlevoix, avait besoin de rester ailleurs que chez ses parents pendant un petit bout de temps et j'ai accepté de la garder chez moi. Au début, Laurier était réticent, mais il a fini par accepter. Comme vous le savez, il n'est pratiquement jamais là.

— Et elle ne vous a même pas offert de garder vos enfants quand vous venez ici ?

— Oui, mais j'aime mieux les avoir avec moi. Vous comprenez, ça m'a pris assez de temps avant d'être mère que j'ai du mal à m'en séparer. Mais si ça peut vous rassurer, ma cousine m'aide pour les travaux ménagers. Le souper est prêt quand je rentre de l'orphelinat.

— Vous devriez faire attention, vous êtes trop bonne et tout le monde n'est pas comme vous.

Charlotte aime beaucoup sœur Irène, elle lui rappelle sa tante Pauline. Lorsqu'elle était jeune, elle allait passer tout le mois de juillet chez elle avec Marie-Paule. Elles s'amusaient comme de petites folles avec leurs cousines et, au moment d'aller dormir, tante Pauline leur racontait des légendes indiennes après avoir fait une tente avec les couvertures. Ses histoires l'ont tellement marquée que Charlotte n'en a pas oublié une seule, même que certaines lui donnent encore la chair de poule lorsqu'elle y repense. Et tante Pauline faisait les meilleurs beignes au monde. C'était d'ailleurs la première chose que Charlotte lui demandait quand elle arrivait à la ferme.

— Deux fois, si tu veux, ma belle fille. Et je pourrai même te donner mon petit secret pour les réussir.

À ce jour, Charlotte n'est pas parvenue à cuire les beignes à la perfection comme sa tante, mais aux dires de tous ceux qui ont goûté à ceux de tante Pauline, il ne lui manque pas grand-chose.

Et puis, chaque fois qu'elle en apporte à un souper de famille, ils disparaissent à la vitesse de l'éclair. C'est ainsi qu'à la mort de tante Pauline, Charlotte est devenue la référence pour les beignes.

À première vue, Charlotte a l'air d'un ange, mais il ne faut pas toujours se fier aux apparences. Elle n'a pas mauvais caractère, loin de là, mais il vaut mieux ne pas lui piler sur le gros orteil, parce qu'alors elle ne tarde pas à montrer sa vraie nature. Et en vieillissant, elle prend du pic comme dirait Alida. À ce chapitre, Laurier est bien placé pour le savoir. Depuis l'arrivée de Céline, il a goûté à la médecine de sa femme à quelques reprises. Disons que les choses se passent de mieux en mieux, mais il y a encore des ratées et il risque d'y en avoir pour un sacré bout de temps. Vivre sous le même toit que son ancienne maîtresse sans avoir le droit de poser la main dessus donnerait des maux de tête à n'importe quel homme. D'ailleurs, Charlotte n'a jamais su le fin fond de l'histoire qui s'est déroulée entre sa protégée et son mari. Il y a des moments où elle meurt d'envie d'inonder Céline de questions, mais elle finit toujours par les garder pour elle. La situation est déjà suffisamment compliquée comme ça.

Céline ne rouspète jamais, en tout cas pas devant Charlotte. De nature plutôt joviale, elle chantonne la plupart du temps, ce qui la rend encore plus sympathique aux yeux de Charlotte.

— Ça vous dirait qu'on aille piqueniquer près de la rivière avec les enfants ? demande Céline.

— C'est une excellente idée, répond Charlotte. Je vais t'aider à préparer ce qu'il faut.

— Ce ne sera pas nécessaire, tout est prêt.

Charlotte la regarde d'un drôle d'air. Elle se demande bien quand Céline a eu le temps de tout préparer.

— Rassurez-vous, lui dit Céline en riant, j'ai ouvert un pot de poulet et je l'ai mis entre deux tranches de pain pendant que vous étendiez votre linge.

— Il me semblait aussi. Et si j'avais refusé ?

— Eh bien, on l'aurait mangé pour dîner. J'adore être dehors, et encore plus être sur le bord de l'eau.

— Ça tombe bien, parce que moi aussi j'aime ça. Et comme dessert ?

— Je me suis dit qu'on n'aurait qu'à apporter quelques galettes à la mélasse.

— Ou du sucre à la crème.

La présence de Céline fait du bien à Charlotte malgré tout. Même si les deux femmes n'ont pas encore eu de grandes conversations, savoir qu'elle n'est pas seule plaît à Charlotte. Et par-dessus tout, le partage des tâches ménagères l'enchante. Elle ne lui assigne pas uniquement ce qu'elle déteste faire, mais jamais elle ne se plaindra de ne pas avoir à frotter les couches de ses enfants, par exemple.

Laurier brille la plupart du temps par son absence ces derniers jours et c'est aussi bien comme ça, puisque de toute façon il a l'air d'une âme en peine chaque fois qu'il met un pied dans la maison. Il n'a pas fait son devoir conjugal une seule fois depuis l'arrivée de Céline. Charlotte ne lui pose pas de questions sur le sujet, pas plus que sur ses brèves apparitions. Elle tient pour acquis qu'il dort sur le bateau lorsqu'il n'est pas chez eux et pour le reste, elle lui fait confiance. De toute façon, que pourrait-elle faire d'autre ? Impossible de le suivre à la trace même si elle le voulait. Par contre, il s'occupe des enfants, même que c'est rendu qu'il va les regarder dormir. On dirait que Laurier est incapable de s'améliorer sur plus d'un plan à la fois. Il est un meilleur père ou il s'occupe de sa femme. Charlotte prend ce qu'il lui donne et elle s'en accommode comme elle peut. Elle a surpris les regards que Céline lui jette à la dérobée. Au moins, elle n'a vu aucune réaction du côté de Laurier. Reste à savoir maintenant si elle voudrait les voir. Sans dire qu'elle s'est mis la tête dans le sable, disons qu'elle n'est pas sotte au point de faire exprès de se faire du mal.

Marie-Paule lui a fait promettre d'aller la voir, mais ce n'est pas demain la veille qu'elle ira.

— Tu n'y penses pas, s'est écrié Charlotte, je ne laisserai quand même pas Céline seule avec Laurier.

— Emmène-la avec toi.

— Je ne suis pas certaine que ce soit une bonne idée. Nos chers frères ne se priveront pas pour me faire étriver quand ils vont la voir. Je les entends déjà dire que Laurier a beaucoup de chance que sa femme ait accepté de laisser rentrer une belle et jeune femme comme Céline dans sa maison.

— Combien de temps as-tu l'intention de la garder chez vous?

— Le temps qu'il faudra.

Marie-Paule l'a regardée et elle a haussé les épaules. Charlotte aurait voulu trouver une meilleure réponse à sa question, mais elle n'en a pas, pour la simple et unique raison que tout peut arriver. Céline pourrait tomber amoureuse d'un homme de par ici. Ou décider de rentrer au couvent, quoique Charlotte ne la voie pas tellement dans ce rôle. Elle pourrait aussi aller travailler comme bonne pour une famille en moyens de Chicoutimi. Ou faire son cours d'infirmière. Tout ce que Charlotte sait pour le moment, c'est qu'elle habite chez elle et que sa vie n'est plus la même. En la laissant vivre sous son toit, Charlotte s'est en quelque sorte enchaînée à elle. Alors qu'il n'y a pas si longtemps, elle était libre comme l'air, voilà maintenant qu'elle doit jongler avec sa nouvelle réalité et calculer pratiquement chacun de ses gestes. La présence de Céline dans sa maison n'est pas sans conséquence et son petit doigt lui dit qu'elle est loin de toutes les connaître encore.

Perdue dans ses pensées, Charlotte sursaute lorsque Céline met la main sur son bras.

— Je suis désolée, dit la jeune femme, ça fait deux fois que je vous demande si vous voulez que j'aille changer les enfants de couche.

— On va le faire ensemble, s'entend répondre Charlotte alors qu'elle s'était réservé cette tâche jusqu'à maintenant.

— Je vais sortir ce qu'il faut, confirme Céline en sortant de la cuisine.

Et c'est à ce moment précis que Claire et Raymond se mettent à crier en chœur comme s'ils s'étaient donné le mot, ce qui fait rire les deux femmes.

Chapitre 15

— Je t'ai apporté les trois recettes de sucre à la crème que tu m'as commandées et deux en plus, s'exclame Gertrude en entrant au magasin de Mérée. J'ai hâte que tu y goûtes et que tu me donnes ton avis.

— Arrête de t'inquiéter, il est toujours bon, ton sucre à la crème.

— Je sais, répond Gertrude en rougissant jusqu'à la racine des cheveux. Ce n'est pas ce que je voulais dire, c'est…

Mérée pouffe de rire devant l'inconfort de sa belle-sœur.

— Hé! Tu ne t'es pas vantée, tu as juste dit la vérité. Promets-moi que tu n'iras pas te confesser pour ça.

— Aucun danger! Ce que je voulais te dire, c'est que j'ai ajouté un peu de sirop d'érable.

— Ah, là ce n'est pas pareil!

Mérée l'aime tellement qu'elle en prend un deuxième, puis un troisième avant de donner son avis.

— Hum! C'est trop bon! Si je ne me retenais pas, je passerais au travers de la boîte. Je suis certaine que mes clients vont se l'arracher. On devrait le vendre un peu plus cher que ton autre, par exemple.

— À toi de décider, parce que pour moi, c'est du pareil au même.

— Peut-être, mais si tu étais obligée d'acheter le sirop d'érable, il te coûterait plus cher à faire. Et il n'est pas question que tu travailles pour rien.

Faire de l'argent n'est pas la première motivation de Gertrude quand elle fait son sucre à la crème, mais elle ne peut pas non plus se permettre de débourser pour fournir Mérée. C'est comme pour les quelques heures qu'elle vient faire au magasin. Elles ne lui rapportent pas grand-chose, mais elles valent leur pesant d'or pour son moral.

— C'est sûr! Je pourrais emballer les carrés individuellement pour que ton frère les apporte à l'usine si tu veux.

— Parfait! As-tu des nouvelles de ta mère?

— Ne m'en parle pas! J'ai justement croisé Roger en venant ici, et il m'a raconté en long et en large ce qui s'est passé devant le manoir d'Adjutor quand il est arrivé sur place. Il paraît que la mère a perdu connaissance quand elle l'a vu brandir sa plaque. Évidemment, mon frère s'est précipité à son chevet et il a demandé qu'on lui apporte de l'eau. Elle a ouvert les yeux et quand elle a vu Roger penché au-dessus d'elle, elle s'est agrippée au bras d'Adjutor et elle l'a supplié de ne pas laisser Roger l'arrêter. Il paraît que tous les ouvriers ont pris le parti de la mère.

— Et Arabella?

— Attends, ce n'est pas tout, lance Gertrude au lieu de répondre à la question de Mérée. Il paraît qu'Adjutor avait l'air découragé.

— Je l'aurais été moi aussi. Penses-y un peu, l'occasion était parfaite pour se débarrasser de ta mère. Roger serait reparti avec elle et il n'aurait pas eu besoin de lever le petit doigt.

Gertrude plaint son frère de tout son cœur et elle pourrait lui prédire, sans aucune chance de se tromper, qu'il n'est pas sorti de l'auberge avec leur mère. Celle-ci n'a pas une once d'orgueil. Arabella a beau l'avoir vue sous son vrai jour, ça ne lui fait pas grand effet. Lucille veut pouvoir aller se réfugier chez Adjutor chaque fois que l'envie lui en prendra et c'est ce qu'elle va faire envers et contre tous. Tant mieux si son fils est content, et tant pis s'il ne l'est pas. Elle est sa mère et il est obligé de l'accueillir chez lui.

— Sauf que ça ne s'est pas passé tout à fait comme ça. Roger lui a débité tout un chapitre sur le vol du bien d'autrui quand elle a repris ses esprits, mais il s'est vite fait ramasser par les ouvriers. Il m'a raconté que le plus gros de tous s'est approché et lui a dit qu'il avait intérêt de ne pas toucher à un cheveu de la mère de monsieur Adjutor parce qu'il aurait affaire à lui. L'homme était si imposant que Roger a reculé d'un pas.

Mérée aurait bien voulu être là pour voir Lucille aux prises avec la justice. Il n'y a pas grand-chose qui lui fait peur, mais elle ne s'est jamais cachée pour dire qu'elle préférait se tenir loin de la police.

— En fin de compte, est-ce qu'il a arrêté ta mère ?

— Ce n'était pas son intention. Comme il m'a dit, il a fait le voyage pour aller récupérer l'auto d'Adrien, et aussi pour voir le manoir d'Adjutor. D'après lui, la mère a eu peur, mais pour combien de temps, ça, personne ne peut le dire.

— Et je gage qu'elle est restée à Saint-Irénée !

— C'est là que tu te trompes. Quand Arabella l'a vue arriver avec Adjutor au presbytère, elle est allée demander elle-même à Roger de la ramener avec lui, ce qu'il a fait malgré les supplications de la mère de la garder quelques jours de plus à Saint-Irénée.

Gertrude arrête de parler pendant quelques secondes. L'attitude de sa mère commence sérieusement à l'inquiéter.

— Mais tu ne sais pas encore la meilleure… Roger l'a installée dans sa voiture avec l'homme qui l'accompagnait et il s'est mis au volant de celle d'Adrien. Il paraît que mon frère avait un petit sourire en coin quand il l'a vue partir. Et il paraît aussi que la mère n'a pas dit un seul mot de tout le voyage.

* * *

Adrien n'est pas allé déjeuner chez ses parents depuis que sa mère est revenue de Saint-Irénée. Il lui en veut horriblement et, quitte à aller se confesser tous les jours, il n'est pas près de lui pardonner ce qu'elle a fait. Il n'oublie pas qu'elle est sa mère et qu'il lui doit le respect mais, cette fois, elle a dépassé les bornes. Jean-Marie lui a fait quelques suggestions pour protéger son auto :

— Tu pourrais enlever une roue chaque fois que tu arrives chez vous ou enlever le volant. Tu pourrais aussi débrancher un fil… Mais le plus simple est encore d'enlever le volant et de le mettre dans un endroit sûr.

Après en avoir discuté avec son père et Arté, Adrien a finalement opté pour enlever son volant. Les trois hommes ont d'abord pensé que le mieux serait de l'apporter chez lui, mais ils ont vite changé d'idée quand Arté leur a dit que rien ne pourrait arrêter Lucille, pas même Marie-Paule, si elle finissait par découvrir le pot aux roses. Ils ont poursuivi leur réflexion et quand ils ont fini par trouver la cachette idéale, ils se sont rincé le gosier avec deux doigts de whisky.

— Votre mère est folle, mes garçons, leur a dit Joseph d'une voix remplie de tristesse.

— On ne peut pas dire qu'elle va en s'améliorant, a ajouté Arté.

— Pour ça non, a renchéri Adrien. En tout cas, j'aime autant vous le dire, je ne réponds pas de moi si elle touche encore à mon auto.

— Tu ne vas quand même pas la tuer pour une automobile ? s'est inquiété Arté.

— Aucun danger ! Je n'ai pas envie de passer le reste de ma vie derrière les barreaux à cause d'elle, mais je suis d'accord avec vous, le père, elle est vraiment dérangée.

Joseph ne sait plus quoi faire avec sa Lucille, et encore moins depuis qu'elle est revenue de Saint-Irénée. Elle n'a pas ouvert la bouche une seule fois et elle passe ses journées à se bercer. La bonne nouvelle, c'est que la maison de Joseph est restée en ordre. La mauvaise, c'est qu'elle est là sans être là et que Joseph commence à se faire du mauvais sang pour elle.

— Je ne te le fais pas dire, mon garçon! Elle a traité René comme un moins que rien hier soir. Il avait à peine mis un pied dans la maison qu'elle s'est mise à l'abîmer de bêtises et à lui interdire de revenir. Il n'y a rien qu'elle ne lui a pas dit.

— Il me semblait pourtant qu'elle s'était réconciliée avec lui depuis que sa photo était parue dans le journal, s'exclame Arté.

— J'avais averti René que ça ne durerait pas. Vous savez autant que moi que votre mère agit pour les autres la plupart du temps, et c'est ce qu'elle a fait avec lui. Elle n'allait pas parler en mal de son fils alors que tout le monde le portait aux nues. Mais maintenant que c'est oublié, plus rien ne l'oblige à être fine avec lui.

— Le frère ne devait pas en mener large, lance Adrien.

Joseph revoit la scène. Pendant que Lucille jetait son fiel sur lui, René l'écoutait sans bouger. On aurait dit qu'il s'était transformé en statue de sel dès qu'elle avait ouvert la bouche. Joseph le voit encore avec l'assiette de sucre à la crème qu'il avait apportée à sa mère. Devant son silence, Lucille avait vite redoublé d'ardeur. Elle lui avait dit tellement de méchancetés que Joseph préfère ne pas s'en souvenir. Quand il avait vu que sa femme était partie pour la gloire, il était venu se placer entre elle et son fils et il l'avait prise par les épaules. Saisie, Lucille s'était mise à se débattre pour qu'il la lâche, mais au lieu de la libérer, il avait resserré son emprise, puis s'était mis à la secouer comme un prunier jusqu'à ce qu'elle arrête de jeter son fiel sur René. C'est alors qu'il avait entendu un bruit de vaisselle cassée derrière lui. L'assiette de sucre à la crème venait de glisser des mains de son fils. Il n'en fallait pas plus pour que Lucille reparte sur une nouvelle tirade. Joseph lui avait tout de suite asséné une bonne claque dans le visage pour la saisir. Le silence était aussitôt retombé dans la maison. Quand Joseph s'était retourné, René n'était plus là. Joseph avait laissé passer un peu de temps et il était allé le trouver chez lui.

— Il était à ramasser à la petite cuillère, confirme Joseph. J'ai fait tout ce que j'ai pu pour l'aider, mais je ne peux pas changer votre mère.

— Je suis peut-être naïf, ajoute Arté, mais je me dis qu'elle va finir par se calmer.

— Seul l'avenir le dira, conclut Joseph.

— Bon, je vous laisse, lance Adrien, j'ai juste le temps de faire quelques courses avant la traite.

***

Marie-Paule relit la lettre de Charlotte pour la troisième fois depuis qu'Adrien la lui a apportée. Sa sœur n'a rien écrit qui la porte à croire que les choses vont mal pour elle, bien au contraire, mais il y a une petite voix qui lui dit que ça pourrait aller mieux.

… Je vais sûrement te surprendre, mais je commence à m'attacher à Céline malgré moi. Elle est si gentille avec les enfants qu'elle est en train de venir à bout de toutes mes résistances. Nous ne deviendrons jamais les meilleures amies du monde, mais je prends de plus en plus plaisir à discuter avec elle. Ce n'est pas compliqué, depuis qu'elle est là, ma vie est plus belle.

Au cas où tu te demanderais comment ça se passe avec Laurier, eh bien, son attitude avec lui est sans reproche, du moins quand je suis là. Je ne fais pas exprès pour les laisser seuls, mais mon mari arrive toujours comme un cheveu sur la soupe, ce qui fait que je suis parfois à l'orphelinat quand il débarque. Quant à lui, il n'a pas baissé sa garde d'un poil. Il a l'air enragé de la première à la dernière minute qu'il passe avec nous, sauf avec les enfants. Je dois reconnaître qu'il a fait d'énormes progrès à ce chapitre, et c'est tant mieux…

Marie-Paule la remet dans son enveloppe et la glisse dans la poche de son tablier. Elle la rangera avec les autres lettres de Charlotte au moment d'aller dormir. Marie-Paule retourne ensuite à ses chaudrons. Elle a juste le temps de finir son ragoût de pattes de cochon avant que ses deux derniers se réveillent. En temps normal, elle serait allée en porter à son beau-père, mais les dernières frasques de sa belle-mère l'empêchent de le faire. À la place, elle demandera à Adrien d'aller en porter à René. Marie-Paule était loin de se douter qu'Adrien tiendrait tête à sa mère aussi longtemps. Ce n'est pas la première vacherie que Lucille lui fait, et ça ne risque pas non plus d'être la dernière, mais cette fois elle est allée trop loin. Lui qui passe le peu de temps libre qu'il a à bichonner son auto, il était découragé de voir à quel point elle était sale quand Roger la lui a rapportée. Marie-Paule n'a fait ni une ni deux et elle a mobilisé André et Michel et, ensemble, ils l'ont nettoyée de fond en comble jusqu'à ce qu'elle brille comme un sou neuf.

Les deux mains dans l'eau de lessive, Marie-Paule frotte avec énergie la grosse tache de sang sur la chemise du dimanche d'Adrien. Il lançait un bâton au chien et il s'est rentré une grande écharde dans le pouce. Une goutte a suffi pour salir sa chemise. Comme il ne s'en est pas aperçu tout de suite, elle a eu le temps de sécher, et c'est Marie-Paule qui en a hérité. Contrairement à son prédécesseur, leur nouveau Prince ne couraille pas. Au début, Adrien l'attachait, mais il s'est très vite aperçu qu'il n'avait pas affaire au même chien. Michel joue très souvent avec lui alors qu'André l'ignore la plupart du temps. Quand son père lui a demandé pourquoi il n'en faisait pas de cas, il lui a dit que ce n'était pas son chien, mais celui de son frère.

— Et je ne voulais pas qu'il s'appelle Prince parce qu'il est mort.

— C'est vrai que l'autre Prince est mort, mais celui-là est bien vivant et tu devrais en profiter pour t'amuser avec lui.

Devant l'entêtement d'André, Adrien a fini par renoncer à le convaincre de s'amuser avec le chien. Marie-Paule a pris la relève, sans plus de succès. C'est rendu qu'il le repousse quand la pauvre bête s'approche de lui pour se faire flatter.

— Eh! Pourquoi es-tu méchant avec lui? lui a demandé Michel. Il ne t'a rien fait!

Au lieu de répondre à son frère, André l'a repoussé avec plus d'ardeur. Michel n'a pas tardé une seconde et a poussé son frère de toutes ses forces. André s'est dépêché d'aller se plaindre à sa mère mais, comme elle avait tout vu, elle l'a envoyé en punition dans sa chambre plutôt que de prendre sa défense. Fâché d'avoir été pris en défaut, il a claqué la porte et s'est mis à crier et à donner des coups de pieds dedans. Malheureusement pour lui, Adrien rentrait justement dans la maison. Marie-Paule lui a raconté ce qui venait de se passer, et il a ouvert la porte de la chambre brusquement. Il n'a eu qu'à le regarder pour qu'André se mette à pleurer.

— Je ne veux plus t'entendre avant demain matin. Et ne t'avise pas de t'en prendre ni à ton frère ni au chien une autre fois, parce que tu vas avoir affaire à moi.

Toute cette histoire de chien commence à taper drôlement sur les nerfs de Marie-Paule. Elle voudrait bien comprendre quelle mouche a piqué André pour qu'il réagisse ainsi.

Elle est tellement concentrée qu'elle sursaute lorsqu'elle entend la porte ouvrir sur Adrien. Il est pâle à faire peur.

— Ça ne va pas? lui demande-t-elle en s'essuyant les mains sur son tablier.

Au lieu de lui répondre, Adrien se laisse tomber sur une chaise et il s'essuie le front avec son mouchoir.

— Parle! l'implore Marie-Paule.

— Wilbrod est…

La voix brisée, Adrien est incapable de poursuivre. Marie-Paule s'approche de lui et met la main sur l'épaule de son mari pour l'encourager à continuer.

— Il s'est fait écraser entre deux wagons il y a environ une heure, ajoute-t-il d'un souffle. Il est mort sur le coup. C'est… Camil qui me l'a dit quand je suis arrivé au magasin général.

Les yeux pleins d'eau, Adrien essaie de respirer normalement, mais il n'y arrive pas. Il a l'impression que sa poitrine va éclater tant il a mal.

— Est-ce que tes parents sont au courant?

— Non!

— Veux-tu que je descende avec toi?

Adrien regarde sa femme sans trop savoir quoi répondre. Il serait bien arrêté tout à l'heure, mais quand il a vu le regard que sa mère lui a jeté lorsqu'il est passé sous sa fenêtre, il est monté chez lui directement.

— Je n'ai pas envie que la mère fasse une scène devant moi.

— Reste avec les enfants, je vais chercher ton père.

Au moment de fermer la porte, Marie-Paule s'arrête et demande à Adrien s'il veut qu'elle aille chercher Arté. Adrien hoche la tête en guise de réponse.

***

Gertrude allait partir quand un homme est venu chercher Mérée. Gertrude a vu ce qui restait de Wilbrod après qu'il ait été écrasé entre deux wagons et cette image s'impose à elle depuis sans qu'elle puisse faire quoi que ce soit pour la chasser. Son frère est mort de façon tragique et, si ce n'était pas de ses compagnons de travail, personne ne pourrait dire que c'est lui qui était là.

Mérée est inconsolable depuis qu'elles sont revenues. Gertrude a fermé la porte du magasin à clé et elle a entraîné son amie du côté de la maison. Elle l'a fait asseoir et elle s'est tout de suite mise en frais de faire chauffer de l'eau pour lui préparer un thé, mais surtout pour se donner une contenance.

— Tiens, dit Gertrude en lui tendant une tasse, ça va te faire du bien.

— Il n'avait pas le droit de m'abandonner, gémit Mérée. Qu'est-ce que je vais devenir sans mon Wilbrod?

— Ne pense pas à ça pour l'instant, lui suggère Gertrude.

— Mais je n'ai pas le choix d'y penser si je veux que les enfants aient quelque chose dans leur assiette demain.

— Tu as ton épicerie.

Mérée lève les yeux au ciel et elle soupire en haussant les épaules.

— C'est Wilbrod qui apportait l'argent à la maison. L'épicerie ne rapporte pas grand-chose.

Gertrude se sent vraiment mal à l'aise. Elle vient de perdre un de ses frères et elle doit déployer l'artillerie lourde pour essayer de consoler sa veuve. Si elle s'écoutait, elle se laisserait tomber sur une chaise elle aussi et elle pleurerait toutes les larmes de son corps. Elle ne s'explique pas comment un tel accident a bien pu arriver à un atteleur aussi expérimenté que Wilbrod. Elle va demander à Camil de questionner les gars qui travaillaient avec lui quand ils iront au magasin général. Il y a sûrement une raison pour expliquer ce qui lui a coûté la vie, et elle aimerait bien la connaître.

— Fais-moi confiance, on va bien trouver un moyen pour t'aider.

Au lieu de rassurer Mérée, les paroles de Gertrude suscitent un plus grand flot de larmes chez elle. Découragée, Gertrude s'approche et l'entoure de ses bras, elle pousse même l'audace et l'embrasse sur la joue comme elle le ferait pour un enfant qui a un gros chagrin.

— Je suis désolée, Mérée.

Gertrude ne s'attendait pas à ce que Mérée lui réponde, et elle ne l'a pas fait non plus.

— Aimerais-tu que j'aille chercher ta mère ?

Mérée prend quelques secondes avant de hocher la tête de haut en bas en guise de réponse.

— J'y vais.

Chapitre 16

La nouvelle de la tragédie qui a frappé Wilbrod s'est répandue comme une traînée de poudre à la grandeur de la ville avant même que le soleil se couche. Comme si ce n'était pas assez, le *Progrès du Saguenay* en a fait sa première page. Bien évidemment, l'accident de Wilbrod a été le sujet de prédilection de toutes les discussions tenues au magasin général, à la forge… Tout un chacun y est allé de son commentaire.

Personne de la famille Pelletier ne sait vraiment comment Lucille prend la mort de son fils. Lorsque Joseph est revenu de chez Adrien les yeux rougis, elle lui a lancé au visage d'un ton ironique :

— Tu ne vas quand même pas me dire que Laberge a encore tiré sur notre chien ? Et si c'est le cas, la mère des chiens n'est pas morte, à ce que je sache.

Devant le silence de son mari, Lucille est revenue à la charge.

— Veux-tu bien arrêter de pleurer, vieux fou !

Joseph a pris sur lui et il a déballé son sac d'un seul coup, sans mettre ses gants blancs pour la ménager. Lucille a blêmi et elle n'a plus ouvert la bouche jusqu'au moment d'aller se mettre au lit. Elle n'a pas versé une seule larme de toute la soirée, elle s'est bercée sans ardeur en regardant dehors alors qu'on ne voyait pas à deux pouces tant la noirceur était épaisse.

Pendant les trois jours de veille au corps, Lucille s'est animée uniquement lorsqu'il y avait des étrangers qui se pointaient. En présence de sa famille, elle restait tapie dans un coin et n'adressait la parole à personne.

Étant donné qu'Adjutor n'est plus prêtre, Mérée a demandé à Bertrand, le frère d'Anna, de célébrer le service. Son choix a fait réagir Lucille quand elle l'a appris.

— Vous auriez dû m'en parler, j'aurais demandé à monseigneur de s'en charger. Bertrand était le dernier prêtre à prendre, il va venir faire le jars en avant sur le dos de Wilbrod.

Si elle croyait susciter la sympathie de Mérée, Lucille s'est royalement trompée. Mérée lui a lancé sur le même ton :

— Wilbrod l'aimait.

L'enterrement du fils de Marcella était triste, mais celui de Wilbrod l'était encore plus. L'église Saint-Dominique était pleine à craquer, et on aurait pu entendre une mouche voler tant les fidèles étaient pieux. Installée entre Joseph et Adrien, Lucille regardait partout. Elle s'était pourtant juré de ne plus remettre les pieds ici. Et juste pour ça, elle en veut à Wilbrod. Elle est triste qu'il soit mort, mais pas autant qu'une mère devrait l'être. Elle est hantée par l'auto d'Adrien depuis qu'il la lui a fait essayer et elle ne pense qu'à la manière dont elle devrait s'y prendre pour récupérer ce qui lui revient de droit. Elle n'a pas apprécié du tout qu'Arabella la renvoie chez elle avec Roger et elle s'est promis de retourner à Saint-Irénée le plus tôt possible pour faire entendre raison à Adjutor. L'idée de repartir avec son fils lui a effleuré l'esprit, mais elle s'est vite rendu compte que sa belle-fille refuserait de l'emmener avec eux. Arabella lui a adressé la parole seulement pour lui offrir ses condoléances. Lucille aimerait bien savoir quelle mouche l'a piquée pour qu'elle agisse ainsi avec elle alors qu'elle est tout sourire avec les autres membres de la famille. Pourtant, s'il y en a une avec qui Lucille a mis ses gants blancs, c'est bien avec elle. Son attitude ne plaît pas à Lucille, mais pas au point de l'empêcher d'aller voir son fils adoré et sa merveilleuse petite-fille. Lucille était insultée quand elle a su qu'ils l'avaient confiée à Béatrice pendant leur absence. Lucille n'a jamais aimé la bonne d'Adjutor. Elle est moins grosse qu'Anita, mais elle a la tête aussi dure.

La mort de Wilbrod est injuste. Alors qu'il était prêt à tout pour ne pas aller à la guerre, il s'est fait payer pour se faire tuer à quelques pâtés de maisons de chez lui. Lucille s'est retenue de ne pas étirer la pipe de Joseph avec ça. Le pauvre vieux, ça fait près de quatre ans qu'il est mort de peur à la seule idée qu'un de ses gars aille se faire tuer à la guerre… Pour une fois, Lucille a eu pitié de lui et elle a gardé sa réflexion pour elle.

Adjutor et Arabella sont retournés à Saint-Irénée le lendemain du service. Les travaux avancent bien, mais l'automne aussi. Si tout va comme prévu, ils s'installeront dans leur manoir en novembre. Lorsqu'elle a entendu ça, Lucille a souri. Elle pourra crécher au presbytère et rester tout le temps qu'elle voudra quand elle ira leur rendre visite une fois qu'ils auront emménagé dans leur manoir. Elle ne connaît pas encore le nouveau curé, mais elle trouvera bien le moyen de le mettre de son côté.

— Lucille! s'écrie Joseph. Es-tu sourde? Ça fait trois fois que je te pose la même question et tu ne bronches pas!

Lucille se tourne vers lui et elle attend la suite sans sourciller.

— Je vais voir Mérée. As-tu besoin de quelque chose au magasin général?

Pour toute réponse, Lucille hausse les épaules. Joseph soupire devant le peu d'enthousiasme de sa femme. À tout prendre, il préfère nettement celle à qui il a l'habitude de livrer combat à celle qui a élu domicile chez lui depuis sa dernière virée à Saint-Irénée. Joseph a même demandé à Adjutor de lui raconter ce qui s'était exactement passé, ce que son fils a fait sans se faire prier.

— Vous devriez la faire voir par le docteur, lui a suggéré Adjutor. J'ignore ce qui se passe dans sa tête. D'après moi, ce n'est pas normal d'agir comme ça. La mère a toujours été particulière, son attitude avec Adrien et moi frôle l'acharnement. Elle a fini par ficher la paix à Gertrude, mais elle s'en est aussitôt prise à nous. Je n'arrive pas à saisir ce qu'elle ne comprend pas, mais il va falloir que ça change, parce que… parce que je n'en peux plus de la voir débarquer chez moi à tout bout de champ.

Et Adjutor a entrepris de raconter tout ce que Lucille lui a fait endurer ainsi qu'à Béatrice avant qu'il parte à la guerre. C'est alors que Joseph lui a demandé la vraie raison de son départ. Adjutor lui a fait un petit sourire en coin et il lui a dit d'un ton plus bas :

— J'étais en train de devenir fou chaque fois que je la voyais arriver au presbytère. Entre vous et moi, la guerre me faisait moins peur que ma mère.

Joseph se doutait bien que Lucille avait quelque chose à voir dans la décision d'Adjutor de s'enrôler, mais jamais il n'aurait osé imaginer qu'elle avait pesé autant dans la balance. C'est grave, de partir à la guerre pour se sauver de sa mère, mais c'est encore plus grave de l'avoir encore sur les bras après avoir frôlé la mort d'aussi près.

— Compte-toi chanceux, lui a simplement dit Joseph, Adrien vit dans la même maison qu'elle, lui.

— Je sais tout ça. Je vous plains de tout mon cœur, papa, et je prie pour vous chaque jour.

— Ne perds pas ton temps à prier pour moi, mon garçon, j'en ai déjà vu d'autres. Je ne crois pas que je viendrai à bout de ta mère un jour, mais je vais survivre. Si tu veux absolument prier pour quelqu'un, prie pour Wilbrod, il en a sûrement besoin plus que moi. Je vais te confier un secret. Quand tu étais à la guerre, j'étais mort de peur à l'idée qu'il t'arrive quelque chose, mais jamais je n'ai pensé à m'inquiéter pour ton frère. Ce n'est que maintenant que je réalise combien le métier d'atteleur est dangereux. Même l'homme le plus fort ne peut rien contre un wagon, et encore moins quand il est pris à la serre entre deux. J'ai fini par ne plus voir les soldats qui arpentent la ville pour mettre la main au collet des conscrits, mais jamais je n'oublierai que mon fils a perdu la vie bêtement alors qu'il ne faisait que son travail.

— C'était un accident, papa, dit Adjutor en mettant la main sur le bras de Joseph, comme il en arrive à tous les jours.

Joseph arrête sa voiture devant la maison de Mérée. Perdu dans ses pensées, il n'a rien vu de ce qui sépare sa maison de celle de sa bru. Il descend et frappe à la porte de l'épicerie. Mérée lève la tête de ses papiers et elle lui sourit.

— Je suis contente de vous voir, le beau-père, dit Mérée, j'ai quelque chose pour vous.

Mérée lui tend une enveloppe.

— Je l'ai trouvée dans le tiroir où Wilbrod rangeait ses papiers.

Joseph reconnaît l'écriture de son fils au premier coup d'œil.

— Sais-tu ce que c'est ?

— Pas du tout ! C'était la première fois que je voyais cette enveloppe. Vous savez bien que Wilbrod n'était pas très porté sur l'écriture.

Au lieu de la lire tout de suite, Joseph la glisse dans sa poche de chemise. Il n'a aucune idée de ce qu'elle peut contenir, mais pour le moment il n'a aucune envie de le savoir.

— Je suis venu voir si tu avais besoin de quelque chose, dit Joseph.

— La seule chose que je veux, c'est que Wilbrod rentre à la maison.

Un silence lourd s'installe dans la petite épicerie. Au bout de quelques secondes, Mérée s'essuie les yeux et elle reprend la parole.

— Je suis désolée, je n'arrive pas à me faire à l'idée qu'il est mort. Chaque fois que la porte ouvre, je me dis que c'est sûrement Wilbrod qui a oublié de prendre sa casquette ou son mouchoir, comme d'habitude. Sans exagérer, il venait faire son tour au moins une fois par jour pendant son quart de travail.

— Et les enfants ? demande Joseph.

— Ils font comme s'il n'était rien arrivé, mais je les entends pleurer quand ils sont dans leur chambre. J'ai des bons enfants et ça m'attriste de les voir ainsi.

Joseph pourrait montrer sa peine à Mérée, mais il décide de n'en rien faire. Il est venu lui offrir son aide et il va s'en tenir à ça, parce que s'il se met à pleurer, il craint de ne plus pouvoir s'arrêter. Le fait d'ignorer sa peine ne l'effacera pas, mais la vie lui a appris qu'elle est moins difficile à supporter dans l'action.

— Dis-moi ce que je peux faire pour t'aider, dit Joseph.

— Si seulement je le savais, répond Mérée. Tout ce que je peux vous dire, c'est que j'ai assez d'argent pour tenir le coup pendant un mois. Après ça, j'ignore ce qui va nous arriver.

— As-tu des idées pour que ton épicerie rapporte plus ?

— Vous êtes sûrement au courant que j'ai commencé à vendre du pain, des brioches, des galettes et du sucre à la crème il y a environ un mois. Ça se passe bien, mais c'est trop tôt pour dire combien je peux aller chercher. J'ai cinq bouches à nourrir en plus de moi et, comme vous le savez, ils n'ont pas un appétit d'oiseau.

Joseph pourrait dire à Mérée qu'elle n'a qu'à se remarier et que tous ses problèmes d'argent seront réglés. Il le pourrait, mais sa bru n'est pas assez désespérée pour se donner au premier venu. Sa famille peut certainement l'aider et lui, Joseph, veut faire quelque chose pour elle.

— Je ne suis pas riche, lui confie-t-il, mais j'ai encore un peu d'argent de côté. Je l'ai gardé en me disant que je m'en servirais pour un projet qui en vaudrait la peine. Je vais faire un marché avec toi, Mérée. Va t'asseoir avec Gertrude et réfléchissez à ce que vous pourriez faire pour que ton épicerie finisse par te faire vivre, toi et les enfants.

Mérée regarde son beau-père à travers un rideau de larmes.

— Votre offre me touche beaucoup, confirme-t-elle, mais je ne peux pas me mesurer au magasin général.

— Ce n'est pas ce que je te demande non plus. Tu en connais beaucoup plus que moi sur le commerce, mais j'imagine que ce serait faisable de vendre ce qu'on ne trouve pas ailleurs. N'oublie pas une chose, Mérée, même en temps de guerre, les patrons de la pulperie ont de l'argent plein les poches. En tout cas, promets-moi au moins d'y penser.

— Vous pourriez passer chez Gertrude et lui dire de venir me voir ce soir? Je vous remercie, le beau-père, vous n'avez pas votre pareil pour vous préoccuper des autres.

S'il y a une chose que Joseph déteste, c'est bien de se faire complimenter. Il sort nerveusement sa pipe de sa poche et se met à la bourrer pour se donner une contenance. Wilbrod est mort, mais il est hors de question qu'il laisse sa famille manger de la misère. Le jour où ils l'ont mis en terre, Joseph lui a fait une promesse et il va tout faire pour la tenir.

***

René n'a pas remis les pieds chez ses parents depuis la sortie de Lucille, le jour où il était venu lui porter du sucre à la crème, et il ne les remettra pas de sitôt non plus. Il l'a croisée chez Wilbrod et à son enterrement mais, comme il s'y attendait, elle l'a totalement ignoré, et lui aussi. Elle ne lui pardonnera jamais d'avoir levé la main sur elle, ni lui de lui avoir fait croire qu'il était redevenu son fils. À cause d'elle, ses insomnies ont repris après quelques semaines de répit seulement. C'est ainsi qu'il se réveille à trois heures du matin presque toutes les nuits et que, la plupart du temps, il ne se rendort pas. Par contre, depuis qu'il habite ici, au lieu de rester dans son lit et d'attendre que le jour daigne se lever, il s'en va dans son hangar et travaille le métal. Il le faisait déjà quand il vivait à Jonquière. Son père lui avait cédé un coin et il s'amusait à créer différents objets pour la ferme. Il a d'ailleurs été très surpris de voir que tout était resté comme il l'avait laissé. Il n'a pas touché au métal pendant tout le temps qu'il est resté à Québec. D'abord, parce qu'il n'avait pas de hangar, ensuite, parce que ce volet de sa vie appartenait à une autre époque et que ça ramenait bien trop de souvenirs. Pendant toutes ces années à la ville, il s'est exercé à dessiner ce qu'il aimerait réaliser pour se rendre très vite compte que la plupart de ses croquis feraient de très belles girouettes s'il parvient à les reproduire. Il venait à peine d'acheter sa maison quand il a installé tout ce qu'il faut pour travailler le métal dans son hangar. Si tout va comme il le pense, il devrait terminer sa première girouette d'ici une semaine. Seul son père est au courant de ce qu'il fricote derrière la grande porte. La dernière fois que Joseph est venu le voir, René lui a dit qu'il offrirait sa première pièce à Gertrude, à la condition bien sûr qu'elle accepte qu'il la pose sur sa maison.

— J'aime autant t'avertir, lui a dit Joseph, prépare-toi à te faire sauter au cou et à te faire embrasser sur les joues deux fois plutôt qu'une, parce que ta sœur adore les girouettes. Elle a demandé à Camil de lui en faire une avant même qu'il commence à construire leur maison. Tu le connais, il s'est mis à rire aux éclats et a fini par lui dire qu'il pouvait lui en gosser une en bois si elle y tenait tant que ça, mais certainement pas en métal. Faute de moyen pour s'en acheter une, elle a dû abandonner le projet, mais la connaissant, elle ne l'a pas oublié pour autant.

— Tant mieux !

Joseph a regardé son fils dans les yeux avant de lui poser sa question.

— Pourquoi Gertrude ?

— Parce qu'elle a goûté à la médecine de la mère encore plus durement que moi.

Les paroles de René lui vont droit au cœur. Lucille a mis leurs enfants au monde, mais elle a oublié d'être une mère pour plusieurs d'entre eux. Et voilà qu'aujourd'hui, elle commence à s'en prendre à ceux qu'elle avait épargnés jusqu'à maintenant. Adjutor en prend pour son rhume depuis qu'il a osé la repousser. Adrien est devenu l'ennemi à abattre depuis qu'il s'est acheté une auto. Marcella a intérêt à filer doux, si elle ne veut pas subir ses foudres, surtout qu'elle refuse toujours de jouer du piano pour elle. À ce jour, seuls Arté et Estrade ont échappé au monstre et Joseph se dit que ce n'est qu'une question de temps avant que Lucille trouve une raison pour s'en prendre à eux.

— Je t'aiderai à l'installer, ajoute Joseph. Mais attends, j'ai une idée, on pourrait s'arranger avec Camil ou Anita et le faire pendant que Gertrude n'est pas à la maison.

— Bonne idée ! Je vous ferai signe aussitôt que je l'aurai finie.

— Et tu devrais parler à Camil, je suis certain que les Anglais seraient acheteurs.

— Je vais attendre qu'ils aient vu celle qui sera sur sa maison.

— À mon idée, mon gars, tu n'as pas fini de faire des girouettes.

René ouvre son armoire et lorsqu'il pose les yeux sur ce que sa mère est venue lui porter après son exploit, il a juste envie de tout jeter. La seule raison qui l'empêche de le faire, c'est que bien des gens tirent le diable par la queue et qu'il s'en voudrait de gaspiller ne serait-ce qu'une bouchée de nourriture. Mais là, il ne lui reste rien d'autre. Au lieu de se résoudre à ouvrir un pot de viande offert par sa mère un jour de grand soleil, il referme très vite son armoire et va se servir un verre de whisky. Alors qu'il est sur le point de tremper les lèvres dans l'alcool qu'il affectionne autant que son père, on frappe à sa porte. Il ne prend même pas la peine de se lever de sa chaise et crie à son visiteur d'entrer.

— Salut, le frère, s'écrie Adrien, j'espère que tu n'as pas encore mangé, parce que Marie-Paule t'a fait une tourtière. Tiens !

Un large sourire illumine aussitôt le visage de René.

— Tu tombes bien, lance René en libérant les mains d'Adrien. As-tu le temps de t'asseoir un peu ? Je pourrais te servir deux doigts de whisky.

— J'ai tout mon temps, et j'ai caché mon volant dans ta dépense.

— Tu ne vas quand même pas me faire accroire que tu as peur que la mère vienne te la voler ici. Il fait noir comme chez le loup.

— Avec elle, je ne prends plus de chance.

René n'en revient pas de la tocade de leur mère pour l'auto de son frère. Si Adrien n'habitait pas dans la même maison que les parents, René lui offrirait une girouette pour les mêmes raisons qu'il en offrira une à sa sœur. Gertrude s'est fait malmener par Lucille pendant des années, mais Adrien y a goûté lui aussi.

— Ce n'est certainement pas moi qui vais te contredire. La mère, c'est la mère et personne ne pourra la changer. À ta santé, le frère !

Et n'oublie pas de remercier ta femme pour moi. Si tu n'étais pas arrivé avec la tourtière, je pense que je me serais contenté de boire, parce que tout ce qui reste dans mes armoires, c'est la mère qui me l'a donné. Entre toi et moi, même si ce n'est pas elle qui l'a fait, j'ai peur d'être malade si j'en prends une seule bouchée.

— À ta santé! Pendant que j'y pense, il y a quelque chose dont je voudrais te parler. Je sais bien que tu es vieux garçon, mais…

— Wo! Wo! lance René. J'ai eu des femmes dans ma vie, et pas mal à part de ça, mais aucune que j'aurais voulu marier.

C'est la première fois que René révèle quelque chose de sa vie amoureuse, et ça fait sourire Adrien.

— Je ne pouvais pas savoir, ajoute Adrien en guise d'excuse. Toujours est-il que Marie-Paule n'arrête pas de me dire qu'on devrait te présenter sa sœur Gisèle, qui est vieille fille.

De prime abord, l'idée d'Adrien n'enchante pas René. Il n'a rien contre les vieilles filles, mais il n'a rien pour non plus. Il a toujours aimé les femmes, les vraies, pas les collets montés et les becs pincés.

— Continue!

Adrien le fixe en inclinant la tête de côté. Il essaie d'avoir une image de sa belle-sœur pour pouvoir la décrire à René.

— Que veux-tu que je te dise? Elle est un peu plus petite que Marie-Paule, elle a peut-être une ou deux livres en trop, elle a un caractère de cochon et… elle est un peu moins belle aussi.

— Et tu veux toujours me la présenter après tout ce que tu viens de me dire sur elle? blague René en remplissant les verres.

René réfléchit quelques secondes avant de donner malgré tout son aval à la proposition de son frère. Il s'est fait présenter des femmes plus souvent qu'à son tour quand il habitait à Québec et ça n'a jamais marché. Son patron s'est même essayé à lui faire rencontrer la sœur de sa femme. La soirée a été tellement ennuyeuse que les deux hommes en rient encore lorsqu'ils ont un ou deux verres dans le nez.

— Alors ? lui demande Adrien. Est-ce que je dis à Marie-Paule de vous inviter à souper ?

— Je veux bien la rencontrer, mais j'aimerais mieux aller me promener avec elle, c'est moins long qu'un repas, si ça ne marche pas.

— Ah oui, j'ai oublié de te dire qu'elle vit avec sa mère.

L'idée de vivre avec la belle-mère n'enchante pas du tout René.

— Si elle a un seul point de ressemblance avec la nôtre, j'abandonne le projet avant même de commencer.

— Tu n'as pas à t'inquiéter, le rassure aussitôt Adrien. Alida est tout le contraire de la mère et elle cuisine divinement.

— Qu'est-ce que tu attendais pour me le dire ? rigole René. Veux-tu un peu de whisky ?

Adrien tendrait bien son verre, mais vu que sa femme n'a pas encore oublié sa dernière petite virée, il est bien mieux de se tenir à carreau pour un bout de temps.

— Non ! Mais dis-moi donc où tu en es avec ton entreprise ?

— Tout devrait être prêt dans une semaine, deux au plus. D'ailleurs, si tu connais des gars qui se cherchent du travail, tu n'as qu'à me les envoyer à l'usine.

— Tu n'auras pas de misère à en trouver, tout le monde s'en cherche un.

Ce qu'Adrien ne dit pas à son frère, c'est qu'il irait bien travailler pour lui s'il avait le choix.

— Mais allez-vous avoir encore des contrats quand la guerre va finir ?

— Tant qu'il y aura des armées. En tout cas, parlant d'armée, je peux te dire que je me trouve pas mal chanceux d'y avoir échappé jusqu'à maintenant.

— Et moi le jour où je recevrai une lettre pour m'obliger à m'enrôler, j'irai me cacher au fond des bois.

— Jamais je ne croirai que cette maudite guerre va durer encore longtemps.

— Ça, personne ne peut le dire. Bon, je te laisse à ta tourtière. Salut, le frère !

Chapitre 17

Lucille tourne en rond comme une bourrique depuis qu'elle est levée. Sa maison est dans un tel désordre qu'elle lui donne la nausée, et il est hors de question qu'elle se mette à jouer à la fée du logis aujourd'hui. Elle ne peut pas aller crécher chez Gertrude, sans courir le risque de tomber sur Anita, et elle n'a pas envie de tomber nez à nez avec la grosse fille. Aller chez Marcella n'est d'aucun intérêt pour elle depuis qu'elle a repris sa besogne. D'ailleurs, personne à part Léandre n'a daigné la remercier pour ce qu'elle a fait pour Marcella. Lucille a cru pendant un moment que son gendre lui offrirait un manteau de fourrure, mais elle n'a eu droit qu'à un chapeau qu'elle n'a pas choisi et qui ne lui va pas du tout. Elle l'a remercié du bout des lèvres et elle l'a fourré dans le fond de sa garde-robe aussitôt arrivée chez elle. Elle pourrait s'offrir quelques jours chez Alphonse, mais sa belle-fille est d'un tel ennui qu'elle craint de s'embêter au bout d'une heure. Et si elle allait régler ses affaires avec Adjutor ? Lucille court dans sa chambre et prend son sac de voyage. Elle jette quelques vêtements dedans, enfile son manteau et sort de la maison en espérant qu'Adrien n'est pas encore parti. Son visage s'illumine lorsqu'elle ouvre la porte du hangar et qu'elle voit l'auto rutilante de son fils. *Je n'aurais pas fait mieux !* s'écrie-t-elle à voix haute. Elle ouvre la portière du côté du chauffeur et, au moment où elle lance son sac sur le siège du passager, elle se rend compte qu'il n'y a pas de volant. *Comment a-t-il osé me faire ça ? Où a-t-il bien pu le fourrer ?*

— Ce n'est certainement pas moi qui vais vous le dire, répond Adrien en riant. Je peux vous déposer au magasin général si vous voulez, je suis certain que vous pourrez trouver un roulier pour vous conduire plus loin.

Lucille lui jette un regard meurtrier avant de sortir sans demander son reste.

— Vous oubliez votre sac ! l'informe Adrien d'une voix remplie d'ironie.

Enragée, Lucille ne daigne même pas se retourner. Elle entre dans la maison et commence à faire les cent pas. Elle a décidé d'aller à Saint-Irénée en auto, et elle ira avec celle d'Adrien. Reste maintenant à savoir comment elle va s'y prendre. Elle sursaute en entendant le bruit que fait son sac en atterrissant sur la galerie d'en arrière. Ce geste délicat de la part d'Adrien lui donne des ailes. Son fils a enlevé son volant pour l'empêcher d'emprunter son auto, mais il va forcément le remettre pour aller en ville. Lucille va chercher son sac et elle sort par la porte d'en avant. Elle traverse ensuite chez Étiennette, elle demandera à son mari de la conduire en ville immédiatement.

Adrien rit dans sa barbe pendant qu'il remet son volant en place. Il ne se fait pas d'illusions, sa mère fait une fixation sur son auto depuis qu'il l'a achetée et elle va sûrement trouver le moyen de revenir à la charge. Mince consolation s'il en est une, il a l'assurance qu'elle ne pourra pas partir avec l'auto tant que celle-ci n'aura pas de volant.

Le cœur léger, Adrien recule au volant de son bolide qui brille de tous ses feux et il prend la direction de la ville. Quelques secondes plus tard, une voiture sort de la cour d'Étiennette avec Lucille à son bord. Adrien leur envoie la main au moment où ils passent devant. Savoir que sa mère s'est organisée autrement le rassure grandement. Quant à Lucille, elle jubile à l'idée de lui emprunter son auto dès qu'il s'arrêtera. Adrien est tellement fier qu'il n'osera jamais entrer au magasin avec son volant sous le bras. Lorsqu'ils arrivent à proximité du magasin général, Lucille demande au mari d'Étiennette de prendre la petite rue à droite et de s'arrêter. Elle descend aussitôt de voiture et lui demande de l'attendre, ce qu'il fait sans rechigner étant donné que Lucille le paie mieux que quiconque quand elle lui demande de lui rendre service. D'ailleurs, il ne comprend pas pourquoi elle n'est pas montée avec Adrien, mais comme il est du genre discret, il se contente de la conduire où elle veut sans poser de questions.

Adrien stationne son auto devant le magasin général. Au moment de mettre le pied sur la première marche du petit escalier, il se retourne et regarde son volant. Si ce n'était pas d'avoir l'air fou, il le prendrait avec lui partout où il va. Comme il ne veut pas passer pour un demeuré, il hausse les épaules et soupire un bon coup avant de se retourner et de poursuivre son ascension. *Je ne peux pas croire qu'elle va oser venir me la voler ici.*

C'est bien mal connaître sa mère que de penser qu'elle va se priver. Elle laisse quelques secondes à Adrien une fois qu'il est entré dans le magasin général et elle sort de sa cachette. Elle le connaît, son fils, il va se mettre à parler à tout le monde dans le magasin et il va vite oublier son auto. Le moment venu, elle se met à courir aussi vite qu'elle peut et c'est avec un sourire machiavélique sur les lèvres qu'elle vole une fois de plus l'auto d'Adrien. Elle va chercher son sac dans la voiture, paie le mari d'Étiennette et prend la direction de Saint-Irénée sous l'œil étonné de l'homme à qui elle vient de remettre pas mal d'argent pour sa course.

Installée derrière le volant, Lucille jubile. Elle a eu une idée entre sa maison et le magasin général. Si Adrien veut jouer à ce petit jeu, elle aussi, elle le peut. Elle a décidé d'aller se commander un volant. De cette manière, Adrien pourra dormir avec le sien s'il veut!

Lucille voudrait bien être un petit oiseau pour voir la tête d'Adrien quand il va s'apercevoir que son auto a disparu. Et cette fois, Lucille ne s'en laissera pas imposer par Roger ou qui que ce soit, qu'il travaille pour la police ou pas. Ce qui est à son fils est aussi à elle, et personne ne pourra l'arrêter.

Cette fois, Adrien n'aura pas besoin de se demander qui a bien pu voler son auto. Mal à l'aise de ce qu'il vient de voir, le mari d'Étiennette se dépêche d'aller bavasser.

— Ne fais pas le saut, le jeune, dit-il, ta mère vient de ficher le camp au volant de ton auto. Je ne savais pas qu'elle savait conduire…

Adrien se prend la tête à deux mains. Il est désespéré.

— J'aurais dû enlever le volant.

L'homme le regarde sans trop comprendre ce qu'il dit, mais Adrien ne se donne pas la peine de lui expliquer.

— Est-ce qu'elle a dit où elle allait?

— Pas vraiment. Mais attends, elle n'a pas arrêté de parler du manoir que ton frère se fait construire.

— C'est bien ce que je pensais… Je vous remercie d'être venu m'avertir.

— Si tu tiens tant à me remercier, ne lui dis pas que je t'ai parlé. Tu comprends, je ne voudrais pas qu'elle arrête de me demander de la conduire parce qu'elle paie bien.

— Vous pouvez dormir sur vos deux oreilles, le rassure Adrien, je vous la laisse.

Adrien le salue et va voir Camil, à qui il raconte ses déboires avant de lui emprunter sa voiture.

— Le temps de demander à Arté de m'accompagner jusqu'ici et je te la rapporte.

— Tu peux attendre après le souper, si ça fait mieux ton affaire.

— Non! Non! Je ne te mens pas, si j'avais la mère devant moi, je pense que je lui arracherais la tête.

Lorsqu'il réalise ce qu'il vient de dire, Adrien se dépêche de s'excuser.

— Ne t'en fais pas avec ça. Je l'ai assez côtoyée pour savoir qu'elle peut faire perdre la tête même à l'homme le plus patient de la terre.

— Ouais, mais ça ne règle pas mon problème pour autant. Elle s'en est prise à mon auto à la minute où elle l'a vue et, d'après ce que je peux voir, elle n'est pas prête de la lâcher.

Arté est démonté quand Adrien lui apprend que leur mère est encore partie avec son auto.

— Qu'est-ce que tu comptes faire?

— Si tu crois que tu peux te débrouiller avec le père pendant quelques jours, je filerais chez Adjutor pour récupérer mon auto. Il n'est pas question que la mère fasse sa fière dedans pendant que je me morfonds ici sans savoir comment elle va revenir.

— Vas-y, je vais m'arranger.

— J'ai un autre service à te demander. Pourrais-tu rapporter la voiture de Camil au plus tard ce soir?

— Je vais faire mieux que ça, répond Arté, je vais y aller tout de suite et je reviendrai à pied.

Adrien remercie son frère et il monte chez lui en vitesse pour avertir Marie-Paule. Elle n'en revient tout simplement pas de ce que Lucille a encore fait et elle ne se gêne pas pour le dire à Adrien. Pendant qu'elle met quelques affaires dans un sac pour lui, une idée lui effleure l'esprit.

— Je sais bien que ça va te retarder un peu, mais j'aimerais bien t'accompagner. Je pourrais demander à Marie-Laure de s'occuper des enfants…

À première vue, Adrien n'est pas emballé plus qu'il faut par l'idée. Il soupire sans même s'en rendre compte, ce qui n'échappe pas à Marie-Paule.

— Ce n'est pas grave, je me reprendrai pour voir le manoir. Pars en paix.

Sur le coup, Adrien prend son sac, embrasse Marie-Paule sur la joue et sort de la maison. Il n'a pas encore mis un pied sur la galerie qu'il rebrousse chemin. Permettre à Marie-Paule de l'accompagner ne suffira sûrement pas à effacer sa dernière petite virée de sa mémoire, mais ça lui fera au moins gagner quelques points, car ça lui fera plaisir.

— Je vais aller voir Marie-Laure pendant que tu fais ton sac et celui des enfants.

Marie-Paule accourt vers lui et lui saute au cou. Les occasions sont si rares pour elle de partir sans les enfants qu'elle l'apprécie encore plus.

Lorsqu'ils arrivent enfin au presbytère, Adrien regarde de tous bords tous côtés, mais il ne voit son auto nulle part, ce qui a pour effet de lui faire monter la moutarde au nez.

— Tu t'inquiètes sûrement pour rien, dit Marie-Paule en mettant la main sur le bras de son mari. Adjutor a dû la faire mettre à l'abri.

— Et si elle était allée chez Alphonse?

— On aurait fait un grand tour d'auto. Viens, on va aller vérifier tout ça.

Marie-Paule descend de voiture pendant qu'Adrien se frotte encore le menton. Si jamais sa mère n'est pas ici, ce dont il commence à douter, eh bien, ils repartiront à l'aurore demain.

— Qu'est-ce que tu attends ? lui demande Marie-Paule avant de se diriger vers la porte du presbytère.

Adrien traîne sa carcasse jusqu'à la porte sans grande conviction. Cette histoire commence sérieusement à le fatiguer. Marie-Paule frappe trois petits coups et ils attendent que quelqu'un vienne leur ouvrir.

— Bonjour ! les interpelle joyeusement Béatrice en les voyant. Qu'est-ce que je peux faire pour vous ?

Marie-Paule n'a pas le temps d'ouvrir la bouche qu'Adrien prend le plancher.

— Je cherche ma mère, ou plutôt mon auto. Elle s'appelle Lucille Pelletier. Savez-vous où elle est ?

En entendant ce nom, le visage de la jeune femme change instantanément d'expression comme si quelqu'un venait de lui montrer quelque chose qui la répugne.

— Ah !

— Excusez mon mari, il est nerveux quand sa mère lui vole son auto. Je vous présente Adrien, le frère d'Adjutor, et moi, c'est Marie-Paule, sa femme.

— Entrez, je vais aller avertir monsieur Adjutor et sa dame.

Installés au salon, Adrien et Marie-Paule regardent partout en attendant Adjutor et Arabella.

— Quelle belle surprise ! s'écrie Adjutor en les voyant. Je ne vous demanderai pas quel bon vent vous amène, puisque j'en ai déjà une bonne idée. Je te rassure tout de suite pour ton auto, Adrien, je l'ai fait mettre en lieu sûr dès que la mère est arrivée.

En bon fils qu'il est, Adrien devrait prendre des nouvelles de Lucille, mais il s'en abstient, ce qui fait sourire Adjutor.

— Et la mère dort chez un paroissien.

— J'aurais pensé qu'elle… laisse tomber Adrien avant de s'arrêter brusquement de parler, puisque ça ne l'intéresse pas de savoir ce qu'il advient d'elle.

— Si tu veux tout savoir, je lui ai refusé le gîte et le couvert et il en sera ainsi tant et aussi longtemps que le pavillon que j'ai prévu pour elle ne sera pas prêt. Et je ne suis pas pressé de le faire bâtir. Elle s'est fait de nombreux alliés la dernière fois qu'elle est venue et elle est allée crécher chez l'un d'entre eux. Il faut que tu comprennes que je suis plutôt mal placé pour les en empêcher, alors que je leur ai cassé les oreilles pendant des années avec l'importance de partager avec les plus vulnérables. J'ai bien l'impression que je n'ai pas fini de l'avoir dans les pattes. Enfin, dans le temps comme dans le temps…

Adjutor s'approche de Marie-Paule pour la saluer comme il se doit.

— Je suis content que tu sois venue, ma belle Marie-Paule. Arabella va venir nous rejoindre dès qu'elle sera parvenue à endormir notre fille.

— J'aurais tant aimé la voir, ne peut s'empêcher de s'exclamer Marie-Paule.

— Tu n'as qu'à monter à l'étage, c'est la première porte à droite.

Adrien revient à la charge pour son auto aussitôt que sa femme sort du salon.

— Si c'est pour t'empêcher de dormir, on peut aller la chercher tout de suite, mais il faut que tu saches qu'ici le hangar est plein.

Adrien jongle avec tout ça pendant quelques secondes.

— Tu peux me faire confiance, ajoute Adjutor, j'en ai pris soin comme si c'était la mienne.

— OK ! J'irai la chercher demain matin.

Ce n'est qu'à ce moment qu'Adrien se souvient qu'Adjutor n'avait pas de place pour sa mère au presbytère, et qu'il commence à se préoccuper de l'endroit où ils pourront passer la nuit.

— En attendant, ajoute Adjutor, vous allez pouvoir vous installer dans la chambre du curé. Il est parti pour la semaine. Mais j'y pense, vous devez être affamés.

— Un peu, répond poliment Adrien.

— Béatrice va vous préparer à manger. Je vais l'avertir.

Adrien observe son frère : il sort de la pièce avec une telle légèreté qu'on a l'impression qu'il flotte. S'il restait un seul petit doute à Adrien, à savoir si Adjutor a fait le bon choix en se mariant, eh bien, il vient de s'envoler. Adjutor est heureux comme jamais il ne l'a été, et ça crève les yeux encore plus que lorsqu'il vient leur rendre visite.

Adjutor revient avec une bouteille de vin de messe à la main.

— Je te promets de t'offrir autre chose à boire la prochaine fois que tu viendras me visiter, s'excuse Adjutor en voyant l'air de son frère.

— Je te remercie, lance aussitôt Adrien en appuyant ses paroles d'un geste de la main, mais je serais incapable d'en avaler une seule gorgée.

— Depuis quand tu refuses un verre ?

Adrien n'en a encore jamais parlé à personne, et il n'est pas certain d'avoir envie de le faire maintenant, surtout devant un ancien prêtre.

— Tu peux parler, tu n'es pas à la confesse, le rassure Adjutor, je ne suis plus curé.

Le dernier mot prononcé par Adjutor donne le coup de grâce à Adrien. Il ramasse vitement ses idées et il crache le morceau.

— Depuis qu'un curé m'a obligé à en boire pour mieux me tripoter.

Assommé par ce qu'il vient d'entendre, Adjutor remplit son verre et en prend une bonne gorgée.

— Je suis désolé. Je viens de faire renvoyer celui qui m'a remplacé pour la même raison. Ce que je vais dire n'a rien de rassurant, au contraire, mais même les curés ont des faiblesses…

Adjutor s'arrête au beau milieu de sa phrase. Il n'a jamais su quoi dire dans de telles situations et il ne le sait pas plus aujourd'hui. Ce qu'il sait par exemple, c'est que s'il a un fils, il refusera qu'il serve la messe s'il n'est pas absolument certain que le curé de la place a un comportement irréprochable avec tout le monde. Il ne pourra pas le protéger contre tous les gens qu'il croisera, mais il fera au moins ce qu'il pourra.

— Mais tu ne sais pas la meilleure, ajoute Adrien, André veut absolument servir la messe.

— Et tu ne voudrais pas qu'il subisse le même traitement que toi.

— Je ne me le pardonnerais pas !

— Alors, tiens ton bout, ça finira par lui passer !

* * *

Mérée est en train de s'user les genoux à force de prier pour trouver le moyen de faire vivre sa famille sans quémander à ses parents ou à son beau-père. Elle en veut terriblement à Wilbrod de ne plus être là, et il lui manque cruellement. Cependant, il n'en demeure pas moins que c'est seulement quand elle se retrouve seule sous les couvertures qu'elle réalise qu'il ne rentrera plus. Elle a tellement pleuré qu'elle n'a plus une seule larme à verser. Les enfants la surprennent beaucoup. Ils ont pleuré leur père, toutefois ils ont vite repris le chemin de l'école sans rouspéter. Mérée voit bien qu'ils sont tristes quand ils se retrouvent tous autour de la table, mais lorsqu'elle essaie de les faire parler, elle se bute à un mur qu'elle n'est pas encore parvenue à franchir. Même Gilles, qui était tout le temps avec Wilbrod, refuse de parler.

Gertrude est venue travailler tous les jours à l'épicerie depuis que son frère a été enterré. Quand Anita ne peut pas s'occuper des garçons, elle les emmène chez la mère de Camil. Gertrude a confiance qu'elle et Mérée vont finir par trouver la manière de sortir de l'impasse, à force de retourner la question dans tous les sens. L'épicerie de Mérée ne rapporte pas beaucoup pour le moment, mais Gertrude demeure confiante que ce n'est qu'une question de temps pour qu'elle fasse vivre la famille de Wilbrod. Gertrude entre dans le magasin après avoir frappé un petit coup sur la porte. Elle salue Mérée et va ranger son manteau.

— As-tu eu une idée de génie cette nuit ? lui demande Gertrude.

— Pas encore, mais je ne désespère pas… ça va finir par arriver. J'ai sommé Wilbrod de m'aider au plus sacrant. Je lui ai dit : « C'est toi qui nous as mis dans la misère, eh bien, c'est à toi de nous en sortir, et vite à part de ça. »

Mérée ne l'aurait pas fait d'elle-même, mais devant l'insistance de sa mère, elle a fini par se dire qu'elle n'avait rien à perdre, sauf un peu de salive.

— J'espère qu'il t'entend d'où il est, raille Gertrude.

— D'après ma mère, répond Mérée d'un ton assuré, ça marche à tout coup.

Gertrude regarde son amie en haussant les épaules.

— C'est ce qu'on verra. J'ai une question à te poser : Qu'est-ce que tu ferais si tu devais agrandir ton épicerie par en dedans ?

Le visage de Mérée s'illumine aussitôt.

— J'en ai parlé souvent avec Wilbrod et on se disait que le jour où il faudrait agrandir, on achèterait la maison d'à côté. Elles sont tellement proches qu'on aurait juste une porte à percer entre les deux maisons. On utiliserait tout le premier plancher pour l'épicerie et on se ferait un logement au deuxième étage. Et tu sais quoi, la maison est vide depuis que le père Truchon a rendu l'âme.

— Veux-tu bien me dire ce que tu attendais pour m'en parler ?

Mérée hausse les épaules. Wilbrod et elle avaient des tas de rêves en réserve, mais aucun moyen pour les réaliser.

— Qu'est-ce que ça change, maintenant que tu le sais ? lance Mérée sans conviction. Il ne faudrait pas que tu oublies que je joue dans la cour des grands et que je n'en ai même pas les moyens. Le magasin général a les reins forts et tous les habitants de la ville y vont au moins une fois par semaine. Moi, tout ce que je ramasse, ce sont les gens qui habitent autour et les gars qui travaillent sur le chemin de fer. J'ai fait une petite percée en sollicitant les patrons de la pulperie et j'en suis très contente, mais il faut absolument que j'aille chercher une autre clientèle que celle du magasin général.

Les deux amies reprennent leur discussion aussitôt qu'un client sort de l'épicerie, et elles tiennent bon jusqu'à ce qu'il en arrive un nouveau.

— Le magasin général est en feu ! s'écrie un client en entrant.

Étant donné que ni Gertrude ni Mérée ne réagissent à ce qu'il vient de dire, il revient à la charge.

— Venez voir dehors, si vous ne me croyez pas! Le feu sort de partout. D'après moi, il ne restera que les cendres quand les pompiers auront réussi à éteindre le feu.

— Est-ce qu'il y a des morts? s'inquiète Gertrude, devant le sérieux du ton utilisé par le client.

— Si vous vous inquiétez pour votre mari, je l'ai vu quand je suis passé. À mon avis, Mérée, vous feriez mieux de vous préparer, parce que vous allez vous faire envahir.

L'homme fait ses achats et il s'en va comme il est venu.

Rassurée de savoir qu'il n'est rien arrivé à Camil, Gertrude regarde Mérée et elle éclate de rire.

— Tu remercieras Wilbrod ce soir.

Mérée penche la tête à droite, puis à gauche, et lorsqu'elle finit par comprendre à quoi Gertrude fait référence, elle se met à rire de bon cœur elle aussi. Elle ignore ce que son défunt mari a à voir dans l'incendie du magasin général et, franchement, elle n'en demandait pas autant, mais elle est prête à relever le défi. Elle ignore comment elle va s'y prendre, mais elle trouvera sûrement la réponse avec Gertrude.

Les cendres du magasin général sont encore chaudes lorsque la porte s'ouvre sur le maire de la ville et le directeur de la banque. Ils saluent les deux femmes et, sans plus attendre, le maire prend la parole.

— Vous êtes sûrement au courant que le magasin général est en train de brûler et que c'est toute une tuile qui vient de nous tomber sur la tête. Ce que vous ne savez pas, par exemple, c'est qu'on vient de parler avec monsieur Potvin et qu'il nous a dit qu'il était trop vieux pour reconstruire.

— Et ce n'est pas tout, ajoute le banquier, il nous a dit qu'il voulait que vous preniez la relève.

Décidément, plus Mérée en entend, moins elle comprend où ses visiteurs veulent en venir. Elle les regarde tour à tour avec des points d'interrogation dans les yeux.

— Nous sommes venus vous dire que votre prêt était accepté, poursuit le banquier.

— Mais de quel prêt parlez-vous? lui demande Mérée. Je ne suis même pas allée à la banque.

Cette fois, c'est le maire qui reprend le flambeau.

— Une ville comme la nôtre ne peut pas vivre sans son magasin général et vous êtes la personne toute désignée pour prendre la relève. Vous n'avez qu'à dire oui et tout ce que monsieur Potvin avait commandé arrivera ici, à votre épicerie, dans deux jours. Vous êtes bien placée et votre réputation est excellente. Qu'en dites-vous?

Mérée fait le tour de la pièce qui lui sert d'épicerie sans avoir besoin de cligner des yeux et elle se retient d'éclater de rire. Il faut être fêlé pour penser qu'elle peut recevoir les marchandises du magasin général dans cet espace! Gertrude la surveille du coin de l'œil depuis que les deux hommes ont commencé à parler et c'est à ce moment qu'elle prend la parole.

— Mérée est trop humble pour vous le dire, mais elle a déjà réfléchi à tout.

Et Gertrude leur répète ce que Mérée lui a dit sur son projet d'agrandissement en ajoutant quelques détails de son cru au passage.

— Je me charge d'acheter la maison d'à côté, dit le banquier.

— Et moi, ajoute le maire, je vous envoie mes hommes à la première heure demain matin pour qu'ils commencent les travaux au plus vite.

— Pour ma part, s'exclame Gertrude, je vais demander à Camil de venir t'aider… si tu veux, bien sûr.

Mérée est sonnée par ce qu'elle vient d'entendre. C'est tellement gros qu'elle se pince pour être bien certaine qu'elle n'est pas en train de rêver. Lorsque le banquier la voit faire, il lui tend la main et la serre un peu plus fort qu'il le devrait, ce qui fait rougir légèrement Mérée.

— Vous ne rêvez pas, madame Pelletier. Votre épicerie va se transformer en magasin général en un rien de temps. C'est triste, mais une fois de plus, le malheur des uns fait le bonheur des autres.

Comme si ce n'était pas assez, le banquier ajoute d'un ton beaucoup plus bas :

— Et je suis heureux que ce bonheur tombe sur vous.

— Alors ? se renseigne le maire sans faire dans la dentelle.

— J'ignore dans quoi je m'embarque exactement, répond Mérée, mais je suis prête à relever mes manches pour que les gens de Jonquière retrouvent leur magasin général au plus vite.

— Je viendrai vous faire signer tous les papiers demain, confirme le banquier.

Les deux hommes se dirigent vers la porte et, au moment de sortir, le banquier se retourne et dit :

— Votre sucre à la crème est de loin le meilleur que je n'ai jamais mangé.

Flattée, Gertrude rougit avant de répondre :

— Je vous en offrirai une pleine boîte demain.

Surpris, le banquier soulève son chapeau en guise de salutation et sort sans rien ajouter.

La porte est à peine refermée que Mérée se laisse tomber sur la seule chaise de la pièce.

— Je n'en reviens tout simplement pas. J'ai plus d'ouvrage que je suis capable d'en faire devant moi, mais je vais pouvoir nourrir ma famille comme je le souhaitais. Je n'y crois pas…

— Et tu pourras te remarier quand tu voudras. Espèce de petite cachottière, tu ne m'avais pas dit que le banquier te voyait dans sa soupe.

— Mais je n'étais pas au courant, se défend aussitôt Mérée, et je n'ai pas l'intention de me remarier de sitôt.

L'instant d'après, le visage de Mérée devient sévère, ce qui n'échappe pas à Gertrude.

— Promets-moi de toujours être là, parce que sans toi je n'y arriverai pas.

Touchée par les paroles de son amie, Gertrude lui tend la main.

— Tu n'as pas à t'inquiéter, je suis là pour rester. J'ai une question pour toi. Que penses-tu de l'idée d'engager Camil ?

— Mais il me le faut absolument ! Il connaît tout du magasin général et de son fonctionnement. N'oublie pas de lui dire que je l'attends demain matin à sept heures. Mais j'y pense, crois-tu que ça va le déranger de travailler pour moi ?

Gertrude commence par hausser les épaules. Elle réfléchit ensuite quelques secondes et dit :

— D'après moi, ça ne lui causera pas de problème, mais si j'étais à ta place, c'est la première question que je lui poserais si tu veux en avoir le cœur net. Je ne peux pas parler pour lui, c'est quand même un homme. Je n'en reviens tout simplement pas de ce qui t'arrive. Ce matin encore, tu ne savais pas à quel saint te vouer pour faire vivre ta famille et maintenant, tu vas sûrement devenir la femme la plus riche de la ville.

— Peut-être bien, répond Mérée, mais je ne serai jamais assez riche pour avoir un manoir comme celui d'Adjutor, par exemple.

— C'est ce qu'on verra !

Chapitre 18

Laurier entre dans la cour en voiture comme s'il avait le feu au derrière. Occupée à rentrer du bois, Céline échappe toute sa brassée tant il lui fait faire le saut. Laurier saute à terre et entre dans la maison en catastrophe sans lui porter la moindre attention.

— Habille les enfants et viens avec moi, crie-t-il à sa femme.

Au lieu de s'exécuter, Charlotte met les mains sur les hanches et lui lance :

— Tu pourrais commencer par me dire : « Bonjour, Charlotte, je suis content de te voir. J'espè… »

Mais Laurier n'a pas envie de rire aujourd'hui. Il s'approche de sa femme et la saisit par le poignet avant de l'interrompre pour lui ordonner :

— Habille les enfants et viens avec moi.

— Je ne les réveillerai certainement pas pour te faire plaisir.

— Je ne te demande pas ton avis, ajoute Laurier, je veux que tu prennes les enfants avec toi. Je vous attends dans la voiture.

Jadis, l'autorité de Laurier aurait fait trembler Charlotte, mais plus maintenant. Elle le fixe sans broncher. Il a intérêt à lui donner une bonne raison pour qu'elle s'exécute, parce que sinon, elle va retourner à ses chaudrons. Mais Laurier ne l'entend pas ainsi. Il l'agrippe par les épaules et la secoue comme un prunier.

— Lâche-moi, lui crie Charlotte en se débattant, tu me fais mal.

— Pas avant que tu aies compris le bon sens. Je suis sérieux, Charlotte, je vous attends dans la voiture. Il faut que je te parle.

— Tu n'as qu'à le faire ici !

— Je n'ai pas envie qu'elle nous entende.

Laurier n'a pas besoin de préciser de qui il parle pour que Charlotte comprenne qu'il s'agit de Céline. Il est de plus en plus froid et distant avec elle lors de ses brefs passages à la maison. D'un côté, Charlotte aimerait qu'il reste plus longtemps. D'un autre côté, l'air est tellement irrespirable dans la maison quand il les honore de sa présence qu'elle se prend chaque fois à avoir hâte qu'il parte après quelques heures seulement.

— Sois tu viens de bon gré, sois je te traîne de force.

— À une condition, je veux que tu m'aides.

— Je m'occupe de Raymond.

Ce n'est pas la première fois que Laurier choisit de s'occuper de Raymond lorsque Charlotte lui demande de prendre un des enfants en charge mais, chaque fois, ça lui fait un petit pincement au cœur. Il faut dire qu'en vieillissant, Raymond ressemble beaucoup à son père, alors que Claire n'a aucun de ses traits ni son caractère, d'ailleurs.

Aussitôt sa famille installée dans la voiture, Laurier commande à son cheval d'avancer. À la grande surprise de Charlotte, ils parcourent à peine un mille et Laurier arrête la voiture au beau milieu de la route.

— Veux-tu bien me dire pourquoi on arrête ici ? l'interroge Charlotte.

— Parce qu'ici, on sera tranquilles. Il faut que Céline s'en aille, et le plus vite sera le mieux. Elle est dangereuse. Tu dois t'en débarrasser.

— Je ne suis pas de ton avis, rétorque Charlotte en croisant les bras. Céline est une bonne personne.

Laurier savait que Charlotte ne ferait rien pour lui faciliter la tâche. Elle n'aimera pas ce qu'il va lui dire, mais elle l'aura voulu.

— Comme tu veux, dit Laurier. Je suis allé voir son frère et je lui ai raconté que sa sœur créchait chez nous.

— Tu n'avais pas le droit d'aller bavasser. Elle…

— Arrête ! l'intime Laurier. Je ne sais pas ce qu'elle t'a raconté, mais tout ce que je peux te dire, c'est que sa famille est bien contente de s'en être débarrassée, et ils ne veulent surtout pas qu'elle revienne. Ce n'est pas moi qui l'invente, son frère m'a dit mot pour mot : Ma sœur est folle, et elle finit toujours par avoir ce qu'elle veut.

Charlotte secoue la tête avec énergie. La Céline dont Laurier parle n'a rien à voir avec celle qui partage son quotidien et celui des enfants. Charlotte s'était juré de ne jamais se servir de l'écart de conduite de Laurier, mais après ce qu'elle vient d'entendre, elle ne voit pas d'autre issue.

— Il y a quelque chose que je ne comprends pas dans ton histoire. Pendant tout le temps qu'ont duré vos ébats, elle était parfaite, alors que maintenant elle est folle ? Tu ne vas quand même pas me faire accroire que…

— Le passé est le passé, siffle Laurier. Si tu veux tout savoir, je ne passais pas mes journées avec elle.

— Eh bien, moi, oui. Je peux te garantir que Céline est une bonne personne. Elle n'a pas eu de chance, de tomber sur toi. Et tout ce qu'elle veut, c'est se trouver un mari et avoir des enfants.

Devant l'entêtement de sa femme, Laurier sent une vague de colère monter en lui.

— Je plains l'homme qui va se faire prendre dans ses filets. Je vais te raconter tout ce que son frère m'a dit sur son compte.

Et Laurier y va d'une tirade où les histoires se mêlent et s'entre-mêlent à une telle vitesse que Charlotte a du mal à tout assimiler. Lorsqu'il arrive au bout de son plaidoyer, il lui dit :

— Tu sais tout, maintenant.

— Mais je ne crois pas un mot de tout ce que tu viens de me dire. Ramène-moi à la maison. Je savais que tu pouvais être méchant, mais je n'aurais pas pu imaginer que tu pouvais l'être autant. Aussi bien te faire à l'idée, parce que Céline est là pour rester.

Découragé, Laurier commande à son cheval d'avancer. Il tourne de bord et file à la maison sans ajouter un mot. Il aide Charlotte à rentrer les enfants. Il les embrasse doucement et il sort sans demander son reste. Il remonte dans sa voiture et s'en va avec sa poche de linge sale pour seul compagnon. Il vaut mieux qu'il aille dormir sur le bateau.

Témoin de la scène, Céline se fait toute petite dans son coin. Elle sait pertinemment qu'elle est la source du départ de Laurier, et ça n'a rien pour lui plaire.

Adossée à l'évier, Charlotte se repasse tout ce que lui a dit Laurier sur le compte de Céline. Une partie d'elle lui dit qu'il n'aurait pas pu tout inventer même s'il l'avait voulu, pas par manque d'intelligence, mais parce que raconter des histoires n'a jamais été son fort. Une autre partie d'elle n'en croit pas un mot, parce que la personne qui est devant elle n'a rien à voir avec celle que vient de lui dépeindre son cher mari. Charlotte soupire un bon coup, puis elle se frotte les mains avec énergie et va chercher son tablier.

— Ça te dirait qu'on se fasse des brioches ?

— Certain ! répond promptement Céline, qui retrouve aussitôt le sourire.

Les petites crises de Laurier commencent à inquiéter pas mal Céline. Et celle-ci, plus que les autres. C'est d'ailleurs la première fois qu'elle voit Charlotte aussi affectée. Pendant un moment, elle a même cru qu'elle allait lui demander de partir. Et ça, il ne faut pas que ça arrive. Elle peut comprendre que ce n'est pas facile pour Laurier de l'avoir dans sa maison, mais comme le dit si bien Charlotte, ce n'est pas plus facile pour elle.

— Je pourrais faire des patates fricassées pour souper, ajoute Céline d'une voix douce.

— Si c'est pour faire plaisir à Laurier, ne te donne pas autant de mal, parce que je suis à peu près certaine qu'on ne le reverra pas avant demain matin.

Charlotte ajoute d'une voix plus basse comme pour elle-même :

— Si on le revoit avant que son bateau reparte…

— J'espère que ce n'est pas à cause de moi, ajoute Céline, parce que je ne vou…

— Je t'interdis de t'en faire avec les humeurs de mon mari. Je propose qu'on tue un poulet pendant que les brioches lèveront.

— Qu'est-ce qu'on fête ? demande aussitôt Céline.

— Si ça te prend absolument une raison, eh bien, disons qu'on célèbre ma fête en avance. Ça te va ?

Pour toute réponse, Céline lui sourit. Elle s'attache à Charlotte bien plus qu'elle le voudrait, et à la petite Claire aussi. Quant à son fils, il grandit en beauté. Elle pourrait passer des heures à le regarder dormir, mais pour ça, il faudrait que Charlotte la laisse seule avec lui plus longtemps que le temps d'aller étendre le linge ou de nourrir les poules.

* * *

Lucille est hors d'elle-même quand elle ouvre la porte et qu'elle voit la voiture de Joseph à la place de l'auto d'Adrien. Elle est si fâchée qu'elle frappe partout avec ses pieds. Quand elle se calme enfin, elle sursaute en voyant qu'elle n'est pas seule.

— Je me suis fait voler mon auto, s'écrie-t-elle d'une voix plaintive.

— Si ça peut vous rassurer, lui dit un des hommes présents, c'est votre fils Adrien en personne qui est venu la chercher ce matin avec monsieur Adjutor.

— Il n'avait pas le droit de venir m'enlever mon auto ! Savez-vous au moins quel bord ils ont pris ?

— Tout ce qu'on sait, c'est que monsieur Adjutor leur a souhaité bon voyage, répond une femme.

Lucille en a assez entendu pour le moment. Plutôt que de prendre la peine d'atteler le cheval, elle referme brusquement la porte du hangar.

— J'en connais un qui va se faire parler… Est-ce que quelqu'un pourrait m'emmener au manoir ? demande-t-elle sans aucune gêne.

— Montez, dit le plus vieux, je m'en vais justement par là.

Adjutor est au désespoir chaque fois qu'il voit apparaître sa mère dans son champ de vision. Elle ne dort pas au presbytère, mais elle passe ses grandes journées à l'embêter et à déranger ses hommes. Il la regarde descendre de la voiture et il ne peut pas s'empêcher de lever les yeux au ciel. Aussitôt qu'elle l'aperçoit, elle accélère le pas comme si elle avait peur qu'il disparaisse.

— Je n'ai pas de félicitations à te faire, mon garçon, lui lance-t-elle. Tu n'avais pas le droit de dire à Adrien où j'avais serré mon auto.

— Mais ce n'est pas votre auto, c'est la sienne.

— Peu importe, la prochaine fois, tu te mêleras de tes affaires. Tu as changé depuis que tu es marié et, j'aime autant te le dire, ce n'est pas pour le mieux.

— Vous m'avez bien dit que vous repartiez demain? la nargue Adjutor. Ça tombe bien, le frère de Béatrice a justement affaire à Chicoutimi. Vous pourrez l'emmener avec vous.

Devant l'air meurtrier de sa mère, Adjutor se dépêche d'ajouter:

— Vous comprenez, je voudrais que Béatrice ait le temps de vous préparer des provisions pour le voyage.

Lucille lui jette un regard noir. Elle n'est pas la bienvenue ici et elle le sait. Elle a essayé d'en parler avec son fils, mais il n'a rien voulu entendre. Elle a fait une tentative du côté d'Arabella, mais sa belle-fille l'a revirée comme une crêpe avant même qu'elle finisse sa première phrase. Et quand elle a voulu s'approcher de sa petite-fille, sa bru s'est dépêchée de la prendre. Mais Lucille en a vu d'autres. C'est pourquoi elle a bien l'intention de rester aussi longtemps qu'elle le souhaitera. Les paroissiens sont tous aux petits soins avec elle, alors que chez elle, même Joseph ne se préoccupe plus de ce qu'elle veut. Elle retournera à Jonquière seulement pour l'anniversaire d'Émile, et pas avant.

* * *

C'est la troisième fois en deux semaines que Gisèle et René vont marcher en ville ensemble. L'un comme l'autre, ils avaient fait le deuil de se marier un jour, mais maintenant, ils commencent à envisager leur vie autrement.

— Vous allez peut-être me trouver vite en affaires, dit René en arrêtant de marcher, et peu romantique, mais je me verrais bien vieillir avec vous.

Les yeux de Gisèle se mettent instantanément à briller comme des diamants. Elle était contre l'idée de le rencontrer lorsque Marie-Paule lui en a parlé, mais elle a très vite changé d'avis en le voyant. René est plus beau qu'Adrien, plus grand et plus drôle aussi. Et il ne boit pas, comparé à lui.

— Êtes-vous en train de me demander en mariage, vous là?

— Ça se pourrait, mais je ne voudrais pas vous offenser.

— Eh bien, c'est oui.

— Vous me rendez très heureux, dit René en prenant la main de Gisèle.

Rouge jusqu'aux oreilles, Gisèle presse celle de son cavalier, et ce n'est qu'à ce moment qu'elle se souvient qu'elle a une mère.

— Vous rappelez-vous que je vis avec ma mère?

— Oui! Adrien m'a vanté ses mérites en long et en large, au point que j'ai l'impression de déjà la connaître. Elle aura sa chambre et elle pourra aller et venir à son aise dans toute la maison. J'aime mieux vous avertir, c'est loin d'être un château, mais j'ai tout ce qu'il faut.

— Si vous voulez, je demanderai à Marie-Paule de vous emmener la voir dimanche.

René n'est pas du genre à s'encombrer des convenances, mais comme Gisèle est la sœur de Marie-Paule et que les commères s'en donneraient à cœur joie s'il avait un écart de conduite aux yeux de tous, il se conduit comme un monsieur. Mais s'il ne tenait qu'à lui, il prendrait sa future femme dans ses bras et il l'embrasserait à pleine bouche. Gisèle a eu un tel effet sur lui la première fois qu'il l'a rencontrée qu'il a encore du mal à croire ce qui lui arrive.

— Il faut aussi que vous sachiez que mes frères et sœurs risquent de débarquer chez nous à tout moment, ajoute Gisèle du bout des lèvres. On est loin d'être une famille parfaite, mais on est tricotés serrés.

— C'est parfait pour moi. J'ai vécu tellement longtemps seul que ça va me faire du bien de voir du monde. Est-ce qu'il y a autre chose que je devrais savoir ?

— Peut-être une dernière… Je ne sais pas si je pourrai vous donner des enfants. Comme on dit, je ne suis plus de la première fraîcheur…

— On n'aura qu'à adopter un petit bâtard.

Gisèle relâche les épaules, elle respire mieux maintenant. Elle ne tient pas mordicus à en avoir, mais elle serait contente de tomber enceinte.

— Une toute dernière chose, ajoute-t-elle d'une petite voix. Est-ce que je pourrai faire quelques heures au magasin général de Mérée une fois qu'on sera mariés ?

— Gertrude serait capable de m'arracher la tête, si je refusais. Écoutez, Gisèle, je n'ai jamais mis personne en cage et ce n'est pas aujourd'hui que je vais commencer à le faire. J'ai mes habitudes et vous les vôtres. Reste maintenant à trouver un juste milieu pour que notre mariage soit un plus pour chacun d'entre nous et non une suite de contraintes.

L'instant d'après, René ajoute sur un ton taquin :

— Tant que mes repas seront prêts, que mon linge sera lavé et que ma place sera chaude dans le lit, vous ne m'entendrez jamais me plaindre.

René porte la main de Gisèle à sa bouche en ne la quittant pas des yeux, ce qui a pour effet de donner des sueurs froides à sa future épouse. Ils poursuivent ensuite leur marche en silence pendant quelques secondes.

— Mais j'y pense, déclare subitement René, il va falloir que je fasse la grande demande à votre mère.

— Ne vous inquiétez pas avec ça, Marie-Paule ne lui a dit que de bonnes choses sur vous. Ma mère vous a déjà adopté, et elle a toujours rêvé d'avoir un jardin.

René avait pratiquement oublié à quel point la vie peut être belle parfois. Il n'a pas réussi à se rapprocher de sa mère et à voir aller les choses, ses chances sont faibles d'y arriver un jour, néanmoins il a trouvé l'amour et cela vaut son pesant d'or.

— Je ne sais pas ce que vous en pensez, mais j'aimerais qu'on se marie au plus vite.

— Vous n'aimeriez pas mieux attendre que votre mère soit revenue pour fixer la date ?

— Même si elle était là, elle ne me ferait pas l'honneur de sa présence à mon mariage. Laissez-moi vous raconter ma petite histoire.

René n'entre pas dans les détails, mais il en dit suffisamment pour que Gisèle comprenne bien ce qui s'est passé.

— Maintenant que vous savez tout, voulez-vous toujours m'épouser ?

— Plus que jamais ! Allons annoncer la bonne nouvelle à ma mère.

* * *

Les événements se sont enchaînés si rapidement depuis la visite du maire et du banquier que Mérée ne sait plus où donner de la tête. Elle a envoyé les plus jeunes chez ses parents le temps des travaux et a réquisitionné les plus vieux pour l'aider dès qu'ils reviennent de l'école. Ils ont tout monté au deuxième étage, la table et même les chaises. Son épicerie a été vidée de tout ce qu'elle contenait avant même que le soleil se couche le lendemain de l'incendie du magasin général. Pendant que Gertrude servait les clients, elle courait comme une queue de veau pour répondre à toutes les questions des hommes envoyés par le maire.

Elle discute avec monsieur Potvin, le propriétaire du magasin général, depuis une bonne heure déjà pendant que Gertrude et Camil ont pris la relève pour les travaux. De toute façon, ils n'auront rien à vendre avant demain, puisque la commande ne leur sera livrée qu'à la fin de la journée.

— Pourquoi faites-vous ça pour moi? lui demande subitement Mérée.

— Parce que vous êtes la femme de la situation. Vous connaissez déjà le commerce et je ne me fais pas d'illusions, vous savez, si vous aviez eu les moyens de grossir, vous m'auriez jeté sur la paille. Vous avez le sens des affaires comme peu d'hommes l'ont. Et je ne vous fais pas de cadeau. J'ai gardé dix pour cent des parts et je vous ai obligée à en donner autant à Camil. Vous avez toutes les cartes en mains pour réussir.

— Avec vous à mes côtés, lui confie Mérée, je suis prête à renverser les montagnes.

— Comme je vous l'ai dit, je ne vous promets pas de passer mes journées ici, mais je serai toujours là pour vous.

— Je m'excuse à l'avance de ma curiosité, mais que comptez-vous faire de vos journées?

— Tout ce que je peux vous dire pour l'instant, c'est que j'ai d'autres projets.

Monsieur Potvin se lève et lui tend la main.

— Je sais bien que nous avons une grande différence d'âge, mais je veux que vous sachiez que je serais l'homme le plus heureux de me promener à votre bras.

Déstabilisée par sa proposition, Mérée rougit d'un coup. Alors qu'elle ouvre la bouche pour parler, aucun son n'en sort.

— Ma défunte épouse m'a toujours dit que je n'avais pas le tour avec les femmes, ajoute monsieur Potvin en voyant sa réaction. Oubliez tout ça et ne vous inquiétez pas. Peu importe votre réponse, je ne vous en tiendrai jamais rigueur. Bonne journée, Mérée !

Une fois son visiteur sorti de sa cuisine, Mérée se pince pour être bien certaine qu'elle n'a pas rêvé ce qui vient de se passer. L'homme le plus riche de la ville, après les Price bien entendu, vient de la demander en mariage. Elle n'en revient tout simplement pas ! Elle ne lui donnera pas sa réponse demain matin, mais elle va au moins considérer son offre une fois que le plus gros des travaux sera complété. *Gertrude ne me croira jamais quand je vais lui dire !*

Camil n'est pas content que le magasin général ait brûlé, mais il est heureux d'être actionnaire du futur magasin de Mérée, par contre. Il en rêvait depuis le jour où il a commencé à travailler pour monsieur Potvin. Pas plus tard que le mois dernier, il avait même osé lui en parler. Il n'a pas essuyé de refus, mais son patron lui a demandé de lui laisser un peu de temps pour réfléchir à tout ça. Camil adorait travailler pour cet homme et il doit bien avouer que ça lui fait un peu bizarre d'être sous les ordres d'une femme. Heureusement, il a toujours apprécié Mérée et le fait qu'il puisse prendre part aux décisions l'aide à oublier qu'elle porte une jupe plutôt qu'un pantalon. Camil sait que son apport à l'entreprise vaut son pesant d'or, tout comme celui de Gisèle, d'ailleurs. À eux deux, ils savent tout du commerce qu'ils sont en train de remettre sur pied. Et le plus important, c'est qu'ils connaissent tous les clients, du plus petit au plus grand. Avec les idées de Gertrude et de Mérée, nul doute que leur magasin deviendra une référence non seulement à Jonquière, mais dans tout le Saguenay. Pour le moment, ils ont assez de pain sur la planche pour s'occuper jour et nuit s'ils le veulent.

— Moi, dit Gertrude, je pense que ce serait mieux si on mettait le comptoir dans l'autre sens.

Si travailler pour une femme dérange un peu Camil, travailler avec la sienne lui donne de l'urticaire.

— Qu'est-ce que tu connais au commerce ? lui jette-t-il au visage.

La réplique cinglante de son mari va piquer Gertrude droit au cœur. Elle est loin d'être certaine qu'elle va pouvoir continuer à venir travailler ici. Camil ne l'en empêchera pas de manière formelle, mais s'il est pour la reprendre devant les clients comme il vient de le faire, elle va laisser d'elle-même. Camil n'avait cependant pas vu que Gisèle venait d'entrer dans la pièce.

— Gertrude a raison, confirme-t-elle, on perdra trop d'espace, si on le met dans l'autre sens. Je vais chercher Mérée.

Si Camil croyait qu'il pourrait faire son jars ici, il vient d'en prendre pour son rhume. Non seulement il travaille pour une femme, mais il est aussi entouré de deux autres. Ou il prend leurs idées en compte, ou il va se faire écraser comme une puce à la première occasion. Pour une fois que la vie lui est favorable, il ne va certainement pas rater sa chance. Quant à Gertrude, il lui parlera pour s'excuser ce soir.

— À bien y penser, dit-il bien humblement, vous avez probablement raison.

Gertrude rit dans sa barbe en l'entendant. Camil est un homme intelligent, de ça, elle n'en a jamais douté. Par contre, elle n'aurait pas cru qu'il pouvait se rallier aussi vite à une décision, surtout si celle-ci est mise de l'avant par une femme. Son mari ne porte plus à terre depuis qu'il est devenu actionnaire du magasin, et elle le comprend. Mais ce qu'il ignore, c'est que Mérée a tenu à lui donner des parts, à elle aussi, tout comme à Gisèle.

— Mais je n'ai pas d'argent, lui a objecté Gertrude.

— Ça adonne bien, lui a répondu Mérée en riant, parce que moi non plus, je n'en ai pas. Sérieusement, tu n'as pas le choix d'accepter. Tu as toujours été là pour moi et je veux que tu profites de la manne, toi aussi. Et puis, ça va prendre quelqu'un pour réaliser les projets auxquels on a pensé toi et moi. D'ailleurs, au cas où je l'oublierais, rappelle-moi de garder un petit coin pour installer deux ou trois tables pour que les gars du chemin de fer puissent venir manger sur place.

— Je n'arrive pas à y croire! Est-ce qu'on va aussi s'organiser pour aller porter des repas chauds aux hommes de la pulperie?

— Nos idées étaient bonnes hier, elles sont encore meilleures aujourd'hui. Penses-y un peu, ça ne se fait pas à nulle part dans la région. Prépare-toi, parce que nous n'avons pas fini de travailler. Et ne remercie surtout pas Anita.

Camil n'est pas encore au courant et c'est très bien ainsi. Gertrude a convaincu Mérée d'attendre un peu pour le lui dire. De cette manière, s'il le prend mal, Gertrude aura du temps pour gérer la crise. Il n'y a pas si longtemps, elle se serait sentie mal de lui cacher une chose aussi importante, mais pas aujourd'hui. Ils ont un magasin à ouvrir et tout le reste fait partie des choses qui peuvent attendre.

Mérée abonde dans le sens de ses associés dès qu'elle est mise au courant de la situation.

— J'ai besoin de toi, Camil, dit-elle la seconde d'après, on vient de recevoir de la marchandise et je voudrais voir où il faudrait la mettre, en attendant que les tablettes soient terminées.

Camil sur les talons, Mérée sort de la pièce d'un pas léger et rapide. Elle a l'air d'une petite fille dans sa robe noire.

— Ne vous inquiétez pas, Gertrude, dit Gisèle, il va finir par s'habituer.

Gertrude fronce les sourcils jusqu'à ce qu'elle comprenne de quoi parle Gisèle.

— Il m'a fait le même coup quand je suis rentrée au magasin et, aujourd'hui, il me prend pour un des leurs.

— Peut-être, mais vous ne dormez pas dans le même lit que lui…

— Faites-moi confiance, Camil est trop content d'avoir des parts pour risquer de les perdre. Et votre relation avec Mérée va vous sauver.

Pendant que Gertrude réfléchit à ce que vient de lui dire Gisèle, cette dernière meurt d'envie de lui apprendre son nouveau. N'y résistant plus, elle lui dit :

— Je sais que ce n'est ni le moment, ni l'endroit, mais René et moi, nous allons nous marier.

— Ça, c'est une bonne nouvelle ! Je suis très contente pour vous, Gisèle, et pour mon frère, il va sans dire. Et c'est pour quand le mariage ?

— Dès que le curé nous donnera sa bénédiction.

Gertrude se dit aussitôt que leur mère ne sera sûrement pas de retour, mais elle se garde bien d'en parler. Après tout ce qu'elle a fait endurer à René, l'occasion est parfaite pour lui rendre la monnaie de sa pièce, du moins en partie.

— Ferez-vous un gros mariage ?

— Les deux familles proches seulement. René croule sous le travail et moi aussi. Comme on n'a pas envie d'attendre d'être trop vieux, on a décidé de faire les choses simplement.

— C'est papa qui va être content !

Gertrude s'approche de Gisèle et elle la serre dans ses bras. Surprise et peu portée sur les démonstrations de ce genre, Gisèle ne sait pas comment réagir. Et c'est encore pire lorsque Gertrude l'embrasse sur les joues.

— Félicitations, Gisèle ! lance Gertrude. Est-ce que je peux répandre la bonne nouvelle ?

— Autant que vous voulez !

Chapitre 19

Charlotte passe son temps à relire la lettre de Gisèle depuis qu'elle l'a reçue. Jamais elle n'aurait cru que sa sœur, la vieille fille de la famille, allait convoler en justes noces un jour. Ce n'est pas que Gisèle parlait en mal des hommes, disons qu'elle ne leur accordait aucun intérêt depuis le bref passage d'un certain Jacques dans sa vie il y a de cela une dizaine d'années. Charlotte aimerait beaucoup aller au mariage, mais elle n'arrive pas à se décider. Ce n'est pas compliqué, elle ne peut pas se résoudre à laisser Céline seule à la maison pendant aussi longtemps. Elle ne veut pas courir le risque que Laurier débarque aussitôt qu'elle sera sortie de la cour, ce qu'elle ne peut absolument pas prévoir, étant donné qu'il n'a jamais le même horaire.

Céline voit bien qu'elle est préoccupée, mais elle n'a pas encore osé lui demander ce qui lui arrive. Elle n'est pas sans savoir que sa présence ici ne fait pas l'unanimité dans la famille de Charlotte, pas plus qu'elle ne la ferait si les religieuses de l'orphelinat étaient au courant.

Pendant qu'elle porte sa dernière bouchée de gruau à sa bouche, Charlotte a une idée. Elle l'avale en vitesse et dit :

— Ma sœur Gisèle se marie dans deux semaines. Ça vous dirait de venir avec nous ?

Surprise, Céline a un mouvement de recul à peine perceptible, mais qui n'échappe pas à Charlotte.

— Après tout, vous faites partie de la famille.

— Je ne crois pas que Laurier serait d'accord que je vous accompagne, dit-elle du bout des lèvres.

Céline a raison. Laurier serait furieux s'il savait qu'elle pense seulement à l'emmener. Il ne voit rien de bon dans sa présence ici, bien au contraire. Quant à la présenter à la famille, c'est hors de question. Et puis, il ne faut pas se le cacher, Raymond a des airs de sa mère en vieillissant. Par contre, Charlotte peut toujours se défendre là-dessus. N'est-il pas courant qu'un enfant finisse par ressembler aux gens qui l'entourent ?

— Laissez faire Laurier ! C'est décidé, vous nous accompagnerez à Jonquière.

— Pourquoi faites-vous ça ? lui demande Céline.

Charlotte pourrait inventer maintes raisons, mais elle choisit de lui dire la vérité.

— Parce que je ne peux pas vous laisser seule ici et parce que… je ne sais pas de quoi Laurier serait capable. Je ne vous apprendrai rien en vous disant que votre présence ici ne lui plaît pas du tout. Pas plus tard qu'hier, il m'a encore ordonné, et le mot est faible, de vous renvoyer d'où vous venez.

Alors qu'elle en aurait encore long à dire sur le sujet, Charlotte s'arrête ici. Certes, elle aurait peur que Laurier s'en prenne à Céline, mais elle est surtout morte de peur à l'idée qu'il retombe dans ses bras. Ça, elle ne le supporterait pas.

Céline n'est pas sotte au point de ne pas lire entre les lignes, elle sait parfaitement à quoi Charlotte fait allusion. Elle lui dirait bien que chaque fois qu'elle s'est retrouvée seule avec Laurier, elle a déployé tous ses charmes pour le mettre dans son lit, et qu'il l'a toujours envoyée paître, mais elle ne le fera pas. Sa vie ici est loin d'être celle dont elle rêvait, néanmoins elle est encore mieux que celle qu'elle avait lorsqu'elle habitait chez ses parents.

— Mais j'ai refusé, ajoute Charlotte avant même que Céline n'ait le temps de réagir.

— Je ne vous remercierai jamais assez pour tout ce que vous faites pour moi, mais je ne voudrais pas être un poids pour vous.

Charlotte se retient de lui répondre qu'il est trop tard pour ça. Non seulement, Céline est un poids pour elle, mais sa présence est en train de détruire ce qui restait de son couple. Charlotte ne se fait pas d'illusions, plus jamais les choses ne redeviendront comme avant avec Laurier. Trop de choses sont arrivées depuis le jour où il a découvert qu'elle allait bercer des enfants à l'orphelinat. Son indifférence, sa colère et sa froideur l'ont usée. Puis, il y a eu Léandre. Jamais elle ne se serait jetée dans ses bras si Laurier n'avait pas eu cette attitude envers elle. D'ailleurs, chaque fois qu'une voiture entre dans sa cour, elle arrête de respirer jusqu'au moment où elle s'aperçoit que ce n'est pas lui. Tout comme Céline, la vie de Charlotte n'a rien à voir avec celle qu'elle souhaitait. Elle a pourtant tout pour être heureuse maintenant, mais dans les faits, elle n'a jamais été aussi malheureuse de toute sa vie, au point qu'elle ignore comment elle ferait pour passer au travers, si elle n'allait pas à l'orphelinat.

— Au contraire, votre présence me fait beaucoup de bien, s'entend répondre Charlotte.

— Je pourrais aller chez ma tante pendant que vous serez partie.

— Pas question ! C'est décidé, vous viendrez avec nous.

L'instant d'après, elle se gratte nerveusement le fond de la tête et elle court mettre son tablier. Elle ignore encore ce qu'elle pourrait bien cuisiner, mais ce n'est qu'en s'activant qu'elle va parvenir à retrouver une forme de paix.

— Est-ce que je peux vous être utile à quelque chose ? lui demande gentiment Céline.

— Si vous alliez me chercher des pommes…

***

Gertrude est si occupée qu'elle n'a pas encore remarqué la girouette que René et Joseph sont venus installer sur sa maison la semaine dernière. Alors qu'elle vient de donner ses dernières recommandations à Anita avant d'aller à l'épicerie, Jean tire sur sa jupe pour obtenir son attention.

— Arrête, le conjure Gertrude, tu vas la froisser à force de tordre le tissu dans ta main. Je disais donc…

— C'est important ! s'écrie-t-il. Il y a un coq sur notre maison et il ne veut pas partir.

Ces quelques mots suffisent à attirer l'attention de Gertrude.

— Un coq ?

— Oui, répond l'enfant, et il est gros.

Gertrude ne comprend rien à ce que son fils raconte. Elle se tourne vers Anita et lorsqu'elle voit son sourire, elle lui dit :

— Si vous êtes au courant de quelque chose, c'est le temps de parler.

— Jean a raison, confirme Anita, il y a un coq sur votre maison depuis une bonne semaine. C'est votre père et René qui sont venus l'installer pendant que vous étiez à l'épicerie.

Anita tend la main à Jean avant d'ajouter :

— Venez, on va vous le montrer.

Gertrude les suit docilement jusqu'au bord de la rue. Elle ne comprend pas plus de quoi parle Anita.

— Levez la tête maintenant, lui suggère Anita.

Lorsque Gertrude voit le coq dont lui parlait Jean, elle met la main sur sa bouche pour étouffer son cri de joie. Elle n'en croit pas ses yeux ! Elle, Gertrude Pelletier, a une girouette sur sa maison.

— J'imagine que c'est encore une surprise de papa ?

— Pas du tout ! C'est René qui l'a faite pour vous.

Le geste de son frère la touche beaucoup.

— Et j'imagine que j'étais la seule à ne pas être au courant, ajoute Gertrude en riant.

— On peut dire ça, confirme Anita.

— Je m'en veux terriblement de ne pas avoir pris le temps de me lever la tête une seule fois depuis qu'elle est là. Je suis si fatiguée quand je reviens de l'épicerie que je n'ai qu'une idée en tête, et c'est d'aller dormir au plus vite.

Gertrude s'approche de son fils et lui ébouriffe les cheveux de la main. Elle se penche ensuite pour l'embrasser sur le front et lui dit :

— La prochaine fois que tu remarqueras quelque chose de nouveau, voudrais-tu m'avertir ?

— Mais j'ai essayé plusieurs fois… répond le petit garçon.

Il n'en faut pas plus pour que Gertrude réalise qu'elle va devoir réduire sa vitesse de croisière, et que le plus tôt sera le mieux. Elle a une famille et elle ne peut pas compter exclusivement sur Anita pour s'en occuper.

— Attendez-moi pour préparer le souper, dit Gertrude.

— Mais je pourrais au moins…

— Je serai là à temps ! l'assure Gertrude. À plus tard !

Sur la courte distance qui la sépare de l'épicerie de Mérée, Gertrude réfléchit à sa nouvelle vie. En réalité, tout l'enchante, mais l'histoire de la girouette lui a très vite fait réaliser qu'elle ne doit pas négliger les siens pour autant. Il n'y a pas si longtemps, jamais une telle chose ne serait arrivée, parce qu'elle était attentive à tout ce qui l'entourait. Et ce soir, quand les enfants seront couchés, elle fera un saut chez René pour aller le remercier. Elle s'excusera aussi auprès d'Anita pour avoir ambitionné sur elle. La jeune femme a beau lui répéter sur tous les tons que c'est correct, que pendant qu'elle s'occupe des enfants et de la maison, ça l'empêche de penser à son fiancé, Gertrude n'a pas le droit d'en profiter.

— Bonjour tout le monde, s'écrie joyeusement Gertrude en ouvrant la porte de l'épicerie, je ne sais pas si c'est parce que je vieillis, mais le froid me glace jusqu'aux os.

— J'ai dit la même chose à Mérée quand je suis rentrée, répond Gisèle. Si ça continue, je vais me marier sous la neige.

— Je vous en supplie, la conjure Gertrude, ne l'appelez pas tout de suite.

— Rassurez-vous, ajoute Gisèle, s'il n'en tenait qu'à moi, je sauterais l'hiver une année sur deux. Mais avant que je ne l'oublie, Mérée veut vous voir.

— Merci Gisèle!

Le cœur léger, Gertrude traverse de l'autre côté. Quand elle passe près de Camil, elle se contente de lui sourire. Elle en a pris pour son rhume la seule fois où elle a osé l'embrasser sur la joue devant les hommes et elle s'est juré qu'on ne l'y reprendrait pas de sitôt. Au travail, elle doit le considérer comme un autre employé, ni plus ni moins. Elle a du mal à saisir pourquoi c'est si important pour lui, mais elle respecte sa volonté, parce qu'elle n'a pas le temps de se débattre avec des détails du genre. Le jour, ils se comportent comme des étrangers et le soir, eh bien, ça dépend de leur niveau de fatigue au moment d'aller se coucher.

— Mérée, l'avertit Gertrude, ne fais pas le saut, je suis derrière toi.

— Te voici enfin! s'exclame Mérée. Il y a un tas de choses dont j'aimerais discuter avec toi.

— Ça tombe bien, parce que moi aussi. Je suis tout ouïe.

Les deux femmes débattent de chaque point à mesure que Mérée les énonce. Lorsqu'elle arrive au bout de son laïus, Gertrude est essoufflée pour elle.

— Est-ce qu'il t'arrive de dormir ? s'inquiète Gertrude.

Mérée la regarde d'un drôle d'air avant de lui répondre.

— Je dors au moins six heures par nuit, mais pourquoi veux-tu savoir ça, ce matin ?

— Parce que tu n'arrêtes pas d'apporter de nouvelles idées et que je me demande bien quand tu trouves le temps de réfléchir, puisque tu es toujours au travail.

— Je ne sais pas quoi te dire. Quand je mange ou quand je travaille. Tu ne l'as peut-être jamais remarqué, mais j'ai toujours du papier et un crayon sur moi et je note tout ce qui me passe par la tête. Et le soir, avant d'aller me coucher, je fais le ménage dans tout ce que j'ai écrit. Dans tout ce dont je viens de te parler, eh bien, il y a des choses qui remontent à plus d'une semaine. À ton tour maintenant !

Gertrude lui raconte son histoire de girouette.

— Je sais bien que tu as une famille toi aussi, conclut Gertrude, et que ça ne t'empêche pas de travailler de longues heures, mais si tu n'y vois pas d'inconvénient, j'aimerais rentrer plus tôt à la maison.

— C'est comme tu veux, Gertrude ! J'ai une idée. Que dirais-tu si Anita venait te remplacer jusqu'à la fermeture ? À tout le moins, les jours où elle ne travaille pas au cabinet de son cousin…

— Je trouve que c'est une excellente idée et je suis certaine que les clients vont l'adorer. Je lui en parle ce soir sans faute. Bon, ajoute Gertrude en se tapant dans les mains, maintenant que tout est réglé, par quoi veux-tu que je commence ?

* * *

Joseph aimerait être capable de dire que Lucille lui manque depuis qu'elle est partie chez Adjutor mais, pour cela, il faudrait que ce soit le cas. Non seulement il ne pense pratiquement jamais à elle, mais il apprécie pleinement chaque seconde de paix que son absence lui procure. Anita est venue faire le ménage après le retour d'Adrien et sa maison brille toujours comme un sou neuf depuis. Décidément, Joseph n'est pas fait pour vivre dans le désordre et la poussière. Alors que tous les gens qu'il rencontre lui demandent s'il s'ennuie seul, il se retient de leur répondre avec trop d'empressement qu'au contraire, il n'a jamais été aussi bien de toute sa vie. Entre ses petites visites chez ses enfants et le travail à la ferme, la première chose qu'il sait, c'est qu'il est l'heure d'aller dormir.

Il a fini par lire la lettre que Wilbrod a laissée pour lui, mais il n'en a parlé à personne.

Papa,

Je ne vous apprendrai rien en vous disant que je n'ai jamais été trop porté sur l'écriture, même que c'est la chose qui m'a embêté le plus dans toute ma vie. J'ai écrit cette lettre le jour où j'ai réalisé que je faisais un métier dangereux et qu'un accident pourrait m'arriver n'importe quand. Ça va sûrement vous paraître drôle que je vous écrive alors que je n'avais qu'à vous parler de mon vivant. J'ai essayé, mais je n'y suis jamais arrivé. Pourquoi ? Parce que les hommes ne disent pas ce que je m'apprête à vous écrire. Je veux simplement vous remercier d'avoir été là tout au long de ma vie. Je n'ai probablement pas été le fils idéal, en tout cas sûrement pas comme Adjutor, mais vous avez été pour moi un père parfait et je tenais à ce que vous le sachiez. Jamais, pas même une seconde, je n'ai senti que je ne pouvais pas compter sur vous. Savoir que vous étiez là pour moi m'a toujours aidé à aller de l'avant. Je finirai cette courte lettre en vous écrivant une autre chose qu'un homme ne dit pas à un autre homme : Je vous aime, papa.

Wilbrod

Joseph ne l'a lue qu'une fois, mais les mots de Wilbrod l'ont tellement marqué qu'il pourrait la réciter d'un bout à l'autre sans faire la moindre erreur.

Alors que Joseph est perdu dans ses pensées, la porte d'en arrière s'ouvre brusquement sur René.

— Tu m'as fait peur ! s'écrie-t-il en se tournant vers son fils.

— Désolé ! La prochaine fois que je viendrai, je frapperai au lieu d'entrer comme un voleur.

— Là n'est pas la question ! objecte Joseph. Tu ne vas quand même pas commencer à frapper pour rentrer chez vous.

S'il s'écoutait, René dirait qu'il y a un sacré bout de temps que ce n'est plus chez lui, mais comme il sait que ça ferait de la peine à son père, il se tait.

— Quel bon vent t'amène, mon garçon ? s'informe Joseph en lui pointant une chaise en face de la sienne.

— Vous ne devinerez jamais ce qui m'arrive, monsieur Price est passé me voir en personne à l'usine. Il veut que je lui fasse trois girouettes pour mettre sur sa propriété.

René sort un bout de papier de sa poche de chemise.

— Écoutez bien ça : un coq pour son courage et son intelligence, un cheval pour son écoute et sa souplesse, puis un saumon pour son agilité et sa ténacité. L'avez-vous déjà rencontré ?

— Je l'ai croisé au magasin général une couple de fois, c'est un homme simple malgré ses moyens, et pas désagréable du tout. J'espère que tu lui as chargé assez cher…

— Vous allez rire, je lui ai fait un prix et il m'a dit qu'il refusait que je les lui donne. J'ai monté un peu et il s'est mis à rire. Vous n'en reviendrez pas, il m'a dit que j'avais le droit de faire de l'argent, et que j'étais aussi bien de me pratiquer tout de suite, parce que je n'avais pas fini de fabriquer des girouettes. Finalement, je lui ai chargé trois fois plus cher qu'au début. Il m'a tendu la main et il m'a dit de l'aviser quand elles seront prêtes. Je n'en reviens pas.

— Tant mieux ! Mais entre l'usine et ton mariage, vas-tu trouver le temps pour les faire ?

— Ne vous inquiétez pas pour moi, je vais m'arranger. Avant que j'oublie, j'ai ramassé une boîte pour la mère au bureau de poste. Je l'ai mise sur le comptoir.

Joseph s'étire le cou. Il se demande bien ce que Lucille a encore commandé. Et comme il ignore quand est-ce qu'elle va l'honorer de sa présence, il se lève et va la chercher. Il la dépose sur la table, sort son couteau de poche et l'ouvre sans aucune hésitation.

— Mais elle est au nom de la mère…

— Je veux bien croire, mais je peux te jurer que c'est moi qui ai payé ce qu'elle contient. Ne t'inquiète pas, on n'aura qu'à la refermer, et elle ne s'apercevra de rien.

C'est la première fois que René voit son père ouvrir un paquet qui ne lui est pas adressé. En même temps, puisqu'elle lui en a tant fait baver ces derniers mois, il comprend que son père puisse avoir envie de lui rendre la monnaie de sa pièce.

— Ah ben ! Elle s'est commandé un volant d'auto, s'écrie Joseph en le levant à bout de bras. J'en connais un qui ne la trouvera pas drôle.

René est tellement démonté par ce qu'il voit qu'il se met à rire de manière incontrôlable dans la seconde qui suit. Au lieu de lui emboîter le pas, Joseph a le regard figé sur le volant comme si ce dernier l'avait hypnotisé.

— J'ai une idée, dit-il pendant que René se tient les côtes à force de rigoler, je vais le donner à Adrien.

— Mais la mère va vous en vouloir à mort…

— Je ne lui remettrai certainement pas le volant pour qu'elle puisse voler l'auto d'Adrien à sa guise. Si elle veut recommencer, elle va me trouver sur son chemin.

— Vous voulez dire que vous allez lui avouer ce que vous avez fait ?

— Je ne suis pas bête à ce point-là ! Je ne sais pas encore ce que je vais faire, mais je ne la laisserai certainement pas empoisonner davantage la vie d'Adrien. Prendrais-tu deux doigts de whisky avec moi ?

René n'a pas le temps de répondre que Joseph va chercher sa bouteille dans sa chambre. Il sort ensuite le balai et frappe au plafond de la garde-robe d'entrée pour dire à Adrien de descendre.

— À mon idée, Adrien va être enragé.

— Avec raison ! confirme René. J'espère juste qu'il ne va pas s'en prendre à la mère.

— Je pourrais toujours lui dire que c'est moi qui l'ai commandé pour lui faire un cadeau.

— Pourquoi auriez-vous fait ça, alors qu'il a déjà un volant ?

— Mais il n'est jamais aussi beau que celui-là… Ta mère a bien des défauts, mais elle a du goût lorsqu'elle achète quelque chose.

Chapitre 20

Rita Labrecque est décédée à l'âge de vingt-quatre ans des suites de sa longue maladie. Elle laisse ses parents Elzéar et Ernestine Labrecque dans le deuil, ainsi que ses douze frères et sœurs…

— Il me semblait que leurs enfants étaient tous partis de la maison, s'exclame Marie-Paule en montrant du doigt le journal.

Adrien s'approche et lit par-dessus son épaule.

— C'est sûrement la petite handicapée.

Marie-Paule le regarde en fronçant les sourcils. C'est la première nouvelle qu'elle a selon laquelle leurs troisièmes voisins avaient une enfant handicapée.

— La dernière fois que je l'ai vue, elle ne marchait pas encore, ajoute Adrien. Tout ce que je sais, c'est qu'elle ne parlait pas et qu'elle passait ses grandes journées à bercer une poupée de chiffon dans sa chambre.

— Es-tu en train de me dire qu'ils la gardaient enfermée ?

— Ça pourrait ressembler à ça. Je l'ai vue quelques fois dans la balançoire, mais pas souvent. La dernière fois que la mère est allée leur rendre visite, c'était bien avant qu'on se marie, il paraît qu'elle a fait toute une crise. Je me souviendrai toujours, elle était revenue chez nous découragée.

— Je ne sais pas ce que j'aurais fait, si le bon Dieu m'avait donné un enfant comme elle.

— Moi non plus, mais il paraît qu'on a les épreuves qu'on est capables d'affronter. C'est du moins ce qu'Adjutor répétait à qui voulait l'entendre dans le temps qu'il était curé. On peut dire qu'il avait bien appris sa leçon.

Adrien se frotte le menton comme il le fait quand il réfléchit.

— Des fois, ajoute-t-il, j'ai encore du mal à croire que mon frère est marié, et qu'il est plus riche que monsieur Price. Tout ça parce qu'il est allé à la guerre.

— Moi, je le trouve encore plus beau depuis qu'il est père de famille. Et je suis contente que la guerre soit enfin finie. Les hommes vont enfin pouvoir arrêter de s'inquiéter et sortir du bois.

— Mais c'est loin d'être gratuit. Ou ils paient 250 $ ou ils font un mois de prison.

Adrien prend le journal des mains de sa femme et tourne la page pour appuyer ses dires par un article qu'il vient de lire.

— Veux-tu bien me dire qui a les moyens de donner autant d'argent d'un coup par les temps qui courent ?

— Tu as bien raison ! En tout cas, moi je préférerais aller passer un mois en prison, logé et nourri.

— La guerre est finie depuis le 11 novembre, c'est marqué noir sur blanc à tous les jours dans le journal, mais j'ai bien l'impression qu'on est loin d'être au bout de nos peines. Regarde juste à Jonquière, à part ton frère, il n'y a pas grand monde qui engage.

— C'est justement ce que je disais au père ce matin, ce n'est pas parce qu'ils ont signé l'armistice que la vie va devenir facile pour autant.

— On a au moins gagné le droit de vote au fédéral, laisse tomber Marie-Paule d'un ton las mais, à part ça, tout ce que la guerre a fait, c'est de nous appauvrir. Il paraît même que le Canada est en faillite. Si c'est vrai, on est loin d'être sortis du bois.

Adrien reste songeur. Il ne le criera pas sur tous les toits mais, pour lui, les femmes n'avaient pas à voter. Heureusement que pour le moment le Québec tarde à leur donner le même privilège que le Canada. Il voit Gertrude et Mérée travailler comme des folles à l'extérieur de leur maison et s'il était leur mari, jamais il n'accepterait une telle situation. Il s'est marié pour que sa femme se charge de tout ce qui concerne la maison et les enfants, pas pour qu'elle paie quelqu'un d'autre pour le faire à sa place. Il en a d'ailleurs glissé un mot à Camil la dernière fois qu'il l'a vu. Comme son beau-frère le lui a dit : *Que veux-tu que je fasse ? Mérée lui a même donné des parts dans son épicerie. Je suis coincé entre l'arbre et l'écorce.* Le pauvre, il est même obligé de passer ses journées avec sa femme. Adrien aime beaucoup Marie-Paule, mais de là à passer ses grandes journées avec elle, il y a quand même des limites.

Marie-Paule relève la tête de son journal et elle le plie avant d'aller le ranger.

— En tout cas, lance-t-elle d'un ton taquin, on peut dire qu'on a réussi notre coup avec Gisèle et René.

— Tu peux le dire, je n'ai jamais vu mon frère aussi heureux.

— Et ma sœur a rajeuni de dix ans. Je me demandais si on ne sera pas un peu à l'étroit chez ma mère.

— On se tassera ! Après tout, c'est juste pour le temps du souper.

— Je pensais bien que Marcella offrirait à René de faire le souper de noces chez elle, c'est elle qui a la plus grande maison.

— Elle a changé, ma sœur, depuis qu'elle a perdu son bébé. Elle fait toute sa besogne, mais le cœur n'y est pas. Ce n'est pas moi qui invente ça, Léandre m'en a parlé quand je l'ai vu au bureau de poste hier.

Adrien parle de Marcella, mais il a trouvé que son beau-frère avait un drôle d'air lui aussi. Il lui a demandé comment il allait, mais il n'a rien pu tirer de lui. Il ne le connaît pas si bien que ça. Disons qu'il l'a déjà connu pas mal plus bavard. D'habitude, Léandre est du genre à toujours avoir une histoire un peu grivoise à raconter, une histoire en lien avec sa tournée dans les campagnes mais, cette fois, il s'est tenu à carreau comme ça faisait longtemps que ça ne lui était pas arrivé.

— J'imagine que perdre un enfant est ce qui peut arriver de pire à une femme, lance Marie-Paule. J'essaierai de lui parler aux noces. Quand je pense que ta mère ne sera même pas là.

— Tant pis pour elle, et tant mieux pour René. Elle lui en a suffisamment fait endurer pour qu'elle ne vienne lui gâcher son mariage en plus. De toute façon, elle n'a même pas daigné lui écrire.

— Es-tu certain que René l'a invitée ?

Adrien fronce les sourcils et lève les yeux au ciel comme si ça pouvait l'aider à réfléchir.

— Sais-tu que je ne suis pas au courant. Je peux te dire que je ne l'aurais pas invitée à la place de René. Connaissant Adjutor et son impatience de s'en débarrasser, je suis certain qu'il s'est dépêché de lui dire que René se mariait.

— Et elle serait sûrement venue, si Adjutor et Arabella étaient venus…

— Je les comprends de sauter leur tour, c'est quand même un gros voyage. Et d'après ce que le père m'a dit, il leur reste encore pas mal de pain sur la planche avant d'entrer dans leur manoir.

— Y as-tu seulement pensé? Ça va être plus grand que la maison de monsieur Price. Ton frère a beau avoir mobilisé tous les hommes du coin, ça prend le temps que ça prend. J'ai vraiment hâte de le voir quand il va être complètement fini.

— Moi aussi!

* * *

Monseigneur Labrecque est euphorique depuis que tous les journaux ont confirmé que la guerre est bel et bien finie. Chaque fois qu'il a une minute à lui, il rêve qu'il est à Rome et, immanquablement, il sourit. Il attend ce voyage avec une grande impatience. Il lui tarde tellement de faire son entrée sur le bateau qui lui fera traverser l'océan qu'il se rend au port bien plus souvent qu'avant. Alors qu'il n'y a pas si longtemps, la vue d'un bateau à vapeur le laissait de glace, voilà maintenant qu'il se prend à l'admirer et même à envier les voyageurs qui montent à bord. Il est si excité à l'idée de partir qu'il se retient à deux mains d'écrire à Adjutor pour savoir s'il a eu des nouvelles de monseigneur Agati. Seule son éducation l'empêche de le faire tout de suite. Dans sa dernière lettre, qui remonte déjà à un mois, Adjutor lui disait combien il était occupé avec la construction de son manoir. Monseigneur Labrecque sait qu'il peut faire confiance à Adjutor et que, le moment venu, il lui fera savoir qu'il est temps pour lui de traverser l'océan. Il sait tout ça, mais ça lui oppresse parfois la poitrine au point qu'il doit s'asseoir pour se calmer.

Ce n'est pas seulement pour lui qu'il est heureux que la guerre soit finie. Il l'est aussi pour ses ouailles. Il ne compte plus le nombre de femmes qui sont venues pleurer dans son bureau, mais majoritairement dans celui de son secrétaire, parce qu'elles étaient sans nouvelles de leur mari parti à la guerre ou allé se cacher dans le bois pour ne pas s'enrôler, mais surtout parce qu'elles n'avaient plus rien pour nourrir les leurs. Au cours des dernières années, la quantité de pauvres dans son diocèse a explosé au point que même avec la meilleure volonté du monde, il a été et il est toujours impossible de pourvoir aux besoins de tout un chacun. Monseigneur a pris les congrégations religieuses à partie, les notables de la région, et même le gouvernement, mais tous leurs efforts n'ont satisfait qu'une infime fraction des besoins pourtant criants des gens. À ce jour, les habitants sont ceux qui s'en sont tiré le mieux. Plusieurs se sont d'ailleurs fait solliciter de tous bords tous côtés par les gens de la ville.

Aujourd'hui, monseigneur reçoit ses protégés. Depuis huit heures ce matin qu'il écoute les doléances de ces jeunes parfois plutôt mal dégrossis, enfin plus qu'il le souhaiterait. Monseigneur ne se fait pas d'illusions, il pourra enduire certains d'une couche de vernis à grands coups de persévérance, mais il y en a un certain nombre pour qui il ne pourra rien faire. L'expérience lui a appris qu'ils feront d'excellents prêtres, peut-être même parmi les meilleurs, mais il devra les retourner dans leur campagne pour exercer, parce qu'en ville, il faut absolument avoir des manières si on veut réussir en tant qu'homme d'Église. Il a gardé Émile pour le dessert, parce que pour lui, il demeure le plus prometteur de tous. Il n'apprécie pas Lucille plus qu'avant, mais il lui sera toujours redevable de lui avoir déniché cette perle. En plus d'être brillant, Émile ne s'en laisse imposer par personne. Derrière ses airs d'enfant sage se cache une forte personnalité comme monseigneur les aime. Nul doute, le jeune Émile a tout ce qu'il faut pour réussir. Reste maintenant à l'en convaincre.

— Je t'écoute, Émile, dit monseigneur de sa voix autoritaire.

Le regard sévère, le jeune garçon fixe son supérieur sans sourciller. Il cherche une manière polie de dire ce qu'il a sur le cœur.

— Si ça peut t'aider, ajoute monseigneur, tu n'as pas besoin de mettre des gants blancs avec moi. Vas-y, crache vite le morceau, qu'on puisse passer à autre chose.

— Je ne veux pas faire un prêtre, lance Émile tout de go. Et je déteste ce collège !

— Mais ça, je le savais déjà.

Émile se redresse aussitôt sur sa chaise. Comment monseigneur peut-il être au courant de ses allégeances alors qu'il n'en a jamais parlé à personne ?

— Qui vous l'a dit ?

— J'ai des yeux pour voir, mon garçon. Depuis que tu as mis les pieds dans mon bureau avec tes parents que je le sais. Aimerais-tu que je te dise pourquoi ?

Sans attendre la réponse de son protégé, monseigneur poursuit :

— Parce que j'étais exactement comme toi.

L'intérêt d'Émile croît à mesure qu'il écoute l'homme d'Église. Il prend une grande respiration et se redresse sur sa chaise comme pour lui signifier qu'il est prêt à entendre tout ce qu'il a à lui dire.

— Moi non plus, je ne voulais pas être prêtre. J'ai tout essayé pour convaincre mes parents de me retirer du collège, mais en désespoir de cause, j'ai fini par m'intéresser à mes cours et je ne l'ai pas regretté une seule seconde depuis que j'ai été ordonné. Écoute bien ce que je vais te dire, parce que je ne te le répéterai pas. Ta grand-mère t'a fait un immense cadeau en te choisissant, parce que c'est ce qui peut t'arriver de mieux dans la vie, surtout à notre époque. Tu auras toujours un toit sur la tête et de quoi remplir ton assiette, même si tout le monde crève de faim autour de toi. Tu ne nageras peut-être pas dans la richesse, mais jamais tu ne manqueras de quoi que ce soit parce que tous tes paroissiens se l'enlèveront pour te le donner. Si tu le souhaites, tu pourras t'élever dans la hiérarchie religieuse. Crois-moi, il y aura toujours de la place pour des gens comme nous. Tu es intelligent, tu es bien éduqué et tu as de l'ambition. En résumé, tu as tout ce qu'il faut pour réussir, et même pour devenir monseigneur comme moi. Et pourquoi pas archevêque ?

Monseigneur laisse quelques secondes à Émile pour assimiler tout ce qu'il vient de lui dire. Il fait mine de lire quelques lignes sur la feuille qu'il a sous les yeux et il relève la tête. Rien qu'à voir l'air de son protégé, monseigneur sait que ses paroles ne sont pas tombées dans l'oreille d'un sourd. Il attend encore un peu et lorsqu'il voit un petit sourire s'installer sur les lèvres du jeune garçon, il reprend la parole.

— Si tu acceptes de devenir prêtre, tu seras protégé peu importe ce que tu feras. Ça peut paraître gros dit comme ça, mais ce n'est pas très loin de la vérité. Ce que tu dois savoir, c'est qu'un prêtre a pas mal plus de droits que le commun des mortels, et parfois même que les gens les plus influents. Comme on dit dans le monde de l'église, on a le bras long pour influencer les plus grandes décisions, mêmes politiques et il ne tient qu'à nous d'utiliser nos privilèges à bon escient. As-tu des questions ?

Émile met un peu de temps avant de répondre, ce qui confirme à monseigneur que ses propos poursuivent leur chemin dans sa tête.

— C'était très clair.

— Tout ce que je te demande, ajoute monseigneur, c'est de réfléchir à ce que je viens de te dire.

— C'est tout réfléchi. Vous pouvez compter sur moi, un jour je serai assis dans votre fauteuil.

Un peu plus et monseigneur se mettait à crier tant il est content. Jamais la famille d'Émile n'aurait accepté qu'il quitte le collège, mais la vie sera beaucoup plus facile pour le jeune homme s'il reste de son plein gré. Émile est promis à une grande carrière et il ne tient maintenant qu'à lui de gravir les échelons sur le dos de la religion.

— Je n'en espérais pas moins, confesse monseigneur.

Il se lève et vient se placer à côté d'Émile, à qui il tend la main.

— Tu iras loin !

Émile le remercie et lorsqu'il s'apprête à sortir du bureau, monseigneur lui dit :

— Aimerais-tu manger avec moi ? Ça te changerait un peu du réfectoire.

— Avec plaisir, Monseigneur ! répond Émile avec empressement.

* * *

Adjutor est à bout, et Arabella n'en mène pas plus large que lui. Lucille leur empoisonne la vie avec tant d'ardeur qu'ils ne peuvent plus la sentir ni l'un ni l'autre. Même les hommes qui travaillent à la construction du manoir commencent à en avoir assez d'elle. Comme ils sont polis, et que c'est tout de même la mère de celui qui les paie, ils se gardent bien de le faire voir, mais Adjutor n'est pas aveugle. S'il ne s'en débarrasse pas de manière urgente, eh bien, il risque de devoir gérer une crise monumentale. Il peut pallier bien des situations, mais il est hors de question qu'il perde ses hommes à cause d'elle.

Il fait les cent pas dans la cuisine du manoir depuis qu'il est arrivé. Il doit absolument trouver une solution pour la faire partir.

— Tu devrais écrire à ton père, entend-il Arabella lui dire, alors qu'elle vient d'entrer dans la pièce.

— Que veux-tu qu'il fasse, le pauvre vieux ?

— Mais qu'il vienne la chercher. Je peux le faire, si tu crois que j'aurai plus de poids que toi.

— Non ! Non ! Je te promets que ma lettre va partir avec le courrier d'aujourd'hui.

— Demain, ça pourrait faire, lui accorde Arabella en lui souriant.

— Plus vite elle partira, mieux je me porterai.

À peine Adjutor a-t-il prononcé son dernier mot que la porte s'ouvre justement sur sa mère.

— Vous devriez venir voir ça, s'exclame-t-elle d'une voix autoritaire, vos hommes sont en train de faire quelque chose qui n'a aucun bon sens.

— Je m'en charge, répond rapidement Adjutor dans l'espoir qu'elle retourne d'où elle vient.

— Tu ne m'as pas bien compris, c'est maintenant que tu dois t'en occuper.

Adjutor soupire un bon coup, ce qui est loin de plaire à Lucille.

— Sois poli, mon garçon, siffle-t-elle, je ne t'ai pas élevé comme ça. Si je te dis que tu dois aller voir tout de suite, c'est que c'est vrai.

Cette fois, c'est Arabella qui soupire encore plus fort que son mari. Dire qu'elle voulait être proche de sa belle-mère, alors que maintenant elle mettrait l'océan Atlantique en entier entre elles, si elle le pouvait. Arabella a connu bien des enquiquineuses dans sa vie, l'Italie en est remplie, mais jamais aucune n'est arrivée à la cheville de Lucille. Elle pourrait dresser une liste infinie de ses défauts, mais histoire d'épargner du temps, elle les réunira tous en disant que Lucille est la personne la plus détestable qu'elle ait rencontrée. Sa relation avec sa belle-mère est à couteaux tirés. Heureusement pour Lucille, l'éducation de sa belle-fille lui épargne bien des coups.

Il faudrait être sourde pour ne pas avoir entendu Arabella, et Lucille est loin de l'être. Bien qu'elle meure d'envie de l'abîmer de bêtises, elle se contente de lui faire un petit sourire en coin, ce qui enrage encore plus sa belle-fille. Lucille aurait beaucoup aimé être proche d'elle, et c'est d'ailleurs ce qu'elle a essayé de faire par tous les moyens, mais elle a dû y renoncer. Madame est trop bien pour elle, ou trop riche… Dans les deux cas, le résultat est le même. Elle n'est pas la bienvenue chez son fils, et encore moins depuis qu'il a uni sa destinée à cette pimbêche. Adjutor a beau lui avoir dit qu'il lui ferait construire un pavillon, elle y croit de moins en moins. Lucille ne veut pas qu'on l'enferme dans son pavillon, elle veut faire partie de la famille d'Adjutor et participer à leur vie quotidienne. C'est loin d'être le cas. Arabella ne l'a même pas laissé prendre sa petite-fille une seule fois depuis qu'elle est là. Lucille n'affectionne pas particulièrement les enfants, mais il y a des limites à tout. Comment se fait-il qu'elle ne puisse pas avoir accès à cette enfant alors qu'elle est sa grand-mère ? *Un jour, mon Adjutor va payer pour le mal qu'il me fait !*

Adjutor ne fait aucun cas des remontrances de sa mère. Elle peut bien dire ce qu'elle veut, ses paroles coulent sur lui comme l'eau sur le dos d'un canard. Il y a longtemps qu'elle ne lui fait plus peur.

— Venez, dit-il en l'entraînant dehors.

— Suis-moi, je vais te montrer ce qui ne va pas.

Restée seule dans la cuisine, Arabella se met à son tour à faire les cent pas. Chaque fois qu'elle voit Lucille, elle en a pour des heures à s'en remettre. Cette dernière est tellement habile qu'elle arrive toujours à ses fins. Elle est encore parvenue à mobiliser l'attention d'Adjutor et elle va tout faire pour le garder avec elle le plus longtemps possible. De la manière dont se déroulent les choses,

Adjutor n'aura pas le temps d'écrire à son père, ni aujourd'hui ni demain. C'est pourquoi Arabella décide de s'en charger. Elle regarde l'heure et elle se dit qu'elle a juste le temps qu'il faut, si elle veut que sa lettre parte avec le courrier. Elle remonte ses jupes et file au presbytère.

Chapitre 21

Lorsque Charlotte débarque chez sa mère avec Céline le jour du mariage de Gisèle, sa présence ne manque pas de susciter quelques questions de la part de sa mère et de ses frères et sœurs. Comme ils sont tous bien élevés, ils attendent d'être seuls avec Charlotte pour les lui poser. Marie-Paule est tellement outrée quand elle la voit qu'elle en perd l'usage de la parole pendant quelques secondes, ce qui fait sourire Charlotte, et met Céline mal à l'aise un tantinet.

— Tu n'aurais pas dû l'emmener avec toi, lui dit-elle après l'avoir entraînée sur la galerie.

— Aurais-tu préféré que je la laisse seule avec Laurier?

Marie-Paule lui jette un regard noir en haussant les épaules. Elle en aurait long à dire, mais ce n'est ni l'endroit ni le moment.

— Tant qu'à ça! dit-elle simplement. Et toi, comment vas-tu? Je te trouve bien pâle.

— Dans les circonstances, je vais bien. Disons que Laurier me donne du fil à retordre, mais je te raconterai plus tard. Pour l'instant, j'aimerais mieux ne pas laisser Céline toute seule trop longtemps avec les enfants. Rentrons!

Au moment où les deux sœurs font leur entrée, Gisèle sort de sa chambre vêtue de sa robe de mariée. Elle est si belle que tout le monde arrête de parler. Les compliments fusent de partout pendant que les enfants s'agrippent à sa jupe pour attirer son attention. Gisèle est au septième ciel. Elle espérait que sa toilette aurait de l'effet sur René; après la réaction des siens, elle est certaine de son coup.

Le logement d'Alida et de Gisèle est si près de l'église que la future mariée a refusé de retenir les services d'un roulier pour l'y conduire, même ceux d'Adrien. C'est ainsi que le petit cortège se dirige en marchant cérémonieusement vers le lieu sacré où Gisèle va enfin unir sa destinée à celle de René. Elle est si heureuse qu'elle ne porte pas à terre.

Lorsqu'ils font leur entrée par la grande porte, ils se mettent tous devant Gisèle pour la protéger des regards du marié. Ils attendront qu'elle ait le temps de se mettre à l'abri pour avancer jusqu'à l'avant de l'église. Charlotte a confié Claire à Céline alors que le petit Raymond babille dans ses bras. Lorsqu'arrive le temps de se glisser sur son banc, le regard de Charlotte est attiré par celui d'un homme assis de l'autre côté de l'allée. Un peu plus et elle s'affalait par terre de tout son long quand elle le reconnaît. Elle n'en croit pas ses yeux, Léandre, le Léandre avec qui elle a commis deux péchés mortels, est au même mariage qu'elle. Charlotte prend sur elle et réussit à s'asseoir. De grosses gouttes de sueur perlent sur son front, ce qui n'échappe pas à Marie-Paule, qui a pris place juste à côté d'elle avec les siens.

— Ça ne va pas? lui demande-t-elle en la prenant par le bras.

Même si Charlotte voulait dire que tout va bien, Marie-Paule ne la croirait pas.

— Qui est l'homme assis de l'autre côté de l'allée?

Marie-Paule s'avance un peu pour voir de quel homme Charlotte lui parle.

— C'est Léandre, le mari de Marcella. Je t'en ai déjà parlé, il vend des manteaux de fourrure par les maisons.

Décidément, les choses vont de mal en pis pour Charlotte. Elle a couché avec le beau-frère de Marie-Paule et de Gisèle.... Si elle n'était pas déjà assise, elle se laisserait tomber sur le banc avant de perdre connaissance. À l'heure qu'il est, Charlotte s'en veut terriblement de ne pas avoir fait le lien avant aujourd'hui entre le Léandre de la belle-sœur de Marie-Paule et celui à qui elle s'est donnée sans se poser la moindre question. Elle pourrait toujours s'excuser en se disant qu'il y a une multitude d'hommes qui portent ce prénom, mais pas qui vendent des manteaux de fourrure, par exemple. Elle n'a pas d'excuse et elle s'en veut de toutes ses forces d'avoir été aussi sotte.

Perdue dans ses pensées, Charlotte ne sent pas le regard insistant de Marie-Paule sur elle, et c'est peut-être mieux ainsi. Contrairement à elle, sa sœur a très rapidement compris le lien entre son beau-frère et l'homme dont lui a parlé Charlotte. Si on lui avait dit qu'un jour sa petite sœur sauterait la clôture avec le premier homme qui viendrait frapper à sa porte, elle l'aurait défendue bec et ongles. Depuis qu'elle sait avec qui elle l'a fait, elle est loin d'être certaine qu'elle le ferait encore. Il faut être inconsciente pour se donner au beau-frère de sa sœur.

Les yeux de René brillent comme des diamants lorsque la mariée fait son entrée dans l'église au bras de Jean-Marie, son frère et témoin. Et Joseph est content pour son fils. Il ne pourra jamais rattraper toutes les années où il a été privé de sa présence, mais assister à son mariage est un honneur pour lui. D'après ce que son fils lui a dit, Gisèle est bourrée de qualités, et c'est tant mieux. Joseph ne souhaiterait pas, même à son pire ennemi, de tomber sur une femme comme Lucille. Il l'a choisie et les années lui ont démontré qu'il s'est trompé. Il voudrait être triste pour elle de ne pas assister au mariage de son fils, sauf qu'il en est incapable. En réalité, l'absence de Lucille ne pouvait pas mieux tomber. Joseph se connaît, il n'aurait pas supporté qu'elle fasse la moindre offense à René le jour de son mariage. Comme elle est incapable d'être dans la même pièce que lui sans l'attaquer de front, aucun doute qu'elle aurait joué son rôle à la perfection.

Adrien a beaucoup trop mangé.

— C'est votre faute, la belle-mère, s'exclame-t-il, vous cuisinez trop bien.

Il se tourne ensuite vers René avant d'ajouter :

— Tu sous-estimes encore la chance que tu auras d'avoir un cordon bleu dans ta maison, le frère. J'aime autant te le dire, maintenant que la belle-mère sera ma voisine, tu risques de me voir pas mal plus souvent, surtout quand elle va faire des brioches.

— Vous n'aurez pas à vous déplacer, le gendre, lui annonce Alida, j'irai vous les porter moi-même.

— À la condition que vous m'en gardiez, par exemple ! précise René.

— Je n'ai pas dit à Adrien combien je vais lui en donner... renchérit Alida d'un ton espiègle.

Partager sa maison avec Alida n'inquiète pas René le moins du monde. Il la trouve drôle et comme il adore jouer aux cartes lui aussi, ils se sont promis des soirées complètes de jeu pendant que Gisèle brodera. Alida a fait rire René lorsqu'elle lui a dit qu'elle lui offrait une semaine de paix en cadeau de mariage. Il n'a pas compris tout de suite ce qu'elle voulait dire, mais quand Gisèle lui a expliqué que sa mère déménagerait plus tard, il est allé embrasser Alida pour la remercier de son attention.

— Attendez, avant de me remercier, lui a-t-elle dit. Peut-être que vous allez me supplier de ne pas vous laisser seul avec Gisèle.

— Ne vous inquiétez pas pour moi, l'a tout de suite rassuré René, je suis capable d'en prendre.

Si Charlotte a passé son temps à surveiller les moindres faits et gestes de Léandre, de son côté c'est à peine s'il l'a regardée depuis son entrée dans l'église, au point qu'à un certain moment, elle s'est demandé s'il n'y avait pas erreur sur la personne. Malheureusement, non! Charlotte a trouvé que sa femme manquait d'éclat, elle en a même glissé un mot à Marie-Paule, qui lui a raconté ce qui lui était arrivé. Peut-être est-il comme Laurier et qu'elle n'a été qu'une parmi tant d'autres. Même si c'était le cas, ce ne serait pas grave, puisqu'elle n'a aucun regret pour ce qu'elle a fait avec lui. L'Église peut dire ce qu'elle voudra, Charlotte ne s'en confessera pas, ni maintenant ni même sur son lit de mort, parce que ce qui a été fait a été bien fait et que c'est tout ce qui compte pour elle. Pourquoi se priverait-elle pendant que son valeureux mari se paie du bon temps dans son dos?

Léandre a commencé à se sentir mal à l'aise à la seconde où Charlotte est entrée dans son champ de vision, et il l'est toujours alors qu'il est sur le point de partir. La voir ici l'a drôlement sonné. Sa présence lui a rappelé combien Charlotte est belle et désirable. Il n'a pas arrêté de penser à elle depuis sa dernière visite. Il faut dire que sa vie de couple bat passablement de l'aile. Marcella vaque à ses occupations, c'est vrai, mais s'il essaie de la toucher, elle se met à pleurer et elle le supplie de ne plus lui faire d'enfant. Bien des hommes exigeraient leur dû, mais pas lui. La perte de leur bébé a été un dur coup pour lui aussi. Cependant, tout porte à croire qu'il s'en est mieux sorti que sa femme. Est-ce parce qu'il est un homme? Ou parce que la vie continue et qu'il a encore trop de bouches à nourrir pour s'apitoyer sur son sort? Une chose est certaine, il vaut mieux qu'il ne lorgne pas du côté de Charlotte, pas même une fois. Il y a une partie de lui qui lui dit d'aller faire un petit tour dans son coin. Il y en a une autre qui lui dit de se tenir loin d'elle, s'il veut passer à travers la crise que Marcella et lui traversent.

Charlotte serait partie depuis longtemps, si elle ne restait pas à dormir chez sa mère. Ce n'est pas qu'elle s'ennuie, au contraire, seulement elle voit bien qu'elle serait mieux chez elle. Ici, elle ne contrôle pas grand-chose. Céline s'en donne à cœur joie pour prendre Raymond alors que c'est la dernière chose que Charlotte souhaitait. Personne n'a encore remarqué qu'ils ont le même nez, et le même sourire aussi. À moins que tous s'en soient rendu compte et qu'ils soient trop mal à l'aise de la découverte qu'ils viennent de faire pour le laisser paraître. Charlotte se demande vraiment si c'était une bonne chose d'emmener Céline. Comment aurait-elle pu faire autrement ? Elle ne pouvait quand même pas la laisser à la maison. Quant à la laisser chez sa tante en passant, rien ne lui garantissait qu'elle ne serait pas revenue aussitôt que Charlotte aurait disparu de sa vue. Si les regrets faisaient partie de sa vie, eh bien, elle en aurait d'avoir laissé entrer Céline chez elle.

— On vous attend pour dîner demain, lui dit Marie-Paule en la pressant par le bras.

— Je te remercie, répond Charlotte sans hésiter, mais je vais retourner chez moi à la première heure demain.

— Voyons donc, il n'y a rien qui te presse. Venez manger et tu partiras après. C'est à peine si on a eu le temps de se parler deux minutes.

— Ça ne risque pas d'être plus facile chez toi avec les enfants, Adrien et Céline… Je te remercie, mais je me reprendrai.

— Promets-moi de faire attention à toi !

* * *

— Il ne faut pas te décourager, lui répète Gertrude une fois de plus, si tu n'as pas de nouvelles, c'est sûrement parce qu'il va bien.

— Je veux bien croire, se plaint Anita, mais ça ne le tuerait pas de m'écrire une fois.

— Est-ce qu'il sait écrire, au moins ? lui demande Gertrude à brûle-pourpoint.

— Vous me faites penser que je ne lui ai jamais demandé. Mais attendez un peu… La seule fois où on a lu quelque chose ensemble, il me l'a refilé en disant que j'avais une bien plus belle voix. C'était quoi au juste ?

Anita fouille dans sa mémoire jusqu'à ce qu'elle se souvienne.

— Ça me revient, maintenant. Je venais de lui parler d'un article sur la conscription que j'avais lu dans le journal. Je lui ai même montré et c'est là qu'il m'a demandé de le lire. Plus j'y pense, plus ça a du sens qu'il ne sache pas lire. Il aurait dû me le dire avant de partir, au lieu de me laisser me morfondre comme une dinde. Je suis là à vous casser les oreilles avec mes histoires… Le moins qu'on puisse dire, c'est que je n'ai pas de félicitations à lui faire.

— Remarquez qu'il aurait pu demander à un de ses compagnons d'écrire à sa place.

— Ah non ! Il est bien trop fier !

Gertrude le sait trop bien. Le fiancé d'Anita n'est pas le seul homme illettré de la ville, et il n'est pas le seul non plus à tout faire pour le cacher au lieu de prendre le taureau par les cornes et d'apprendre à lire et à écrire. Nombreux sont ceux qui ont dû quitter l'école trop tôt pour les meilleures raisons du monde, enfin pour leurs parents. Depuis que Joseph a appris, Gertrude a du mal à excuser qui que ce soit de rester ignorant. Aux dires de plusieurs personnes, son père n'était plus d'un âge pour apprendre, pourtant, il lit couramment et il écrit mieux que bien des gens qui ont fini leur septième année. Ses parents lui auront appris que la persévérance finit toujours par porter fruit. Joseph et Lucille sont des personnes déterminées. L'un comme l'autre, ils vont toujours au bout de leurs idées. Il est facile de voir que les causes de Joseph sont beaucoup plus nobles que celles de Lucille, mais cela étant dit, les deux finissent toujours par arriver à leurs fins.

— Si j'étais à ta place, ajoute Gertrude en souriant à Anita, je ne m'en ferais plus.

— Sans vouloir vous manquer de respect, répond Anita, c'est plus facile à dire qu'à faire. Vous comprenez, c'est le seul homme qui a levé les yeux sur moi et je n'ai pas envie de le perdre.

— C'est normal. Bon, il va falloir que je pense à y aller, si je ne veux pas être en retard. N'oublie pas, tu iras prendre ma place aussitôt que j'arriverai.

Anita était dans tous ses états quand Gertrude lui a offert d'aller la remplacer à la fin de la journée quand elle ne travaille pas chez son cousin. Elle s'accommode bien de s'occuper des enfants de Gertrude, mais si elle a le choix, elle préfère travailler à l'épicerie. Elle aime tellement le monde que ça lui manque quand elle passe deux jours de suite confinée à la maison. L'autre jour, Gertrude lui a dit que les enfants avaient beaucoup de chance parce qu'elle sort avec eux tous les jours. Anita s'est bien gardée de lui dire que c'est plus pour elle que pour eux qu'elle le fait. De plus, elle a un besoin viscéral de voir du monde, de discuter, de rire, de croquer dans la vie à pleines dents, quoi.

— Vous n'avez pas à vous inquiéter, confirme Anita, je serai prête.

— Je n'en doute pas un seul instant. Bonne journée, Anita!

* * *

La lettre d'Arabella est si touchante et si triste à la fois que Joseph fourre quelques vêtements de rechange dans son sac dès qu'il finit de la lire et il demande à Adrien de le conduire au magasin général dans l'espoir de trouver quelqu'un pour l'emmener à Saint-Irénée. S'il ne pensait qu'à lui, il laisserait Lucille là où elle est, parce qu'il se sent tellement mieux lorsqu'elle brille par son absence. Mais Adjutor et Arabella ont suffisamment subi sa présence pour qu'il les en débarrasse au plus vite.

— Tu devrais m'attendre pour faire boucherie, dit Joseph. Sinon, demande à René de venir vous aider.

— Partez en paix, le père ! lance Adrien.

— C'est trop me demander, mon garçon. Au cas où tu l'aurais oublié, je suis loin de m'en aller aux noces. Je ne te mens pas, j'ai l'impression de partir pour la guerre.

Adrien esquisse un sourire en entendant ça. Connaissant sa mère, il se doute bien qu'elle ne fera rien pour faciliter les choses à Joseph, au contraire.

— Dommage que vous soyez obligé d'aller la chercher, confesse Adrien sans aucune gêne, on commençait juste à être bien.

— Je sais tout ça, mais je dois la sortir de chez Adjutor avant qu'il la sacre dans le fleuve. Si j'étais à ta place, je recommencerais à enlever mon volant. J'ai comme l'impression qu'elle va s'en prendre à ton auto pas mal plus vite que tu penses.

Le simple fait d'y songer donne des sueurs froides à Adrien. Il ne peut pas croire qu'il va passer sa vie à se battre avec sa mère pour qu'elle ne touche pas à son auto. Il y a des jours où il est si désespéré qu'il se dit que s'il avait su l'avenir, il n'en aurait pas acheté bien qu'il en voulait une depuis si longtemps. En très peu de temps, Lucille est parvenue à changer son rêve en cauchemar. Savoir qu'elle va rôder autour du hangar aussitôt qu'il aura le dos tourné l'inquiète déjà.

— Tant qu'à ça, vous avez sûrement raison. Je ne vous ai pas dit ça… monsieur Potvin m'a offert de travailler comme roulier principal à l'épicerie, ce matin. Et je peux vous dire qu'il paie bien. Pour vous donner une petite idée, c'est au moins trois fois plus payant que ce que je gagne présentement.

Joseph se tourne vers son fils et espère la suite. Devant le mutisme prolongé d'Adrien, Joseph commence à s'impatienter.

— Et après?

— Que voulez-vous que je vous dise? riposte Adrien. C'est certain que j'adorerais ça, mais je suis habitant, pas roulier.

— Si j'étais à ta place, j'irais m'asseoir avec Arté avant de jeter la serviette. Je suis certain que tu pourras trouver un terrain d'entente avec lui, et avec Potvin. Je ne sais pas moi, tu pourrais engager quelqu'un pour te remplacer pendant les périodes fortes de l'année et pour aider Arté avec les animaux.

— Et je pourrais faire les deux traites avec l'engagé…

Adrien s'en veut de ne pas y avoir pensé. Heureusement qu'il a demandé quelques jours à monsieur Potvin avant de lui donner sa réponse… À l'âge qu'il est rendu, il pourrait arrêter de prendre les choses au pied de la lettre et réfléchir à la meilleure façon de s'en sortir. Son père a raison, s'il propose une solution de rechange avantageuse à Arté, il sera plus enclin à l'aider.

— Je te laisse régler les détails, mais de grâce, arrête de t'en faire autant. Il n'y a jamais de problème sans solution.

Les voici devant le magasin général. Joseph prend son sac avant de descendre de l'auto.

— Souhaite-moi bonne chance, mon garçon, j'ai bien peur d'en avoir besoin!

Chapitre 22

Charlotte a du mal à se remettre du mariage de Gisèle, pas à cause de sa sœur, mais plutôt à cause de Léandre. Au final, Marie-Paule a été la seule à lui faire des remarques concernant Céline, et elle ne peut que s'en réjouir. Par contre, elle a bien vu dans les yeux de sa mère qu'elle se posait des questions auxquelles elle s'est bien gardée de répondre. Charlotte était suffisamment éprouvée par la présence de Léandre pour ne pas s'en remettre sur les épaules en expliquant celle de la jeune femme.

Laurier n'est pas venu à la maison depuis au moins deux semaines. Charlotte aimerait lui en vouloir, sauf que ce n'est pas le cas. En réalité, la vie s'écoule beaucoup plus facilement lorsqu'il n'est pas là. Si on lui avait dit qu'un jour sa vie aux côtés de Laurier serait aussi pénible, elle aurait refusé de l'épouser. Mais voilà, c'est bel et bien ce qu'elle vit. Laurier et elle ne forment plus un couple et Charlotte sait que plus Céline reste longtemps chez eux, plus elle amoindrit leurs chances de recoller les morceaux. Même en sachant tout cela, Charlotte est incapable de pousser la jeune femme dehors et, pourtant, une petite voix tout au fond d'elle-même lui dit que c'est ce qu'elle devrait faire.

À la demande de Charlotte, Céline s'est mise à faire des brioches. Alors qu'elle cherche la boîte de sucre blanc, Charlotte se rappelle que c'est elle qui l'a vidée la veille et qu'elle a oublié d'aller en acheter. Son premier réflexe est d'envoyer Céline au magasin général.

— Pas de problème, confirme Céline, le temps de me nettoyer les mains et j'y vais. Mais j'y pense, vous pourriez aller en emprunter à la voisine…

Bien qu'elle sache qu'elle serait bien accueillie, Charlotte n'est pas du genre à aller frapper chez la voisine chaque fois qu'il lui manque quelque chose. Elle se gratte le front et soupire. Elle regarde Céline et elle se dit qu'elle pourrait bien y aller elle-même, puisqu'elle n'en aura que pour quelques minutes. D'abord, les enfants dorment à poings fermés. Ensuite, Céline pourra rouler ses brioches pendant ce temps-là. Il lui restera seulement le sucre à mettre sur le dessus quand elle reviendra. Charlotte hésite un peu. Elle a gagné un peu de confiance en Céline, mais elle s'est juré de ne jamais la laisser seule avec ses enfants. Charlotte soupire à nouveau et elle dit :

— Ce n'est pas la peine de te laver les mains, j'y vais.

La tête baissée sur sa pâte, Céline sourit. Voilà enfin l'occasion qu'elle attendait. Elle prend sur elle et relève la tête.

— Comme vous voulez !

Pendant que Charlotte enfile son manteau et sort de la maison, Céline pense à tout ce qu'elle devra faire pendant la courte absence de celle-ci. Elle se lave les mains en vitesse et va se planter devant la fenêtre de la cuisine pour surveiller Charlotte. À peine est-elle sortie de la cour que Céline court jusque dans sa chambre et sort le sac dans lequel elle garde ses maigres avoirs. Elle le dépose sur la table au passage et file dans la chambre où dorment les enfants. Elle met quelques vêtements de rechange dans le sac à couches et réveille Raymond. L'enfant dormait si dur qu'il se met à bougonner. Au lieu de s'impatienter, Céline lui chuchote à l'oreille :

— C'est fini mon trésor, maman est là. On s'en va d'ici. Ne t'inquiète pas, on va emmener Claire avec nous.

Céline le change de couche en vitesse, lui passe des vêtements chauds et va vite l'installer dans le carrosse qui se trouve sur la galerie. Elle répète le même scénario avec la fille de Charlotte.

Voilà maintenant des semaines qu'elle prépare son coup. Aussitôt les deux enfants installés, Céline sort une feuille de son sac et la dépose bien en vue sur la table.

Vous m'avez pris mon fils… je vous ai pris votre fille !

Satisfaite, Céline sort de la maison en vitesse et elle part avec les enfants dans la direction opposée à celle que Charlotte a empruntée. Céline réalise très vite qu'elle augmenterait ses chances de beaucoup si elle n'avait qu'un enfant. C'est ainsi qu'elle décide de se débarrasser de Claire. Elle s'avance jusqu'à la porte de la première maison qu'elle voit et elle frappe. Au bout d'une minute qui lui a paru une heure, une grand-mère vient lui ouvrir.

— Quels beaux enfants vous avez là ! Mais je vous connais, vous habitez avec la gentille Charlotte.

— C'est ça, confirme Céline. J'ai un service à vous demander. Charlotte a dû quitter subitement pour aller en ville et je…

Céline invente une histoire à mesure qu'elle parle. Elle est si nerveuse qu'elle tord une mèche entre ses doigts sans même s'en rendre compte.

— Je me demandais si vous accepteriez de garder Claire pour une couple d'heures. Je suis désolée, je dois absolument rendre visite à ma tante, la pauvre, elle est sur ses derniers milles. Vous comprenez, elle a insisté pour que j'emmène Raymond avec moi, mais avec deux, je n'y arriverai pas.

— Bien sûr que oui, ma fille, l'assure la vieille dame. Est-ce que Charlotte va venir la chercher ?

— Oui, oui, on avait déjà convenu que c'était ce que je ferais si jamais elle n'était pas de retour.

— Allez en paix. Viens me voir, ma belle Claire.

Céline remercie la dame en vitesse et elle repart sur les chapeaux de roue en poussant le carrosse. Reste maintenant à trouver quelqu'un pour la conduire au port.

Charlotte a été partie en tout et pour tout moins de quinze minutes, elle a fait aussi vite qu'elle a pu lorsqu'elle a réalisé le risque qu'elle prenait. Comme elle était déjà rendue en ville, elle est allée acheter du sucre en vitesse et elle est revenue chez elle à toute allure. Sans se donner la peine de rentrer la voiture, elle s'arrête devant la porte de la maison. Elle saute à terre plus qu'elle descend et elle rentre en coup de vent. Elle est soudainement prise d'un mauvais pressentiment. Elle appelle Céline une fois, deux fois, mais comme elle n'obtient aucune réponse, elle se précipite dans la chambre des enfants. Les deux lits sont vides. C'est suffisant pour que la peur se mette à lui broyer les entrailles. Lorsqu'elle voit les couches souillées qui traînent, elle essaie de se raisonner. Elle va voir sur la galerie si le carrosse y est. Comme elle ne le voit nulle part, elle respire mieux. Céline a dû les emmener faire un tour. Charlotte retourne dans la maison et c'est là qu'elle voit la note sur la table. Le sang lui martèle les tempes dès sa première lecture. Elle est sûrement en train de devenir folle, Céline a volé les enfants. Charlotte se met à faire les cent pas. Elle doit réfléchir, et vite. Si elle est partie avec le carrosse, elle ne peut pas être très loin, et elle n'a pas pris la même direction qu'elle, parce qu'elles se seraient croisées sur le chemin du retour. *Elle a forcément pris la direction opposée.* Charlotte est si désemparée qu'elle se laisse tomber sur une chaise et elle se met à pleurer. C'est ainsi que Laurier la trouve en entrant dans la maison.

— Charlotte ? Il y a quelque chose qui ne va pas ?

Elle relève la tête et le regarde à travers ses larmes.

— J'aurais dû t'écouter, Céline a volé les enfants.

— Quoi ? s'écrie Laurier, soudain envahi d'une vague de colère innommable. Viens, on va aller à la police.

Charlotte se lève péniblement de sa chaise, s'essuie les yeux avec son mouchoir et renifle un bon coup. Elle lui tend ensuite le mot qu'elle a trouvé sur la table.

— Je te promets qu'on va la trouver ! Dépêche-toi, on n'a pas de temps à perdre.

La noirceur est tombée lorsque Laurier et Charlotte reviennent à la maison.

— Rentre, lui dit doucement Laurier, je m'occupe des chevaux.

— Attends, il y a un mot dans la porte, s'écrie Charlotte en mettant le pied sur la galerie.

Comme je n'ai pas de vos nouvelles, je vais garder votre fille à coucher.

Alice

Charlotte se retrouve assise à côté de Laurier en une fraction de seconde.

— Emmène-moi vite chez Alice, s'exclame Charlotte avec un regain d'énergie dans la voix, Céline lui a laissé Claire.

— Tant mieux ! Il reste à trouver Raymond maintenant.

Alice leur raconte tout ce qu'elle sait avec moult détails. Elle ne manque pas de leur dire combien elle est désolée pour le petit Raymond.

— Je lui aurais pourtant donné le bon Dieu sans confession, à cette Céline, avoue Alice. Comme disait mon défunt père, il faut toujours se méfier des gens.

Charlotte la remercie pour tout et elle serre sa fille encore plus fort dans ses bras. Elle pleure tellement qu'elle ne voit pas à deux pouces devant elle.

— Viens, lui dit gentiment Laurier en la prenant par le bras. J'ai peut-être une idée de l'endroit où Céline peut être. Sa tante ne l'a pas vue et elle ne peut pas rester en ville très longtemps sans se faire repérer. D'après moi, elle va essayer de prendre le bateau vapeur pour sortir de la région au plus vite. Et si je ne me trompe pas, il y en avait un au quai quand on a accosté.

— Mais il est sûrement reparti !

— Normalement, il reprend la mer seulement à dix heures le lendemain matin. Je vais te laisser à la maison avec la petite et je vais aller voir.

— Non ! objecte Charlotte avec force, on y va avec toi.

— Comme tu veux !

À la suggestion de Charlotte, ils passent d'abord par le poste de police. Si Laurier a vu juste, ils auront besoin des policiers pour l'arrêter. En cette nuit sans lune, seules quelques lanternes ici et là éclairent le port. Ils laissent les voitures un peu plus loin pour ne pas faire de bruit. Laurier demande à Charlotte de les attendre dans la voiture avec Claire, qu'elle serre toujours aussi fort, ce qu'elle finit par accepter. Ils avancent à pas feutrés jusqu'au bateau à vapeur. À première vue, il n'y a pas âme qui vive, à part le gardien qui dort à poings fermés. Les policiers sur les talons, Laurier monte à bord et, la seconde d'après, le gardien se rue sur lui comme une bête féroce.

— Qu'est-ce que vous faites sur mon bateau ?

— Ne criez pas si fort ! l'intime Laurier. Je cherche mon fils, une folle l'a enlevé et j'ai de bonnes raisons de croire qu'elle va vouloir sortir de la région au plus vite.

— Lâchez-le, clame un des policiers, on va fouiller le bateau de fond en comble.

— Comme vous voulez, dit le gardien, mais je vous garantis que je suis le seul être vivant à bord. Et je vais devoir vous accompagner.

Le gardien avait raison, ils n'ont pas trouvé âme qui vive sur le bateau. Désespéré, Laurier retourne sur la terre ferme.

— Rentrez maintenant, lui suggère un des policiers, et laissez-nous faire notre travail.

Laurier voudrait leur dire qu'il va dormir sur ses deux oreilles jusqu'à ce qu'ils lui ramènent son fils, mais c'est loin d'être le cas. Il sait qu'il ne retrouvera la paix que le jour où Raymond lui sera rendu. Maintenant qu'il l'a accepté, il ne laissera personne lui faire du mal, et surtout pas sa folle de mère. La prochaine fois qu'il passera par Saint-Siméon, il ne manquera pas de retourner voir le frère de Céline. En attendant, il doit aller rejoindre Charlotte et se retenir de l'abîmer de bêtises pour son manque de confiance à son égard. Si elle l'avait écouté, ils seraient en train de passer tranquillement la soirée en famille au coin du feu…

Le désespoir qu'il lit dans les yeux de Charlotte lorsqu'elle les voit revenir bredouilles lui brise le cœur. Laurier connaît peu de femmes qui auraient accepté d'élever l'enfant de la maîtresse de leur mari, et encore moins d'ouvrir leur porte à celle-ci. Il avance jusqu'à elle et lui prend la main.

— Je te promets qu'on va le retrouver, lui dit-il.

— Penses-tu qu'elle serait capable de lui faire du mal ?

Au lieu de lui répondre, Laurier fait le tour de la voiture par-derrière et il vient prendre place à côté de Charlotte. L'instant d'après, il commande à son cheval d'avancer. Ce n'est que lorsqu'il rejoint Charlotte dans la maison qu'il lui dit :

— Si elle touche ne serait-ce qu'à un de ses cheveux, je la tue.

Le regard de Laurier est tellement mauvais que Charlotte se met à frissonner. Elle savait que son mari avait du caractère, et c'est une des choses qu'elle appréciait chez lui. Or, qu'il en ait à ce point a de quoi faire frissonner.

Chapitre 23

— Il me semblait que tu devais attendre que ton père soit revenu, plaide Marie-Paule.

— Tu connais Arté, réplique Adrien, on a toujours fait boucherie à la même date, et ce n'est pas cette année que ça va changer. Je n'ai jamais vu quelqu'un aimer autant les habitudes.

— Remarque que ça fait mon affaire que ta mère ne soit pas là.

— Ne me parle pas d'elle !

— Je demanderai à la mienne de venir s'occuper des enfants.

— Tu ferais mieux d'y aller ce soir, parce qu'on va commencer tout de suite après le train.

Installé au bout de la table avec Michel, André n'a pas perdu un seul mot de la discussion entre son père et sa mère. Il lève les yeux de son livre et il dit :

— Papa, est-ce que c'est la vache brune que vous allez tuer ?

— Pas cette fois ! C'est le gros cochon.

— Hector ?

Adrien fronce les sourcils, c'est la première fois qu'il en entend parler.

— J'ignorais que notre cochon avait été baptisé, ironise-t-il en tapant un clin d'œil à André.

S'il croyait faire rire son fils, Adrien a manqué son coup. Les yeux dans l'eau et la voix larmoyante, André revient à la charge :

— Il est bien trop gentil pour le tuer. En tout cas, renchérit André d'une voix assurée, moi je ne mangerai pas une seule bouchée d'Hector.

— Moi non plus, l'appuie Michel.

— On aura tout vu! s'exclame Adrien. Voulez-vous bien me dire depuis quand vous êtes amis avec les cochons? On n'est pas sortis de l'auberge, si vous commencez à vous attacher à toutes les bêtes qui sont sur la ferme. J'aime autant vous le dire, la semaine prochaine, on va tordre le cou à toutes les vieilles poules. Et après, ce sera au tour d'une vache. Parti comme c'est là, vous risquez de maigrir à vue d'œil, si vous ne changez pas d'idée.

Adrien secoue la tête de gauche à droite. Il n'en revient tout simplement pas. André n'accorde pas la moindre attention au nouveau Prince, mais il s'est entiché d'un cochon.

— Il vaudrait mieux que tu lui parles, dit Adrien à sa femme, parce que moi je ne sais plus quoi dire.

— C'est inutile de te mettre dans un tel état, c'est un enfant. Des fois, j'ai l'impression que tu n'as jamais été jeune.

— Si tu avais eu la même mère que moi, riposte aussitôt Adrien, tu ne l'aurais pas été, toi non plus.

— Elle est méchante, la vieille grand-mère, lance Michel sans même relever la tête de son livre, et je suis content qu'elle soit partie.

— Moi aussi, confirme Adrien sans réfléchir.

À voir l'air de son mari, Marie-Paule voit bien qu'elle ne pourra rien attendre de plus de lui. C'est pourquoi elle lui suggère d'aller voir son frère et d'en profiter pour demander à Alida de venir l'aider le lendemain, ce qu'il fait sans se faire prier. Adrien n'a pas le tour avec les enfants, elle le sait et lui aussi.

Une fois qu'il est sorti de la maison, Marie-Paule va s'asseoir à la table avec les enfants. Elle commence par leur offrir quelques galettes à la mélasse pour les amadouer et, pendant qu'ils ont la bouche pleine, elle en profite pour leur expliquer du mieux qu'elle peut pourquoi ils doivent tuer ledit Hector.

— Vous comprenez, on ne peut pas être ami avec tous les animaux de la ferme, parce que c'est aussi pour se nourrir qu'on les élève.

— Ce n'est pas une raison pour tuer Hector, plaide André sans se préoccuper le moins du monde de se vider la bouche avant de parler. Prince s'est fait tuer et maintenant, c'est Hector qui va y passer. Ce n'est pas juste !

Cette petite phrase de cinq mots fait bien rire Marie-Paule depuis qu'elle a des enfants. Ils l'utilisent si souvent qu'elle a parfois l'impression que ce sont les seuls mots qu'ils connaissent. En même temps, il paraît qu'elle a fait la même chose à leur âge, c'est du moins ce que se tue à lui répéter Alida. Et tous les enfants qu'elle côtoie n'ont que ces mots à la bouche chaque fois qu'ils sont contrariés, même ceux de Marie-Laure, qui sont élevés dans l'autorité, les servent à leur mère plus souvent qu'à leur tour.

— Aussi bien l'apprendre tout de suite, leur confie-t-elle, la vie n'est pas juste.

Heureusement qu'elle ne s'attendait pas à ce qu'ils comprennent quelque chose à ce qu'elle vient de leur dire, parce qu'elle en prendrait pour son rhume. Ils la regardent avec de grands yeux comme si elle venait de leur parler dans une autre langue.

— Mais papa pourrait en tuer un autre, lance André en désespoir de cause.

— Non ! Hector est le plus dodu, ce qui fait qu'il va nous donner plus de viande que les autres.

— Tu ne comprends rien, pleurniche André, je ne veux pas que papa le tue, parce que c'est mon ami.

Décidément, Marie-Paule n'est pas au bout de ses peines. Voilà maintenant que son fils est ami avec un cochon.

— Et les poules, lui demande-t-elle d'un ton ironique, est-ce qu'on peut les tuer?

— Toutes! Elles sont bêtes, les poules, et elles ne se gênent pas pour me picorer quand je m'approche trop d'elles.

— Eh! rétorque Michel, moi je les aime, les poules.

Plus elle en entend, plus Marie-Paule a envie de rire. Elle a devant elle deux défenseurs aguerris de la race animale. Elle les trouve bien drôles pour le moment, mais s'ils s'acharnent à protéger les bêtes devant leur père, elle va devoir sortir sa grosse voix.

— Bon, ça suffit pour ce soir! Je vais mettre les choses au clair. Que ça vous plaise ou non, demain matin, Hector va passer au couteau, de même que plusieurs poules. Il est l'heure d'aller vous coucher, maintenant.

* * *

Arté et Adrien ont installé tout ce qu'il faut pour saigner le cochon dans le hangar.

— Il ne reste plus qu'à aller le chercher, dit Adrien. On y va?

Les deux frères se rendent à la porcherie. À première vue, Hector n'est pas dans l'enclos.

— Il doit être resté en dedans, lance Arté. On dirait que les bêtes le sentent quand leur dernière heure approche. Je reviens.

Arté sort de la porcherie aussi vite qu'il est entré.

— Je ne le vois pas nulle part. Veux-tu bien me dire où il peut être ? Un cochon ne peut pas disparaître en une nuit.

— À moins d'avoir de l'aide, laisse tomber Adrien qui commence à se poser de sérieuses questions. D'après moi, si on met la main sur André, Hector ne devrait pas être très loin.

— Qui c'est, ce Hector ?

— Le cochon qu'on veut tuer, voyons ! répond Adrien en essayant de garder son sérieux. C'est André qui l'a baptisé comme ça.

— On aura tout vu ! Trouve ton fils au plus vite, avant que je perde patience. Je vais t'attendre au hangar.

Adrien n'a pas le temps de monter la moitié de l'escalier qu'André sort de la maison.

— Tiens donc ! C'est justement l'homme que je cherchais, ironise Adrien.

— Je ne suis pas un homme, papa, je suis juste un petit garçon.

— Peu importe ! Peux-tu me dire où tu as caché mon cochon ?

André rougit suffisamment pour qu'Adrien devine qu'il n'est pas étranger à la disparition d'Hector. Le père et le fils sont maintenant sur deux marches consécutives.

— Je t'écoute, mon garçon, mais tu vas devoir faire vite, parce que ton oncle Arté est pas mal moins patient que moi.

André soupire à répétition jusqu'à ce qu'il réalise que son père ne le laissera pas passer tant et aussi longtemps qu'il ne répondra pas à sa question.

— Tu ne seras pas content, je l'ai libéré pendant que tu étais dans le hangar avec oncle Arté.

Même si Adrien se doutait de la réponse, une vague de colère s'empare soudainement de lui. Pour avoir déjà couru après un cochon, il n'est plus certain de pouvoir faire boucherie aujourd'hui, et ça ne fait pas son affaire une miette alors que tout est prêt.

— Peux-tu au moins me dire quelle direction il a prise ?

— Il est parti par le bout du jardin, lui indique André en appuyant ses dires d'un geste de la main. Est-ce que je peux aller jouer avec mes cousins, maintenant ? J'étais juste venu chercher une balle.

— Ah non ! Tu vas participer à la chasse au cochon jusqu'à ce qu'on le trouve. Et après, je te dirai ce que sa libération t'a valu comme punition, mais seulement après qu'on aura fait boucherie. Ce sera en quelque sorte ton baptême de boucherie… si tu vois ce que je veux dire.

Les paroles de son père suffisent largement pour qu'André comprenne qu'il n'est pas content.

— Viens mon gars, ajoute Adrien, on va aller apprendre la bonne nouvelle à ton oncle.

— Est-ce qu'on est vraiment obligés ?

— Mais oui, il m'attend au hangar. Grouille, on n'a pas toute la journée pour trouver notre cochon.

Cette fois, c'en est trop pour le cœur de poule d'André. Il se met à pleurer toutes les larmes de son corps sans qu'Adrien lève le petit doigt pour le consoler. La vie se charge de nous donner des leçons.

Au moment où Adrien et André allaient entrer dans le hangar, le père Demers apparaît comme un cheveu sur la soupe devant eux, avec le cochon en laisse.

— Eh Pelletier! s'écrie-t-il. Depuis quand tu laisses traîner tes cochons en dehors de leur enclos?

— Depuis que mon fils les libère, répond Adrien du tac au tac. Tu ne vas pas me faire accroire qu'il était rendu chez vous?

— Ouais! Il essayait de monter sur ma galerie.

— Je te remercie d'avoir pris la peine de me le rapporter jusqu'ici.

— Ça mériterait au moins une poule, hein, surtout que ça fait un sacré bout de temps que je ne vous en ai pas volé.

— Je vais faire mieux que ça pour toi. Je vais t'en tuer deux, et je vais te les arranger aussi. Reviens les chercher vers trois heures. Attends, je vais te redonner ta corde.

— Ce n'est pas nécessaire, elle n'est pas à moi.

Adrien ne se serait pas privé pour tirer la pipe du père Demers s'il avait été seul. Comme ce n'est pas le cas, il tire le cochon de toutes ses forces pour le faire entrer dans le hangar pendant qu'André continue de pleurer toutes les larmes de son corps maintenant qu'il sait ce qui attend son ami.

— Assieds-toi sur le petit banc dans le coin et ne bouge pas de là, l'intime Adrien après avoir refermé la porte.

En apercevant son neveu, Arté ne peut pas s'empêcher de lui faire peur un peu.

— Que je ne te prenne pas à voler un autre de nos cochons, parce que je vais te faire mettre en prison.

— Tu ne trouves pas que tu y vas un peu fort? lui demande Adrien d'une voix teintée de reproches, c'est un enfant.

— Plus vite il apprendra qu'il ne faut pas prendre ce qui ne nous appartient pas, mieux ce sera pour lui. Est-ce qu'on peut commencer, maintenant qu'on a retrouvé le cochon ?

— C'est quand tu veux, répond Adrien.

* * *

Le seul moment où André a osé bouger sur son banc, c'est quand Joseph a fait son entrée dans le hangar.

— Vous avez fini par retrouver votre chemin, le nargue Adrien en le voyant.

— Je l'aurais retrouvé bien avant, s'il n'avait tenu qu'à moi.

Ni Adrien ni Arté n'ont besoin de poser de questions pour savoir qui a retardé son retour.

— Mais je vous raconterai tout ça un autre jour. Je vais me changer et je viens vous aider.

— Vous pouvez prendre le temps d'arriver aussi, dit Arté.

— Disons que j'ai assez vu votre mère pour aujourd'hui.

C'est à ce moment seulement que Joseph remarque la présence de son petit-fils.

— Depuis quand ton père te permet-il d'être là pendant qu'il fait boucherie ?

— Depuis qu'il a aidé le cochon à s'enfuir pour lui sauver la vie, répond promptement Adrien d'un ton sec.

Il s'en faut de peu pour que Joseph éclate de rire en entendant ça. Il met la main sur sa bouche pour ne rien laisser paraître et il dit à André d'un ton qu'il veut sérieux :

— Les bêtes ne sont que de passage sur la terre, mon garçon, tout comme nous. Elles servent à nous nourrir, comme toi et moi, et même ta grand-mère Lucille, on nourrira les vers de terre un de ces jours.

Surpris par les propos de leur père, Adrien et Arté se regardent et ils haussent les épaules en même temps, alors qu'André a les yeux en points d'interrogation. Si l'intention de leur père était de renforcer la leçon qu'André est en train d'apprendre, on peut dire que c'est manqué.

Lorsque Joseph sort du hangar, il arrive face à face avec Rolland le quêteux. Cette fois, il ne fait rien pour se retenir et il éclate de rire.

— Bien le bonjour, Rolland, c'est Lucille qui va être contente de vous voir. Suivez-moi.

Son invité sur les talons, Joseph ouvre la porte de la maison à sa pleine grandeur et le laisse passer devant lui.

— Lucille, tu as de la belle visite.

Installée dans sa chaise berçante, c'est à peine si elle lève les yeux en direction de Rolland. Joseph voit le peu d'enthousiasme de Lucille, mais il n'en fait pas de cas. Il va se changer et sort de la maison aussi vite qu'il est entré, abandonnant le pauvre Rolland qui est toujours planté au beau milieu de la cuisine.

Ce n'est qu'une fois Joseph sorti que Lucille réalise que Rolland est devant elle en chair et en os. Alors qu'elle meurt d'envie de le faire disparaître de sa vue, elle se lève en soupirant et elle l'aide à aller s'asseoir. Elle reprend aussi vite sa place qu'elle retourne à ses pensées. Elle en veut terriblement à Joseph d'être venu la chercher chez Adjutor. Son cher mari l'a pratiquement embarquée de force dans la voiture, et son fils a assisté à la scène avec un sourire sur les lèvres. Cependant, Lucille n'a pas dit son dernier mot. Elle est revenue à Jonquière, mais c'est pour mieux repartir à Saint-Irénée, parce que c'est le seul endroit où elle se sent bien. Là-bas, elle est entourée d'alliés, c'est du moins ce qu'elle croit. Si elle avait entendu le soupir de soulagement que tous les ouvriers ont lâché quand ils ont vu s'éloigner la voiture dans laquelle elle prenait place, elle ne chanterait peut-être pas la même chanson. Et encore, quoique d'une certaine manière, connaître les humeurs des gens à son égard ne revêt pas beaucoup d'importance pour elle.

Lucille est sûre d'une chose, elle ne moisira pas ici plus longtemps qu'il faut. Dès demain, elle va reprendre possession de son auto et elle ira voir Anna. *Je vais lui proposer de m'accompagner à Chambord. Après tout ce que j'ai fait pour Émile, ma belle-fille peut bien nous recevoir pendant quelques jours.*

— Est-ce que je pourrais avoir un verre d'eau, Madame Lucille, demande poliment Rolland.

Le timbre de voix du quêteux écorche tellement les oreilles de Lucille qu'elle se retrouve debout sans même s'en rendre compte. Les baguettes en l'air, elle fait un gros effort pour ne pas s'en prendre au pauvre vieux. Elle traîne sa carcasse jusqu'à la pompe et remplit un grand verre d'eau qu'elle va aussitôt lui porter. Il pue tellement que Lucille est prise d'un haut-le-cœur carabiné mais, cette fois, il est hors de question qu'elle lui offre de prendre un bain. Personne n'est là pour le lui préparer.

— Aimeriez-vous que je vous donne les dernières nouvelles? lui demande gentiment Rolland.

— Mais oui, s'entend-elle répondre, même si c'est la dernière chose dont elle ait envie.

Et Rolland se lance dans une diarrhée verbale qui n'en finit plus de finir. Si Rolland avait des yeux pour voir, il se rendrait très vite compte que Lucille ne l'écoute pas. Et elle ne l'interrompt pas une seule fois non plus, alors que d'habitude elle n'arrête pas de le faire.

— Êtes-vous toujours là, Madame Lucille?

— Oui, oui, répond-elle d'un ton impatient.

— Vous n'êtes pas malade, toujours?

— Non! Non! Je reviens de voyage et je suis un peu fatiguée, répond Lucille du bout des lèvres.

Rolland a tellement faim qu'il a des crampes dans l'estomac. S'il n'était pas chez madame Lucille, jamais il ne songerait à en parler, surtout qu'elle n'a pas l'air dans son assiette aujourd'hui. Rolland pèse le pour et le contre, et sa faim l'emporte sur ses bonnes manières.

— Vous n'auriez pas un bol de soupe ou un bout de pain pour moi?

Malheureusement pour lui, c'est la goutte qui fait déborder le vase. Lucille se lève comme une balle et vient jusqu'à sa hauteur. Elle l'agrippe ensuite par un bras et elle le tire de toutes ses forces jusque dehors sans que le pauvre homme ait le temps de réaliser ce qui lui arrive.

— Sortez de ma maison! hurle-t-elle à deux pouces de ses oreilles. Sortez de ma maison ou je ne réponds plus de moi! Ça fait assez longtemps que j'endure votre odeur de bête puante et votre discours qui n'a ni queue ni tête. Allez embêter quelqu'un d'autre et ça presse!

— Mais…

— Il n'y a pas de mais qui tienne, vous partez et vous ne remettez plus les pieds ici. Trouvez-vous une autre âme charitable pour vous décrotter et bourrer votre gros ventre. Je vous ai assez vu, le quêteux!

Jamais Rolland n'a descendu cinq marches aussi prestement. Tout s'est passé si vite que le pauvre homme n'a plus aucun repère. Il se sent perdu comme si on venait de le parachuter sur une île déserte, à tel point qu'il est incapable de bouger.

— Ne me dites pas que vous êtes sourd en plus d'être aveugle ! Grouillez-vous et fichez le camp.

Alerté par les cris de Lucille, Joseph sort du hangar en courant. Devant l'énormité des propos de sa femme, il va au secours de Rolland.

— Je t'interdis de le toucher, Joseph Pelletier, il est plein de poux.

— Rentre dans la maison, Lucille, tu en as assez fait pour aujourd'hui !

— Ce n'est pas toi qui vas venir me dire quoi faire. Je suis chez moi ici et, si tu ne veux pas dormir dans la grange, lâche ce pouilleux avant que je me fâche.

Cette fois, c'est Adrien qui s'en mêle. Il s'approche de Rolland et le prend doucement par le bras.

— Venez avec moi, je vais vous emmener voir Anita.

— Anita ? demande le pauvre vieux encore tout ébranlé par la sortie musclée de sa bonne Lucille.

— Je suis certain que Gertrude va vous trouver un petit coin pour passer la nuit. Venez, on va prendre mon auto.

Figée sur la dernière marche de l'escalier, Lucille ne voit plus clair quand elle réalise ce qu'Adrien vient de dire.

— Je t'interdis de laisser monter cet homme puant dans mon auto !

Mais Adrien ne s'en laisse pas imposer par la mise en garde de sa mère. Il continue d'avancer en direction de la partie du hangar où il remise son auto. Il abandonne Rolland le temps d'ouvrir la porte et il revient aussitôt le chercher. Il l'aide ensuite à s'installer. C'est alors qu'il sent les ongles de sa mère se planter dans son épaule malgré l'épaisseur de sa grosse chemise de flanelle.

— Fais-le sortir de mon auto ou c'est moi qui vais le faire. Il va l'empester s'il reste assis là. Tasse-toi!

C'est alors que Lucille pose le regard sur le nouveau volant. Les yeux sortis de la tête, elle lâche Adrien et se retrouve du côté conducteur en un temps record.

— Mais c'est le volant que j'avais commandé, s'écrie-t-elle d'une voix cinglante. Comment se fait-il qu'il soit là?

— Parce que c'est moi qui l'ai donné à Adrien, confesse Joseph derrière elle.

Lucille se tourne d'un coup sec et, la seconde d'après, elle se rue sur son mari pour le frapper de toutes ses forces jusqu'à ce qu'Arté la maintienne par-derrière et l'empêche d'atteindre son père.

— Lâche-moi, tu me fais mal, siffle Lucille en essayant de se libérer.

— Ça suffit maintenant, la mère!

— Ce n'est certainement pas toi qui vas venir me dire quoi faire. Lâche-moi ou tu vas le regretter.

Le dernier commentaire de Lucille a un effet contraire sur Arté. Il ne fait ni une ni deux et resserre son emprise.

— Vas-y Adrien, je m'occupe de tout.

— Je vais faire aussi vite que je peux.

— Prends tout le temps qu'il faut, mon garçon, ajoute Joseph, et promets-moi surtout de bien t'occuper du pauvre vieux.

C'est sous le regard affolé d'Alida et de Marie-Paule qu'Arté conduit sa mère dans la maison.

— Je te l'avais dit qu'elle était méchante, la vieille grand-mère, s'écrie Michel en tirant sur le tablier d'Alida.

Chapitre 24

— Ma pauvre Charlotte, dit la mère supérieure, la seule personne à qui vous devez en vouloir c'est à vous. Vous avez péché par excès de bonté en acceptant que la mère de votre fils adoptif reste chez vous. Je ne vous comprends pas.

Charlotte est déjà au courant de tout ça, et ce n'est pas pour se le faire répéter qu'elle est ici.

— Si je suis venue vous voir, c'est parce que j'ai besoin de votre aide.

La religieuse recule sur sa chaise et elle fronce les sourcils.

— Je vous écoute.

— Les policiers n'arrivent pas à trouver sa trace, ni celle de mon fils. Je sais bien que Céline n'est pas assez folle pour venir porter Raymond ici, mais je me disais que vous pourriez peut-être écrire un mot aux autres orphelinats de la région, au cas où elle comprendrait qu'elle ne peut garder le petit et où elle tenterait de le laisser chez eux.

— Mais les journaux en ont tellement parlé que tout le monde est déjà au courant de votre histoire. Rentrez chez vous, Charlotte et prenez soin de votre fille, c'est tout ce qu'il vous reste à faire. Laissez Dieu s'occuper du reste !

Charlotte voit bien qu'elle n'obtiendra aucune aide ici. Le cœur lourd, elle se lève et remercie la religieuse du temps qu'elle lui a accordé. Elle referme la porte du bureau et elle retourne à l'orphelinat.

— À voir l'air que vous avez, lui dit sœur Irène, je suppose que ça n'a pas été à votre goût.

— Elle ne fera rien, répond simplement Charlotte.

— Je vais vous aider, moi, offre spontanément sœur Irène.

— C'est gentil, mais je refuse que vous ayez des problèmes avec la supérieure à cause de moi. Elle a été très claire, vous savez !

— Je n'en doute même pas. Je vais m'arranger pour au moins vous fournir la liste des orphelinats, et vous pourrez leur écrire vous-même.

— Mais si elle découvre ce que vous avez fait…

— Ne vous inquiétez pas pour moi.

Depuis l'enlèvement de son fils, Charlotte est comme une âme en peine. Quand elle est à la maison, elle passe ses journées à pleurer. Et quand elle vient à l'orphelinat, même le rire des enfants n'arrive pas à la sortir de sa torpeur. C'est qu'elle s'en veut énormément d'avoir été aussi bête. Laurier et elle ont repris une vie un peu plus normale, c'est du moins ce qu'elle aime croire pour ne pas perdre pied. Alida est venue passer quelques jours avec elle dès qu'elle a appris la nouvelle. Pour la première fois de sa vie, au moment de son départ, Charlotte était contente de la voir monter dans la voiture du roulier. C'est qu'elle n'est pas bien, ni seule ni avec quiconque.

— Je vais rentrer, dit Charlotte en prenant sa fille.

Sœur Irène embrasse la petite Claire et elle accompagne sa protégée jusqu'à la sortie.

— C'est déjà le temps de partir ? demande Henri en les voyant.

— Oui, répond Charlotte d'une petite voix.

— Je vais chercher votre voiture.

Pendant qu'elle attend, des images de Céline affluent dans l'esprit de Charlotte et, une fois de plus, elle essaie de trouver à quel moment elle est tombée dans ses filets. Elle monte dans sa voiture sans entrain, salue Henri et commande à son cheval d'avancer.

Lorsqu'elle prend la dernière courbe et qu'elle aperçoit une voiture dans sa cour, Charlotte plisse les yeux dans l'espoir de la reconnaître. Elle presse son cheval d'avancer plus vite et l'immobilise devant la porte de sa maison. C'est alors qu'elle reconnaît l'homme assis sur la première marche.

— Je viens juste d'arriver, lui dit-il, je m'inquiétais pour vous.

Charlotte prend sa fille dans ses bras et elle va s'asseoir à côté de lui, si près qu'elle le touche.

— C'est gentil, répond-elle les yeux voilés par les larmes. J'ai cru que je ne vous reverrais plus.

— Même si je le voulais, lui confie Léandre, j'en serais incapable.

* * *

Gertrude n'en revient toujours pas de ce que sa mère a fait à Rolland. Le pauvre vieux était dans tous ses états lorsqu'Adrien l'a emmené chez elle. Il a commencé à aller mieux seulement quand Anita est revenue de travailler. Elle lui a préparé un bain, a lavé ses vêtements, et il s'est assis à la table avec la famille pour le souper. De grosses larmes coulaient sur ses joues chaque fois qu'il pensait à ce que madame Lucille lui avait dit. Anita venait alors près de lui et elle lui frottait le dos en lui répétant qu'il valait mieux oublier tout ça.

— Il me semblait pourtant qu'il était le seul avec qui elle était gentille, lance Mérée en plissant les yeux.

— Tout ce que je sais pour l'instant, c'est qu'elle a pété les plombs et que Rolland a tout reçu sur lui. Adrien n'a pas eu le temps de m'en dire beaucoup.

— Pauvre homme ! Il n'a pas assez d'être aveugle et pauvre, il fallait en plus qu'il goûte aux foudres de ta mère. Une maudite chance que tu ne restes plus avec elle.

— Tu peux le dire ! Des fois, je me demande comment j'ai fait pour la supporter aussi longtemps. Il faut dire qu'elle était moins pire que maintenant.

— Arrête ! l'intime Mérée. Ta mère a toujours été folle.

Les paroles de Mérée résonnent dans la tête de Gertrude comme autant de coups de marteau. Elle est incapable de la contredire, mais elle ne l'appuiera pas pour autant parce que peu importe ce qu'elle est, Lucille est quand même sa mère. Et à voir comment elle agit ces derniers temps, il lui semble qu'elle fait encore plus pitié que le quêteux.

— Qu'est-ce qui arrive avec Rolland ? demande Mérée.

— Il est supposé reprendre sa route aussitôt que ses vêtements seront secs.

Comme Gertrude n'a pas envie de passer plus de temps sur le cas de sa mère, elle lance vite la discussion sur un tout autre sujet.

— Monsieur Potvin est-il passé te voir hier ?

Sa question fait rougir Mérée jusqu'à la racine des cheveux.

— Oui, balbutie-t-elle. Il m'a appris qu'Adrien avait accepté son offre.

— Je suis déjà au courant qu'Adrien a accepté d'être notre roulier. Je veux savoir ce qu'il t'a dit, à toi.

Mérée hausse les épaules et fait un petit sourire à Gertrude. Elle sait très bien ce que Gertrude veut savoir, mais elle aime bien se payer sa tête de temps en temps.

— Vas-tu finir par parler, à la fin ? s'impatiente Gertrude.

— Eh bien, pour tout te dire, j'ai accepté sa demande en mariage.

— C'est vrai ? Et c'est seulement maintenant que tu m'en parles !

— Je n'étais quand même pas pour débarquer chez vous après son départ. Et puis, il faut que tu comprennes, tout est allé tellement vite que je me sens un peu mal à l'aise avec tout ça. Comme tu le sais, j'aimais Wilbrod et…

— Il n'y a pas de mais qui tienne, Mérée, mon frère est mort et même si tu te morfonds à le regretter, ça ne le fera pas revenir. Monsieur Potvin est un bon parti, et tu serais bien idiote de le laisser passer.

— Ouf ! Tu m'enlèves un gros poids de sur les épaules.

Mérée s'essuie le front avec le dos de sa main avant d'ajouter sur un ton de confidence :

— On va se marier à la fin janvier.

— Moi je pense que tu es bien partie pour avoir ton manoir un jour, lance Gertrude en sautant au cou de Mérée. Je suis si contente pour toi !

* * *

Marie-Paule se doutait bien qu'André refuserait de manger quand il saurait que c'est un morceau d'Hector que sa mère vient de mettre dans son assiette.

— Je t'avertis, dit Adrien en prenant sa grosse voix, tu ne sortiras pas de table tant que tu n'auras pas mangé tout ce qui est devant toi.

— Tu ne vas quand même pas le faire manger de force ? lui demande Marie-Paule.

En voyant l'air de son frère, Michel décide de venir à son secours.

— Papa, est-ce que je pourrais l'aider, parce que moi je le trouve très bon, Hector.

— Tu n'as pas de cœur ! s'écrire André en poussant son assiette du revers de la main.

Adrien saisit le bras de son fils au passage et il le serre un peu plus qu'il le devrait. C'est qu'il commence à en avoir assez de toute cette histoire. Il a tué un cochon et, comme c'était prévisible, eh bien, il se retrouve sur leur table. Ou André obéit, ou il va le priver de nourriture jusqu'à ce qu'il cède. Marie-Paule aura beau dire et faire tout ce qu'elle veut, elle ne le fera pas changer d'idée, pas cette fois. André est en train de mettre son autorité à l'épreuve et ce n'est certainement pas lui qui va remporter la partie.

— Écoute-moi bien, mon garçon, dit Adrien de sa voix autoritaire, la ville est remplie de gens qui paieraient cher pour être assis à ta place. Hector, comme tu l'appelais, était un cochon et maintenant c'est la nourriture qui se retrouvera devant toi au moins une fois sur trois. Je t'avertis, je ne plierai pas ni maintenant ni plus tard.

Bien que Marie-Paule trouve son mari un peu trop sévère à son goût, elle se garde bien de parler. Il est si rare qu'Adrien prenne les choses en main quand il est question de l'éducation des enfants qu'il vaut mieux qu'elle le laisse aller, quitte à lui en glisser un mot quand ils iront se coucher.

Marie-Paule a du mal à reconnaître son fils. Il y a eu Prince et maintenant Hector. Elle commence à se demander sincèrement quelle sera la prochaine cause qu'il défendra. Les bras croisés, André regarde droit devant lui, mais surtout pas dans son assiette que son père a pris soin de repousser gentiment à sa place.

— Je compte sur toi pour le garder à table, dit Adrien à Marie-Paule aussitôt sa dernière bouchée de tarte au sucre avalée. Viens Michel, on va aller voir ton oncle René. Il paraît que sa chatte a eu cinq bébés.

— Est-ce que je vais pouvoir en choisir un ? s'enquiert aussitôt Michel.

— Non ! répond son père. La grange est pleine de chats.

Michel connaissait la réponse de son père avant de poser sa question. Il se lève de table et il dit à André en lui mettant la main sur l'épaule :

— Dommage que ce soit rendu froid, parce que c'était vraiment très bon.

— Laisse-moi tranquille !

— Grouille-toi Michel, lance Adrien pour mettre fin à la discussion. Si on se dépêche, on devrait arriver juste pour le dessert.

— Mais vous l'avez déjà mangé, s'exclame Marie-Paule.

— Qui a dit qu'on n'avait pas le droit d'en manger deux... rétorque Adrien avant d'éclater de rire. À plus tard !

* * *

Lucille n'a pas encore digéré que Joseph ait ouvert le paquet qui contenait le volant qu'elle avait commandé.

— Tu n'avais pas le droit, Joseph Pelletier, crache-t-elle, et encore moins de le donner à Adrien. C'était mon volant et pas le sien.

— Mais tu n'as même pas d'auto !

— C'est ce que tu crois.

Si seulement Joseph connaissait le prix que Lucille a payé pour le fameux volant, il lui arracherait la tête. Lucille se voit encore feuilleter les pages du catalogue pour trouver le plus cher. D'ailleurs, au moment de passer sa commande, le vendeur lui avait fait remarquer qu'il était bien trop beau pour l'auto.

— Contentez-vous de faire ce que je vous dis ! Je veux le plus beau volant qui soit pour mon auto.

Le vendeur lui avait jeté un drôle de regard et il a tendu la main pour recevoir l'argent.

— Je le ferai livrer chez vous.

— À mon nom ! avait ajouté Lucille.

Lucille était bien loin de penser que Joseph oserait ouvrir un colis qui lui était adressé. Et elle s'est juré qu'il paierait pour son manque de jugement.

Le passage de Rolland n'a laissé aucune trace chez Lucille. Au fond, elle l'a toujours toléré pour bien paraître plus que par amour des laissés-pour-compte comme lui. D'ailleurs, d'aussi loin qu'elle se souvienne, Lucille n'a jamais eu une once de pitié pour les quêteux. Pour elle, ils sont comparables à la vermine qui élit domicile sous le foin dans la grange. Si elle lui accordait de l'importance, c'était uniquement pour être au courant des dernières nouvelles et pour qu'il colporte de bons mots sur sa grande générosité. Mais maintenant, elle n'a plus rien à faire de ce que les gens peuvent penser d'elle. Le jour où Gertrude l'a abandonnée pour aller s'enfermer dans sa petite maison en ville, Lucille s'est juré qu'elle serait la personne la plus importante et qu'elle prendrait le meilleur dans tout, même au détriment des gens qu'elle prétend aimer.

Depuis qu'elle a vu son volant trôner dans l'auto d'Adrien, elle cherche désespérément un moyen de lui rendre la monnaie de sa pièce, ainsi qu'à Joseph et à tous ceux qui ont osé se mettre en travers de son chemin. Des idées toutes plus saugrenues les unes que les autres se bousculent dans sa tête. Parmi elles, il y en a une qui revient constamment la titiller. À la seule pensée de la mettre à exécution, Lucille sourit. *Ils l'ont bien cherché!*

* * *

Marie-Paule a eu le temps de faire sa vaisselle et de s'amuser avec ses deux derniers et André n'a toujours pas touché à son assiette.

— J'espère que tu vas finir par te décider à manger, lui dit-elle doucement, parce que papa ne changera pas d'idée cette fois.

— Tu ne comprends pas, maman, je suis incapable de manger Hector.

Devant le désespoir de son fils, Marie-Paule se retient de flancher.

— Prends au moins quelques bouchées pour me faire plaisir, l'implore-t-elle, il faut que j'aille coucher ton frère.

La gentillesse de sa mère n'a aucun effet sur lui. Aussitôt qu'elle sort de la pièce, André en profite pour se pousser. Il descend l'escalier à toute vitesse et il se met à courir aussi vite qu'il peut pour mettre une distance entre la maison et lui. Plutôt mourir de faim que de mordre dans une seule bouchée d'Hector.

Lorsque Marie-Paule revient dans la cuisine et qu'elle voit la porte grande ouverte, elle devine qu'André est parti. Si Gertrude habitait toujours en bas, elle cognerait pour qu'elle vienne s'occuper des enfants pendant qu'elle irait sur les traces de son fils. Comme il n'y a que Lucille et qu'elle n'a aucune envie de lui demander quoi que ce soit, elle va devoir se ronger les sangs jusqu'au retour d'Adrien. Jamais elle ne se serait doutée qu'André lui ferait faux bond à la première occasion. En tout cas, il leur en fait voir suffisamment ces derniers temps pour qu'elle croie qu'ils ne sont pas au bout de leurs peines avec lui. Reste à voir si l'autorité d'Adrien aura raison de la tête dure qui vient de lui pousser tout d'un coup.

Marie-Paule doit prendre son mal en patience pendant une bonne heure avant qu'Adrien refasse surface.

— André s'est sauvé! fait-elle savoir à son mari dès qu'il ouvre la porte.

— Où?

— Comment veux-tu que je le sache? Je suis allée coucher le bébé et quand je suis revenue dans la cuisine, sa place était vide, et son assiette encore pleine.

— Le petit maudit! s'exclame Adrien. Veux-tu bien me dire ce qu'il n'a pas compris?

— Il faut que tu partes à sa recherche au plus vite.

— Je suis certain que tu t'inquiètes pour rien, il doit être allé se cacher dans la grange comme il a l'habitude de le faire. Je vais voir.

— Moi aussi, plaide Michel de sa petite voix, je connais toutes ses cachettes.

Une fois seule, Marie-Paule se met à tourner en rond dans sa cuisine. Elle ne saurait expliquer pourquoi, mais elle a l'impression que son fils n'est pas à la grange, et ça commence à l'inquiéter sérieusement. Lorsqu'elle aperçoit son manteau sur le crochet, elle le revoit dans sa chemise du dimanche et se met à grelotter pour lui. Sans s'en rendre compte, elle se met à prier pour qu'Adrien le trouve endormi dans le foin.

Adrien fouille tous les recoins de la grange sans résultat, André demeure introuvable. Il demande à Michel d'aller chercher son oncle Arté et de venir le rejoindre à la maison.

— Je ne l'ai pas trouvé, dit Adrien en entrant chez lui, mais ce n'est qu'une question de temps.

— Il n'a même pas mis son manteau, gémit Marie-Paule en reniflant. Il est gros comme un pou, il doit déjà être congelé.

— Il aurait dû y penser avant de partir, lance Adrien.

— Je t'interdis de parler comme ça, je te rappelle que c'est de notre petit garçon dont il est question. Il faut que tu le trouves au plus vite !

Comme le moment est mal choisi pour les excuses, Adrien accuse le coup sans riposter. Marie-Paule a raison, ce n'est qu'un enfant et un père doit être là pour protéger son enfant peu importe ce qu'il vient de faire.

— J'ai envoyé Michel chercher Arté.

— Et ton père ?

— Il est allé manger chez Gertrude. Arrête de t'inquiéter, je te promets qu'on va le retrouver.

Marie-Paule voudrait y croire, mais tant et aussi longtemps que son fils ne sera pas de retour, rien ni personne ne pourra l'empêcher de se faire du mauvais sang. Son fils a disparu pour une vulgaire tranche de cochon et, si jamais il ne revient pas, elle en voudra à Adrien jusqu'à son dernier souffle. Marie-Paule est pour la discipline, mais pas à n'importe quel prix. Certes, André a poussé le bouchon un peu trop loin avec Hector, mais ça ne fait pas de lui un plus mauvais garçon. Il est sensible, André, et ce n'est certainement pas elle qui va le lui reprocher. Marie-Paule va le prendre sous son aile s'il le faut et elle va lui enseigner comment se protéger des aléas de la vie quand on a le cœur aussi sensible. Elle est bien placée pour le comprendre, elle-même a dû s'endurcir dès son jeune âge pour passer au travers. À notre époque, il y a trop peu d'hommes au cœur tendre comme mon André !

Lucille constate qu'il se passe quelque chose d'anormal lorsqu'elle voit Adrien et Arté partir en fou en voiture. Ils passent si vite sous sa fenêtre qu'elle ne réalise qu'une fois qu'ils sont hors de sa vue qu'ils ont un enfant avec eux. En un autre moment, Lucille serait peut-être montée chez Marie-Paule pour aller aux nouvelles, mais pas aujourd'hui. La même idée lui trotte toujours dans la tête. Si Adrien ne veut pas partager son auto avec elle, il ne mérite pas de l'avoir lui non plus. Elle a tout essayé pour qu'il accepte de la lui prêter, mais son cher fils ne l'entend pas ainsi. Depuis qu'il retire le volant chaque fois qu'il la range dans le hangar, Lucille voit rouge. Et c'est pour cette raison que tout ce cirque doit prendre fin.

Lucille se met à rire toute seule. Elle voit la scène d'ici et ça lui procure une sensation inconnue jusque-là. Elle se lève de sa chaise et va chercher la boîte d'allumettes. Elle enfile son vieux manteau de fourrure et ses bottes, puis elle sort de la maison. *C'est le moment ou jamais !* Lucille s'avance jusque devant le hangar où Adrien range son auto. Elle craque une première allumette, puis une deuxième, et une troisième... Le bois est si sec que la place se transforme en brasier en moins de temps qu'il n'en faut pour craquer dix allumettes. Droite comme un piquet, Lucille admire son œuvre. Le crépitement du bois lui procure un tel plaisir qu'elle pouffe de rire. Elle rit tellement fort que Marie-Paule l'entend jusque dans sa cuisine. Elle sort sur la galerie pour savoir ce qui se passe. Lorsqu'elle voit le hangar en feu, elle se prend la tête entre les mains et s'écrie :

— Qu'est-ce que vous avez fait là, la belle-mère ?

— J'ai fait brûler l'auto d'Adrien ! répond Lucille sans aucune hésitation. Il n'avait qu'à me la laisser prendre.

Marie-Laure arrive sur les entrefaites. Lucille a parlé si fort que sa bru n'en a pas perdu un seul mot ; malgré tout, elle n'en croit pas ses yeux. Le hangar est en train de brûler et sa belle-mère, pour toute réaction, rit.

— Ah mon Dieu ! s'écrie Marie-Laure en mettant la main sur sa bouche. Vous n'êtes pas mieux que morte quand les hommes vont voir ça.

— Ils ne me font pas peur ! lance Lucille. Personne ne me fait peur, pas même Joseph quand il se donne des grands airs. Ici, c'est moi qui décide et personne d'autre. Cette auto était à moi et c'est pour leur montrer qui c'est qui mène que je l'ai brûlée.

Marie-Paule vient rejoindre sa belle-sœur et elle lui dit :

— Elle est folle, la belle-mère, et sa place est à l'hôpital.

Si les deux femmes croyaient que Lucille ne les entendait pas, eh bien, elles se trompent royalement. Elle s'avance jusqu'à elles et leur crie à deux pouces du visage :

— Que j'en vois seulement un qui essaie de me faire enfermer et je le tue.

Même si elles ne sont pas de nature peureuse, les propos que leur tient Lucille leur donnent la chair de poule. Il faut être fêlé pour dire ce genre de choses et s'il leur restait un seul doute sur Lucille, il vient de s'envoler. La belle-mère est folle à lier et plus vite on l'enfermera, mieux tout le monde se portera. Reste maintenant à convaincre Joseph.

Pendant ce temps, Arté et Adrien poursuivent leurs recherches.

— Il est là, s'écrie soudainement Michel en se levant dans la voiture. Arrêtez, il est là André.

Les deux hommes regardent dans la direction que leur indique Michel et quand ils l'aperçoivent enfin, Adrien saute à terre et court chercher son fils.

— Tu as intérêt à ne plus jamais te sauver, s'écrie-t-il en le prenant dans ses bras.

— Lâche-moi papa ! Regarde, il y a le feu chez nous.

Sur le coup, Adrien ne comprend rien à ce qu'André dit.

— Retourne-toi vite ! Je suis certain que c'est le hangar qui brûle.

Adrien se tourne d'un coup et quand il voit la colonne de feu, il dépose son fils dans la voiture et il n'attend même pas qu'il soit assis pour commander à son cheval de faire demi-tour.

— Veux-tu bien ralentir, l'intime Arté, je n'ai pas envie de me retrouver dans le fossé.

— Regarde devant toi, lui ordonne Adrien, le hangar est en feu.

— Et ton auto, papa ! s'exclame Michel. J'espère que la vieille grand-mère l'a sortie, au moins.

Les nerfs à fleur de peau, Adrien ne se donne pas la peine d'ajouter quoi que ce soit. La voiture file maintenant à toute vitesse sur le rang. Adrien n'évite aucun trou, ce qui propulse les enfants au-dessus de leur siège plus d'une fois. Adrien ignore complètement ce qui a bien pu se passer depuis qu'il est parti de la maison pour aller chercher André. Et pour ce qui est de son auto, il ne se fait plus aucune illusion, si c'est vraiment le hangar qui est en feu, sa mère n'aura pas levé le petit doigt pour l'épargner.

— Pourquoi tu t'es sauvé ? demande Michel à son frère.

— Tu le sais bien, pour ne pas manger Hector.

— Et pourquoi tu es revenu ?

— Parce que j'ai vu le feu et que j'avais peur que vous soyez tous morts.

Joseph vient à peine d'arriver de chez Gertrude lorsqu'Adrien entre dans la cour. André ne s'est pas trompé. Le hangar est en feu, et la voiture ne sera plus qu'un tas de ferraille dans quelques minutes à peine. Adrien a du mal à croire ce qu'il voit. Ce n'est pas seulement son auto qui est en train de brûler, mais aussi une partie de son gagne-pain.

— C'est ta mère qui a mis le feu, lui dit Marie-Paule en venant les rejoindre.

— Non ! objecte aussitôt Adrien en se prenant la tête.

— Demande à Marie-Laure, si tu ne me crois pas, elle était avec moi.

Pendant qu'Adrien songe à prendre la défense de sa mère malgré qu'il soit en train de perdre ce à quoi il tenait le plus, Joseph essaie de la raisonner par tous les moyens, mais elle rit toujours comme une folle.

— Laisse-moi tranquille, Joseph Pelletier, hurle-t-elle, il n'avait qu'à me la laisser. C'était mon auto et je l'ai fait brûler.

— Je ne peux pas croire que tu aies fait ça ! s'écrie Joseph. Je ne savais pas que tu pouvais être aussi méchante avec tes propres enfants.

— Eh bien, crois-le parce que c'est la vérité, et je n'ai aucun regret. Adrien a seulement ce qu'il mérite. Et si tu ne m'achètes pas un nouveau manteau de fourrure avant la fin de l'année, tu seras ma prochaine victime.

Joseph fait signe à Arté de venir le voir.

— Va chercher le docteur et dis-lui de faire aussi vite qu'il peut, ta mère ne va vraiment pas bien. Je ne peux plus rien pour elle.

Remerciement

Je tiens à souligner le travail remarquable de Lucas Paradis tout au long de l'écriture de ce roman.